A ÁRVORE QUE SE FOI

ANTONIO OLIVEIRA

Copyright © Antonio Oliveira, 2022

Grafia atualizada segundo o Acordo Ortográfico da Língua Portuguesa de 1990, que entrou em vigor no Brasil em 2009.

Edição: Felipe Damorim e Leonardo Garzaro
Arte: Vinicius Oliveira e Silvia Andrade
Revisão: Miriam de Carvalho Abões e Lígia Garzaro
Preparação: Leonardo Garzaro e Ana Helena Oliveira

Conselho Editorial:
Felipe Damorim, Leonardo Garzaro, Lígia Garzaro, Vinicius Oliveira e Ana Helena Oliveira.

Dados Internacionais de Catalogação na Publicação (CIP)
(Câmara Brasileira do Livro, SP, Brasil)

O48

Oliveira, Antônio

A árvore que se foi / Antônio Oliveira – Santo André - SP: Rua do Sabão, 2022.

368 p.; 14 X 21 cm

ISBN 978-65-86460-52-0

1. Romance. 2. Literatura brasileira. I. Oliveira, Antônio. II. Título.

CDD 869.93

Índice para catálogo sistemático
I. Romance : Literatura brasileira
Elaborada por Bibliotecária Janaina Ramos – CRB-8/9166

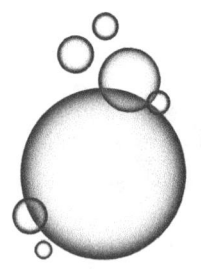

[2022]
Todos os direitos desta edição reservados à:
Editora Rua do Sabão
Rua da Fonte, 275 sala 62B
09040-270 - Santo André, SP.

www.editoraruadosabao.com.br
facebook.com/editoraruadosabao
instagram.com/editoraruadosabao
twitter.com/edit_ruadosabao
youtube.com/editoraruadosabao
pinterest.com/editorarua

Esta é uma história de ficção que se passa no começo da década de 1990. Os pensamentos e os diálogos dos personagens refletem ideias e interações sociais da época, e devem ser lidos considerando esse contexto.

a Raquel, João, Dadá e Vanessa

Sobre árvores

Os ventos do começo da minha adolescência trouxeram com eles curiosos contos arbóreos. O padre estrangeiro que dava aula de História no colégio para o qual eu me mudara no início de 1991, adorava comparar o Brasil com o pau que o batizou. Como ele explicava, *brésil* é rubro em celta, palavra usada para nomear o primeiro produto de valor que os colonizadores encontraram aqui: uma árvore de onde se extraía um vermelho vivo que europeus gostavam de ostentar em suas vestimentas.

"É uma matéria-prima belíssima!" O sacerdote professor afirmava orgulhoso, mencionando a escrivaninha que possuía feita com a madeira de lei. Antes de Cabral desembarcar aqui, havia dezenas de milhões de paus-brasis espalhados pela Mata Atlântica, e eu só fui ver um depois de adulto. Uma árvore antiga, mas ainda imponente, com muitos galhos que carregavam uma farta folhagem verde e bonitas flores amarelas.

Com seu português ruim, era sobre os ramos da planta que se baseava a metáfora do padre. "O Brasil também é feito de muitos galhos, a indígena, a africana, a europeia e outras. E teve muitas disputas aqui, o vento sopra, e um galho bate outro, acontece. Apesar disso, o Brasil é um nação só, ligado a um só tronco. Começou pequenina, mas hoje pássaros da mundo inteiro se alimenta desse país." E dizia, em referência a Getúlio Vargas: "Brasil, celeiro do mundo."

Mais velho, descobri que ele também havia emprestado tais imagens de árvore de parábolas do Novo Testamento. Comecei a desconfiar de tal fato quando Paulo, meu professor de catequese, que não era padre, mencionou sobre a Árvore da Vida, plantada por Deus no centro do Paraíso do qual Adão e Eva foram expulsos. Para ele, tal árvore era Maria, mãe de Jesus. "Foi nela que Jesus foi gerado para nos dar vida, ela que o nutriu e nela também ele encontrou sombra e alívio durante o sofrimento."

Maria foi também o nome da minha agora falecida mãe. Eu nunca soube como encarar tal homônimo e seus significados. Talvez por isso, jamais me senti confortável com o nome dela. Parecia uma comparação arduamente desfavorável para nós dois. Diferentemente da Maria da Bíblia, minha mãe era católica como meus bisavós italianos que, movidos pela promessa de terras, migraram para Ribeirão Preto no começo do século para substituir o trabalho escravo em lavouras de café.

"Na verdade, eles deveriam ser as raízes", minha mãe explicou, criticando a suposta inversão na árvore genealógica que desenhei como lição de casa para a escola antiga. "Seus avós deveriam ser o tronco, eu e seu pai os galhos e você, Afonso Carlos, tem que dar os frutos agora." A esperança era que eu concretizasse o sonho de tantos outros imigrantes que chegaram aqui com uma mão na frente e outra atrás: tirar da insignificância o nome da família e colocá-lo junto daqueles com algum poder neste mundo.

Ao menos ela aprovou o tipo de árvore que desenhei: uma laranjeira, em homenagem ao sobrenome que herdara da família do meu avô paterno, cujo nome também era Afonso Laranjeira, mas que sempre conheci pelo apelido de Vô Fonso. No Natal de 1990, antes de eu completar onze anos, ele me tirou no amigo secreto da família e me presenteou com um enorme caderno de 300 folhas feitas com eucaliptos plantados no lugar em que um dia viveram os paus-brasis.

Em retribuição, revelei que havia plantado um pé de laranja no pomar do Tio André. Contrariando expectativas, ele brotara e crescera bastante. Porém meu tio, que era casado com a irmã do meu pai e, portanto, não era Laranjeira, decidiu arrancar a árvore de lá quando soube. Justificou que a espécie que plantei não dava fruta doce, e o lugar estava fora do planejamento do pomar.

Ao saber disso, Vô Fonso me perguntou misterioso: "entre a árvore e o vê-la, onde está o sonho?" E deu de ombros. Eu, que na época sabia do gosto do meu avô por poesia, mas não desconfiava que ele estava citando Fernando Pessoa, apenas dei de ombros de volta. Ele sorriu e citou outro poeta, o cubano José Martí, dizendo que todo homem deveria plantar uma árvore, ler um livro e ter um filho. Como a primeira não havia dado certo, e eu ainda estava muito novo para a última, sugeriu que eu escrevesse "a história da árvore que se foi" no caderno que ele havia me dado.

Segui o conselho assim que voltei para o meu quarto no prédio em que morava em São Paulo. Sob a luz fraca da luminária, terminei concluindo: "Da próxima vez que eu for plantar alguma coisa, vai ser num lugar bom de verdade!"

1991

Muito cheio de pergunta

A segunda memória que registrei no caderno dado pelo meu avô foi a do Rock in Rio II, que assisti no apartamento do Kanji e da Yuki, filhos do Tio Mílton, que também tinha um nome japonês apesar de ninguém o chamar por ele. Além de nós, Jaques, meu vizinho de frente, se juntou lá no décimo primeiro andar do prédio para ver o evento.

Kanji e Jaques eram do *rock* e estavam ansiosos pelos *shows* do Guns N' Roses, Megadeth e Sepultura e furiosos por Paulo Ricardo, George Michael e New Kids On The Block estarem tocando no evento. "Inventem um Pop in Rio pra eles, caralho!" Esbravejou Jaques, logo corando e recebendo um tapa na cabeça da Yuki por ter falado palavrão.

Evitando outra polêmica, eu contribuía com a indignação geral: "E o Roupa Nova, então? Nada a ver!" Na realidade, o que eu mais escutava naquela época eram os LPs de big bands americanas que meu pai tocava aos domingos antes do café ou as fitas cassete de modas caipiras que minha mãe já não ouvia mais.

A maioria dos LPs que ficavam ao lado da minha vitrola da Turma da Mônica eram ainda de criança: Bozo, Fofão, Xou da Xuxa. Mas, prestes a completar onze anos, eu só os escutava ao contrário, em busca das mensagens secretas que Jaques informou que encontraríamos neles. *Rock* e *pop* eu escutava no rádio ou em fitas gravadas e gostava dos dois. Se fosse obrigado a ser sincero, menos de *heavy metal*. "Esses hómi de cabelo comprido berrando coisa do Satanás!" Resmungava Mari, a empregada doméstica que trabalhava em casa, enquanto eu tentava desenvolver o mesmo gosto que meus amigos.

Eu não entendia por que era errado gostar de ambos os gêneros musicais e, pior ainda, ouvir sertanejo. Era mais uma das muitas disputas incompreensíveis que me cercavam. Entre elas, a mais adorada pelos adultos: política. Na época, debatiam com fervor a respeito do primeiro presidente eleito desde 1960. Com menos de um ano de governo, Fernando Collor de Mello tentava combater a inflação galopante com um segundo plano de medidas econômicas.

Também não sabia como a inflação fazia os preços aumentarem ou por que nem o presidente podia pará-la. Compreendia o suficiente para gastar a mesada assim que a recebia, apesar de minha mãe viver ralhando por causa disso. Meu pai era só arrependimentos e bufadas por ter votado no Collor. Ele esperava que o novo governo ajudaria a empresa dele a decolar, mas continuava se arrastando. Minha família não nos deixava esquecer o que pensavam sobre o assunto: "Que sufoco seu pai tá passando!" "O Carlos tem que abrir o olho e fechar a empresa." "Seu pai tá perigando de quebrar." Ele não deixava três dias passarem sem pronunciar um: "Esse Fernandinho tá acabando comigo!" "Cabeça pro alto, Seu Carlos, a gente já saiu de piores." O dono da padaria lhe encorajava.

Fora do Brasil, a disputa era entre mundos. A União Soviética, comandante do segundo mundo, estava em crise. Os Estados Unidos, líder do primeiro, bombardeava o terceiro no Oriente Médio. Alguns diziam que era o começo da última Guerra Mundial, outros que era o término da Guerra Fria. Em casa, o conflito silencioso entre meu pai e minha mãe parecia não ter fim à vista.

A casa não fora sempre taciturna assim. Houve época em que éramos alegres. Minha mãe vinha do trabalho e desligava a chave geral da eletricidade. Era o sinal para nos escondermos e tentarmos pregar sustos um no outro. Cheguei a ficar mais de uma hora embaixo do tanque só para poder pegá-la de surpresa. A gente falava palavrão, soltava pum, cantava música sertaneja e gargalhava. Naquele tempo, os sábados eram de feijoada no Tio Camilo, e as manhãs de domingo para irmos ao parque ver os carrinhos de autorama, jogar bola e empinar pipa.

Aqueles costumes estavam desaparecendo. A última vez que vira Tio Camilo foi comemorando uma vitória do Senna em julho do ano anterior. Sentia saudades da casa cheia de tecidos e lajotinhas, do cheiro do louro e alecrim que emanava do feijão, das modas caipiras que ele tocava na viola e do vira-latas que não parava de latir pedindo comida. Agora que tínhamos piso de granito e carpete branco na sala, tais lembranças não tinham espaço em nossa rotina. Nem feijoada, meu prato favorito, comíamos mais. Em dezembro, eu já ouvira o suficiente sobre "termos que evoluir na vida" depois de pedir um cachorro igual ao do Tio Camilo de Natal.

Eu não sabia por que a felicidade havia desaparecido. Apesar de o meu pai reafirmar que não havia razão para preocupação, minha mãe vivia a gritar sobre a empresa. Eu também não compreendia o problema do dinheiro. Parecia que tínhamos mais do que quando éramos alegres. Minha mãe dirigia um Monza 1990, ainda saíamos para comer, e a reforma do apartamento que ela tanto queria estava concluída. *O que falta pra eles voltarem a sorrir?* Eu me perguntava. Quando mais novo, conseguia arrancar-lhes risadas com palhaçadas cuidadosamente ensaiadas na frente do espelho, mas eu não tinha mais idade para aquilo e eles pareciam economizar os dentes para as visitas.

Lembro-me que a tristeza começou antes da empresa, antes até de o meu pai ser demitido. Veio depois que minha mãe recebeu uma boa promoção. Logo seguiu a ideia da reforma, e ela começou a desaparecer entre os papéis que se acumulavam na escrivaninha. Foi nessa época que o temperamento dela começou a piorar.

Aos poucos, paramos de ir ao parque aos domingos. Meu pai ouvia Glenn Miller ou assistia a esportes na televisão.

Ela não tinha muita paciência para aquilo. "Futebol só dá briga", justificava. Fora a seleção brasileira, que todos assistiam sem discussão, ela se preocupava em trabalhar. Eu não sabia para onde estávamos indo, mas me esforçava em confiar no otimismo pelo qual Seu Carlos era carinhosamente elogiado por conhecidos. Minha mãe discordava: "Seu pai tem é a cabeça nas nuvens!"

Nas férias do ano anterior, eu havia achado indícios do contrário. Estava entediado no apartamento com Mari. Ela me mostrou fotos de sua família em Cafarnaum, na Bahia. Todos tinham cabelos e olhos bem negros, a pele parda e eram baixinhos como ela. Resolvi fuçar as coisas do meu pai procurando por fotos antigas da nossa família para mostrar e achei um monte de fitas cassete que decidi ouvir. A maioria eram *shows* de comédia cheios de palavrões. Por dias, ouvi Ary Toledo, Costinha e Chico Anysio. Além das piadas, esse último era conhecido por namorar Zélia Cardoso, ministra da fazenda do Collor, por meio de quem eu também aprendera vários xingamentos depois que ela "confiscou a poupança das pessoas".

Além das fitas de humor, havia algumas com previsões para o futuro. Em uma dessas, uma mulher falava sobre nossas vidas, os planetas e o que aconteceria com meu pai em 1991: "Mesmo com as muitas dificuldades, ao final do ano te vejo muito próspero nos negócios e feliz no casamento", encerrava.

Apesar de ter ouvido aquela palavra em *réveillons*, não sabia direito o que era próspero. Fui procurar no Dicionário Aurélio que ficava em cima da lista telefônica na sala. "Que se desenvolve e progride; que melhora; desenvolvido. Em que há prosperidade, abundância, fartura. Que obteve sucesso, êxito; bem-sucedido. Que conseguiu acumular bens e riquezas; rico." Fechei o livro satisfeito.

Mesmo minha fé não sendo grande como a pela qual Seu Carlos era conhecido, com mais ou menos frequência, eu mantinha o hábito de rezar. Sem tampouco compreender direito as muitas disputas existentes no céu, endereçava minhas preces a Deus, Jesus, Obaluaiê, Daruma e qualquer outro que me dissessem que poderia ajudar. Pedia por presentes, livramentos de perigos e para que o São Paulo ganhasse mais títulos para trazer de volta um pouco mais de alegria à nossa família.

Também pedia que eles não me deixassem morrer cedo como os parentes da minha mãe e, principalmente, implorava para não acabar como a mãe dela. Antes de levar-lhe a vida, a doença da família cruelmente roubou a sanidade da minha avó materna. Depois que Vó Vicência "perdeu a noção da realidade de vez", como costumavam me explicar, deixamos de visitá-la em Ribeirão Preto. Da última vez, minha mãe despencou a chorar nos braços do meu pai assim que saímos da casa em que ela cresceu. Foi a última vez que os vi se abraçando de verdade.

Quando menor, desejava poderes para acabar com esse sofrimento e aquelas disputas todas. Nas eleições para governador de 1990, achei uma enorme bandeira da campanha do Fleury na rua. Arranquei a flâmula e levei o mastro de madeira para casa. Com uma faquinha de cozinha esculpi um lança afiadíssima, quase tão bonita quanto a de Obaluaiê (que também é São Lázaro), meu orixá, segundo minha outra avó dizia. À noite, sonhava que visitava mundos distantes em uma nave espacial e, empunhando a lança mágica, trazia paz para muitos lugares do universo.

"Que perigo isso furar o olho de alguém!" Minha mãe pronunciou logo depois de encontrar a lança embaixo da minha cama e antes de a jogar no lixo. Olhei para meu pai pedindo ajuda, ele só retornou o olhar se identificando com minha impotência. Todos parecíamos não ter mais forças para continuar lutando por tais fantasias.

Por um momento, no entanto, tais memórias e conjecturas foram deixadas de lado enquanto assisti maravilhado ao Prince executando o solo de Purple Rain ao vivo no Brasil. Depois, pedi a Yuki que gravasse as principais músicas dele. Ela me entregou a fita cassete com o xérox da letra e tradução das principais músicas.

Era ao som de uma delas que, às vésperas do meu aniversário de onze anos e prestes a começar na nova escola, eu rolava de um lado para outro na cama:

> *How can you just leave me standing*
> *Alone in a world that's so cold? (So cold)*
> *Maybe I'm just too demanding*
> *Maybe I'm just like my father, too bold*
> *Maybe you're just like my mother*
> *She's never satisfied*
> *Why do we scream at each other?*
> *This is what it sounds like*
> *When doves cry*

Peraí, o Prince é rock ou pop? Questionei-me, preocupado com o impacto da fita em minha reputação no prédio. *Saco, com tanta disputa nesse mundo, como é que todo mundo pode ficar feliz?* Eu queria poder conversar sobre aquilo com alguém, mas, como minha mãe costumava se queixar, eu já era "muito cheio de pergunta". "Não basta todo o cansaço do trabalho, agora tenho que me preocupar com o Prince também!" Conseguia até ouvir o que ela falaria se soubesse meus pensamentos.

Meu pai não se incomodava tanto com minhas indagações, era eu que quase nunca me satisfazia com as respostas dele. Seu Carlos tinha a habilidade irritante de simplificar os cenários mais complexos. O mantra preferido dele era: "Não vamos nos preocupar com isso, tudo vai dar certo no final, você vai ver." Sempre que achei ter conseguido prová-lo errado, ele repetia: "Calma, ainda não é o final!"

Talvez alguém da minha idade entenda melhor essas coisas. Cogitei e decidi rezar duas frases: "Deus, me ajuda a encontrar pelo menos um amigo na escola nova. Se não for pedir muito, uma namorada."

A primeira explosão

Que parte da vida eram pancadarias, as novelas da Globo já informavam. Fosse a protagonista tomando tapas nos primeiros capítulos, ou a vilã recebendo bofetadas consideradas merecidas no final, sabia que histórias começavam ou terminavam com uma "bela surra" (como minha mãe costumava combinar as palavras afirmando o valor estético da própria arte).

Na televisão, quando o quebra-quebra acabava, a agressora saía batendo a porta, a câmera focava no rosto da agredida, e a cena se encerrava. Qualquer valor artístico acabava ali. Na vida real, sempre achei o que vinha depois a pior parte. As gritarias pareciam relativamente breves perto do eterno silêncio mórbido que as seguia.

Naquela manhã de 7 de fevereiro, no entanto, fui acordado por um vestígio de animação: "Parabéééns!" Ainda de olhos fechados, ouvi minha mãe. "Onze anos, hein! Só porque tá ficando jovem não quer mais se levantar cedo?" Meu pai completou. Dei um sorriso espremido. "Vem cá e me dá um abraço!" Ela pediu. Nunca entendi por que todo aniversário eu que deveria ir abraçá-la. De qualquer jeito, era sempre bom vê-los daquele jeito. Saí de baixo do lençol e fui cumprir o que o dia pedia.

"Você não vai querer uma festa mesmo?" Ela perguntou enquanto estávamos à mesa antes de tomar um gole do café. "Não." Respondi de cabeça baixa. "Nem um bolinho não quer que a gente leve na escola nova?" "Não!" Disse assustado, esticando a mão para pegar a caneca. "Não quer chamar sua tia e seus primos para virem aqui de noite?" "Não." Enquanto eu colocava leite no copo. "Sua avó e seu avô?" "Tá..." Ela se levantou brava: "Depois não vai ficar reclamando que seu aniversário foi mixuruca!" E saiu.

"Tá bom." Dei o primeiro gole e... Téééééé! Eu não conseguia me acostumar com o toque daquele interfone. A cabeça da minha mãe apareceu de volta na porta da cozinha: "Corre que seu ônibus já chegou. Fica falando mole, perde a hora." Seu Carlos, que estava passando manteiga no pão, me dirigiu aqueles olhos de misericórdia que ele tinha.

Apesar de minha mãe ter insistido que seria divertido, em pouco tempo percebi que diversão descrevia muito mal passar duas horas diárias imerso no trânsito de São Paulo dentro de um ônibus escolar. Em uma quinta-feira, o tédio do percurso parecia ainda pior. *Graças a Deus ninguém sabe que é meu aniversário*. Pensei ao pisar no primeiro degrau da busa, como as outras crianças o chamavam.

Ouvi Pancinha gritando: "Chupa pó de arroz!" Desde o dia anterior o palmeirense de cabelos loiros cacheados não deixava ninguém em paz. São Paulo, Corinthians e Santos tinham perdido na segunda rodada do Brasileiro, só ele que não. Para piorar, anunciou aos quatro ventos que o pai dele ia trazer um Super Nintendo do Japão. *Gordo metido!* Resmunguei e fui me sentar ao lado da janela, colocando a mochila no assento ao lado. Queria ficar sozinho, olhando para fora e deixando o cinza paulistano me absorver.

Ainda estava me esforçando para guardar o voto de silêncio que eu fizera desde a mudança de escola. Fui parar lá porque, trabalhando no departamento de recursos humanos de uma empresa pública, vira e mexe minha mãe conseguia um novo benefício para nós. Dessa vez, dera um jeito de o governo me dar uma bolsa em uma escola particular da escolha dela. "Temos que aproveitar as vantagens de eu trabalhar para o Estado." Dizia.

Fazendo jus às suas crenças, decidiu me matricular em uma das escolas mais chiques de São Paulo. Eu não estava gostando de nada daquilo. Queria ficar no Educandário João-de-barro, não mudar para aquele complexo gigante com nome de santo que, desde o momento em que visitamos pela primeira vez, parecia ser meu purgatório.

"Mãe, vou ter que ir pra igreja todo dia aqui?" Choraminguei durante nosso *tour* no local. "Não sei, mas pensa na piscina, no campo oficial de futebol! Quando eu era criança, nem sonhava que isso existia!" Ela respondeu delirante. "Mas, mãe, eu não quero. É muita gente correndo dum lado pro outro, muita confusão." Ela virou os olhos e estalou a língua. "Tsc, você também não gosta de nada." Cruzei os braços em protesto, virando as costas para ela. "Eu gosto da minha escola." Em um movimento só, ela puxou minha mão descruzando meus braços e me virando de volta. "Para de ser respondão que eu não quero ter que te bater aqui na escola nova. Você ainda vai me agradecer!"

Assim se encerrou a discussão e foi decidido que eu levantaria uma hora mais cedo para poder frequentar o mesmo lugar em que estudavam os filhos das pessoas que Tia Bárbara admirava nas revistas. "Essa é sua herança!" Passei a ouvir, já entendendo que era também minha missão. Agora, com um acúmulo de circunstâncias a favor sem precedentes na história familiar, minha mãe também fazia questão de frisar que não havia mais desculpas para eu não conseguir ser alguém importante na vida. Porém, como ela também apontava, eu não me ajudava.

Em segredo, jurei protestar contra a mudança. *Não vou falar com ninguém nessa nova escola. Se não tenho opção, vou chegar, fazer o que me mandam e voltar pra casa no mais absoluto silêncio.* Logo nas primeiras semanas quebrei o juramento: falei com vários meninos e pouco fazia do que era mandado.

Na sala de aula, escolhi me sentar perto da janela como fazia no ônibus. De lá eu podia ver as árvores e passarinhos que vez em quando saltavam entre elas. "Afonso Carlos Laranjeira, você sabe dizer o que estávamos discutindo!?" Era uma frase que já ouvira mais de duas vezes. Eu não sabia e também não entendia por que tinha que ficar preso de segunda a sexta àquela carteira e àquele blá-blá-blá quando tinha tanto mais pra se fazer lá fora.

Horário bom era o do almoço! Apesar de muita gente reclamar da comida (quem tinha mais dinheiro nem entrava no refeitório, almoçava x-salada e Coca-Cola na cantina), eu achava tudo delicioso! Em um daqueles primeiros dias serviram até Danone de sobremesa, o que, confesso, por alguns momentos me fez esquecer de odiar aquele lugar.

No resto do intervalo passei a jogar futebol na pista de atletismo que ficava ao redor do campo. Como não tinha bolas para todos, chutávamos uma latinha de refrigerante amassada que tirávamos do lixo. Com bola e no campo, ninguém da nossa turma de bolsistas e pernas-de-pau podia jogar.

Uníamo-nos apenas nos confrontos esporádicos com as crianças da favela que ficava ao lado da escola. Separados por uma grade enorme, os víamos correndo soltos em rua de terra batida, empinando pipas em meio a carros velhos e esgoto a céu aberto e lá de baixo eles nos viam atrás dos muros, tomando Coca-Cola ao lado do campo oficial e piscina. Não passava uma semana sem alguma troca de xingamentos sob os olhares silenciosos dos bedéis que, alguns anos depois, concluí que possivelmente moravam lá.

O sinal marcava o retorno para a rotina enfadonha em sala de aula. Alimentados, voltávamos para mais uma sessão daquele aborrecimento antes que finalmente nos deixassem ir embora. Não consigo me lembrar do que ensinaram no meu aniversário. Sei que não foi nada sobre como resolver as muitas disputas à minha volta ou qualquer outra coisa que eu tivesse curiosidade em aprender. O dia terminou com os usuais setenta minutos na busa que me levava de volta para casa. Chegando, encontrei Mari esbaforida, preparando comida para mais de cinco pessoas. Sabia que minha mãe não conseguiria ficar sem chamar a amada cunhada.

Meus pais chegaram, e logo depois a campainha tocou. Pelo olho mágico, vi um casal que parecia o Machado de Assis octogenário ao lado da versão mal-humorada da Hebe Camargo. *Meus avós! Pelo menos vou poder contar com o Vô Fonso.* Celebrei. Durante as falações de família, ele guardava uma serenidade silenciosa que me trazia calma. Estacionava o corpo próximo de uma porção de amendoim e, apesar da diabetes, um copo de cerveja. Assim permanecia até o informarem que era hora de comer. Vez em quando, no momento em que os outros discutiam uma opinião que o Cid Moreira dera no Jornal Nacional, Vô Fonso sorria em minha direção, e eu sentia que alguém desconfiava dos meus pensamentos.

Morávamos no quarto andar, e a risada da minha tia conseguia ser ouvida quando o elevador que a trazia estava no segundo. Há uns anos, Tio André comprara um papagaio achando que o ensinaria a falar palavrão. Mas, como era a Tia Bárbara que ficava com o bicho o dia inteiro em casa, ele só aprendera a gargalhar. Depois de um tempo, ninguém mais lembrava se era o louro que ria como ela, ou se ela é que sempre teve risada de papagaio.

Assim que ouvia tal barulho, minha mãe se iluminava inteira, largava o que estivesse fazendo e se dirigia à porta. "Afonso Carlos, sua madrinha chegou!" Ela exclamava esperando impossível empolgação similar. Acompanhando-a, meus primos Dezito, Rute e Lili. Eram alguns anos mais velhos, mais estudiosos, mais educados e protestantes. Na falta de irmãos, eram o que eu tinha de mais próximo, ainda que estivéssemos nos distanciando.

Em primeiro lugar porque fora da escola o que menos queria eram mais conversas sobre matérias que não entendia e marcas de roupas que não vestia. O segundo incômodo com eles era o principal. No começo dos anos noventa, um cascudo ou beliscão eram parte da rotina de quase todas as crianças. Porém, os métodos de minha mãe e do pai deles eram bem mais assustadores que aqueles que assistíamos no seriado do Chaves. Quando bebia, Tio André saía gritando e empurrando o que encontrasse pela frente, móveis, Tia Bárbara, papagaio e eles. Mesmo tendo testemunhado aquela cena algumas vezes, toda vez que ela se repetia eu congelava com a sensação de que ele ia destruir o mundo.

Minha mãe nunca precisou beber para se embriagar de raiva. Quando eu era mais novo, tal cólera se manifestava de maneira contida. Nos últimos anos, porém, eram cada vez mais frequentes as intervenções do meu pai para evitar o pior. "Deixa que eu cuido disso." Ele dizia, empurrando-a para longe de mim. Na ausência do Seu Carlos, eu já havia ficado cheio de hematomas algumas vezes.

Eu queria tramar com meus primos um plano para dar um fim naquilo. Fugir de casa por uns dias, fazer um escândalo na igreja deles, ou sei lá. Entretanto, mesmo Lili parecia desconfortável com tais assuntos. Dezito e Rute então, nem pensar, deviam ser campeões mundiais no quinto mandamento da Bíblia. Talvez por isso eu constantemente ouvia de minha mãe: "Por que você não é mais como seu primo Dezito?"

Foram tais conversas e frases familiares que também se repetiram na minha festa de onze anos. Vó Altina enervou Mari e a nora, minha mãe bajulou Tia Bárbara, minha madrinha tentou apaziguar o marido, Tio André desprezou meu pai, Seu Carlos tentou fazer meus primos rirem enquanto eles tentavam assistir à televisão, e Vô Fonso comia calado. Cantamos parabéns, apaguei as velinhas, comemos o bolo de sorvete do Alaska (que, segundo minha mãe, era muito mais chique que o de brigadeiro que eu queria), nos despedimos e fui dormir.

* * *

No meu primeiro sábado com onze anos, acordei entediado, me deitei no tapete da sala e liguei a televisão para ver desenhos animados. Eu não sabia se ainda devia ver programas infantis com aquela idade, mas não estava disposto a pensar muito em mais aquele dilema.

Seu Carlos acordou logo depois, me fez um carinho no chão e foi para a cozinha. Abriu a geladeira, tirou o leite, os frios, pegou o pão amanhecido, começou a ferver água e colocar os pratos. Assim que o café ficou pronto, foi acordar a esposa e me chamar. "Pera um pouco, pai, o desenho tá acabando."

Minha mãe se levantou, passou pela sala e imediatamente notou meu rosto no carpete. Parou no meio do caminho, se aproximou, me pegou pelo queixo e examinou minha face. "Carlos, você viu a cor do olho desse menino?"

Segundo meu pai, antes de ter a gravidez que me gerou, eu já estivera no útero de minha mãe e recusara a nascer. Minha mãe dizia que aquele primeiro aborto acontecera por causa da doença da família (Vó Vicência havia tido três). Até hoje Seu Carlos mantém a versão de que a primeira vez que virei embrião cometi uma espécie de suicídio preventivo em protesto contra a missão recebida dos meus guias espirituais. Tal medida proporcionou ao meu espírito mais um ano desenvolvendo a coragem necessária para voltar ao ventre da minha mãe.

Ainda assim, minha segunda encarnação foi novamente tomada de covardia bem na hora de vir à vida. Seja lá qual botão de emergência chutei em meio a tal desespero, minha mãe começou a convulsionar na hora do parto. Drogaram-na, o que só piorou a situação. Quando ela sentiu que lhe cortavam o ventre e viu minha cabeça despontando em seguida, começou a gritar: "Estão me matando para roubar meu bebê, me ajudem, me ajudem!" O caos se instaurou no hospital.

Poucos dias depois de ser liberado do hospital para finalmente conhecer o apartamento dos meus pais, voltaria à mesa de cirurgia para realocarem parte de mim que havia nascido fora de lugar. Seja como continuação da rebelião contra a missão recebida ou justamente parte dela, minhas idas aos médicos permaneceram constantes nos anos seguintes.

Deram-me uma bota ortopédica para corrigir meus pés chatos, um aparelho dentário para corrigir a mordida cruzada, uma fonoaudióloga para corrigir as letras trocadas e um inalador para corrigir a respiração insuficiente, motivo pelo qual também fazia aulas de natação três vezes por semana. Sob a supervisão de Tio André, que também era meu pediatra, foram receitadas inúmeras visitas a alopatas, homeopatas, remédios e muitíssimo mais do que vale a pena ser recapitulado. Ainda assim, além da minha estranheza, que não melhorava, continuava batalhando contra a mais completa coleção de alergias.

Sem saber mais o que fazer, minha mãe finalmente deixou o marido pedir ajuda para minha Vó Preta. Sob a orientação de Obaluaiê, que fora abandonado pela mãe por ter nascido cheio de feridas no corpo, ela começou a me tratar com banhos curativos. Depois de alguns anos desses cuidados, minha pele já coçava bem menos. Além disso, eu andava melhor, falava de forma aceitável, não usava mais aparelho e respirava.

Alguns sintomas, no entanto, perduravam. Ainda lidava com inflamação no olho, coriza e, nos piores dias, dores articulares intensas. A poeira, o pelo de gato, o mofo e o bendito carpete novo da sala eram inimigos conhecidos do meu corpo. Dessa forma, vendo sinais de mais um episódio alérgico prestes a ser desencadeado, minha mãe estava justificada em sua frustração.

"Por que o olho desse menino tá dessa cor, Carlos?" Ela berrou ainda segurando meu queixo. Seu Carlos saiu da cozinha respondendo: "Ele tem alergias, o olho dele vive dessa cor, eu vou lá lavar com soro." "Tsc, Afonso Carlos, como você ainda vê televisão com a cara enfiada nesse tapete!?" "Não, mãe." "Carlos, você não viu onde estava a cara dele quando você acordou?" "Ninguém vai morrer por causa disso, já vou lavar o olho dele com soro!"

Falar com minha mãe quando ela estava nervosa funcionava tanto quanto naqueles momentos em que o herói americano precisava desativar uma bomba plantada por terroristas soviéticos. Nessas situações, normalmente o sucesso e o fracasso dependiam da hoje folclórica decisão: cortar o cabo azul ou o vermelho. Caso o fio certo fosse escolhido, ninguém se machucaria, caso a escolha fosse errada, uma hecatombe nuclear eclodiria. Ironicamente, "ninguém vai morrer por causa disso" era o fio errado.

"Ninguém vai morrer agora, mas se eu continuar nesse ritmo não duro até o final do ano! Você não vai morrer porque não é você que tem que trabalhar feito uma camela para sustentar essa casa e pagar toda a vez que esse menino tem que tomar um remédio novo!" Quando minha mãe explodia, fazia questão de não deixar pedra sobre pedra: "Você não tá nem aí porque não bota um centavo nessa casa e se basta levando o menino pra tomar banho na macumba!" Ela esbravejava fazendo cada ofensa ainda maior com gestos que pareciam golpear o mundo.

"Eu vou lá lavar o olho dele." Ele pegou minha mão com firmeza, contendo-se. Ela bloqueou a porta: "Olha no meu olho, Carlos! Ninguém vai lavar bosta nenhuma! Ele ficou assim até agora e você não quis lavar nada, não usa ele de desculpa para fugir!" "Ninguém tá fugindo! Chega! Vou lavar o olho dele e você vai lavar essa boca suja!" Ele fez o movimento para passar, ela o empurrou. "Você endoideceu!? Mandando eu lavar minha boca? Endoideceu?! A casa é minha, eu paguei cada cantinho dessa joça, eu falo o que eu quiser nessa." E ela seguiu dizendo a maior e mais completa série de palavrões que eu tinha ouvido até então. Ao que meu pai emendou: "Quem tá doida é você, pior que sua mãe!"

Assim que elas atingiram nossos ouvidos, soubemos o que tais palavras significavam. Tendo já avistado o cogumelo nuclear subindo no horizonte, só nos restava aguardar os poucos segundos para que fôssemos engolidos pelo que vinha.

Minha mãe agarrou um cabide, que, por algum capricho do destino, fora deixado ali perto, e começou a golpear a cabeça e ombros do marido. "Filho da puta! Filho da puta! Filho da puta!" Ele fechou os olhos esperando ela terminar. Então, passou a mão na careca e constatou que estava sangrando. Olhou para ela, respirou fundo e saiu de casa. Minha mãe se sentou no sofá, colocou a mão no rosto e chorou.

    Fiquei ali parado por uma eternidade, olhando o corpo dela curvado e sem saber para onde ia, me perguntando quando finalmente aprenderia a desativar as bombas que explodiam entre as disputas do mundo que me rodeava.

Disputar o lugar mais alto

Apesar de carregar o nome da mãe de Deus, minha mãe nunca ia à missa. Entretanto, achava que era parte de sua responsabilidade fazer com que eu encontrasse uma religião minha. Com certo humor, eu costumava responder que já tinha uma religião: o futebol. Não era só para provocá-la, afinal de contas, quando não sabíamos o que fazer, jogávamos bola. Quando nos cansávamos, assistíamos a jogos na televisão. Quando não havia futebol para assistir, discutíamos eternamente futebol. Dos nossos times, idolatrávamos os jogadores, colecionávamos relíquias, pagávamos promessas, adorávamos o manto e jurávamos amor incondicional. Cantávamos os cânticos como devotos, memorizávamos cada detalhe da história como monges e defendíamos o escudo como cruzados. Nos raros momentos em que ganhávamos algum título, nos abraçávamos, chorávamos e celebrávamos, como se os céus tivessem invadido à Terra.

Nesse sentido, não era difícil ser menino. Bastava saber chutar a bola ou agarrá-la no gol e acompanhar os principais campeonatos para não ter que pensar muito no que fazer ou falar quando nos encontrávamos. O melhor, eu pensava, é que tal prática parecia se manter durante a vida. Mesmo ao se tornar pai ou avô, não era preciso saber muitos outros assuntos para interagir com outros homens.

Talvez para prover alguma variedade, também jogávamos taco, queimada, *video game* e alguns jogos de tabuleiro.

Estávamos sempre unidos em alguma disputa. Na televisão, depois do futebol, o mais popular eram as corridas de Fórmula 1. Estávamos também aprendendo a gostar do Campeonato de Basquete Norte-Americano na TV Bandeirantes e nomes como Celtics, Pistons, Bird e Rodman entraram em nossas disputas. Até Seu Carlos se rendeu à nova moda. Ele gostava do Lakers de Magic Johnson. "Esse Magic é o Pelé do basquete", dizia. Eu gostava do Philadelphia 76ers porque foi com eles que comecei a ganhar do Kanji no Mega Drive.

O *video game* não era meu, apesar de também ter tentado ganhar um de Natal depois que meu pedido por um vira-latas fora recusado. Meu pai explicou que eu teria que aguardar. "Mas 1991 eu tô sentindo que será nosso ano. O país vai dar um jeito de se acertar e, com certeza, você vai ganhar um Mega Drive nesse Natal!" Minha mãe estalou a língua: "Tsc, eita Carlos, para de contaminar o menino com esse otimismo além da conta!"

Em último lugar dos esportes estava a natação. Desde criança eu nadava em uma pequena academia do bairro com a mesma professora: Iara. Lá, a maioria dos alunos eram de ascendência japonesa e assumiam que esse também era o caso da professora. Entretanto, Kanji e Yuki, que também haviam aprendido a nadar lá, mas agora treinavam com Iara em um clube competitivo, me revelaram que Iara só parecia japonesa porque tinha avó indígena e que não esclarecia tal fato por achar que a confusão ajudava com as famílias dos alunos.

Dos três, eu era o mais novo. Kanji era meio ano mais velho que eu e Yuki um ano mais velha que ele. Jaques, por sua vez, era um ano e meio mais velho que Yuki. Kanji e Jaques sempre foram bons amigos. Talvez porque minha mãe pedia, os dois me chamavam para brincar desde que me lembro, ainda que não fosse fácil lidar com meu temperamento. Quando menor, xinguei, esbravejei e chorei na frente dos meus vizinhos por disputas bobas, como uma rebatida no taco, ou por não concordarem com minha interpretação das regras no Jogo da Vida.

Certa vez, brincando de WAR, depois de eles se juntarem para me impedir de unir as Américas, joguei o tabuleiro para cima fazendo cartas e exércitos irem pelos ares. Ao ver aquilo, Jaques exclamou: "Nem sei mais por que ainda chamamos esse moleque babaca pra brincar!" Mesmo depois de adulto, ainda sinto a mesma vergonha ao lembrar de tais cenas.

Com onze anos, eu ainda tinha medo de repeti-las, mas conseguia me controlar melhor e qualquer risco era preferível à certeza de permanecer naquele palácio cada vez mais vazio de vida que se tornava o meu ninho familiar.

* * *

Tééééé! O interfone tocou. Atendi e ouvi Kanji cheio de empolgação: "Sobe rápido, eu consegui alugar Lakers *vs*. Celtics and the NBA Playoffs! Tamo aqui jogando, vem pra gente fazer campeonatinho!"

Desliguei o interfone, saí de casa e dei de cara com a tia-avó de Jaques no *hall* do elevador. Dona Helena era uma viúva polonesa que tinha residido muitos anos na Argentina e agora morava no apartamento de frente ao nosso junto ao sobrinho-neto e à mãe dele.

Um dia perguntei para meus pais por que ela tinha um número grafado no braço. Eles me explicaram que ela "sofreu muito participando da Segunda Guerra Mundial". Falaram também que ela merecia descanso e, portanto, não era para eu ficar estorvando. Cumprindo as ordens de não perturbar, eu a evitava. Ela, não sabendo o quanto eu podia perturbá-la, sempre puxava alguma conversa comigo.

"Olá, garoto!" (me chamava assim, como Vô Fonso). "Fiz biscoitinhos, quer?" Disse, abrindo a porta e mostrando aquelas delícias. Para não a incomodar, e porque estavam me esperando, eu não deveria aceitar, mas os biscoitos recheados eram irresistíveis. "Tá..." Respondi. "Entra." Convidou-me e deu as costas, indo sentar-se à mesa posta. "É que eu tô indo na casa do Kanji do 119." Justifiquei ainda na porta. "Entra, garoto, e come direito, as amigas espera a gente!" Ela respondeu. Entrei, puxei a cadeira e me sentei. Dona Helena serviu chá, que eu não queria, mas julguei ser falta de educação recusar. "Na escola te ensina sobre o que tá acontecendo na Rússia?" Ela perguntou de supetão.

Não ensinavam. Eu ouvira, no Jornal Nacional, algo sobre o Gorbachov, a União das Repúblicas Socialistas Soviéticas e lembrava da queda do Muro de Berlim uns anos antes. Era isso. "Sim, ensinam, Dona Helena." Menti antes de colocar um biscoito na boca. "E o que ensina?" *Tudo nessa vida é uma maldita chamada oral!* Protestei em silêncio enquanto mastigava. Improvisei algo: "Ensinam o que tá acontecendo lá, com o Gorbachov." Falei ainda de boca cheia, esperando ser repreendido por isso. A bronca foi outra: "Garoto, você precisa falar pra sua professor ensinar direita. É muito importante as jovens aprender História!"

Por que raios eu tenho lá que saber de mais essa disputa acontecendo do outro lado do mapa? Já não bastam as brigas daqui? Além do que, naquele momento, a única disputa que me interessava era entre Lakers *vs*. Celtics no *video game*: "Tá... Posso levar uns biscoitos pro Kanji? Assim ele não fica bravo de eu chegar atrasado."

Ela me olhou por dois segundos como se não assimilasse o que eu acabara de falar. Balançou a cabeça e limpou as mãos no avental: "Vai, vai, leva que tô muita ocupada também."

Acabei o chá, enchi a mão de biscoitos, tomei o elevador e toquei a campainha do Tio Mílton com o cotovelo. Yuki abriu a porta: "O elevador quebrou de novo?" Perguntou. "Não, eu estava no Jaques." "E cadê ele?" Ela perguntou. "Saiu com a mãe, eu tava com a Dona Helena. Ela me deu biscoito e ficou falando da União Soviética. Eu trouxe um pouco pra vocês, querem?" "Claro, passa aí!" Disse Yuki enquanto Kanji virou os olhos, impaciente.

Entrei e esvaziei as mãos cheias na mesa. Cada um pegou um. "Vocês sabiam que a Dona Helena foi pra guerra?" Perguntei. "Ela não foi para a guerra, seu idiota. Ela é judia. Ela foi mandada prum campo de concentração." Disse Yuki.

Como a maioria das crianças do meu convívio, eu não fazia muita ideia do que era ser judia, nem para que serviam campos de concentração. Sabia que a mãe do Jaques era viúva como Dona Helena. O pai dele havia morrido há alguns anos, antes de eu lembrar como era a vida. "O Jaques também é judia?" Quis continuar a conversa para desespero do Kanji. "Judia é a mulher, seu mongol, ele é judeu!" Kanji sanou uma de minhas ignorâncias ao mesmo tempo que reforçou outras.

Sem que tal fato fosse notado, continuei com a perguntação: "E vocês, são o quê?" Perguntei. "Nosso pai é protestante." Respondeu Yuki, pegando mais um biscoito. "Minha tia também é protes... Peraí, achei que o Tio Mílton era japonês!" Disse, confuso. Kanji agarrou o próprio rosto frustrado: "Meu pai é descendente de japonês, e isso não tem nada a ver com a religião, ele é descendente de japonês e protestante!"

"É por isso que ele não gostou quando você ganhou o Daruma?" Perguntei à Yuki, lembrando que Tia Bárbara também não gostava do boneco. "Mais ou menos..." Ela respondeu, rindo. "Ele não acredita muito mais em religião, só vai à igreja de vez em quando. Ele não gostou porque ganhei da mãe da minha mãe." Yuki respondeu. "Como assim?" Tornei a perguntar, e Kanji finalmente se fartou. "Chega, chega. Vamos logo jogar!" Ele pegou os últimos biscoitos e levou para o quarto.

Mais tarde, Jaques se juntou a nós quatro e passamos quase o final de semana inteiro jogando NBA no Mega Drive. Eu e Charles Barkley estávamos destruindo a competição. Era raro eu ganhar deles em qualquer disputa, mas não estava perdendo uma partida.

Parei de jogar apenas para ver o começo da temporada de Fórmula 1 com meu pai. O ano prometia outra batalha incrível entre o francês, Alain Proust, da Ferrari, e Ayrton Senna, dirigindo um McLaren-Honda. Naquele domingo, a vitória eletrizante do Ayrton nos Estados Unidos deu motivo para que alguma alegria entrasse no apartamento. Eu, ele e meu Daruma caolho vimos Senna liderar de ponta a ponta e receber a bandeirada final em primeiro com larga vantagem!

    Segunda-feira de manhã, o sucesso automobilístico brasileiro foi o assunto entre Mustafá, Pancinha e eu na busa. Mustafá era um ano mais novo que a gente e estava na quarta série. Zoavam que o bigodinho que crescia no rosto dele parecia o do logo do Habib's, mas ele ria e nunca dava muita bola para provocações. Além deles, na busa, eu só falava com a Maia. Ela estudava na primeira série, tinha óculos de lentes grossas, cabelo castanho curtinho, olhos azuis e era a menina mais educada que eu conhecia.

    Nos primeiros dias de aula, foi ela quem fez eu quebrar a promessa de silêncio. Entrou no ônibus e me cumprimentou sorridente, não tive como não responder. A partir de então, todos os dias eu fazia algum afago quando ela passava por mim no corredor da busa. Diziam que a mãe dela era famosa, mas eu não conhecia. Sempre quis ter uma irmãzinha mais nova, até pedira uma de Natal, mas assim como o cachorro e o Mega Drive, aquela ideia de presente fora também rapidamente descartada.

    Quando cheguei à sala de aula, me sentei à janela e comecei a desenhar. Alguns alunos se impressionaram com o detalhamento dos carros de Fórmula 1 que eu traçava no papel. Antes de tocar o sinal para o almoço, meu processo artístico foi interrompido pelo Professor Gérson, que tinha esse apelido por ser sósia do Canhotinha de Ouro da seleção de 1970, a última a ganhar uma Copa. Ele pediu que anotássemos na agenda o livro que deveríamos ler em casa, um tal de *Meu Pé de Laranja Lima*.

    Eu, que não me saía bem em nenhuma disputa, também lia pior que as outras crianças. Gostava das histórias, só não das que a escola mandava porque ninguém quer conhecer histórias por obrigação e porque sabia que ia gaguejar lendo em frente da sala. De qualquer forma, o título do livro prendeu minha atenção, fui procurar a agenda dentro da mochila quando notei que Belinha me observava. Surpreso, arregalei os olhos, ela se assustou e virou de frente para o professor.

Para mim, Belinha era a menina mais linda da sala. Tinha a pele branca como a neve, o rosto e o nariz finos, os cabelos e olhos bem pretos e as bochechas rosadas como as de uma boneca. Vira e mexe eu me perdia entre seus dedos delicados passeando entre as mil canetas coloridas que ela usava para escrever.

Ela também era aluna nova, mas todos já sabiam que o pai dela tinha muito dinheiro. Ela ia embora de carro importado com motorista, além de ter visitado vários países estrangeiros. Por outro lado, ela não usava todas as roupas, tênis e relógio das marcas faladas. Assim, mesmo estando longe de ser pobre, não foi considerada *paty*. Se bem que tais categorias haviam ficado bem mais confusas desde que eu me mudara de escola. Eu mesmo não sabia mais o que era.

Na rua em que Vó Preta morava, eu era rico e alemão. Entre os meninos do prédio, eu sempre fui mais ou menos igual. Entre os parentes, parecíamos ter mais dinheiro que Tio Camilo (antes de se mudar para Brodowski, ele morava numa casa bem velha em São Bernardo), mas certamente bem menos que Tio André. Ainda assim, na escola nova foi a primeira vez que fui pobre. Não apenas considerado, mas também chamado assim: "Olha os pobres jogando futebol com latinha." "Eu não vou almoçar no refeitório com os pobres." "Só os pobres vêm de uniforme para a escola." Inclusive, como havia outro Afonso na 5ª série, para muitos alunos fiquei conhecido como Afonso Pobre.

Não entendia como eu podia ser pobre em um cenário com a favela ao fundo. Talvez porque, mesmo sendo todos habitantes do terceiro mundo e compartilhando pontos da nossa rotina, as crianças do outro lado da grade estavam fora do que éramos ensinados a considerar como nosso universo.

Dentro dele, além de nós, pobres, existiam os normais, as *patys* e os *playboys*. Como aprendi, para ser *playboy* não só era necessário ter dinheiro, mas ir às matinês de danceterias da Rua Franz Schubert, dançar *dance music* com gel no cabelo, ter um Timex Indiglo Ironman Triathlon no pulso, um New Balance 1500 cinza nos pés, vestir calças Levi´s 501 e uma camiseta com estampa de um menino americano rodeado de várias mulheres peitudas vestindo biquíni.

Como não tinha nada daquilo, acreditava que não seria notado por ninguém daquela escola, muito menos pela Belinha! Naquele dia, tal excitação me carregou até a hora do intervalo, quando eu, Pancinha e outros meninos discutimos as disputas acirradas do Brasileiro, o começo da Fórmula 1 e a temporada da NBA. Era assunto mais que suficiente.

Na volta, achei um bilhete em meu estojo. Por fora, estava escrito "Não deixe ninguém ler". Abri com cuidado para não verem o que eu fazia. Ele dizia: "Você gosta de corrida, né? Se não contar pra ninguém, vou te dar uma coisa. Se aceita, rasgue esse bilhete e jogue no lixo agora." Era uma letra feia, como se fosse de menino, mas estava escrito em uma caneta lilás que nenhum de nós tinha. "Belinha!? Não pode ser!"

Por via das dúvidas, rasguei o bilhete embaixo da carteira antes que alguém o visse. Eu tinha que saber se era ela, portanto, pedi para ir ao banheiro. Quando a professora deixou, me levantei de cabeça baixa, fui até a porta e joguei os pedaços de papel na lixeira antes de sair.

De volta à minha carteira, os segundos não passavam. Confuso e frustrado ao final do dia, fui até os armários pegar o material para ir embora. Quando abri o meu, outro bilhete! Este era bem maior que o primeiro, novamente a letra era lilás, mas dessa vez bonita: "Você cumpriu sua parte." Dizia o lado de fora. Desdobrei o papel e quase caí para trás: dentro estavam dois ingressos cortesia para o Grande Prêmio do Brasil de

Fórmula 1 e outra mensagem não assinada: "Meu pai ganhou os ingressos, mas não podemos ir. Ele falou pra ver se alguém que gosta muito de corrida quer. Você gosta muito, né?"

Meu coração batia com uma força que eu não conhecia até então. Em meio a dezenas de emoções, só consegui discernir um pensamento: "Meu pai não vai acreditar quando vir isso!" Pensando no ônibus de volta para casa, encontrei o momento perfeito para mostrar a ele: o próximo almoço na Vó Altina, uma semana antes do GP.

* * *

Almoçávamos macarronada na casa de meus avós paternos quase todo domingo. De manhã, minha mãe e Tia Bárbara combinavam pelo telefone o horário para chegarem juntas. Eu já suspeitava que tal estratégia serviria para evitar que qualquer uma das duas ficasse sozinha com Vó Altina. Entrávamos e, depois de nos saudar, ela comandava: "Venham me ajudar na cozinha!" Minha mãe, tia e primas obedeciam. Enquanto elas trabalhavam, os homens aguardavam na sala, bebendo aperitivos, comendo amendoim e ponderando que lado tomar nas disputas internacionais, partidárias, culturais e esportivas noticiadas no jornal de domingo, que, eu julgava, vinha com muito mais páginas justamente para que não faltasse o que se falar em tais reuniões.

O menu dominical era rigorosamente sempre o mesmo: *tagliarini* e frango assado. Vó Altina mesma fazia a massa toda semana e eu adorava o macarrão, só não ligava muito para o frango. Ele era cheio de molho, o que tornava necessários talheres para não melecar os dedos. Eu preferia frango a passarinho, que dava para comer com a mão, mas nunca reclamei. Minha avó fritaria o frango para me agradar, mas queria evitar ouvir minha mãe falando: "Tsc, eeeita menino cheio de fricote!"

Enquanto comíamos, Vó Altina contava algo do passado, geralmente acabando a história com um "Lembra disso, Afonso?" Dando a deixa para meu avô acenar a cabeça. Dezito e Rute relatavam acontecimentos da escola deles com uma eloquência admirável. Eu e Lili nos entreolhávamos e tentávamos obter alguns intervalos daquilo perguntando a Vô Fonso da participação dele na Revolução de 1932, do Getúlio Vargas ou do Leônidas. Ele levantava os olhos e lembrava um causo ou outro. Quando empolgado, até começava a declamar uma poesia, mas, nesses casos, era sempre interrompido por um: "Ara, Afonso, para de falar e come antes que essa comida esfrie!"

Minha tia aproveitava para falar da alta sociedade, de moda e de algo que aconteceu na igreja. Minha mãe concordava com tudo tentando disfarçar suas origens. Tio André também adorava mencionar a fazenda, o carrão, os eletrônicos de última geração, os uísques e charutos caros que comprava.

Os ingressos de Fórmula 1 proviam a oportunidade única de esfregarmos algo de volta na cara deles. Eu estava ansioso por ver a reação da minha família quando revelasse o que tinha guardado comigo. Foi um daqueles raros momentos tão satisfatórios quanto o antecipado. Em meio a uma conversa sobre quão bem-sucedido estava sendo o Plano Collor II, soltei: "Pai, vamos ver o Senna correr em Interlagos?"

Assim como previ, me olharam como se eu estivesse falando mais um desatino. Tirei os ingressos do bolso da camisa que tinha escolhido só para aquele momento e os coloquei em cima da mesa. "O pai dum colega da escola ganhou e não vai usar. Meu amigo deu pra mim. Vamos?" Lili sorriu, o restante ficou olhando aqueles papéis entre a salada de pepinos e o molho de tomate. Dezito os pegou para examinar: "É de verdade mesmo." Meu pai deu um pulo da cadeira e veio me abraçar emocionado: "Claro que vamos, filho, claro que vamos!"

* * *

Se a revelação dos ingressos foi perfeita como o planejado, a corrida ultrapassou em muito qualquer fantasia minha. Assim que entramos na arquibancada, nos arrepiamos ao ouvir o famoso ronco ensurdecedor dos motores. McLaren-Honda, Williams-Renault, Ferrrari e até a Benetton-Ford voavam baixo diante dos nossos olhos. Olhávamos um para o outro e sorríamos, mal podendo acreditar que estávamos testemunhando aquelas máquinas históricas em ação.

Mais uma vez, Senna se classificara em primeiro e começou liderando seguido de Mansell. O brasileiro ditava o ritmo da prova e abria larga vantagem em relação a seus adversários, até que Mansell, com um pneu furado, teve que fazer uma segunda parada, o que deu ao brasileiro alguns segundos de vantagem sobre Ricardo Patrese, que assumiu a segunda colocação.

Foi neste momento que, como ficaríamos sabendo depois, problemas mecânicos começaram a aparecer na McLaren de Senna. Primeiro Ayrton perdeu a quarta marcha, tendo, assim, que passar da terceira direto para a quinta. Depois, nenhuma marcha funcionava sem que ele tivesse que segurar a alavanca do câmbio para que o disco permanecesse engatado.

Da arquibancada, nossa alegria se transformava em angústia ao ver a diferença de Senna para Patrese diminuir a cada volta. "O que tá acontecendo, pai?" "Não sei filho, não sei. Vamos torcer!" Em casa, tinha inúmeras catimbas a serem feitas nessas situações; no autódromo, só me restava segurar o Daruma com força e rezar. "Pai, será que a gente é pé frio?" "Não tem pé frio aqui, não, filho, não tem! Vai, Ayrton! Vai, Ayrton!!!" Ele gritava a plenos pulmões.

Tanta foi a força que fizemos que os céus vieram ao nosso encontro: chuva! Enquanto a água banhava nossas almas, Senna cruzou a reta final em primeiro, parou o carro e desabou. Os fiscais de pista comemoravam a vitória do compatriota emocionados, veículos de atendimento chegavam para socorrer o piloto, e as arquibancadas tremiam debaixo dos nossos pés. Meu pai e eu pulamos abraçados e celebramos como nunca. Com os rostos molhados de chuva e lágrimas, juntamos nossas vozes roucas e embargadas ao coro: "E dá--lhe, Senna, e dá-lhe, Senna, olé, olé, olá!"

Bom em quê?

Como meus primos não tinham o sobrenome do meu avô, e ele só teve irmãs, eu era o único Laranjeira da minha geração. Minha mãe, apesar de ser Laranjeira por enxerto, era a que mais me lembrava da responsabilidade de levar o nome da família adiante. Isso significava que eu precisava descobrir alguma coisa em que era bom, algum fruto valioso que eu soubesse dar, uma disputa que eu pudesse ganhar para colocar o Laranjeira em seu lugar devido. Eu só não sabia por onde começar.

Odiava a escola, principalmente Português. O Professor Gérson se sentava na pontinha da mesa, se inclinava para nós e começava a aula cheio de provocações, usando o que ele achava ser linguagem jovem. Os outros alunos se divertiam, eu não aguentava ele tentando ser amigo da gente. *Tá mancomunado com os padres nos mantendo presos aqui, não venha dar uma de legal!* Resmungava, sem que ninguém ouvisse.

Além do que, não entendia aquela insistência da minha mãe para que eu lesse. Ainda mais sabendo que quase ninguém na família dela era bom de leitura. Meus avós e bisavós eram analfabetos. Os irmãos dela todos largaram a escola. Ela, quase. Com dezesseis anos, saiu de casa e veio morar com o tio em São Bernardo.

Tio Camilo era o irmão caçula da minha avó materna. Quando saiu de Ribeirão Preto, foi trabalhar em Botucatu, entrou na faculdade e virou um dos melhores estudantes de engenharia. Começou a jogar cartas no cassino para se virar e, ao contrário de como essas histórias costumam terminar, descobriu jeitos tão bons de ganhar dinheiro que o estabelecimento o contratou. Depois trabalhou pela companhia ferroviária por uns meses até que um dia largou tudo para andar a América do Sul de cima a baixo. Reapareceu um ano depois tocando viola ainda melhor e se mudou para São Bernardo para trabalhar em uma fábrica.

Quando minha mãe se mudou para a casa dele, ela sabia ler o suficiente para que Tio Camilo lhe arrumasse um emprego como telefonista na fábrica, mas ele a obrigou a continuar estudando de noite. Depois ela fez aulas de datilografia, conseguiu uma promoção, concluiu o supletivo, passou a trabalhar no setor de RH, fez alguns cursos técnicos, arrumou outro emprego, se mudou para um pensionato em São Paulo, começou a namorar meu pai e um amigo dele a indicou para uma vaga no Estado.

Tio Camilo continuou morando sozinho em São Bernardo, envolvido com o movimento sindical da cidade. Mas, em meados da década de 1980, desiludido, inventou que ia fazer roupas e logo descobriu que tinha mão para aquilo também. "Nunca vi igual! Quando ele bota a cabeça para ser bom em algo, ninguém tira." Contava meu pai com admiração. "Inteligência demais também atrapalha." Encerrava minha mãe em referência a Tio Camilo, que, apesar de ser bom em muitas coisas, "nunca se preocupou em ser alguém".

Apesar do perigo da inteligência excessiva, ela comprava muitos livros. Talvez por causa dele, não terminava nenhum. Aos poucos comecei a ficar cada vez mais interessado naquilo. De início, pensei que ela lia pela mesma razão que fazia tantas outras atividades: ser coisa de gente chique. Porém, Tia Bárbara não tinha muitos livros, e os nossos viviam escondidos, enfiados em armários ou nas estantes do meu quarto. Na sala era só a *Veja*, o *Estadão*, o *Aurélio* e a lista telefônica.

Os tempos de leitura que eu testemunhava dela eram curtos e sempre precedidos do mesmo diálogo: "Filho, você precisa de alguma coisa?" "Não, mãe." "Então tá bom, eu vou ler e não quero ser importunada." "Tá." "Você não tem nada pra ler, não?" "Não." "Então não me interrompa porque minha leitura é sagrada!"

Por duas ou três semanas eu via o marcador avançando vagarosamente pelas páginas do livro dela até a obra ser abandonada em algum lugar lá pela página quarenta. Assim ficava mais duas ou três semanas. Finalmente ela comprava outro livro, colocava o mesmo marcador no início deste e recomeçava o mesmo rito, o livro antigo indo parar em algum lugar no fundo do armário.

Hoje, creio que a motivação dela era uma mistura de cada uma das teorias que formulei observando o fenômeno por anos. Primeiramente, ela sentia vergonha de frequentar círculos onde pipocavam nomes de autores sobre quem ela não sabia nada. Corajosamente, o sofrimento causado pela falta de informação com que ela cresceu a motivava a lutar com as forças que tinha para ser algo diferente. Definitivamente, ela não queria que eu crescesse com uma mãe que não lia. Principalmente, devia ser assustador para ela que eu também não era bom de ler. Sem saber ao certo como me ajudar, ela se esforçava em criar algum horizonte de esperança, como se dizendo para nós dois: "Se eu vim de onde vim e me tornei essa leitora que sou, você também vai superar seus desafios com as palavras."

Portanto, ainda que eu não gostasse da aula de Português, sabia que ela ficaria contente ao saber que a escola já havia me mandado ler um primeiro livro. Fomos juntos comprar o *Meu Pé de Laranja Lima*, de José Mauro de Vasconcelos, e uma leitura nova para ela. Na fila, minha mãe parecia animada. Tentando cultivar aquele humor, ofereci para lermos juntos quando retornássemos. Ela sorriu.

* * *

Eu odiava dar o braço a torcer, ainda mais ao Professor Gérson, mas as histórias do Zezé começaram a me sugar e fazer com que eu continuasse o esforço para chegar ao final de cada página. Foi ele quem me impulsionou a tentar falar de outro assunto que não esporte na escola. "Pancinha, você leu o livro?" "Que livro?" "O do Pissor Gérson, você leu?" "Qual é mesmo?" "Da Laranja Lima?" "Ah, tô ligado, Afonso. Nem comprei ainda, você leu?" "Hmmm, não, tô perguntando porque eu não li também." Eu não ia queimar meu filme sendo o primeiro a ler o livro que o professor pediu!

Mas queria falar do Zezé com alguém. Fora ele ler bem, achava ele parecido comigo, sempre causando problemas... Eu nunca tinha conhecido um menino que apanhava como eu. *Será que tem mais outros?* Questionava. Além disso, adorava as fantasias do Zezé. Por algumas semanas, deixei meus sonhos de lutas intergalácticas de lado para ficar sonhando com um quintal e uma laranjeira só minha! (Até na escolha da árvore nos parecíamos!)

"Você leu aquele livro do Pé de Laranja Lima?" Perguntei ao primo do Mustafá, que estudava na minha sala. "Tô no começo ainda, que saco a escola ficá mandando a gente ler esses livros. A gente já fica aqui o dia inteiro..." Passaram-se alguns dias, voltei com a pergunta na sala. "Cara, ninguém leu esse livro, para de ficar desesperado por causa da prova ou pede logo ajuda pra Ester!" Ouvi de outro colega.

Ester tirava as melhores notas da sala. Ela tinha cabelos cacheados, sobrenome alemão e parecia gostar de estudar. Não era tímida, mas também não era melhor amiga de ninguém. Sentava-se na primeira fileira, fazia suas anotações, as perguntas mais inteligentes e também comentários irônicos que ninguém parecia entender, mas que eu achava graça. Andava com as pobres, mas não parecia chateada por isso. Conversava e sorria para todos, inclusive para mim.

Antes que eu pudesse perguntar sobre o livro para ela, recebi outro bilhete anônimo: "Eu tô lendo o livro. É muito triste." Era a segunda mensagem que eu encontrava dentro do armário. Havia aprendido que era comum depositar mensagens pelo respiro da portinha de metal que parecia um buraco de caixa de correio feito justamente para aquilo. Pouco antes do *pager*, telefone móvel ou internet chegar, foi aquela forma inovadora de trocar textos que tive que aprender.

O sistema era possibilitado pela regra de que apenas um aluno por vez podia ir ao banheiro ou beber água. Isso diminuía muito a circulação de gente nos corredores onde ficavam os armários e garantia que ninguém seria pego por nenhum outro colega de sala enquanto estivesse colocando uma mensagem no armário de outro.

Tal mecanismo era especialmente importante porque os bilhetes eram na maioria anônimos. Ouvia dizer que meninas enviavam e recebiam muitos. Alguns tinham proposições do tipo: "Se você está a fim do Fernando, espirre na aula de matemática." Meninos trocavam menos bilhetes, pobres quase nenhum. Alguns não eram anônimos. "Eu e você na porrada hoje. Depois da aula no banheiro do ginásio. Não vai fugir. Ass.: Fernando. P.S. É pra você aprender a parar de ser folgado."

Naquele momento, eu recebera apenas os dois bilhetes com a mesma letra lilás. Como eu não queria compartilhá-los com medo de zoação, não podia comparar a caligrafia para tentar descobrir a autoria deles e me questionava constantemente sobre a motivação para aquelas mensagens. *Talvez os* playboys *queiram me fazer pagar mico, talvez sejam as* patys *me empurrando para xavecar alguém. Mas alguém ia me dar dois ingressos para o GP só para me zoar? Dinheiro para isso muita gente aqui tem, e minha mãe sempre fala: tem louco pra tudo!* Eu divagava.

No fundo, sentia que vinham de Belinha, mas eu não poderia me arriscar. *Um passo mal dado aqui é meu completo fim nessa escola.* Ponderava e logo outro pensamento seguia.

Eu também já fui longe demais quebrando minha promessa de não falar com ninguém. É hora de parar por aqui.

Munido desse cuidado, não foi fácil agradecer à pessoa que havia dado o melhor presente que recebera até então. Depois de quase cinco dias passados da corrida, eu já estava com a barriga doendo, tamanha a crescente culpa com aquilo. Foi na noite da quinta-feira que decidi por um plano. Como suspeitava e desejava que fora Belinha que me dera os ingressos, decidi tratar essa possibilidade de forma especial. Escrevi o seguinte bilhete:

> Obrigado pelo melhor presente da minha vida!
> Nunca vou esquecer!

Na escrivaninha, li e reli tantas vezes aquelas poucas palavras. *Bom não está e nem vai ficar, mas ela vai saber se for ela. E se não for, ela não vai saber. Isso que importa.*

Para o caso de não ser, pensei em um artifício muito mais arriscado que meu conforto e promessas permitiam, mas não havia outro jeito que eu conseguisse ficar em paz. Nos intervalos entre aulas, alguns alunos escreviam ou desenhavam coisas no quadro-negro. Eram corações com mensagens carinhosas para as amigas ou genitálias masculinas endereçadas a qualquer um. Se eu quisesse falar com todos da classe, teria que me arriscar ali.

Logo na sexta de manhã depositei o papelzinho no armário da Belinha. Na volta do almoço, cheguei à sala bem antes que o restante. Peguei o giz branco e escrevi com letras garrafais: "Senna, o maior! Só quem já viu sabe. Obrigado!" As primeiras pessoas começaram a entrar na classe, ver aquilo e me olhar. Eu tremia por dentro. Fernando fez cara de confuso: "Que porra é essa escrita na lousa? Quem escreveu?" Silêncio. "Ô, Pobre, foi você?" Ele perguntou me encarando. Respondi, assustado: "Fui eu, você não gosta do Senna, não?" Ele balançou a cabeça. "Como você é ridículo!" "Deixa o moleque em paz, ele gosta do Senna", disse outro *playboy*, amigo do Fernando.

    O primo do Mustafá veio em seguida: "Foi você que escreveu mesmo?" "Foi." Confessei. "A troco de quê?" Perguntou. "Todo mundo escreve." Justifiquei arrependido. Ele também balançou a cabeça: "Deve tá doente." As pessoas continuaram entrando e comentando: "Que porra é essa?" Belinha chegou em meio à perguntação, leu a mensagem no quadro, me olhou, arregalou os olhos, ficou muito vermelha, baixou a cabeça e foi se sentar encolhida. A vergonha me tomou por inteiro. *Ah, não! Que merda eu fiz? Ela deve se odiar por ter me dado os ingressos!*

* * *

    Entre o Grande Prêmio do Brasil, no final de março, e o de San Marino, no final de abril, foram quatro domingos sem Fórmula 1. Continuávamos indo comer a macarronada da Vó Altina, mas meu pai e meu avô saíam da mesa cada vez mais rápido para trabalhar aos domingos de tarde. O escritório da empresa dele ficava a dois blocos do apartamento do Vô Fonso. Perto dali também estavam o nosso apartamento e o de Tia Bárbara. Vô Fonso acertara na loteria esportiva quando Tia Bárbara estava grávida de Dezito. De posse do dinheiro, vendeu a mercearia e a casa que tinha e deu entrada em quatro imóveis: um apartamento para ele, outros dois para os filhos e uma casa de praia em São Sebastião para a família inteira.

    Depois daquilo, meu avô continuou jogando semanalmente, mas perdera o dom para acertar o resultado. Minha mãe dizia que a sorte não caía duas vezes no mesmo lugar, meu pai acreditava que era só uma questão de tempo até o pai dele voltar a sonhar com os números certos. Enquanto isso não acontecia, pai e filho trabalhavam juntos, inclusive aos domingos de tarde. Para completar o quadro da microempresa, meu pai contratara Silmara: "Carlos, por que raios você precisa de uma secretária bilíngue para entregar caixas de *pizza*? Para de ser megalomaníaco!" Reclamava minha mãe. Além de diplomada em inglês, Silmara também era médium no centro kardecista que meu pai passou a frequentar.

Eu, que não era contratado, me juntava a meu pai e a meu avô apenas em alguns domingos. Quando saíamos, Tio André gritava do sofá: "Tem que fazer o dinheiro trabalhar por você, Carlos." A resposta do meu pai vinha depois da porta do elevador fechar: "Filho, você vai aprender que quem quer ser dono do próprio nariz não pode ter descanso."

Em um daqueles domingos de abril, lembro do Vô Fonso colocando números e mais números na calculadora, parando apenas para respirar fundo e coçar a cabeça preocupado. Eu ouvia atento à narração do Brasileirão na rádio, esperando que o São Paulo pudesse dar algum motivo para celebrarmos. Às vezes, o mais difícil é descobrir o que fazer diante do sofrimento de quem amamos.

Eu não era bom de conta e nem de escrita, mas queria ajudar a família de alguma forma. *Talvez minha mãe esteja certa, tá na hora de eu parar com desculpas e tentar levantar o nome dos Laranjeira!* Afirmei em silêncio. Porém, as únicas disputas que eu lembrava de ter ganhado na vida eram no basquete do *video game*, e jogos eletrônicos não levavam o nome de ninguém muito além da glória local de um fliperama.

Isto posto, naquele mesmo domingo, me propus a treinar arremessos no prédio. Há poucas semanas havíamos comprado uma tabela de basquete depois de organizar uma vaquinha entre os moradores. Na segunda-feira, mantive o compromisso e passei a treinar basquete todo final de tarde que não tinha aula de natação.

Na escola, convencia Pancinha, Mustafá, o primo dele e outros meninos a abandonarem o futebol com as latas amassadas na pista para jogarmos basquete em uma das tabelas que aos poucos eram afixadas pelos muros da escola. Estava ficando cada vez melhor e ganhando cada vez mais jogos na hora do recreio. *Acho que descobri algo em que posso ser bom!*

Purificações

Vó Preta não era minha "avó de verdade", como a mãe do meu pai e a minha já haviam frisado. "Vó cê só tem duas, e nenhuma delas é preta!" Resmungou Vó Altina certa vez. "O Vô Fonso é meio preto." Respondi. "Para de bobagem e respeita sua avó de verdade!" Minha mãe ralhou e me jogou para fora da cozinha, agarrando meus cabelos.

Eu não sabia chamá-la de outro jeito. Quando a vi pela primeira vez, imponente, descendo as escadas daquela casa cheia de fitas, colares e santos, perguntei curioso: "Quem é você?" Ela afirmou sorrindo: "Sou sua vó preta!" Nem me ocorreu pedir por outra alcunha.

A visitávamos aos sábados à tarde para eu tomar os banhos. Vó Preta enchia a banheira com água morna e flores de diferentes cheiros, folhas diversas e até pipoca. Ao redor, velas brancas e pretas iluminavam o ambiente. Ultimamente, por pedido meu, ela só preparava tudo. Onze anos não era mais idade de ser banhado pela avó.

Ficava imerso naquela paz até me enrugar inteiro. Então saía, secava meu corpo lentamente e me vestia. "Vó, acabei!" Gritava. Ela vinha dar a bênção e me mandava brincar lá fora. Eu ia com as crianças na rua enquanto Seu Carlos e ela conversavam assuntos de adulto. Ultimamente, tais diálogos ficavam cada vez mais curtos. Eu me perguntava se havia alguma relação com meu pai estar frequentando o centro kardecista que Silmara, secretária dele, cuidava.

Conforme o Sol ia se pondo, via pessoas animadas chegarem para a gira. Vendo os instrumentos sendo colocados na garagem da Vó Preta, queria muito ficar para a celebração e ouvir as entidades. Quando eu acabava de rezar no quarto, apenas o silêncio seguia. Calculava que se conseguisse conversar com os guias, eles poderiam responder algumas das perguntas que não paravam de ecoar em minha cabeça. Meu pai não deixava, a vó dizia para eu esperar minha hora. Certa vez, enquanto víamos o início do outro lado da rua, ele disse: "Tá vendo quanta fumaça, filho, se a gente ficasse lá sua alergia ia atacar de vez e aí sua mãe matava mesmo a gente!"

De fato, como parte das longas negociações pós-crise das cabidadas em fevereiro, Seu Carlos teve que arcar com mais uma condição para continuar levando o filho a tomar banhos na umbanda: eu também deveria honrar meus compromissos católicos fazendo a primeira comunhão. Em outros termos, a partir de março foi necessário voltar ao colégio aos sábados de manhã, ter mais aulas, leituras e palavras a serem memorizadas na catequese para que eu pudesse ir à Vó Preta à tarde.

Em grande parte não protestei por não querer agravar mais a situação em casa. Porém, justiça seja feita, as aulas de catequese foram bem menos pior que o esperado. Em primeiro lugar porque descobri que Belinha era uma das poucas outras alunas e, como éramos da mesma sala, o professor pediu que sentássemos juntos. Não só por tal favor inadvertido que o professor de catequese ganhou meu interesse.

Em vez do padre velho que esperávamos, nosso professor de religião era um moço chamado Paulo que vivia perambulando pela escola. No primeiro dia de catequese, ele anunciou: "Conversaremos sobre como Deus nos ensina a viver a vida." Eu mal podia acreditar! *Por que não falavam disso nas aulas durante a semana? Era preciso vir nesse encontro especial aos sábados para finalmente aprender algo de valor!?*

Paulo contou sobre quando Deus escreveu aquilo que deveríamos fazer em grandes pedras e as entregou a Moisés, com quem falava diretamente. Fiquei mais interessado na segunda parte do que em saber o que estava escrito nas tábuas, mas era um começo. Estudamos os mandamentos divinos nas aulas seguintes.

Os primeiros três eram: amar a Deus sobre todas as coisas, não tomar Seu santo nome em vão e guardar domingos e dias de festa. Fiquei um pouco desapontado. O primeiro soava um tanto óbvio considerando a autoria, mas pouco informativo sobre como deveria ser cumprido. O segundo, um desdobramento peculiar do primeiro, e o terceiro parecia estar lá só para garantir que eu não deixaria de ir à missa depois de descobrir as respostas que procurava. Os outros eram de conhecimento geral: não matar, obedecer aos pais, não mentir, não roubar e não pensar em sexo. Ou seja, eram oito mandamentos de verdade, dos quais eu podia argumentar cumprir três, talvez quatro nos dias bons. Seja lá como fosse calculada a média final, não dava para contar que eu passaria bem para a próxima vida.

Assim como a escola, a igreja também provia uma recuperação: todo meio de semestre éramos chamados para confessar os pecados. A praxe, vim a descobrir, era dizer: "Não obedeci a meus pais, falei palavrão e não me comportei na aula." Como era largamente sabido, tal fórmula resultava na praticamente indolor penitência de uma ave-maria e um pai-nosso.

Estava decidido a colá-la em minha primeira prova até receber mais um bilhete: "Eu só queria contar pra alguém que tô nervosa pra confissão. Queria confessar de verdade, mas não queria ser a única. Se você for confessar de verdade, tira seu casaco na aula de Matemática. Por favor, não mostra isso pra ninguém!"

Tirei o casaco como o bilhete instruía apenas para ver se Belinha me observava. Confessar meus pecados de verdade era incogitável. Até porque jamais teria coragem de falar sobre o principal pecado que eu achava que deveria confessar. Era sobre aquilo que os padres chamavam de "mente poluída". A poluição mental era tudo que pensávamos, víamos, falávamos ou fazíamos que tinha a ver com sexo, principalmente as, então, chamadas revistas de mulher pelada.

Lili me mostrou a primeira que vi. Revirando esconderijos do Tio André, ela encontrara uma edição de 1983 da revista *Ele e Ela* que tinha "O Diário de Xuxa" e fotos da apresentadora nua. A primeira revista do gênero que comprei foi em 1990, quando o anúncio da Mara Maravilha na capa da *Playboy* gerou grande comoção nos meninos da nossa idade.

"Eu sei que você já viu a Xuxa, mas a Mara é muito mais gostosa!" Argumentou Jaques (as disputas da época incluíam o debate sobre quem merecia o posto de melhor animadora infantil do Brasil). "Nós temos que dar um jeito de comprar essa revista assim que ela sair!" Continuou e, depois de algumas rodadas de especulação, concluíram que eu era o único que tinha dinheiro guardado para fazê-lo. "Mas eu tô economizando para comprar uma bola de capotão." Protestei. "Você quer ver a Mara pelada ou não? Para de ser bicha!" Disse meu vizinho mais velho. Ainda tentei buscar outras soluções, mas foi em vão.

Durou menos de dez minutos. Eu, Jaques e Kanji viramos as páginas do ensaio juntos e em silêncio. Depois, cada um analisou individualmente as fotos onde ela aparecia apenas ornada de adereços indígenas. Finalmente entregaram a revista de volta e cada um saiu para um canto. Sem saber onde enfiar aquilo e com medo de ser pego com o material inapropriado, o arremessei em cima do telhado da garagem e saí correndo.

Alguns meses passados, depois que Mônica Fraga, "a gata dos Trapalhões", foi capa, passamos a comprar a *Playboy* e outras publicações do gênero na banca de nossa rua. Como eu havia alegado ter perdido a *Playboy* da Mara, Jaques sugeriu guardar os próximos volumes e administrar uma caixinha para a qual passamos a contribuir com tal propósito. Foi dele também a ideia empreendedora de comprarmos uma tabela de basquete mais barata justamente para não perdermos a oportunidade única de usar o dinheiro dos vizinhos para aumentarmos nosso fundo.

De fato, eu sabia o paradeiro final da primeira revista: acabara no apartamento térreo do zelador do prédio. Depois que ela ficou alguns dias aberta no telhado sendo folheada pelo vento para vizinhos do primeiro andar, alguém pediu ao Genival que a tirasse de lá. Com auxílio de uma escada, ele removeu o temporário escândalo dali e, antes de guardar para si, veio perguntar se eu a queria de volta.

Morto de vergonha, neguei tudo de pés juntos: "Não, Genival, você deve ter visto eu jogando outra coisa, nunca nem vi essa revista antes!" Tinha certeza de que tais pecados não se confessavam para padre, zelador ou quem quer que fosse. Ao mesmo tempo, isso fazia aumentar ainda mais a minha crescente dívida para com a contabilidade divina.

Tentando diminuir esse crescente saldo negativo, aceitei a sugestão de Paulo e, durante minha preparação para a primeira comunhão, passei a trabalhar como coroinha nos domingos em que não houvesse corrida.

Em tais missas, minha responsabilidade era tocar o carrilhão, um instrumento feito por quatro sininhos pendurados a uma pequena haste de metal. Eu precisava soá-lo três vezes, respeitando um intervalo de três segundos entre cada toque, quando fossem apresentados o pão e o vinho na eucaristia.

Não entendia por que Jesus precisava que um instrumento musical fosse brevemente tocado naquela hora. E por que, de todas as possibilidades, aquela? Se eu fosse Deus, não ia querer um moleque sonso que mal sabe bater palma tocando sininho, teria Prince e Slash solando na guitarra. Em todas as igrejas! Ao mesmo tempo! *Talvez Jesus seja mais simples e queira apenas que a missa tenha alguém tocando um sino avisando que a comida está pronta.* Ri sozinho pensando na conversa em que tal procedimento fora decidido no céu. *Não importa, só preciso prestar atenção no momento certo e tocar o negócio. Deus vai ficar feliz, o Paulo e minha mãe também vão aliviar um pouco na minha. Não é difícil.* Concluí.

"Recebei, ó Pai, com bondade, a oferenda dos vossos servos e de toda a vossa família; dai-nos sempre a vossa paz, livrai-nos da condenação e acolhei-nos entre os vossos eleitos. Dignai-vos, ó Pai, aceitar e santificar..." Bling, bling, bling, bling, bling! Silêncio. Ninguém olhando como se eu tivesse feito coisa errada. *Acho que é isso...* Disse a mim mesmo, aliviado. Não conseguia confessar minhas maiores culpas para ninguém, mas estava ali em pleno domingo de manhã com os joelhos doendo no chão duro da igreja e toquei o sininho bem na hora que deveria ser tocado. Não era muito, mas calculava que para algo deveria contar.

* * *

A mesma rotina continuou a ser religiosamente cumprida nos finais de semana de abril até aquele sábado de maio, quando, a caminho de Vó Preta, Seu Carlos me atualizava do estado atual dos assuntos familiares: "Então é isso, filho. Não se preocupe que eu e sua mãe vamos nos acertando e a empresa também vai ficar bem, se Deus quiser." Concluiu. Quis mencionar que sabia da fita cassete prevendo que tudo ficaria bem, mas desisti. Na Vó, tomei o banho como em todas as outras semanas, mas Seu Carlos ficou apenas poucos segundos sozinho com ela, saindo nervoso, como se ouvisse algo que o contrariasse.

Antes de voltarmos para casa, paramos na padaria. Ele comprou refrigerante, pão e salame. Chegamos em casa, fizemos nosso lanche na cozinha, fomos até a sala e nos sentamos. A televisão mostrava os últimos capítulos da novela "Meu Bem, Meu Mal". Culminava o embate entre os poderosos Venturinis e a família da manicure Berenice. Ninguém em casa parecia se importar. Meu pai mastigava o sanduíche enquanto seus olhos pareciam estar em um mundo ainda mais distante que o da televisão. Quase sem piscar, minha mãe remexia papéis e pastas na escrivaninha. Como se tornara costume, ela optou por não comer. Motivado pelo título da novela, eu lembrava do catecismo daquela manhã e ponderava o que aprendera até então sobre bem e mal. A verdade era que, apesar de estar prestes a fazer a primeira comunhão, não tinha ideia se iria para o céu. E, ainda que a maioria dos adultos parecesse viver pouco preocupada com tal questão, toda aquela religião em volta de mim não me deixava ignorá-la.

Meu pai afirmava que o inferno nem existia. "E o que acontece com as pessoas más?" Perguntei um dia. "Elas ficam no umbral até encarnarem novamente para aprender o bem." "E se não aprendem?" Insisti. "Reencarnam de novo." Ele respondeu. "E se elas nunca aprenderem?" "Cedo ou tarde, todo mundo encontra a bondade dentro de si, não tem jeito." *Lá vem meu pai com o bendito otimismo dele!* Pensava, frustrado.

Inferno ou umbral, ainda que poucas pessoas cumprissem muitos mandamentos, era raro que surgisse alguém sobre quem se afirmasse merecer tamanha punição divina. Casos assim eram dignos de atenção por estabelecerem de fato o que não poderia ser descumprido de jeito nenhum.

No final daquele mês, surgiu um desses exemplos: Cabo Bruno fugira pela terceira vez da prisão, dando início à "caçada ao Cabo Bruno" e a um forrobodó que só. Eu nunca ouvira falar antes do dito cujo, mas fiquei fascinado pelas notícias e conversas. Ele era um assassino em série, condenado por matar mais de vinte pessoas. Para minha confusão e incômodo do meu pai, Tio André o chamava de Charles Bronson brasileiro.

Entre os justiceiros de Hollywood, Charles Bronson era nosso favorito. Nos filmes americanos, o justiceiro era um herói solitário dotado de um conceito de justiça simples e ancestral: nos dividimos entre indivíduos bons e maus, o mal acontece pela ação dos últimos e desaparece ao eliminarmos esses. A proposta do justiceiro para conduzir tal empreitada era desburocratizar o processo chato que envolve leis, direitos e tribunais e ele mesmo determinar quais seres humanos mereciam viver. Via de regra, os filmes que idolatrávamos retratavam esses heróis levando a cabo seus planos. Os maus poderiam ser estupradores, motoqueiros, punks, mexicanos ou negros do Bronx. Se Charles Bronson não matava pessoas de todas as diversidades, a pluralidade se fazia presente nas formas de matar.

O coração até acelerava quando ouvíamos a chamada: "Neste Domingo Maior: *Desejo de Matar*! 'Como está minha mulher?' 'Sinto muito, ela morreu.'" Dessa fala, seguiam várias cenas em que o ator estadunidense atirava em umas dez pessoas. A propaganda continuava: "Charles Bronson, um homem obcecado pela sede de vingança. *Desejo de Matar*, um grande sucesso do cinema neste Domingo Maior, dez da noite." Era um grande sucesso de 1974, mas, graças à Globo, novas gerações continuavam apreciando o clássico. Eu não ouviria um não ao pedir: "Pai, posso ficar acordado até mais tarde para ver o Charles Bronson? Por favor, pai, é o Charles Bronson!"

Como os atores das novelas gostavam de falar: "Às vezes a vida imita a arte, às vezes a arte imita a vida." Seja lá qual foi o caso, nos bairros próximos de onde Vó Preta morava, alguns comerciantes passaram a patrocinar policiais que desejavam viver o papel de Charles Bronson na vida real. Assim como nos filmes, os justiceiros paulistanos julgavam quem era e não era digno de viver e executavam os últimos. Muita gente defendia os justiceiros até aparecer o mais infame deles, o Cabo Bruno.

É verdade que a contagem de corpos de Cabo Bruno era menor que a de Charles Bronson em *Desejo de Matar 3*. A questão, entretanto, parecia não residir na quantidade de vidas encerradas. Como eu ouvia: "Bandido bom é bandido morto!" O problema era que o brasileiro parecia não contar com o poder de julgamento infalível norte-americano. Enquanto heróis de Hollywood aparentemente distinguiam perfeitamente entre quem merecia e não merecia a vida, o justiceiro paulistano baseava as decisões na aparência dos suspeitos.

Ainda curioso sobre aquelas novidades e, como todos na minha família materna, temendo morrer muito antes da hora, quis saber mais sobre tal aparência. "Aparência de marginal, filho, cara de bandido, tatuagem, essas coisas." Minha mãe explicou. "A Dona Helena tem tatuagem..." Ponderei em mais alta voz que deveria. "Tsc, é diferente, né, Afonso Carlos! Além do que, a gente não é marginal, então não vá se preocupar com isso também." Pausou, fez que ia se virar, mas mudou de ideia: "Se quer saber mesmo, é aparência de quem sai na rua todo mulambo, feito criança que não tem mãe. Se você quiser continuar desse jeito, é por sua própria conta e risco. Eu tô fazendo a minha parte. Só não vai dizer depois que eu não avisei." Terminou, e dessa vez deu as costas sem arrependimentos.

As disputas sobre o assunto continuaram em outros lugares e eu prestava atenção a cada comentário: "Não dá pra entender como uma pessoa chega a fazer isso!" "Com certeza, vão facilitar a fuga dele outra vez!" "Ele tem cara de psicopata." "Esse país é uma palhaçada!" "Isso aí é culpa do governo!" "Pode escapar da justiça dos homens, mas da de Deus ele não escapa!"

Algum tempo depois o recapturaram, e eu só ouvi falar do Cabo Bruno mais outras duas vezes na vida. Na última, me disseram que ele havia virado pastor evangélico e estava expondo óleos sobre acrílico que ele pintou na prisão.

Calmarias, vendavais e refrigérios

"Eestá valendo, é tudo ou nada, hoje sai um campeão brasileiro aqui em Bragança!" Era domingo, 9 de junho, Sílvio Luiz abria a transmissão para a grande final! Todos os descendentes de Vô Fonso, e o genro, estavam reunidos em casa para torcer. Havíamos amargado dois vice-campeonatos em 1989 e 1990. O ano anterior fora o pior, perdemos o título para o Corinthians. Era hora da redenção!

Na primeira partida, Mário Tilico marcou para o Tricolor depois de cruzamento do Cafu. O placar de um a zero nos dava a vantagem do empate na casa do adversário. Não podíamos brincar. Parreira tinha armado um Bragantino que era o demônio, com Biro-Biro, Mauro Silva e Mazinho jogando muita bola do meio para frente.

Como se eu já não tivesse estranhezas suficientes, ficava cada dia mais supersticioso, porém estava resoluto. *Para essa final, tenho que mandar mais sorte do que fiz nas anteriores. Pensem o que for, vou cumprir minha parte e ajudar o São Paulo a ser campeão! Quando todos estiverem comemorando o título, vão até esquecer da chatice!*

Em primeiro lugar, era necessário o chaveiro de pé de coelho que ganhei do Tio Camilo. Ele era bafudo (torcia para o Comercial de Ribeirão Preto), mas passou a torcer também pelo São Paulo desde que Raí, outro ribeirãopretano, se transferiu para o Tricolor. O tio me entregou o amuleto quando chegamos à casa dele para assistir à final do Paulista de 1989. Foi o primeiro título que lembro de ter comemorado! Meu pai me colocou em seu ombro, Tio Camilo soltou um rojão e até minha mãe entrou na onda e bateu umas panelas. Desde então, não larguei o talismã.

Também não se podia gritar gol antes da hora. Evidentemente qualquer coisa verde era proibida no recinto e, mais importante, nada poderia ficar entre a televisão e meu Daruma, que já tinha dificuldade de assistir ao jogo com seu olho único. Finalmente, braços e pernas descruzados para não bloquear a boa energia gerada por aqueles procedimentos.

Eu experimentava constantemente o que funcionava ou não em termos de ajudar meu Tricolor: a cada temporada, novas técnicas surgiam e outras eram abandonadas. Nenhum membro da minha família compartilhava da minha compreensão sobre tais assuntos. "Cada um tem sua fé, mãe." Eu advogava. "Tsc, e futebol é fé, menino!?" "Cada um tem a sua, mãe."

Por causa dessas catimbas, até Vô Fonso reclamava de assistir aos jogos comigo. Porém, a importância daquela final fez ele, pais e filhos se unirem cheios de esperança e pedindo uns aos outros para descruzarem o braço. "Vai que o garoto tem razão."

O pleito começou pegando fogo: "Olha o Cafu, do lado de lá, se quiser tem o Zé Teodoro. Olha o São Paulo no rolê. Lá estava Marcelo! Uma paulada violent... No paaauuu! E Müller perde um gol feito!" Meu pai me olhava, eu também não sabia se aguentaria noventa minutos daquilo. Para minha sorte, o resto do jogo teve poucas emoções. Apenas um impedimento marcado injustamente contra o São Paulo (que fez minha família inteira saber que eu conhecia mais palavrões do que eles esperavam) e um lance de bate e rebate na área com defesas sensacionais do Zetti.

Quando Sílvio Luiz gritou "termina o jogo", Dezito pulou tão alto que quebrou o lustre recém-comprado de casa. Apenas ele assustou. Naquele momento, só o São Paulo importava. Os homens da família eram alegria e festa. Até Lili e Rute entraram na roda, pularam, cantaram e xingaram os corintianos pela janela com a gente!

Depois da celebração, meus avós, tios e primos foram embora. Dezito pedindo desculpas novamente, minha mãe dizendo outra vez que não era nada. *Ah, se fosse eu!* Pensei, mas guardei silêncio para não estragar o clima. Assim que eles se foram, corri para treinar basquete com meus vizinhos.

Desde o primeiro dia que a cesta de basquete foi colocada, a graça para Jaques e Kanji era enterrar! A gente não pulava o suficiente para alcançar o aro, então a estratégia foi inventar uma escadinha com blocos de concreto que encontramos na garagem. O primeiro degrau era de um bloco deitado, o segundo de dois, o terceiro de dois deitados e um de pé. Como os blocos caíam quase a cada tentativa, era necessário vir correndo, pegar velocidade e dar passadas largas e rápidas. "Toma distância, corre um, dois, três e plau, enterra." Repetia o Kanji.

O Jaques, que era bom em quase todos os esportes, enterrava até de costas. "Você tá com medo, para de ser cagão e pula direito!" Ele me instruía. Eu era o rei de me machucar quando duvidavam de mim. Mas o São Paulo tinha levantado a taça. Cabia a mim cumprir minha missão. *Eu vou ser bom em alguma coisa!* Peguei a bola, tomei distância, corri com toda a força, um, dois... Hesitei em pleno voo, pisei com metade do pé no terceiro degrau e metade fora, a torre de blocos tombou e eu caí em cima dela. Meus amigos riram, prendi o choro. Em casa, meu pai arregalou os olhos, minha mãe teve um faniquito. Todos para o hospital, raio X, e engessei o braço pela primeira vez.

Apesar da bronca e safanões que tomei por "inventar moda e causar uma correria desgraçada no domingo à noite", quebrar o braço foi dos melhores acasos. Além de ficar três semanas sem ir à natação, todos da 5ª série C quiseram assinar o gesso, até os professores e alunos com quem eu não falava.

Ao contrário do que temia, ninguém zoou. *Vai entender as pessoas!* Pensei. Obviamente que, dos nomes ali presentes, eu ligava apenas para um: "Belinha", escrito em caneta lilás e na mesma letra dos bilhetes.

Desfilei popularidade de celebridade no braço por duas semanas. Então o gesso foi removido e voltei à insignificância do que se tornava minha nova rotina. Ficava cada vez mais claro quão ilusórias eram as esperanças de que eu ajudaria a colocar os Laranjeira junto dos importantes do mundo. Continuava sem nem saber em que era bom e divagando nas aulas, viajando cada vez mais longe do futuro com que minha família sonhava.

Ao mesmo tempo, a escola já não me amedrontava como no início. A grandeza do lugar, o tempo na busa, a favela e a chatice das aulas vagarosamente se transformavam em partes inevitáveis de uma nova normalidade. Os *boys*, por exemplo, de quem tinha tanto medo de apanhar, quase nunca saíam na mão conosco. Via de regra, eles se batiam entre eles. Quando acontecia, a plateia era enorme. Não era apenas porque existiam mais implicações sociais naqueles entraves, é que *boys* também sabiam brigar. Faziam artes marciais e sabiam dar tudo que era golpe. Nossas rinhas eram feias. Na minha segunda, enquanto trocávamos murros desengonçados, alguém da plateia berrou, rindo: "Esses moleques aprendem a socar com a mãe!?" E a verdade daquelas palavras me deixou ainda mais humilhado. Meu oponente nos derrubou e começamos a rolar no chão agarrados. "Vambora, nessas brigas de pobre nada legal acontece." Outro espectador emendou desapontado.

Das outras vezes que os *boys* interagiam conosco, não raro falavam algo positivo. "Ô, Afonso Pobre, deixa eu ver esse desenho de carro que você fez aí? Da hora, hein! Você leva jeito pra coisa!" Em alguns aspectos eles funcionavam como mediadores sociais. "Você sempre ri das piadas da Ester, hein, Pobre! Não é que vocês dois combinam? Se você quiser que eu chegue nela pra você, eu faço. Tá na hora de você não ser mais B.V." B.V. era "boca virgem", a pessoa que nunca tinha beijado, e eu era B.V. "Eu não sou B.V. não, Fernando!" "Para de mentir, a Ester tá a fim, quer que eu chegue?" Eu declinava a oferta outra vez, educadamente.

Certa vez, Fernando, inclusive, me salvou de apanhar dos *playboys* valentões da 5ª série A. "Não vai bater nele, qualquer um da minha classe eu garanto!" "Foi mal, Fernando, não sabia que o pobre era da sua sala." E os valentões foram embora sem que tomássemos um pontapé.

Até os sustos menos frequentes eu começava a incorporar naturalmente. Na primeira vez que uma bomba estourou no banheiro, achei que alguém tinha dado um tiro de escopeta dentro do prédio. Depois, me acostumei a olhar atrás da privada sempre antes de usá-la. Na terceira bomba que ouvi da sala, só arregalei o olho e dei risada baixinho com os outros.

Quanto mais me aprofundava naquele universo diferente, mais encontrava semelhanças com os outros. O Mustafá me contara que tinha uma irmã bem mais velha que morava longe e não falava com o resto da família. Os pais do Pancinha eram separados e também não se falavam. Esses problemas nem eram os maiores. Havia boatos de mães de alunos namorando professores, pais que deram tiro de revólver dentro de casa. Sem saber distinguir as mentiras das verdades, notava apenas que aquele mundo, que parecia ser uma imponente árvore por fora, também era repleto de madeira podre por dentro.

Se bem que todas as pessoas que eu conhecia pareciam esconder alguma mentira, um segredo ou sofrimento. Até Vó Preta, que odiava gente fingida, tinha os cochichos dela com meu pai. Mas injustiça ela não tolerava. Dizia que era assim por ser filha de Iansã, que também é Santa Bárbara. Contou-me que, certa vez, o filho mais novo de Iansã adoeceu e Iansã o levou à casa de Ossain para tomar um banho de ervas (naquelas épocas, o único que conhecia os segredos das árvores e suas folhas era Ossain, que também é São Roque). Quando os dois chegaram lá, ele não deu importância ao menino, fazendo com que eles se cansassem de esperar do lado de fora da casa.

Com o filho enfermo nos braços e farta da arrogância de Ossain, Iansã reuniu sua força e enviou um enorme vendaval, que arrancou a casa dele do chão, fazendo tudo o que estava dentro dela girar em um tufão. Pelo ar, foram os pertences de Ossain, seus potes, os ramos das árvores, as folhas, os frutos e seus encantos. Sabendo que os segredos estavam libertos, os outros orixás voaram até lá para colher o tesouro que dançava no ar.

Ainda assim, só fui ver quanto minha vó odiava covardia um pouco antes de completar dez anos. Estava jogando taco em frente à casa dela com uns meninos da rua. Entre eles, Biriba, sobrinho da Vó Preta, mais novo que eu, negro retinto, bem magrinho, falante e engraçado. Ele lançou a bolinha, tentei rebater, mas furei. "Pra trás!" Ele gritou. "Nem fodendo!" Berrei de volta. "Tá cego, Alemão?" Ele perguntou, rindo. Os outros meninos disseram que viram relar. Trocamos "não relou" e "relou, sim" até eu perder a paciência. Joguei o taco na cabeça do Biriba, ele caiu no chão chorando, os outros vieram me bater enfurecidos.

Ouvindo o barulho, Vó Preta saiu para intervir. "Ele que arremessou o taco na gente!" Falaram assim que a viram. Ela ouviu cada um, achei que ia ralhar com os meninos por me baterem em maior número, mas grudou na minha orelha me arrastando para dentro até o meio da sala. Puxou a cadeira, se sentou e disse: "Você é neto da vó?" Não soube o que responder. "É ou não é?" "Sou, vó..." Respondi de cabeça baixa. "E você já viu a vó tacando um pau na cabeça de alguém mais fraco?" Sem me bater, nem gritar, ela continuou me aplicando um sermão que só. "Neto meu não faz esse tipo de sem-vergonhice. Você é melhor que isso, entendeu?" Ela encerrou comigo, eu quase que preferindo ter apanhado: "Sim, vó..."

***

    Naquele final de semestre, comecei a receber mais bilhetes escritos em lilás no papel rasgado do caderno. Guardava cada um deles como peças de um quebra-cabeça que, assim que montado, revelaria minha felicidade futura.

    No final de junho, a última mensagem deixada em meu armário não soava alegre, mas trouxe o conforto de saber que mais alguém enfrentava as disputas do nosso mundo: "Meu pai vai se separar da minha mãe. Acho que ele tem outra namorada. Eu precisava contar pra alguém e só tive coragem de falar pra você."

    Como eu ainda não estava certo da autoria dos bilhetes, raramente arriscava a respondê-los. Quando o fazia, colocava a réplica mais genérica que podia pensar no armário da Belinha, garantindo que nada ali escrito fosse pessoal ou revelasse a minha identidade.

    Dessa vez, por ser um assunto do qual eu também precisava falar, ou por ser o último dia de aulas, deixei um pouco os tais cuidados: "Meus pais brigam o tempo todo. Também acho que vão se separar. Só tenho coragem de falar isso pra você também. P.S. Ah, ouvi que você vai pro Chile. Boas férias!"

    Foi meu último ato do semestre letivo. Só saberia o resultado da mensagem depois de Belinha ter esquiado bastante no Valle Nevado. Outros colegas foram pegar o verão da Flórida, mas menos do que era usual. "Collor maldito, meu pai falou que não dá pra ir para a Disney esse ano por causa dele. Vamos ter que ir pra Campos do Jordão de novo!" Reclamaram os mais frustrados. Eu, como era costume em julho, fui para a fazenda da família do Tio André em Ribeirão Preto.

Na fazenda

Em Ribeirão Preto éramos outras pessoas. Lá, eu adorava meus primos. Foi ali que Dezito me ensinou a andar a cavalo sem sela, a caçar rato, a tirar leite da vaca e a pescar lambari. Nos meses de julho e em partes de dezembro, ficávamos lá sob supervisão de Tia Bárbara. Aos finais de semana, meus pais e Tio André se juntavam a nós para comer *pizza* no sábado e churrasco no domingo.

Na maior parte do tempo, Dezito, Rute, Lili e eu andávamos juntos para tudo que é canto da fazenda. Os dias começavam conosco enchendo o copo de Toddy e indo até o curral para misturar o achocolatado com o leite saindo morninho da teta das vacas. Comíamos um bolo e íamos pegar jabuticabas ou manga verde, que comíamos com sal. Andávamos a cavalo, almoçávamos e depois líamos gibis enquanto fazíamos a digestão.

Aos finais de tarde, íamos nadar ou pescar. Tudo isso acontecia ao som de muita moda caipira e música sertaneja dos rádios espalhados por lá. Naquele julho, a música que não parava de tocar era "Pensando em Minha Amada", do Chitãozinho e Xororó. Eu a ouvia vez após vez, cheio de amor pelos lindos canaviais e saudade da Belinha.

Não era só para pensar em amores que eu buscava jeitos de ficar quieto e sozinho. Quando conseguia, adorava os momentos em que podia pescar em silêncio ou transformar a roça nos universos imaginários dos meus sonhos de criança. Foi em uma dessas andanças solitárias que cometi o erro fatídico.

    Meus primos estavam espalhados por não sei onde e eu fui explorar o campo onde ossadas de bichos mortos eram jogadas. Não consegui fechar sozinho a última porteira que cruzei porque o arame estava muito duro. Era regra máxima da fazenda não deixar porteira aberta, mas dava para eu ficar vigiando aquela até virem me buscar. Escutaria um monte por não ter voltado no horário, mas era melhor que a bronca de ter deixado algum animal escapar.

    Fiquei lá com a imaginação solta até o final da tarde. Como o Zezé do livro, eu falava com árvores. Ao lado de minha espaçonave destruída, contemplava o planeta desolado em que havíamos aterrissado. "Quem é responsável por toda essa matança?" Perguntei à mangueira. "Eu não o perdoo!" Declarei para a jabuticabeira como Jiraiya. Controlei minha repulsa, precisava focar em minha missão. Escondido em algum lugar daquela cena horrível estava o amuleto supremo capaz de acabar com todas as disputas da galáxia. Eu o procurava incansavelmente. Foi então que vi a distância uma face conhecida no chão: "O general, mataram ele também!"

    Saí correndo em direção aos restos mortais do meu falecido companheiro sem saber que embaixo daquele crânio bovino havia perigo muito mais real do que eu poderia imaginar. Assim que levantei aquela parte da ossada, marimbondos voaram de dentro dela zumbindo. Fechei os olhos e abanei os braços, senti uma picada doída e logo saí correndo. Nunca tinha tomado ferroada de marimbondo e não duvidava que era alérgico àquilo também. Atirei-me por debaixo da cerca, corri sem parar até quase ficar sem ar e, não me dando conta de que deixara o perigo para trás, pulei na represa de roupa e tudo.

    Rute, que estava pescando e viu a segunda metade da cena, gritou brava: "Enlouqueceu, Afonso Carlos?!" Emergi. "Não Rute, eu tava no cemitério das vacas, eu juro que foi sem querer, eu não fui mexer com marimbondo, eles tavam escondidos. Tomei umas três mordidas, tá doendo muito! Não conta pra ninguém, nem liga pra minha mãe, ela vai ficar muito brava!"

Não tinha como esconder: duas ferroadas tinham sido no rosto, uma no braço, e as três incharam do tamanho de meia ameixa. Meus primos também ficaram com pena. Além disso, não queriam revelar que haviam me deixado ir tão longe sozinho. Inventamos uma história. Até Tia Bárbara concordou em só contar para meus pais quando eles chegassem na sexta à noite.

Eu já estava com pomada no rosto e passando gelo nas picadas quando Tio André entrou na sala babando de raiva, chutou a mesa de centro e bradou: "Quem deixou a merda da porteira aberta?" *A porteeeira!* Uma voz ecoou dentro de mim arregalando meus olhos inchados. "Calma, André, pra tudo tem jeito na vida." "Cala a boca, Bárbara! É porque não é você que tá lá correndo atrás das vacas a essa hora. Eu devia botar esses folgados tudo pra fora. Quem foi?" Todos sabíamos que eu deveria falar algo, mas as palavras estavam presas. Silêncio. "Fui eu, pai." Falou Dezito.

"Calma, André!" Minha tia voou agarrando o braço do marido, mas não tinha quem o segurasse. Ele desprendeu a fivela do cinto, o tirou e começou a dar no meu primo que se encolhia no sofá. Tia Bárbara entrou na frente e minhas primas depois, logo todos, menos eu, estavam tomando cintada. Sem conseguir mexer um músculo, eu apenas observava a destruição que desencadeei enquanto pensava: *Eu só queria que o inferno se abrisse e me engolisse de uma vez!*

Naquela noite, dormimos quietos, cada um tentando sarar as próprias feridas. Creio que foi tentando cuidar das suas ou querendo esquecê-las que, na manhã seguinte, Dezito me chamou no depósito pouco antes do almoço. Estávamos só nós dois, ele com vergões na perna, eu de cara ainda inchada. Ele empunhou um revólver que tirou do armário do pai. "Você já mexeu em arma antes?" Perguntou. Balancei a cabeça. "Vai, segura." Obedeci. "Pesado, né?" Fiz que sim. "Sabe como carregar?" Balancei a cabeça outra vez. "Vou te mostrar."

Ele abriu uma gaveta do mesmo armário, tirou uma caixinha com várias balas e as espalhou no anteparo. Tomou o revólver, abriu e mostrou o tambor vazio. "Olha, é assim que se carrega." Foi colocando um cartucho em cada um dos seis buraquinhos na minha frente. "Viu?" Esvaziou de novo o tambor e mandou: "Agora faz você." Obedeci.

"Posso ir embora?" Implorei. "Não, calma, quero te mostrar outra coisa. Você já brincou de roleta russa?" O medo enrugou meu rosto. Ele procedeu com a explicação: "Você coloca uma bala só no tambor, roda ele e fecha sem ver onde caiu. Daí você engatilha, aponta o cano pra sua boca e puxa o gatilho. Se Deus decidir que você deve viver, você vive, senão você morre." Ele entregou o revólver carregado com uma bala na minha mão e disse: "Vai, tenta."

Eu sentia pavor, mas não tremia. Talvez fosse mesmo a hora de acabar com uma vida que não tinha importância alguma, ou de receber mais outra chance de viver. Antes que eu conseguisse me decidir, Dezito o fez. "Deixa que eu atiro." Novamente ele tirou o revólver da minha mão e apontou o cano contra meu peito. Julguei ver a morte nos olhos dele. Meu primo apertou o gatilho. *Click*. A arma não disparou. "Tá vendo, deu sorte!" Ele disse sorrindo. Pelo segundo dia consecutivo, eu estava paralisado. Dezito engatilhou mais uma vez e disparou. *Click*. A arma não disparou pela segunda vez. Como um *cowboy* nos filmes, ele levou o revólver ao lado da cintura, engatilhou e atirou outras quatro vezes em sequência. *Click, click, click, click.*

Eu não conseguia respirar. Dezito se aproximou dando tapinhas nas minhas costas. "Calma, calma. Respira, respira... Ha, ha, ha. Olha só, o tambor tá vazio. Não coloquei nenhuma bala nele, não. É um truque que eu faço. Assustou, né? Calma, você achou mesmo que eu ia ser maluco de atirar em você com a arma carregada? Ha, ha, ha... Só você! Esse truque é segredo, tá? Não conta pra ninguém que te mostrei, tá bom?"

Até hoje, nunca havia contado para ninguém. Até porque, depois que minha mãe chegou, Tia Bárbara relatou todo o episódio das vacas para a cunhada. Depois de ouvi-lo, ela prometeu me dar duas vezes mais cintadas do que os outros haviam tomado. Porém, para minha surpresa, não apanhei muito mais do que qualquer outro menino que tivesse feito o mesmo naquela época. Ainda assim, eu só pensava em poder escapar para bem longe e voltar para perto da Belinha.

Céu encoberto, raios de Sol

Apesar de ter nascido e crescido em São Paulo, nunca me senti em casa na capital paulista. Atribuía parte desse desconforto à constante falta de horizonte com que eu olhava para a cidade. Andava pelas ruas da minha infância e adolescência vigiado por um abarrotado de janelas altas, sufocado pela visão de concreto erguido atrás de concreto erguido. Só contemplava o céu quando, cansado, parava de caminhar e lembrava de olhar para cima.

Para mim, agosto era a pior época de estar na cidade. Voltávamos às aulas sem Carnaval, Páscoa, Quermesse, Cosme e Damião, Dia das Crianças, Natal, nem qualquer feriado ou razão para o mês existir. O desgosto era pior com o clima. Quando olhava para cima, no frio de agosto, quase nunca observava o céu que buscava, mas um esbranquiçado sem tom e sem tudo o mais. Cores, nuvens e Sol desapareciam, dando lugar a coisa nenhuma, como se as estrelas e o azul do firmamento tivessem decidido nos abandonar.

Isolados do resto do universo, as disputas entre os mundos de nosso planeta continuavam naquele agosto de 1991. Do último mundo, continuávamos ouvindo constantemente sobre o colapso do segundo. Um golpe de estado havia falhado ao tentar derrubar o presidente Mikhail Gorbachov, mas a cada dia se falava de um novo país deixando a União Soviética. Dona Helena contou que a estrutura mais alta que o ser humano já havia construído havia desabado na Polônia. "Pessoas fazem muitas Torres de Babel. Sabe o que é Torre de Babel, garoto?" Fiz que não. "Nem na catecismo te ensinam coisa naquele escola!?" Dei de ombros. "Bom, muito tempo atrás, os homens construíram um torre pra chegar até céu. Tudo começou bem, mas quanto mais construía, mais eles brigava. Um dia ninguém mais entendia nada e cada um foi pra lado falando língua diferente."

Fiquei olhando para Dona Helena sem saber se ela estava falando sério ou não: aquela história soava saída da minha imaginação! Ao mesmo tempo, parecia razoável que nossas muitas línguas tivessem surgido daquele jeito... *Desde quando essas disputas não deixam a gente chegar no céu?* Fiquei me perguntando.

E ainda que no Brasil todos falássemos português, a situação aqui não parecia muito melhor por isso. Em meio à crise econômica contínua, surgiam denúncias de corrupção envolvendo o presidente, seus familiares, ministros e amigos.

No mesmo período, Seu Carlos arrumou outro atrito com a esposa por causa de religião. No começo de agosto, meu pai e eu fomos com a Vó Preta ao Palácio Nove de Julho para assistir a uma sessão de que Nelson Mandela participaria. Eu não fazia ideia quem era o dito-cujo, mas Vó Preta disse que meu pai devia a ela, e nós fomos. Notando que eu observava confuso seus olhos solenes, minha avó se voltou para nós e sussurrou: "Muito tempo atrás, uma cegueira veio sobre os homens, o mundo começou a se enxergar em preto e branco, e a cor virou nosso caminho. A sina desse homem foi passar vinte sete anos preso tentando nos curar dessa cegueira."

Chegando em casa, minha mãe não quis ver nem ouvir nada. Só falou um monte antes de meu pai pegar as coisas e sair pouco tempo depois de ter entrado. Entretanto, hora ou outra ele teria que voltar, e as disputas entre os dois continuariam. A empresa era ainda o principal assunto discutido. As dívidas só aumentavam, enquanto o tempo que Seu Carlos passava conosco era cada vez menor. Aos finais de semana, ele só parava em casa para vermos Fórmula 1. Até dos almoços dominicais estava participando com menos frequência para fúria de Vó Altina. Passava quase o domingo inteiro no escritório. Aos poucos, eu deixara de ir junto e, a pedido de Tia Bárbara, meu avô também. Silmara tomava nosso lugar ao lado dele.

Algumas sextas à noite e sábados de manhã eles passavam juntos no centro kardecista que ela coordenava. Como Seu Carlos fazia questão de colocar, estavam "tentando salvar a empresa, nossa família e partilhar um pouco com os outros". Ao ouvir isso da escrivaninha pela enésima vez, minha mãe o mandou tomar vergonha na cara. Eu perdia minha fé nas previsões da fita cassete.

Enquanto via o mundo, o país e o casamento de meus pais desmoronando, o mais absoluto romantismo iluminava meu interior. Minha correspondência com Belinha só se intensificou depois que as férias acabaram. Inesperadamente, passei a contar os minutos para segunda-feira, quando eram sanadas as infinitas saudades que eu acumulava no final de semana.

Tudo mudou depois que resolvi tomar a iniciativa no início das aulas. Possivelmente cansado da minha covardia exibida na fazenda, assim que a escola recomeçou, sem nem esperar resposta do último bilhete, escrevi para ela:

Oi, como foram suas férias? As minhas foram um saco.
Eu não aguento mais minha família. Eu só faço besteira.
Queria conversar com você de verdade.
Se você quiser sei um lugar.
Afonso
P.S. Por favor ignora se não for você que me manda bilhetes. E não conta pra ninguém, POR FAVOR!

A réplica veio duas longas semanas depois: "Oi! Sou eu. Minhas férias também não foram boas." O que me causou surpresa momentânea: *Como ter férias ruins esquiando no Chile?* Mas era passado o ponto de residir naquele pensamento. A mensagem continuava: "Eu acho que só você me entende aqui. Por isso a gente não pode se encontrar. Ninguém vai saber. Por favor, rasgue esse bilhete. Bela."

Meu coração trepidava: *Acho que ela me ama e estou apaixonado também! Ou ela apenas quer um amigo porque não tem coragem de conversar sério com mais ninguém?* Os pensamentos iam de um lado a outro. Mesmo em meio àquelas dúvidas, o universo parecia menos caótico, como se a gritaria lentamente se transformasse em ruído de fundo indistinguível. Aos poucos, as muitas perguntas em minha cabeça davam lugar a outro porquê: meu amor por Belinha. *Se todos pudessem experimentar o que sinto, não haveria espaço para guerra!* Fantasiava.

Naqueles meses, eu viajava longe ouvindo músicas românticas. Estava vivendo um amor de novela. *Que vergonha!* Eu me censurava. Meus pais não sabiam, meus amigos não podiam nem sonhar. Quando minha mãe perguntava onde eu estava com a cabeça, mentia. Dizia que era saudade da fazenda e pedia que ela tocasse novamente a fita nova do Zezé de Camargo e Luciano:

> É o amor
> Que mexe com minha cabeça
> E me deixa assim
> Que faz eu pensar em você
> E esquecer de mim

Eu necessitava escrever outra vez para ela. Assim o fiz, garantindo que nunca contaria de nossas mensagens e que jamais seríamos descobertos no lugar que eu conhecia. Dessa vez a resposta veio mais rápida, alguns dias. As tintas de caneta ficavam cada vez mais coloridas, vermelhos, laranja e amarelos tomando lugar do lilás: "Oiii! Eu também fico muito feliz com seus bilhetes. Eu tenho medo de descobrirem. Onde é o lugar?" Sem assinatura. Respondi no dia seguinte:

>Oi! Eu fico feliz que você gosta de falar comigo também. Por isso a gente tem que se encontrar!
>O lugar é dentro da igreja. Eu conheci lá antes da nossa primeira comunhão.
>É certeza que ninguém fica lá no recreio, eu já fui.
>Afonso.

O terreno em que a escola funcionava era tão grande que também abrigava uma igreja e, ao lado dela, aposentos para os padres. Havia um portão que separava a escola do resto. Talvez porque nenhum aluno antes de mim tenha tentado atravessá-lo durante as aulas, ele vivia aberto. Fui explorar aqueles cantos pela primeira vez no semestre anterior. Eu tinha perdido meu bolo de figurinhas repetidas do álbum do Brasileirão e concluído: *Ou alguém roubou, ou a Mari perdeu, ou eu deixei dentro da sacristia no domingo.*

Como não queria pedir ao padre que visse se a foto do Raí estava guardada junto com alguma coisa importante de Cristo, fui eu mesmo lá ver na segunda-feira, logo no primeiro intervalo. Não achei figurinha alguma (Mari descobriu depois que eu tinha esquecido no bolso de uma calça que colocara para lavar). Encontrei foi um bom lugar para ficar em paz.

"No recreio é muito perigoso. Nenhuma menina sai andando pela escola sozinha." Belinha escreveu de volta. Era o momento de pensar fora da caixinha. Mandei outro bilhete: "Então vamos nos encontrar no *shopping*." Os *boys* sempre iam ao *shopping*, pensei que ela podia se sentir mais confortável. "*Shopping* não! Lá que vão ver a gente!" As mensagens continuavam: "No *shopping* perto da minha casa ninguém da escola vai." Ela estava irredutível: "Esquece essa ideia, vamos só nos falar por aqui mesmo."

Não tinha como esquecer, era só naquilo que eu queria pensar. *Será que ela sente pelo menos um pouco dessa queimação no coração?* Por via das dúvidas, parei de insistir. Não queria pressioná-la a ponto de perder o que tinha. Porém, ela tinha outras ideias: "E depois da aula, você consegue?" Eu não conseguia. Belinha podia pedir que o motorista viesse buscá-la mais tarde. *Minha mãe me esfola vivo se eu perder a busa.*

"Mãe, pai, um dia vocês podem me buscar na escola?" Trouxe o assunto em um domingo de manhã, depois da vitória do Senna em Spa-Francorchamps. "Por quê?" Perguntaram. "Porque o ônibus demora muito, mãe." Ela estalou a língua e virou os olhos. "Tsc, já disse que você vai ter que se acostumar, seus pais trabalham." Olhei para meu pai. "Um dia só, por favor, pai!" "Filho, essa hora eu tô visitando clientes. Você quer que eu vá te buscar de Kombi?" Minha mãe se levantou da escrivaninha. "Você não é nem louco de ir buscar o menino na escola de Kombi. A gente paga o ônibus pra quê? Pra ele voltar de ônibus. Eu não vou jogar dinheiro fora, nem você." E saiu da cozinha encerrando o assunto do jeito dela.

Eu não podia sair da escola sozinho; então, mesmo que eu quisesse, não tinha como pegar um ônibus de linha depois. Pedir carona para Belinha era impensável. Só tinha uma saída. O Mustafá morava perto e às terças e quintas ele ia com o motorista do pai dele em vez de pegar a busa. Felizmente, eram bem os dias que eu não tinha natação. *Ainda assim, mesmo se ele topar dar carona, como ele vai pedir pro motorista esperar?*

"Mustafá, eu sei que nunca fiz nada por você, mas preciso de um favorzão." "Pede aí." "Você me dá uma carona numa terça-feira?" "Qual terça-feira?" "Qualquer uma?" "Ué, por quê?" A conversa complicava. "Hmmm, é pior que carona." Informei. "Como assim, Afonso?" "Olha, se eu te contar, você tem que jurar pela morte da sua mãe que não conta pra mais ninguém!" Ele franziu a testa e replicou. "Eu não vou jurar pela morte da minha mãe." "Você jura pelo que, então?" Perguntei. "Por nada, ué, você que quer carona." Ele tinha razão. "Mas você não conta?" "Vai, Afonso, desembucha logo!"

Narrei a história toda, quer dizer, parte dela. Na verdade, apenas o que era necessário para convencê-lo do quanto eu precisava de ajuda. "Mas quem é a menina?" Ele perguntou. "Você não conhece, é da quinta série." "Talvez eu conheça... O meu primo conhece?" "Mustafá, para, já falei demais, você vai fazer essa por mim ou não?" Ele pensou um pouco e disse: "Você me conta o que aconteceu depois?" "Conto se você não contar pra mais ninguém." Cedi por não conseguir pensar em outro jeito. "Não conto. Então, me avisa quando você marcar e eu vejo o que dá pra fazer." Ele me deu uns tapinhas no ombro e fomos nos sentar com Pancinha nos bancos de trás da busa.

"Oi! Eu demorei para responder porque é difícil ficar depois da aula. Mas eu consegui. Na próxima terça-feira você pode?" Escrevi para Belinha. "Posso. Onde a gente se encontra? Ninguém pode ver a gente!" Fomos acertando os detalhes daquele encontro. *Eu posso chamar de encontro?* Pensei, mas não escrevi. O local marcado era o portão que dividia a escola. Estaríamos lá cinco minutos após bater o último sinal. Eu iria primeiro para ver se não havia ninguém e ela apareceria depois. O encontro estava marcado.

Quatro terças

Faltavam dois meses para a nova temporada da NBA começar, mas a febre do basquete continuava. Kanji me disse que o clube aproveitou a onda para conduzir uma peneira e selecionar novos atletas para o time deles.

Eu continuava jogando diariamente na escola e treinando no prédio na esperança de me tornar bom. Julguei ser a hora de dar o próximo passo. Falei com o motorista da busa e acertamos que ele poderia me deixar lá em vez de em casa. Depois pedi à Iara, que também dava treinos de natação no clube, que me inscrevesse. Ela também convenceu minha mãe a me deixar participar, argumentando que talvez eu levasse o basquete com mais gosto que as aulas de natação na academia dela. Isto e aquilo ajeitados, intensifiquei a preparação para o evento que aconteceria na primeira terça-feira de setembro. Dividido, mas sem alternativa, pedi à Belinha que adiasse o nosso primeiro encontro em uma semana.

Sentado na busa em direção ao clube, sentia um misto de empolgação e medo. O último começou a crescer quando cheguei na quadra e vi a altura e a atitude dos outros participantes. Ainda não foi suficiente para me intimidar por completo. Porém, não demorou para que o desastre começasse a se desenrolar. Assim que o técnico terminou as instruções sobre o que teríamos que fazer, olhei para os lados e notei ser o único completamente confuso. Ficava claro quão péssima havia sido aquela ideia. Depois do apito inicial, sucederam trinta minutos do vexame que sempre vivi praticando esportes. As centenas de horas que passei arremessando a bola no cesto do prédio não evitaram o mais completo fracasso e minha cara denunciava tal fato quando cheguei em casa. "Nunca vou ser bom em merda nenhuma!" Bufava.

Minha mãe explorava alternativas para levantar meu ânimo: "Não tem nem chance de te chamarem depois?" Ela perguntou enquanto eu escovava os dentes antes de ir dormir. "Não, mãe, eu não sou bom, fui o pior de lá." Disse com a boca cheia de espuma. "Mas você joga todo dia..." "Obrigado por fazer eu me sentir pior ainda, mãe." Respondi depois de cuspir a pasta, e ela subiu o tom: "Tsc, olha lá, hein, menino! Eu tô tentando te ajudar!" "Tá bom, mãe, desculpa. Só me deixa, por favor." Pedi licença e fui dormir.

Na manhã seguinte, assim que acordei, ela entrou no meu quarto e perguntou como se estivesse escondendo algo: "E natação, já pensou em treinar no clube como o Kanji?" "Não gosto de nadar, mãe, cê sabe." Ela respirou fundo e soltou. "Bom, eu liguei pra Iara ontem. O treino de natação no clube é no mesmo horário que o de basquete, e vai ter uma seleção pra natação daqui duas semanas." Eu não podia acreditar. "Você fez o quê!?" "Falei com o Tio Mílton também, ele pode te levar pra você participar!" "Mãe!"

Imagina passar por outro vexame! Temia quieto. *Ou pior, ter que perder diariamente pro Kanji em mais outra disputa.* Ao mesmo tempo, eu sabia que quando ela estava daquele jeito, não tinha como fazê-la voltar atrás. *Além do quê, eu não aguento mais passar o fim do dia nesse apartamento e acho que a única coisa que tenho mesmo chance de treinar é essa merda de natação.* Refletia enquanto ela continuava: "Eu liguei, liguei mesmo porque sou sua mãe e não gosto de ver você aí reclamando pelos cantos. Vai lá, tenta! Ninguém tá te obrigando a entrar pro time, só vai lá, nada um dia e pronto. Se não te chamarem, assunto resolvido." Acabei por concordar.

***

 Pela próxima semana não estava me aguentando em ansiedade, dois eventos não saíam da cabeça: a peneira da natação e meu primeiro encontro com Belinha! Os dias pareciam intermináveis, mas a segunda terça-feira de setembro finalmente chegou. Esperando no portão que dividia a igreja da escola, eu tentava descobrir se estava sonhando ou não. Olhava para todo lado, morrendo de medo de alguém aparecer e de ninguém aparecer. Até que a vi ao longe, cabelos soltos sobre o rosto, andando rápido, cabisbaixa e as bochechas mais rosadas do que nunca.

 Ela também me viu. Sorri e tomei o caminho do templo. Belinha veio atrás. Abri uma fresta na porta de entrada e disse: "Vem, rápido." Ela o fez. Fechei-a com cuidado. Fui até um dos bancos de madeira no fundo, me sentei primeiro, ela ao meu lado. Fitei aqueles olhos negros que por tanto tempo só contemplei na imaginação. Ela me olhava também. Estávamos sozinhos e frente a frente. Uma das minhas perguntas esquisitas irrompeu em minha cabeça: *Será que quando Vô Fonso ganhou na loto sentiu um bater de coração tão forte?* Eu não conseguia pensar em nada normal para falar.

 "Meus pais já se separaram." Belinha quebrou o silêncio, me forçando a decidir por alguma palavra: "Nossa! Sério? Quando foi?" "Em julho, eu fui esquiar com minha mãe sozinha e meu pai foi arrumar um apartamento novo. Ela só chorava. Fingia que chorava escondido, mas dava pra perceber. Eu não tive coragem de contar pra ninguém ainda." "Minha mãe nunca chora escondido." Comentei. Ela espremeu os lábios e ergueu as sobrancelhas. Olhei para baixo. "Acho que meus pais vão separar também." Eu disse enquanto chutava o genuflexório do banco da frente. "Seu pai também tem namorada?" "Eu acho que ele tem amante." Respondi.

 Fora só há alguns meses que descobrira a palavra amante. Ainda acordado na cama, ouvi minha mãe ao telefone: "Ih,

Bárbara, não esquenta a cabeça, homem é tudo igual, não aguenta ficar sem amante." No dia seguinte fui procurar o novo vocábulo no Dicionário Aurélio da sala.

Apesar de eu nunca ter ouvido sobre qualquer amante do meu pai, quando ele e Silmara estavam juntos no escritório, notava o jeito diferente que se olhavam. Em casa, a esposa de Seu Carlos também parecia notar que a ausência constante dele vinha sempre com a companhia dela: "Para os outros você tem toda a disponibilidade do mundo, para sua família só tem tempo de despejar os problemas!"

Por dentro, me ressentia também. A tensão entre os dois ficava maior antes das noites de sábado que ele passava com Silmara no centro kardecista. Eu já havia ido lá algumas vezes depois de sair da casa da Vó Preta, o que deixou minha mãe ainda mais brava.

"Puta, é isso que minha mãe falou que a namorada do meu pai é." Belinha continuou. "Sério!? Puta de verdade?" Ela pareceu confusa. "Não sei... Não sei direito o que é puta." "Eu acho que é quem faz sexo em troca de dinheiro." Compartilhei a informação que havia me chegado. Ela ficou perplexa: "Que nojo! Sério?" Dei de ombros. "A do meu pai é médium." Disse, tentando alguma conexão. Ela perguntou: "O que é isso?" "Ela recebe espíritos no corpo dela." Expliquei. "Credo! Isso é pior que puta!" Sem prever aquela reação, tentei explicar: "Não, não é desse jeito que você tá pensando." Ela olhou para a porta da igreja fechada. "Eu não gosto desses assuntos."

Tentei desconversar: "Dizem que quando os pais se separam você ganha dois presentes de Natal." Ela me voltou o olhar mais calma. "É, meu pai falou que agora eu vou sempre ganhar dois presentes, um dele e um da minha mãe." "Tá vendo, tudo tem um lado bom." Sem pensar, reproduzi uma das frases preferidas do meu pai. "É, talvez..." Ela disse, e outro longo silêncio seguiu. Recomecei a conversa novamente: "Eu tô muito feliz que você veio. É difícil falar dessas coisas com os outros." "É, não dá pra falar disso na escola. Você não vai contar pra ninguém, né?" "Claro que não!" "Tá bom."

"Você acha estranho vir aqui na igreja?" Perguntei. Ela pensou alguns segundos. "Um pouco..." "Muita gente me acha estranho." Disse. "Você é. Por isso que a gente é amigo!" *Amigos...* Eu queria ser tanto mais! Tentei sondar tais possibilidades: "É uma amizade secreta, né?" "É, você é meu amigo secreto." Ela riu.

Anunciei que precisava ir embora, ela respondeu: "É mesmo, você não vai de ônibus?", Belinha disse se levantando. "Hoje não, dei outro jeito." "Qual?" Ela quis saber. "Pedi carona." "Você não contou pra ninguém, né?" "Claro que não!" Doeu mentir para ela. "Tá bom, meu motorista também tá me esperando." Ela foi saindo, a interrompi: "A gente vai fazer isso mais vezes?" Arrisquei. "Acho que sim, foi legal. Você quer?" "Quero, sim." Respondi levantando também. "Tá, então até a próxima semana." E ela se foi. Só deu tempo de eu correr até o altar, ajoelhar e fazer o sinal da cruz para agradecer. *Preciso voar baixo, senão o Mustafá vai falar um monte!*

* * *

Na terça-feira seguinte, eu e Belinha nos encontramos novamente. Dessa vez, não precisei do favor de Mustafá, Tio Mílton me buscaria na escola. Ele era perito da polícia, trabalhava 24 horas direto em um dia e folgava outros dois. Naquele dia, ofereceu parte do descanso dele para me levar à peneira da natação. No carro, tentava fugir da imagem mental de mais uma humilhação iminente revisitando o diálogo que acabara de ter com Belinha. Tio Mílton dirigia com o semblante sereno usual, não se importando em me deixar quieto.

Ele entrou comigo no clube e apontou onde ficava a piscina. Chegando lá, descobri que era o único que faria o teste para entrar na equipe. Fiquei enfurecido. Não havia peneira alguma, era apenas um arranjo especial entre minha mãe e meus vizinhos. Iara não fez muita cerimônia ao me ver: "Bem-

-viiindo! Se troca aí e cai na água!" Fui até o vestiário, coloquei minha sunga, touca, óculos e voltei. Era o único sem a própria prancha e usando uma touca de pano (os nadadores do time usavam de látex ou silicone).

Aproximou-se um menino mais velho, forte, de pele morena, olhos azuis e cabelos longos descoloridos pelo cloro. "Kanji, quem é esse aí com a calcinha da vó na cabeça?" "É um amigo lá do prédio, ele vai nadar com a gente!" Aquela figura nova olhou para mim estendendo a mão: "Qual o seu nome, calcinha?" "Afonso Carlos." Respondi de braços cruzados. "Credo! Sua vó que te deu esse nome também?" Senti uma raiva enorme, mas não respondi. Ele continuou: "Afonso, fofura, devolve esse negócio aí pra tua avó, hein!" Disse sorrindo, deu as costas, colocou os óculos e pulou na água.

"Esse aí é o Jônatas, ele é de Manaus, que nem a Iara. Quase foi campeão brasileiro de mil e quinhentos e agora tá nadando com a gente!" Informou o Kanji. "Ele fala muita merda, mas é gente boa demais, você vai ver!" Todos entraram na piscina menos eu, que fiquei esperando as instruções para quem era novo. Iara gritou: "E aí, vai nadar ou só ficar olhando?" "A temperatura tá gostosinha, pode entrar, Fofura!?" Gritou Jônatas de dentro da água. *A dita peneira é fazer o treino com o resto da equipe! Meu Deus, o que minha mãe arranjou!?*

Por mais que eu girasse meus braços o mais rápido que podia, não conseguia evitar vexame ainda pior que o da quadra de basquete. Enquanto o restante dos atletas começava a terceira série de tiros, eu estava agonizando, tentando terminar a segunda. Quando cheguei na borda, Iara estava com o pé esquerdo na baliza da minha raia debruçada sobre a perna. Ela cutucou meu ombro com uma prancha e disse: "Beleza, deu por hoje, vai lá se trocar."

Não estava nem bravo, por que esperaria que fosse de outro jeito? Se um ínfimo pedaço de mim acreditou que talvez um milagre pudesse me salvar, foi apenas por achar que ainda havia alguma sobra de sorte no pote dos Laranjeira. *Pobre do Vô Fonso, ainda acha que vai ganhar na loto de novo... Pelo menos ele ganhou uma vez.* Foi o pensamento com o qual entrei de volta no vestiário.

Enquanto os outros ainda nadavam, tomei banho, coloquei roupas e voltei para a beira da piscina. Sentei-me em um canto e assisti a Kanji e Yuki terminarem de nadar com uma vontade enorme de ser como eles. Iara encerrou o treino. Enquanto todos saíam da água e guardavam o material, ela agachou do meu lado: "E aí, o que achou?" Em meio à vergonha e ao desânimo, me esforcei para não piorar a situação: "Desculpa por eu não ter conseguido treinar, Iara, foi minha mãe que insistiu pra eu vir..." Ela riu, pensativa. "Mas você gostou?" Sem saber o que dizer, apenas abaixei a cabeça com vontade de chorar.

"Olha, a gente faz assim. Começa devagar, fica na última raia e eu vou te passando o treino. Aos poucos você chega nos outros, o que acha?" "Mas eu não sou bom..." Murmurei. Nesse ponto, Jônatas havia se aproximado. Ele ouvira a última parte da conversa e opinou: "Todo mundo tem um começo, Fofura. A gente te vê aqui amanhã, certo?" E ofereceu a mão outra vez. Eu olhava para ele com medo. "Vai, Fofura, eu não vou sair daqui até você apertar minha mão e dizer que volta amanhã." O encarei ainda com raiva, mas os olhos dele não me deixaram recusar. "Tá bom..." Estendi a mão de volta, ela a agarrou, me colocou de pé e me deu um abraço: "Bem-vindo à equipe!"

Desde aquela terça-feira, passei a sair da escola e ir direto para o clube todos os dias da semana. Chegando lá, sofria uma hora e meia dentro da água para depois, com o corpo e o orgulho doloridos, entrar debaixo do chuveiro quente e tentar compreender por que eu vivia nesses lugares em que eu não havia pedido para estar.

* * *

Além da natação de segunda à sexta, as terças-feiras com Belinha também se tornaram parte fixa da nova rotina. Mustafá e Alcides, o motorista dele, pareciam felizes em ajudar, mesmo que eu não soubesse como retribuir. Toparam até me deixar no clube. "Você já beijou ela?" Eles perguntavam semanalmente dos bancos da frente. "Não é assim, Mustafá." Eu tentava explicar. "Se a gente tiver todo esse trabalho e você não beijar, você tá fodido na nossa mão, não é, Alcides?" Ele me olhou pelo retrovisor, balançou a cabeça e disse meio sério: "É, Afonso, para de vacilar." "Como que eu vou beijar ela dentro de uma igreja?" Tentei me defender. "Olha no olho, puxa ela pra você e tasca um malho nela!" Continuou Alcides. "Tá bom, e se eu ficar de barraca armada lá na frente de Jesus?" Argumentei rindo. "Vira de costas pra ele, uai!" Mustafá gargalhava.

Eles não entendem que nosso amor é muito maior. Apaixonado, eu dizia para mim mesmo. Sentia que só as canções compreendiam aquele sentimento puro. Fosse qual fosse o estilo da música, sertaneja, romântica, Prince, pagode, Guns N' Roses, até as bandas novas que apareciam na MTV pelo UHF, todos pareciam descrever alguma parte do meu relacionamento com Belinha. À noite, comecei a dormir com o *walkman* no ouvido, ao som das fitas que gravava ou à voz do Guedes Júnior da Rádio Cidade fazendo a tradução do dia no programa Love Songs.

Ninguém da nossa idade entendia bem as letras de músicas americanas. Além de Silmara, Tia Bárbara era a única outra pessoa conhecida que sabia falar inglês. Ela tinha aulas há anos para poder conversar com uns gringos da igreja que vez em quando recebia em casa. Dezito, Rute e Lili também faziam curso e conseguiam se comunicar com as visitas de fora. Eu nunca entendia nada. "Tsc, você não tá tendo inglês na escola, não?" Minha mãe se frustrava.

Assim, não fosse o rádio, só dava para saber do que as músicas em inglês estavam falando quando encontrávamos um panfleto com a letra traduzida. Foi em um folheto de propaganda do curso de inglês que meus primos faziam que vi a música do Nirvana que passei a cantar diariamente pensando em Belinha:

Come as you are, as you were
As I want you to be
As a friend, as a friend
As an old enemy

Antes dos encontros, continuávamos nos falando por mensagens. Na última terça-feira do mês, propus uma mudança: "Você quer ir em outro lugar da próxima vez? É ainda mais secreto!"

Os aposentos dos sacerdotes ficavam também atrás do portão que cruzávamos para ir à igreja. Em um domingo antes da missa, um padre me chamou para ajudá-lo a reparar um armário no quarto dele. "Você é forte, não é, rapazinho?" Ele perguntou. "Não." Respondi, ressabiado, ainda que naquela época ninguém percebesse risco algum em um velho padre chamando um menino de onze anos para seu quarto. Curioso, fui, ajudei-o a consertar o armário e ainda pude pegar um caqui que estava em uma fruteira enorme no centro do aposento. Desde então, eu já entrara lá três ou quatro vezes para roubar uma banana.

Belinha topou a mudança de lugar. Os corredores da casa dos padres estavam quase sempre vazios e foi fácil encontrarmos refúgio em um dos quartos.   "O pissor de catequese, Paulo, sabe? Contou que Jesus fugiu de casa quando tinha nossa idade." Falei. "É mesmo? Por quê?" Ela pareceu surpresa. "Não lembro direito. Sei que ele tava viajando com os pais e fugiu pra dentro da igreja, que nem a gente faz, e ficou disputando com os padres a religião daquela época." "E aí?" "Acho que nem notaram." Belinha estranhou: "Como assim, nem notaram?" "Ué, nossos pais não sabem que estamos aqui, sabem?" Ela não parecia convencida: "Nossos pais não são Maria e José..." Fiquei em silêncio. Ela ainda estava inconformada. "E quanto tempo ele ficou lá?" "Não sei, parece que ficou lá fazendo perguntas pra todo mundo." Eu disse, tentando lembrar a história.

Ela riu, julgando aquele causo ainda muito inacabado, mas continuou dando corda: "E depois?" "Depois os pais dele foram embora." "Por que os pais de Jesus iam abandonar ele?" "Ah, não sei também, acho que deviam estar bravos. A mãe dele deve ter falado: 'Num guento mais esse menino com a cabeça nas nuvens! Vamo embora, José!'" Belinha deu risada: "Só você pra me fazer rir dessas coisas." Continuei: "Não sei se Maria falou isso, mas que ela foi embora, foi mesmo." Belinha fez uma careta: "Maria não faria isso, ela é a melhor mãe do mundo!" Lembrei da minha mãe. *Talvez a Maria de Jesus não fosse tão perfeita assim também*, especulei, me confortando.

Olhei para a fruteira, peguei uma maçã e ofereci para Belinha: "Quer?" "Eu não!" Ela respondeu ainda rindo, mas dessa vez confusa: "Não vai dizer que você já pegou alguma?" Minha vergonha revelou a verdade sem que eu abrisse a boca. "Você é estranho mesmo! Vamos, a gente precisa ir. É perigoso alguém chegar." "Tá bom." Peguei a maçã e saímos.

Ninhos

Fazia algumas semanas que eu estava economizando mesadas para comprar um boné do Philadelphia 76ers em uma dessas lojas de importados que surgiam em São Paulo. Não eram só bonés, mas também gibis, chicletes, *cards*, refrigerantes e outras coisas norte-americanas. Fora lá duas vezes achando ter juntado dinheiro suficiente e voltara para casa de mãos vazias, porque tinham remarcado a etiqueta com um preço bem acima das minhas economias.

A queda inicial na inflação que o Plano Collor II trouxera estava acabando. Enquanto custos subiam, as vendas de caixas de *pizza* do Seu Carlos diminuíam. Só mesmo um milagre faria a previsão da fita cassete se concretizar. Meu pai reclamava do presidente, dos concorrentes que vendiam sem nota, do Marcílio (que assumiu o ministério da fazenda depois que Zélia o deixou em maio), dos compradores que não pagavam, dos bancos que só cobravam, do preço da gasolina, do mecânico da Kombi, do proprietário que não queria baixar o aluguel do escritório e da pouca *pizza* comida em São Paulo. "Agora, só em Brasília comem *pizza*. Lá, tudo acaba em *pizza*, enquanto aqui ninguém mais tem dinheiro para pedir uma fatia de muçarela pra entregar!"

Por fim, ele lamuriava sobre a pouca empatia da esposa frente a tais dificuldades e insistia: "É só uma fase, o país inteiro tá assim, o mundo tá de cabeça pro ar. A gente vai superar, você tem que ter paciência!" No fundo, creio que ele sabia estar pedindo demais. Minha mãe não podia nem imaginar voltar a ficar sem dinheiro como na infância: "Tsc, eu não saí de Ribeirão com uma mão na frente e outra atrás e trabalhei feito uma camela pra acabar do mesmo jeito!"

A crise se agravara ainda mais depois que meu pai passou a pressioná-la por dinheiro. As discussões explodiam semanalmente: "Não, Carlos, as minhas reservas são minha aposentadoria! Se elas acabarem, a gente acaba junto com elas!" "Como assim são suas? Isso tudo é nosso! Eu não tô trabalhando só pra mim! Você acha que eu quero entregar caixa de *pizza* de madrugada? Não é um *hobby*! Usei o dinheiro que tinha, agora acabou. Se a gente não colocar mais, acabou!" "Então acabou, Carlos, fecha logo essa empresa!" "E aí o quê?" "E aí vai arrumar um emprego!" "Onde? Tá tudo fechando, é só o Estado que não fecha!" "Então presta concurso, eu não tive estudo, você teve tudo!" "Eu vou fazer quase cinquenta anos, não vou prestar concurso agora!" "E não vai tomar meu dinheiro também!" "Nosso dinheiro!" "Seja de quem for, eu vou me aposentar com ele, na mão de banco é que não vai parar!"

Foi na sexta-feira antes do Dia das Crianças que minha mãe me surpreendeu com a informação que me pegaria. "Mas tenho aula, você trabalha, e tenho treino depois." Lembrei-a. "Mas eu também trabalho pra gente fazer coisas legais e você pode faltar um dia no treino, não pode? Te levo em qualquer doceria que você quiser!" "Qualquer uma?" Eu estava com vontade de comer sobremesas árabes cheias de mel do empório perto de casa.

Chegamos lá e logo pedi um ninho de nozes. Assim que o parti no meio com a faca, o assunto começou: "Filho, você tem ouvido eu e seu pai brigando muito, né?" Desde o início suspeitava que o doce não era à toa. "É." "Você sabe por que estamos brigando?" "Sei." Disse enquanto mastigava. Ela esperou um pouco para ver se eu falava mais. Como não o fiz, continuou: "Do que é?" "É da empresa." Respondi, e ela sorriu constrangida. "Sim, e você entende por que eu brigo com seu pai?" "Porque você não gosta da empresa." Ela ensaiou fazer cara de contrariada, mas se segurou: "Tsc, não, não é isso. Quem disse isso? Seu pai?" "Não, mãe. Eu que achei." "Bom, não é isso."

Eu queria terminar a conversa: "Posso pedir uma Coca-Cola também?" "Pode, pode." Ela consentiu e retomou o ponto anterior: "Tá bom, deixa eu te explicar. Seu pai tinha um sonho. Um sonho muito bonito de ter essa empresa. Mas ele é um sonhador um pouco como você é sonhador. Mas não dá pra ser sonhador o tempo todo..." "Tá." "A gente precisa ter o pé no chão. Olha sua mãe, de onde eu saí e tudo que eu construí. Não foi sonhando, foi com o pé no chão." "Tá." "E às vezes na vida uma pessoa fica com a cabeça nas nuvens e outra quer manter os pés no chão e não tem como elas se entenderem. E por isso eu e seu pai temos brigado muito."

"Vocês podem dar a mão, daí ele não fica tanto com a cabeça nas nuvens e nem seu pé fica tão pesado no chão." Opinei. "Você é muito sonhador mesmo! É difícil explicar pra criança, mas o Brasil tá em um momento de ter o pé pesado no chão. Quem não tiver vai ser levado pelo primeiro vendaval... Vocês dois não sabem porque nunca foram pobres, sempre tiveram tudo de mão beijada, mas eu sei. Não é fácil." Olhei para o meu prato já sem ninho algum.

Ela prosseguiu: "Bom, de qualquer jeito, se eu não ficar com o pé no chão, seu pai vai usar todo nosso dinheiro! Tudo que sua mãe construiu, tudo que você tem hoje, sua escola, seus amigos do prédio, seus brinquedos, tudo vai acabar. Além do que, trabalho desde a sua idade quase, eu tô cansada, e sabe-se lá mais quantos anos tenho de vida. Quero poder me aposentar logo, mas seu pai não vê isso!" "Tá." Respondi, pensando se eu conseguiria comer outro ninho.

"Olha, às vezes duas pessoas se aproximam, fazem planos e coisas muito bonitas acontecem, como um filho. Mas, depois, elas vão por caminhos diferentes e se separam. O Tio Mílton é separado, e a vida do Kanji não é ruim, é?" "Não."

"Bom, pra mim e pro seu pai, talvez seja hora de separar, pra gente não perder nosso dinheiro, não ter mais briga em casa."

Eu não sabia o que pensar. *Será que ela vai ficar brava se eu pedir outro doce agora?* Foi a primeira pergunta a passar pela cabeça. Desvencilhei-me dela momentaneamente. Tinha pena dos meus pais. *Eles certamente não têm o amor que eu e Belinha temos. Dinheiro nenhum do mundo nos separaria!* Estava convicto.

Meu sonho é que nós dois fôssemos despejados em uma ilha deserta e lá construíssemos nossa casa de madeira e palha como naquele filme da Lagoa Azul que passava no SBT. Vamos começar uma família do zero, só eu e ela e mais duas palmeiras que nem vão ter ramos, nem vão precisar dar fruto algum. A gente vai viver da pesca e do nosso amor bem longe de dinheiro e das disputas entre nossos pais e mães, pobres e patys e dos sejam lá quantos mais mundos que estão em guerra. Eu vou ser alguém pra ela e ela pra mim, e isso vai ser suficiente! Eu fantasiava.

Quanto a meus pais, separar pode ser o jeito de finalmente se ter um pouco de paz. Em parte, eu gostava daquela solução por prover mais algo em comum com Belinha. E, se minha mãe estivesse certa, eu não queria sair da escola. *Não agora!* Ela dizia que eu não sabia ser pobre e, de fato, por mais que não gostasse de tudo que tinha, tinha medo de perder tudo. *Já é ruim ser pobre na escola, imagina ser pobre de verdade!*

Entre todas aquelas conjecturas, era sobre a principal que eu não queria pensar. Por mais que fosse inconstante, eu sabia que a presença do meu pai ainda era importante para absorver a fúria de minha mãe. *Mas ele passa mais tempo com a Silmara do que com minha mãe, coitada... Se para ela perder o dinheiro é perder tudo, que outra escolha tem? Ninguém sobrevive quando não sobra nada.*

Enquanto eu pensava em silêncio, minha mãe adivinhou o que eu queria e pediu outro ninho, que fiquei apenas observando em cima do prato: "Você não vai falar nada?" "Obrigado." Ela sorriu. "Não disso, do que te falei... Pode falar a verdade, não vou ficar chateada." Considerei compartilhar algum pensamento, porém sabia que em conversas assim, quanto mais eu dissesse, mais ela repetiria as mesmas frases de várias maneiras diferentes. "Eu acho que tô cheio." Respondi. "Do quê?" Ela perguntou. "De ninhos." Ela virou os olhos: "Afonso Carlos, tudo bem, não precisa comer, mas, antes, me responde. Do que te falei, não tem nada pra falar?" "Por mim tudo bem." "Tudo bem o quê?" "Vocês separarem." "É?" Ela fitou meus olhos em busca de confirmação. "É... Eu só tenho uma pergunta." "Pode fazer." "Nesse Natal, eu vou ganhar dois presentes?" Ela deu uma risada, e seus olhos se encheram de lágrimas. "Calma, eu não sei ainda se vamos nos separar. A mamãe só está pensando. Por isso quis conversar com você".

Matando todo mundo

Era início de novembro, o ano escolar se aproximava do fim, e a temporada de Fórmula 1 chegava ao seu último Grand Prix na Austrália. Era apenas uma disputa protocolar, Ayrton Senna ganhara seu terceiro título mundial na corrida anterior, no Japão. O brasileiro liderou a prova inteira e, precisando apenas do segundo lugar para garantir o campeonato, deixou o companheiro de equipe, Gerhard Berger, ultrapassá-lo e vencer a corrida no último segundo. Anos mais tarde soube que Berger havia se chateado pela forma humilhante como conquistou sua primeira vitória. Em 1991, só enxerguei a generosidade do brasileiro.

Para o GP da Austrália, Seu Carlos nem fez questão de estar em casa. "Já vimos o Senna ser campeão, filho. E quantas vezes você já não ouviu sua mãe falar que esporte não é questão de vida ou morte? Ela tem razão." Ainda naquela semana, Magic Johnson anunciou que não jogaria mais basquete por ter contraído o vírus HIV. Lembro de tomar conhecimento da aids depois de ver Cazuza na capa da revista *Veja* alguns anos antes. Também diziam que o Renato Russo e o Freddie Mercury estavam infectados. A mim, parecia um perigo de morte iminente. *E se esse vírus se espalhar? Será que eu vou morrer de aids em vez de doença da família?* Como de costume, minha mãe se esforçava para mudar minhas preocupações, tentando me ensinar o que ela aprendera: "Afonso Carlos, só quem usa drogas ou faz sexo pega aids, você tem que pensar mais em estudar!"

Na busa, o assunto não foi tratado com tão poucas palavras. Alguns anos antes de surgirem buscas na internet, compartilhávamos o que chegava até nós: "Esse negócio de aids veio porque um cara na África chupou o pinto de um gorila!" Afirmou Pancinha enquanto voltávamos da escola. "Cala a boca!", Mustafá protestou. "É verdade, juro por Deus e pela minha mãe! Meu pai me falou!" "Quem ia ser louco de fazer isso?" Mustafá duvidou. "Meu pai falou que como na África tem pena de morte pra viado, eles fazem com macaco." "Todo mundo sabe que a aids veio dos Estados Unidos porque os *hippie* ficava fazendo sexo com todo mundo e usando drogas que nem uns louco." Retrucou Mustafá.

Os dois olharam para mim esperando algum posicionamento. Puxando pela memória o que nosso padre-professor de História ensinou sobre "formar um visão crítica da mundo", tentei decidir qual dos dois lados estava certo. Sem muito sucesso, mas sem querer que eles achassem que eu não tinha com o que contribuir, citei o que veio à minha cabeça de onze anos: "O Jaques, amigo do meu prédio, disse que o Freddie Mercury chupou tanto pinto que tiveram que fazer uma operação no estômago dele." "Cara, como vocês sabem tanta coisa sobre chupar pinto?" Mustafá perguntou, rindo.

Nossas infantis ponderações foram interrompidas quando o ônibus chegou ao clube. Era hora de enfrentar os treinos de Iara mais um dia. Jônatas continuava me provocando, ao mesmo tempo, vira e mexe, me assistia nadar e dava dicas de como melhorar o final da braçada, ou sair mais rápido da parede depois da virada.

Além dele, Pangoré, o outro líder do time, também me encorajava. Eu já conhecia ele de vista por ser filho do dono da padaria, da mesma idade e muito parecido com minha prima Lili. Os dois tinham cabelos ruivos, olhos esverdeados e eram cheios de sardinhas. Como ela foi adotada pela minha Tia Bárbara, cheguei a cogitar que os dois podiam ser parentes de sangue. Nem imaginava que, na época, ele era campeão paulista e brasileiro de natação.

"Força, Fofura! Vai, desgraça!" ouvia os gritos deles me acordando dos devaneios que tinha na borda da piscina, e eu saía rápido para o próximo tiro. Umas duas vezes por semana, Yuki vinha fazer uma série de explosão comigo ao final do treino. "Quero ver o dia que não vou conseguir mais ganhar de você, Fofura!" Ela e Kanji passaram a também me chamar pelo novo apelido. Ainda que saísse da água sentindo que estava prestes a morrer e sem ter evidência alguma de que estava me tornando bom naquilo, sentia que meu esforço diário importava para eles, o que fez com que eu não tivesse coragem de desistir. Foi essa persistência inadvertida que permitiu que eu sobrevivesse ao temporal que estava prestes a jogar minha vida pelos ares.

Tudo começou em um sábado à tarde, quando estava com uns meninos na rua em frente à casa da minha vó. Brincávamos de polícia e ladrão, o que, para nós, significava disputar quem acertava o maior número de grãos de feijão atirados por armas que fabricávamos com um pedaço de bexiga, elásticos e um bobe de cabelo bem grosso. Eu tinha sido pego umas quatro vezes e não tinha matado ninguém. Estava bravo por achar que ninguém se acusava quando eu os atingia.

"Acertei, acertei! Não vem, não, que dessa vez eu acertei!" Exclamei cheio de convicção de ter desferido um tiro certeiro. "Nem a pau!" Disse Biriba, o mesmo menino magrelo em que eu havia arremessado o taco. "Acertei, sim, eu juro que vi, Biriba!" "Será que todo Alemão é cego assim?" Eu me aproximei dele: "Biriba, para de mentir, para que você sabe, Biriba!" Ele firmou as duas havaianas no asfalto, abriu os braços e olhou para cima me encarando. "Juro que não me acertou!" Minha revolta cresceu, e o sangue subiu de vez: "Vão tudo se foder, seus bando de filho da puta, eu tô matando todo mundo aqui e ninguém morre!" Arremessei minha arma para longe, dei as costas e comecei a caminhar para longe de tudo.

Foi aí que Biriba proferiu a maldita frase: "Tá matando todo mundo aqui. Ele deve tá se achando o Cabo Bruno." A rua inteira caiu na risada fazendo eu me encher de ódio. Repetindo o erro de outrora, agarrei um pedaço de madeira que estava pelo chão, virei e parti para cima dele.

Dessa vez, não foi Vó Preta que veio ao socorro do sobrinho, mas Cobra, nome de outro justiceiro de Hollywood e também do cachorro do Biriba. Devo ter chamado a atenção do bicho assim que comecei a berrar xingamentos momentos antes. Enquanto corria, notei com o canto de olho que ele latia agitado na garagem da frente, mas foi quando o portão aberto rompeu e ele partiu em minha direção que meus olhos saltaram. Foi por reflexo involuntário que cruzei as duas mãos na frente do rosto.

"Larga, larga!" "Solta, Cobra, solta!" Foi um furdunço até conseguirem afastar o cachorro. Abri o olho para checar o estrago. Vi uns buracos jorrando sangue cheios de umas partes brancas que eu nem sabia da onde vinham. Não dava para acreditar que aquilo era meu cotovelo. A única coisa que lembro ter pensado foi: *o que minha mãe vai fazer comigo e com meu pai quando vir isso?*

Foram algumas injeções, vários pontos, perguntas constrangedoras demais e duas versões mentirosas do acontecido, que depois tive dificuldade em harmonizar. Meu pai nunca mais me levou à casa da Vó Preta. Sobre isso, nenhum anúncio foi feito. Ele apenas me deu um patuá de Obaluaiê que ela lhe entregara antes de sairmos para o hospital.

O fim da união

Depois da mordida do Cobra, o clima em casa só piorou. As férias escolares de final de ano haviam chegado. Mari estava visitando a família em Cafarnaum com o marido, minha mãe trabalhava, e meu pai voltava tarde e era o primeiro a sair logo cedo. O apartamento estava separado, ele ficara com a sala onde dormia e tomava banho no meu banheiro. Minha mãe vivia entre a suíte, a cozinha e a área de serviço. Meu quarto era terra de ninguém.

Não fora a primeira vez que contemplei a ideia do apartamento dividido em dois. No final da década de 1980, um candidato do Partido dos Trabalhadores despontou como um dos principais na primeira eleição direta para presidente que teríamos após o fim da ditadura militar. As discussões sobre o socialismo no Brasil passaram ao largo da minha cabeça de nove anos, que se fixou no *jingle*, que eu adorava:

> Lula lá! É a gente junto.
> Lula lá! Valeu a espera.
> Lula lá! Meu primeiro voto
> Pra fazer brilhar nossa estreeela.

Ao me ouvir cantando aquilo, sem se importar em contrariar a sobrinha, Tio Camilo me entregou um monte de material de campanha do PT: camiseta, boné, bandeiras e adesivos, que colei na janela do meu quarto despretensiosamente.

Ao ver aquilo, Kanji perguntou: "Você vai votar no Lula?" Nenhum de nós dois tinha idade para votar, mesmo assim, respondi: "Acho que vou, por quê?" "Se ele ganhar, você e sua família vão ter que dividir tudo que vocês têm: suas roupas, seus brinquedos, sua geladeira e até seu quarto. Esse apartamento e tudo que tá nele, metade pra vocês e metade pra uma família que não tem nada." Na época, apesar de justa, a ideia me soou um tanto maluca e bastante amedrontadora. Mal poderia imaginar que, dois anos depois, a casa de fato seria partida, e eu me encontraria em um cenário bem mais angustiante e certamente mais solitário do que aquele que o Kanji pintou.

Minha mãe chegava em casa depois de eu ter jantado, me dava boa-noite e fazia o esforço de um mártir para produzir um sorriso espremido no rosto. Perguntava sobre meu dia, não ouvia a resposta, informava que não ia comer por estar sem fome e que precisava descansar. Então, ela se trancava na suíte, eu ouvia o barulho da água do chuveiro caindo e depois ela soluçando em meio a lágrimas. Depois, havia um longo período de silêncio, da cama, eu ouvia meu pai destrancar a porta da sala e entrar em casa, novamente água do chuveiro caindo e ele se deitando no sofá. Eu ainda levava um pouco de tempo até dormir, de olhos arregalados na cama imaginava aonde tudo aquilo estava nos levando.

Eu acordava após eles terem saído e sem ter o que fazer. A temporada de natação havia encerrado, eu e Belinha estávamos incomunicáveis, Kanji e Yuki haviam ido passar dezembro com a mãe, e Jaques, viajado com a dele para Israel. Também sozinha, Dona Helena preparava alguma guloseima e me convidava para o apartamento dela todas as tardes. Eu aceitava atraído pelos doces e pela nova televisão a cabo que ela assinou assim que chegara ao Brasil. Ainda que Dona Helena só assistisse à TVA Notícias, já era uma distração dos outros oito canais da televisão aberta que eu podia ver na minha casa.

Parte da razão por que ela não desgrudava da tela era o colapso iminente da União Soviética. Ela me contou que a Polônia, o país onde nascera, tinha saído da União no final de 1989, depois da queda do muro de Berlim e em meio à campanha do Lula. "Mas eu não me importa só com meu país, garoto! Vocês têm que se importá também!" Ela ralhava, mas sem muita paciência para explicar a fundo detalhes do que víamos no noticiário. Pelo pouco que conversávamos, percebia que a Guerra Fria de que todos falavam se parecia com a que eu vivia em casa.

Segundo Dona Helena, o bloco capitalista defendia "a direita de todo mundo lutar pelo seu própria riqueza". É como minha mãe, eu pensava. Já o bloco comunista surgiu por causa "de uma sonho muita bonita que não deu muita certo." Esse é meu pai! "Por que não deu certo, Dona Helena?" Perguntei, curioso. "Por quê? Motiva de sempre, garoto: falta líder, falta dinheiro e cada um pensa primeiro em si mesma." E até aquilo parecia um bom resumo dos motivos que levaram ao colapso da união no apartamento ao lado.

Aquela rotina diária se manteve até que, antes que eu desse por mim, a véspera de Natal chegou. Como tradição, Vó Altina faria um peru, farofa e a famosa sopa de aspargos na casa dela. Todo ano também Tia Bárbara organizava um amigo-secreto cujos nomes eram sorteados por ela para que, nem tão secretamente, se determinasse quem presentearia quem. Como era sabido de todos que em 1991 não havia clima para troca de presentes entre a cunhada e o irmão, ela garantiu que nem eu, nem minha mãe tiraríamos meu pai e vice-versa.

Ainda assim, no dia da festa minha tia ria, como se aquele som costumeiro de pretensa alegria pudesse nos fazer esquecer de qualquer tristeza presente. Atribulada, preparando a comida na cozinha, minha avó reclamava como sempre, e meu avô desistiu de qualquer bom humor assim que soube que minha mãe viajaria sozinha de férias comigo em janeiro e não iria para a casa dele em São Sebastião com o resto da família.

Vô Fonso tinha pavor de separação. Não se falava muito disso, mas sabíamos que, em 1923, quando ele tinha onze anos, a mãe dele fugira de casa com um moço do Rio de Janeiro pelo qual se apaixonou. Três anos depois, o bisavô Laranjeira, pai dele, morreu do coração. Vô Fonso e as irmãs moraram um tempo com parentes e depois se viraram sozinhos. Nunca mais encontraram a mãe, nem nunca ouvi alguém falando da minha bisavó na frente dele.

Na falta de saber o que falar, ligamos a televisão e, enquanto ceávamos, assistimos ao especial de Natal da Xuxa e depois ao dos Simpsons com o qual Tio André se divertiu bastante, para certa indignação da esposa. Depois, ela desligou a televisão, pediu que déssemos as mãos e fez uma oração longa, no estilo que se fazia na igreja dela. Abrimos os olhos, trocamos os presentes e fomos para casa.

No dia seguinte, o almoço de Natal não foi muito diferente. De tarde, meu pai saiu para uma distribuição de presentes para crianças carentes com Silmara, e minha mãe arrumou malas em meio a mais lágrimas. Temeroso do que aconteceria se não o fizesse, a ajudei até escurecer. Então, comi em silêncio as sobras que Vó Altina havia dado e pedi para sair. "Fazer o que a essa hora?" Minha mãe questionou. "Brincar..." Menti — não estava mais aguentando ficar em casa. "Vai, vai que eu tenho muita coisa pra fazer ainda." Desci até o térreo pelo elevador de serviço, subi de volta pelo social, que ficava do outro lado, e toquei a campainha de Dona Helena.

Ela atendeu a porta agitada, televisão no último volume no canal de notícias. O Natal era a última de suas preocupações, o presidente da URSS, Mikhail Gorbachov, tinha acabado de fazer um pronunciamento renunciando a seu cargo e extinguindo o segundo mundo como ele existira até então. Nosso planeta dava adeus ao sonho soviético.

Trechos do discurso eram reprisados, traduzidos e comentados pelos jornalistas. Eu olhava Gorbachov e sua careca com cabelos brancos do lado notando que ela parecia a do meu pai. Ele dizia que tentou lutar contra o fim da União, que era contra aquele desfecho, mas que estava disposto a fazer o que fosse preciso para ajudar todos a saírem daquela crise. "No entanto, também tenho sentimentos de esperança e fé em vocês, sua sabedoria e força de espírito..." Por fim, afirmava seu otimismo: "Tenho certeza de que, mais cedo ou mais tarde, nossos esforços darão frutos e viveremos com prosperidade!"

Eu e ela ficamos em frente à televisão em silêncio, eu imerso em meus pensamentos que eram apenas interrompidos quando minha xícara esvaziava, ao que ela ordenava: "Toma mais chá, garoto!" Assim assistimos à bandeira vermelha sendo abaixada: "O que a foice e o martelo significam, Dona Helena?" "Hein?" "Na bandeira." "É união das trabalhadoras de cidade e de campo." "E isso agora acabou?" "Tomara que não, garoto, tomara que não!"

Voltei para casa, meu pai estava de volta e minha mãe trancada na suíte. "Foi boa a distribuição?" Ele se surpreendeu com a pergunta. "Foi, filho, foi sim." Olhamo-nos um tempo longo, ele me pegou pelos ombros e disse: "Vocês vão ficar bem, lembre-se, tudo sempre dá certo no final." Acenei com a cabeça, fui para o quarto, abri o caderno que havia ganhado no Natal passado, folheei os vários registros que fizera naquele ano. Eram textos pequenos e longos, figurinhas de futebol e recortes de revistas colados, desenhos de carros, espaçonaves e corações com meu nome junto ao de Belinha, ao lado de trechos de músicas românticas. Antes de me deitar, escrevi sobre a falência dos sonhos que eu testemunhava:

Eu acho que agora a árvore da minha família vai ser só eu e minha mãe. Será que ela vai continuar Laranjeira? Meu pai parece um galho que caiu. Não só um galho, metade da árvore! Quase. Tem muito galho caindo, quer dizer, hoje um galho inteiro que é um mundo também caiu. Agora, somos só nós do último mundo e os do primeiro. Vai saber. Faz tempo eu vi uns homens serrando as árvores da rua pra elas ficarem mais fortes. Talvez o mundo fique mais forte, minha família também... Mas minha mãe só chora. Eu espero que meu pai esteja certo, que tudo dê certo no final. Se der, eu até penso em não fugir com a Belinha pra nossa ilha deserta. Mas, não sei, minha mãe só chora.

1992

Água-bruta

Era a primeira vez que eu viajava de avião, e também que saíamos de férias longe de meu pai. Depois de embarcar em Congonhas, nós dois chegamos à Foz de Iguaçu em menos de duas horas. Da viagem em si, não recordo de quase nada. Não escrevi nada em meu caderno sobre a viagem (talvez eu o tenha esquecido em São Paulo). Nas 24 fotos do rolo de filme que levamos, minha mãe está feliz, ou pelo menos aparece sorrindo em frente às cataratas, na tríplice fronteira, comendo algo no hotel e apontando animais locais. As imagens, parecidas com as que povoaram mídias sociais digitais anos depois, só me despistam das partes da história que realmente gostaria de rememorar.

Lembro-me de estar ansioso por conhecer outro país, mas, diferentemente dos relatos de meus colegas que viajaram pelo exterior, quando pisei do outro lado da Ponte da Amizade, encontrei um povo que, não fosse pelo idioma, diria que era como se fosse o daqui.

Também consigo lembrar de minha mãe constantemente pedindo para eu cuidar de nossas coisas, carregar as malas e resolver pequenos problemas porque "na ausência do seu pai, você tem que aprender a ser o homem da família." Fora isso, a imagem mais nítida que tenho das cataratas não é real, mas a de um sonho que tive lá.

Três dias antes de irmos embora, tive uma febre muito alta, e minha mãe não quis me deixar sozinho ou me levar à farmácia enfermo daquele jeito. Saiu perguntando aos outros hóspedes se tinham algum remédio. Alguém lhe entregou um supositório de Novalgina. Ela voltou para o quarto e explicou como usar a medicação. "Tá louca, mãe!? Nada vai entrar dentro da minha bunda, não!" Protestei. "Tsc, filho, ninguém tem outro remédio e sua temperatura tá muito alta!" "Prefiro morrer que enfiar qualquer coisa ali!" Mas ela conseguia insistir até eu fazer o que fosse só para ela parar. Entrei no banheiro com o supositório e tentei reunir a coragem de enfiá-lo para dentro.

"Conseguiu, filho?" Minha mãe inquiria do outro lado da porta. "Espera, mãe!" "Para de frescurite aguda, você faz cocô muito maior que isso." "Para mãe, tô tentando!" "Deixa que eu entro aí e enfio, vai ser que nem arrancar Band-Aid..." "Não, mãe! Pelo amor de Deus!"

Depois de mais alguns minutos, ela ordenou: "Vai, menino, sai desse banheiro e vamo na farmácia de uma vez, que minha paciência já tá na Lua!" Obedeci. Pegamos um táxi, com ela bufando e reclamando dos homens, do machismo e da falta de infraestrutura em um lugar tão cheio de turistas. "É por isso que esse país não vai pra frente!" Ela ecoou uma das frases da época. Voltamos, tomei as doces gotinhas amargas, me deitei, ela me revestiu de cobertores extras para eu ter um suadouro, dormi e foi aí que sonhei.

Estávamos eu e ela à margem de um enorme rio. Minha mãe trocara os cabelos castanhos por mechas pretas, tinha a pele mais escura e o rosto pintado como indígena, feito a Mara Maravilha no clipe do Curumim. Ela apontou para uma árvore azul do outro lado do rio. "Eu quero aquela árvore pra mim. A gente precisa arrancá-la de lá e plantá-la do nosso lado da margem." "Mas mãe..." Eu disse "...ela é muito grande e tem raízes muito profundas, não podemos só ir até lá?" Ela virou as costas e começou a cavar um buraco. Sem me olhar, disse apenas: "Eu que-ro e-la a-qui!"

Em um instante, me vi nadando na direção do que ela desejava. Eu progredia lentamente, lutando contra a correnteza do rio. Pouco a pouco, passei a avançar cada vez menos até não sair mais do lugar. Olhei para trás, o buraco que ela cavava havia se tornado uma fossa gigantesca que sugava a água do rio.

"Vai, nada, nada!" Ela gritava. Mas quanto mais água eu puxava, maior também ficava o buraco e mais forte a corrente me arrastava para dentro dele. Eu via canoeiros remando desesperados sem conseguirem evitar que suas embarcações se chocassem e fossem levadas pela correnteza.

Eu tentava sobreviver em meio àquelas colisões. "Vai, Afonso Carlos, nada!" "Eu tô nadando, mãe!" "Nada mais forte!" Eu não me aproximava um centímetro da árvore que ela queria. Prosseguia apenas para não ser sugado pelo crescente abismo que ela criava em volta de si. Eu queria me mover para qualquer lugar, mas não conseguia. Não importava o quanto de força eu fizesse, continuava preso ali. De repente, a margem do rio cedeu, a gigantesca árvore caiu dentro do leito e começou a vir em minha direção rapidamente.

Acordei de pronto, assustado, envolto de cobertas encharcadas de suor. De imediato, meus olhos deram com o rosto dela ao lado da cama. Minha mãe estava mais aliviada, mas ainda preocupada. "Teve um pesadelo?" Perguntou com ternura imediatamente, colocando a mão sobre minha testa. "Acho que a febre baixou. Graças a Deus! Vai lá, toma um banho gostoso que eu vou pedir um doce que você gosta pra gente comer aqui no quarto!"

* * *

Chegando da viagem, meu pai nos pegou no aeroporto, deixou minha mãe em casa e fomos direto para São Sebastião. A casa dos meus avós ficava na praia de Barequeçaba e estava entre as tradições familiares de virada de ano. No entanto, Dezito, Rute e meus avós haviam voltado para São Paulo depois do Réveillon. Meu avô tinha um exame para fazer, meu primo prestaria a segunda fase da Fuvest, e minha prima queria ir a um acampamento da igreja. Na praia, sobraram meus tios, meu pai, eu e Lili, que não quis ir ao acampamento da igreja com a irmã.

Lili tinha sido adotada um ano antes de eu nascer. Diferente de nós, que tínhamos todos olhos castanhos, os dela eram bem verdes. Depois de Vô Fonso, era somente nela que também notava uma dissintonia em pertencer à nossa família. Mas enquanto eu e meu avô claramente vestíamos desengonçados aquela roupa que não nos pertencia, Lili parecia desfilá-la com desenvoltura única.

Quando pequenos, eu e ela sempre estávamos juntos nas travessuras, frequentemente com Lili me dando desafios. "Duvido você roubar isso." "Você não tem coragem de mexer naquilo." "Vamos ver o que acontece se..." Tomamos várias broncas juntos, mas eu sempre acabava apanhando muito mais. De raiva, às vezes também batia em Lili. Principalmente quando ela me convidava para uma partida de tabuleiro pouco se importando em construir hotéis em Copacabana ou ganhar dos exércitos em Vladivostok. Jogava sem querer ganhar nada além de me fazer perder a cabeça. E ela sempre vencia. Eu sentia vergonha lembrando daquilo. Na verdade, não entendia por que havia trocado tantos pontapés com a única prima que parecia me compreender um pouco.

Naquele janeiro de 1992, eu, ainda me sentindo menino, tentava decifrar como aprenderia ser o homem da família que minha mãe esperava. Enquanto isso, Lili, com quase com catorze anos, parecia uma mulher. Era claro que ela não queria mais desperdiçar tempo comigo. Logo fez amizade com outros adolescentes da idade dela e com eles ia passear pela praia de biquíni, óculos escuros e tanga.

No dia fatídico, eu estava no mar pegando jacaré, Tia Bárbara se bronzeando na esteira e Tio André convidou o cunhado para se sentar em uma barraquinha à beira da praia para comer ostra e tomar o uísque que ele trouxera de São Paulo. Depois de certo tempo, Tia Bárbara veio até a beirada da água com cara de más notícias: "Afonso Carlos, você precisa levar seu pai até a casa, ele não tá passando bem!" Joguei água no rosto e fui até ela. "Não tá passando bem?" Repeti. "Sim, ele bebeu um pouco além da conta." Ainda no mar, o vi a distância deitado de costas na areia, aos pés do meu tio.

Por que sou eu que vou levá-lo de volta pra casa? Pensei bravo. *Ele é teu irmão também e não fui eu que estava bebendo com ele!* Gritava dentro da minha cabeça. Tia Bárbara interrompeu aquela raiva muda: "Cê acha que consegue levar?" *Não importa se consigo ou não, vocês adultos é que tinham que levar! Filhos da puta, por que nunca ajudam nessas horas!?* Continuei olhando para ela tentando impedir que as palavras que eu queria dizer saíssem pelos lábios. Como não ouviu resposta, ela continuou: "Vai lá, que eu te ajudo a levantar ele." Minha madrinha saiu andando. Como quem não tem outra opção, a segui.

Enquanto caminhava, lembrava da fita cassete com as previsões: *Mulher mentirosa desgraçada, meu pai não tá próspero merda nenhuma! Tá estatelado na praia bêbado!* Em silêncio, xingava meu tio, minha tia, meu pai, por não conseguir mais ser o homem da família, e minha mãe, por esperar agora que eu fosse.

"Carlos, o Afonso Carlos vai te levar de volta, tá bom?" Disse-lhe a irmã. Eu não sabia o que esperar. Minha única referência de bebedeira forte era Tio André, que ria em um minuto e saía arremessando objetos no outro. "Filhãããão!" Meu pai exclamou. "Me descuuulpa! O pai passou da conta." "Afonso Carlos, ajuda ele a levantar." Tia Bárbara prosseguia dando ordens. "O papai te ama muito, viu, filho!" Ele continuava a falar enquanto tentava se apoiar no chão.

"Leva ele para o mar primeiro e tira essa areia toda." Outra ordem, dessa vez seguida de uma olhada fulminante para Tio André. Lá fomos meu pai e eu, parando pessoas no caminho até a água para ele dizer o quanto me amava e tinha orgulho de mim. "Pai, eu tô bravo, para de falar!" "Tá bom, eu paro. O papai passou da conta. Não vou deixar você bravo. Mas eu te amo, viu? Te amo muito!"

Enquanto Seu Carlos brincava na água, Tio André gargalhava da barraca e Tia Bárbara nos observava. "Vamos, pai, tá limpo já." "Me ajuda aqui, então." Dei-lhe a mão, ele se colocou de pé, pôs o braço sobre meu ombro e fomos andando. Passamos na barraca para pegar os chinelos. Tia Bárbara forneceu as últimas instruções: "Já peguei o dinheiro para pagar a conta na carteira do seu pai, você não precisa se preocupar. Você lembra o caminho, né?" "Sim." "Dá um banho nele e coloca ele pra dormir." "Tá." "Fica tranquilo, vai ficar tudo bem." "Tá." Ela me deu um beijo no rosto, e lá fomos nós.

Foram cinco quarteirões com Seu Carlos cantando uma música que estava tocando na barraquinha da praia quando saímos: "Por isso chega, vou procurar felicidade. Chega, quero um amor de verdade." E me explicando: "Esse não é você, filho. Você, eu te amo muito!" O mesmo foi repetido para mais um par de estranhos que trombamos no caminho entre uma e outra queda que fez ele se sujar de terra outra vez.

"Senta aqui, pai, e fica quieto que eu vou pegar a mangueira para você se lavar de novo antes de entrar." Ordenei assim que chegamos à frente da casa. O material de jardinagem ficava em uma edícula nos fundos. Deixei Seu Carlos e fui andando pelo corredor lateral até lá.

Quando abri a porta, dei de cara com Lili, sem a parte de cima do biquíni, no colo de um menino. "Afonso!" Ela deu um pulo e se cobriu com as mãos. Tão cedo quanto percebi meus olhos arregalados, os fechei com força e assim os mantive enquanto dizia: "Meu pai tá todo sujo e bêbado lá na frente. Preciso pegar a mangueira pra jogar água nele." Ouvi um respirar fundo e a voz dela: "Tá, pega aí, eu já vou lá te ajudar." Reabri os olhos, o rapaz parecia mais sem saber o que fazer do que eu. Agarrei a mangueira, tentando não olhar mais nada, e saí.

"Tá vendo, eu fiquei quietinho!" Meu pai me recebeu de volta mais tranquilo. Foi só ligar a torneira que ele começou a gritar de novo: "Tá gelada, u-hu-hu, tá gelada!" De raiva, eu tentava calá-lo direcionando o jato d'água em sua boca. Logo Lili apareceu, vestindo *short* e camiseta e carregando sabonete e toalha. "Toma, tio. Afonso, eu tô passando café pra ele." O rapaz havia desaparecido sei lá como.

Ajudei meu pai a se secar e caminhar até o quarto. Lili estava lá fazendo a cama dele e saiu para eu poder ajudá-lo a se trocar. Depois de um tempo, ela bateu na porta e perguntou: "Posso entrar?" "Pode." Respondi, mais calmo. "É assim que se entra nos lugares, viu, Afonso?" Ela não perdeu a oportunidade de informar. "Toma esse café, tio, senão o senhor vai ter ressaca depois." "Obrigado, vocês são uns anjos." Ele deu uma bicada, se queixou que estava muito amargo, deitou e fechou os olhos.

Assim que saímos do quarto, Lili falou baixinho "Bora arrumar as coisas lá da frente, senão minha mãe ainda vai dar bronca na gente." Enrolei a mangueira e fui até a edícula guardá-la, Lili veio atrás: "Cadê os outros dois? Quando eles chegam?" Deixei a mangueira no lugar, virei para ela e compartilhei as informações que tinha: "Seu pai tá meio bêbado também na praia. Acho que sua mãe daqui a pouco tá aí com ele." Ela entortou a boca. "Eles não te ajudaram, não?" Balancei a cabeça. "Que merda, hein!" "É."

Fiz que ia sair, ela me interrompeu: "Você não conta, né?" "Do quê?" "Você sabe do quê." "Tá." "Tá o quê? Não conta, né?" Eu ri. "Vou contar pra quem, Lili?" Ela ergueu as sobrancelhas, pensou um pouco e perguntou: "Você me viu?" "Quê!?" Reagi, envergonhado. Ela sorriu de canto de lábio. Sorri de volta: "Seus peitos?" Ela virou os olhos com expressão de quem não precisava falar, pois eu sabia a resposta. Quebrei o silêncio "Não vi, foi tudo rápido. Não deu pra ver quase nada, eu tava pensando no meu pai." Nos olhamos mais um pouco. Ela disse: "Quer ver direito?" Meu coração acelerou, novamente fiquei calado. Ela levantou a camiseta junto com a parte de cima do biquíni e logo abaixou. "Pronto, agora você viu!"

Lili virou para sair da edícula, eu permaneci imóvel. Fui tomado por confusão, alegria, insegurança, culpa, medo e muitas saudades da Belinha, do Tio Camilo, da Vó Preta. "Lili" Eu disse, lembrando também de minhas disputas de criança com ela, depois com meus vizinhos, na escola e a última explodindo de raiva contra o Biriba. Pensei nas brigas entre meus pais e de tantos outros conflitos que via na rua e ouvia na televisão. *Eu não quero ser o homem de casa nenhuma, tudo vai dar certo o caralho!* Pensei quase chorando.

"Que foi?" Ela voltou o rosto, intrigada. "Por que as coisas têm que ser assim?" "Do que você tá falando, Afonso?" Ela se aproximou, e continuei: "Por que as pessoas não conseguem ser felizes juntas?" Sem que eu previsse, lágrimas rolaram no meu rosto. Ela me abraçou apertado, com um carinho que nunca demonstramos antes. "Calma, Fonso, as coisas só têm como melhorar, você vai ver!"

Presentes

O Daruma primeiro fora presenteado à Yuki pela avó dela, ex-sogra de Tio Mílton, que por sua vez não ficara muito feliz com a lembrança. Por isso, Yuki só o guardou escondido entre as bonecas dela, sem nunca ter feito o pedido. Ela me entregou o talismã em 1990, durante a Copa da Itália, depois de ficar com pena ao me ver chorar a eliminação do Brasil pela Argentina.

Ele era mais ou menos do tamanho de uma pera, feito de madeira oca pintada de vermelho e branco. Yuki me disse que eu deveria colorir um olho do Daruma e pedir algo. Quando o desejo fosse realizado, eu deveria pintar o segundo olho, queimar o boneco e comprar outro para fazer mais petições.

Depois, em um livreto que ela pegou no bairro da Liberdade, descobrimos que Daruma era uma referência ao monge indiano Bodhidharma, fundador da vertente zen do budismo. O vermelho era a cor dos mantos de um sacerdote. A história contava que, quando o tal monge se embrenhou em uma caverna para passar nove anos meditando, frequentemente ele não aguentava de sono e dormia, em vez de meditar. Para resolver o problema, ele cortou as pálpebras para não voltar a dormir (por isso os bonecos são vendidos sem os olhos pintados). A obstinação do monge indiano rendeu frutos; depois de nove anos, ele finalmente, atingiu o estado de Nirvana que buscava e passou a ver com a mente em vez dos olhos.

O primeiro evento esportivo em que levei o Daruma para assistir foi o Grand Prix da Alemanha em 1990, na casa do Tio Camilo. O Prost havia ganhado três corridas consecutivas e liderava o campeonato, com Senna em segundo e Piquet em quarto. Na prova, o Senna conseguiu a ponta na volta 34 e liderou até o final. Foi a última vez que vi Tio Camilo. Saímos corridos sem nem comer nada. Meu tio me deu um abraço e disse que o boneco dava sorte mesmo. Desde então, o Daruma assistiu ao restante das corridas da temporada comigo, e Senna se sagrou campeão pela primeira vez. Além das corridas, o monginho passou também a assistir a todos os jogos de futebol importantes e, mais recentemente, às competições de natação do clube.

Algumas semanas antes do meu aniversário de doze anos, eu queria levá-lo para ver a semifinal da Copinha de Juniores, que seria disputada entre São Paulo e Corinthians, em uma quinta-feira, dia 23 de janeiro. Eu nunca tinha visto um Majestoso no estádio, pois meus pais achavam muito perigoso. "Mãe, é o que quero de presente de aniversário. O jogo é de criança e é de graça, por favor!" "Tsc, Afonso Carlos, não é questão de dinheiro. Vai que você se mete numa disputa de torcidas, daí quem corre com você pro hospital de novo sou eu!"

Sabendo que não havia muito espaço para negociação ali, apelei ao que não deveria: "Pai, por favor, eu nunca vi o São Paulo jogar nenhum clássico, nem em copinha!" Pedi a ele enquanto íamos para o centro kardecista no sábado anterior ao jogo. "Você já falou com sua mãe?" "Ela não deixou. Mas ela não entende de futebol, pai. Você entende." Ele fez cara de contrariado e tentou argumentar. Foram algumas trocas usuais, mas ambos sabíamos a carta que eu tinha na manga. Usá-la foi um golpe tão baixo quanto indefensável: "E eu quero poder comemorar alguma coisa no meu aniversário depois dessas férias que eu tive." Seu Carlos apertou o volante com força e expirou fundo. "Tá bom, eu dou um jeito. É um presentão que vou te dar, hein!"

Seja lá qual foi o jeito que ele deu, fato é que, chegado o dia, comemos um sanduíche na padaria, pegamos o metrô até a Barra Funda e depois um ônibus até o estádio — ele estava me ensinando a andar de transporte público. Chegamos no Comendador Souza cedo, fomos para o meio da arquibancada e lá ficamos, eu, meu pai e o Daruma (ele fez eu deixar o pé de coelho e o patuá em casa para que eu não os perdesse).

O trabalho do monge de madeira seria facilitado por uma geração incrível de juniores do São Paulo com estrelas como Pavãozinho, Catê e, no gol, Alexandre (que muitos analistas diziam que era melhor do que Zetti). O jogo no tempo regular foi morno e acabou empatado, sem gols ou outras emoções. Na prorrogação, o São Paulo abriu o placar. Eu e Seu Carlos comemoramos com o resto da torcida tricolor. Jogadores do Corinthians partiram para cima do árbitro. A confusão passou para as arquibancadas. A Gaviões começou a balançar o alambrado, meu pai correu arquibancada acima me puxando pelo braço. Bombas começaram a voar. Meu pai me cobria enquanto eu ouvia os estouros e sentia o cheiro de pólvora no ar.

São Paulo saiu classificado e nós, ilesos, mas o pessimismo de minha mãe se confirmara outra vez. Ao voltar para casa, ouvimos em silêncio sobre Rodrigo de Gásperi, um menino da minha idade que havia sido atingido por uma bomba e estava em estado grave no hospital. "Obrigado por me trazer, pai." Eu disse. Ele só acenou com a cabeça, sem me responder.

Depois que chegamos, eles se trancaram no quarto de casal. Minha mãe berrava: "Irresponsável!" Ele podia tá no hospital agora também! "Não aguento mais!" E, depois de algum tempo "aquela vagabunda" ao final de quase toda frase. Quando acordei no dia seguinte, Seu Carlos não estava mais em casa. Ela apenas falou que meu pai tinha ido dormir em um hotel. No dia primeiro de fevereiro, ele retornou ao apartamento para fazer a mudança. Rodrigo estava morto, eu, proibido de ir a estádios, e meu pai de entrar em nossa casa outra vez.

* * *

    Nos dias seguintes à saída do meu pai, o choro de minha mãe não parou de ecoar no granito daquele apartamento abandonado. Eu via uma tempestade como nenhuma outra se formando no horizonte, mas não sabia o que fazer para me abrigar. Seis dias exatos depois do ocorrido, ela me acordou agitada, forçando a atmosfera festiva que julgou apropriada: "Parabéns, doze anos e já é o homem da casa, hein!" Sorri, me levantei e, tentando conter seja lá o que estivesse prestes a explodir, dei-lhe um abraço apertado. "Obrigado, mãe."
    "Peraí..." Ela se desvencilhou do abraço e foi pegar uma caixa embrulhada para me entregar. "Vai, abre!" Dias antes, ela tinha perguntado o que eu ia querer de presente. Até cogitei pedir o boné do Philadelphia 76ers, que ainda não conseguira comprar, mas depois da confusão por causa do presente que pedi ao meu pai, só disse: "Não precisa comprar nada." Ainda assim, ela não se segurou. Abri o pacote e vi um par de tênis imitação do New Balance que os *playboys* usavam. Arregalei os olhos tentando disfarçar meu medo: "É o que você queria, né?" Fiz que sim com a cabeça. "E você nem sabe, paguei metade do preço..." Então ela sussurrou: "Ele não é original, mas nem dá pra notar a diferença, né?" Minha mãe não fazia ideia do quão apurados eram os olhos da escola.
    "Você não vai querer uma festa mesmo?" Ela mudou de assunto. "Não, mãe. Você sabe que eu não gosto." "Posso pelo menos chamar Tio Mílton e o resto do pessoal do prédio pra comerem um bolo hoje à noite aqui em casa?" "Tá, pode sim." "Aquele bolo do Alaska que você gosta?" "Ele mesmo, mãe." Respondi ao esforço dela.
    Assim que saí do quarto, fui recebido com mais parabenizações. "Eita, Afonso Carlos, parabéns! Cheguei cedo só pra te dar feliz aniversário!" "Obrigado, Mari." Sorri. Ela me deu um abraço e uma Bíblia de presente. "Agora que você tá lendo,

pode ler esse livro aqui, que é o maior de todos!" "Obrigado, Mari, deixa eu ir tomar café da manhã senão vão tocar o interfone quando o ônibus chegar."

Subindo na busa, recebi outro presente. "Afonso, aqui tá o autógrafo que você pediu." Era a voz doce de Maia, a menininha mais meiga da condução escolar. Ela estendeu a mão pequena segurando um papelzinho dobrado. No final do ano passado, eu tinha pedido um autógrafo da mãe famosa dela. Mesmo ainda sem saber direito de quem era a assinatura, a recebi com empolgação. Nunca tinha pegado nada de gente importante antes. "Se eu te contar um segredo você não conta pra ninguém?" Ela arregalou os olhos: "Não!" Eu me aproximei do ouvido dela e sussurrei: "Hoje é meu aniversário, e esse é o melhor presente que recebi!" Cochichei. Ela corou, e a enchi de coceguinhas, como fazia todos os dias. *Agora nunca vou ter uma irmãzinha mesmo...* Lamentei.

Sentei-me com meus amigos, contei novamente a história das bombas na Copinha, zoamos o Pancinha pelo Palmeiras ter tomado de quatro do Internacional e falamos sobre o São Paulo começar a disputa da Libertadores da América. Finalmente, ressurgiu o assunto do HIV movido pelo All-Star Game da NBA que aconteceria em dois dias. Magic Johnson anunciara que jogaria a partida. Pancinha não se conteve: "Como que vão deixar um aidético jogar? Vai que ele toma uma cotovelada e espirra sangue nos outros, todo mundo vai pegar aids!" "Nooossa, para de falar merda, moleque!" Protestou o menino novo lá da frente.

Não era apenas Mustafá, Pancinha e eu que estávamos intrigados com o aluno recém-matriculado na minha sala. Ele tinha acabado de chegar de Michigan, nos Estados Unidos, onde havia nascido e crescido porque os pais dele lecionavam em uma universidade lá. Portanto, além de falar inglês melhor que qualquer um (inclusive nosso professor), tinha passaporte estadunidense e créditos múltiplos como fã da NBA. Em si, isso já era objeto de inveja.

Além do que, ele era mais velho – estava cursando o meio da sexta série de lá e teve que repetir um semestre para recomeçar o ano com a gente, um monstro de forte, praticava luta greco-romana e, por coincidência, estava treinando a modalidade no mesmo clube que eu nadava.

Na frente dele, começaram a chamá-lo de Dilei, por causa do uso constante que ele fazia da expressão "de lei". Pelas costas, todo mundo se referia a ele como Cirilo, por ser o único aluno negro da sexta série. Como ele tinha pele bem mais clara que Vó Preta e Biriba, Mari e até Jônatas, na época, eu não sabia se ele era negro mesmo. Mas, com medo de apanhar ou parecer bobo, nunca nem havia falado nada com ele.

Foi ele que se dirigiu a mim primeiro. Foi ainda naquela manhã, depois de Fernando e outros *playboys* me zoarem pelo tênis novo: "O Afonso Pobre tá estreando um New Balance falseta, olha que ridículo!" Eles bradaram, não se aguentando de rir. "Deixa o moleque..." O menino novo falou a sério, virando-se para mim e emendando: "Aí, eu achei esse seu tênis de lei, não liga pra esses playba, não." Deu uns tapinhas nas minhas costas e se sentou.

Ele fez o melhor elogio aos novos calçados, mas não o único, nem o que me deixou mais feliz: "Eu não achei seu tênis feio." Veio escrito em um bilhete. Desde o primeiro dia de aula, eu estava falando novamente com quem aguardei as férias inteiras para poder rever. Mal podia esperar quatro dias pela terça-feira seguinte, quando eu e Belinha combinamos de retomar a rotina de encontros dentro da igreja. Antes disso, e naquela mesma noite, eu e minha mãe precisávamos sobreviver à minha festa de aniversário.

Cheguei em casa do treino com Tio Mílton, Kanji e Yuki. Mari já tinha deixado a comida preparada e estava arrumada para festa. Além deles, minha mãe havia chamado Dona Helena, Jaques e a mãe dele. Logo também apareceu Iara, acompanhada de Pangoré e Jônatas. Foi o primeiro aniversário que passei sem o restante da família e também o primeiro que me senti em casa.

Tio Mílton ficou no sofá bebendo cerveja e observando as mulheres conversarem uma infinidade de assuntos. Jônatas me deu uma coleção de toucas de látex que ele tinha de vários campeonatos: "Pra você não ficar fuçando mais nas gavetas da sua avó." Brincou. Kanji havia trazido o Mega Drive, instalamos na televisão de casa e jogamos até a hora de cantar parabéns. "E pro Fofura é tudo ou nada?" Eles gritaram ao final, apresentando à minha mãe o apelido pelo qual todos da natação já me chamavam.

"Afonso Carlos..." Mesmo quando não estava me dando bronca, minha mãe só me chamava por ambos os nomes. "Vai se despedir dos seus convidados na porta enquanto eu e Mari damos uma ajeitada na cozinha." Obedeci. Assim que o elevador partiu, ouvi o telefone tocando. "Deixa que eu atendo, mãe!"

Uma voz grossa do outro lado me chamou pelo nome e perguntou como eu estava. "É seu tio, rapaz, não está conhecendo, não?" "Tio Camilo!? Oi, tio, que saudades! Tudo bem?" Tio Camilo havia se mudado para Brodowski há pouco mais de dois anos. Dizia estar frustrado com a política, com a vida na cidade grande e "agora que não o visitávamos mais", sem muita razão para continuar nela.

"Tudo... Fora as dores, tudo, sim. Esse ano não esqueci seu aniversário! Parabéns, hein! Como vão as coisas?" Contei da explosão em meio à disputa de torcidas no estádio, que estava treinando natação todos os dias e, respondendo à curiosidade dele, que eu ia melhor na escola, mas ainda não tinha nenhuma namorada. "E sua mãe, como tá?" "O senhor ouviu da separação?" "Isso eu ouvi, sim, mas falo com ela depois, e vocês dois?" "Ah, tio, o senhor sabe como é, tem hora que vai bem, tem hora que não, como diz o Leandro e Leonardo, entre tapas e beijos. Mas hoje não foi ruim, não..." Ele deu risada.

"Bom, rapaz, guenta firme aí que nesse solo nenhum filho tem mãe gentil. Você se entenda com a sua, viu?" "Tá..." Ouvi uma gargalhada que me encheu de saudades. "Tá... Quer dizer, brigado, tio." Ele expirou um resto de riso e disse: "Tá certo, parabéns outra vez, vai lá chamar minha sobrinha pra eu falar com ela um pouco."

Fui até a cozinha, Mari já tinha ido embora. Falei para minha mãe quem estava ao telefone, ela se emocionou e demorou alguns segundos para se recompor antes de atendê-lo.

* * *

Terça-feira havia chegado. Eu estava nervosíssimo. Parecia que uma eternidade havia passado desde a última vez que eu e Belinha estivemos juntos. Durante as semanas que antecederam nosso reencontro, enquanto eu tentava me adaptar em deixar a união de meus pais no passado, pensava longamente no futuro com ela. *Preciso dar um jeito de pedir ela em namoro. Desse semestre não pode passar. Na escola a gente não pode namorar porque seria zoado. Mas, se um dia vamos viver nosso amor em nossa ilha ou qualquer lugar só nosso, temos que começar a planejar agora.* Ao mesmo tempo, tentava afastar meus piores medos... *E se nesse tempo longe, ela perdeu o interesse em mim?*

"Nossa, que estranho a gente aqui de novo, né?" Belinha deu início à conversa depois de entrarmos na igreja. "É, um pouco, mas eu gosto." "Eu gosto também, mas é estranho." Ela disse, alisando o banco de madeira. "Você viajou para os Estados Unidos, né?" Perguntei. "É... Fui com minha mãe e minha avó pra Flórida, ficamos na nossa casa lá, e depois fui visitar Istambul com meu pai, e você?" "Também viajei com minha mãe pra fora do Brasil e depois com meu pai."

Ambos olhamos para baixo por um tempo. "Meu pai saiu de casa, acho que não volta mais." Reiniciei a conversa. "Puxa, Afonso. Eu sei como é, mas melhora. Minha mãe tá melhor..." "A minha não sei. Ela chorou muito antes e depois de ele sair, nem escondido foi, agora tá com uma alegria estranha." Dei um sorriso forçado, Belinha disse: "Vai melhorar, você vai ver." E enfiou a mão na mochila, dizendo com outro tom: "Olha, tenho uma surpresa pra você!" "Pra mim!?" Meu coração acelerou. "É, você falou que seu aniversário era no começo das aulas e eu lembrei. Foi semana passada, né?" "É." "Não te dei parabéns porque queria fazer surpresa." Ela me entregou uma caixinha coberta com papel colorido: "Vai, abre, é seu presente!"

Sem saber se poderia rasgar o embrulho, despreguei cautelosamente os pedaços de fita durex. Ela estava ansiosa: "Rasga logo." Não foi necessário, cuidadosamente retirei uma caixinha preta, muito elegante, onde estava escrito AZZARO POUR HOMME. Deduzi que era perfume. Tirei a garrafinha da embalagem. "Nossa, que legal!" Exclamei o que julguei ser apropriado, apesar de nunca ter usado perfume. "Comprei no Duty Free. Você não gostou, né?" Ela reagiu à minha óbvia hesitação. "Eu!? Adorei! É que não conhecia esse." Tentei me salvar. Ela tomou a caixa e a olhou. "É muito famoso. Vai, experimenta!"

Como que experimenta perfume, meu Deus!? Tentava descobrir em silêncio enquanto olhava o frasco, ainda mais bonito que a caixa: um vidro transparente revelando um líquido de cor igual ao uísque do Tio André. *Deve ser coisa chique mesmo!* Calculei. Abri a tampa preta, tinha um bico desses de *spray*. Lembrei de algumas vezes que vi homens passando perfume nos lados do pescoço, fiz o movimento de fazer o mesmo.

"Você não vai provar antes pra vê se gosta?" Belinha perguntou. "Provar?" "Sim, joga um pouquinho no pulso e cheira." Obedeci. Assim que acabei, ela quis saber: "E aí, gostou?" "Sim, bastante." Belinha tomou a garrafinha. "Agora coloca no pescoço." Ela deu uma borrifada atrás de cada uma de minhas orelhas. Recolocou o frasco em minha mão, inclinou o nariz bem pertinho do meu cangote, fechou os olhos e inspirou o pouco ar que tínhamos entre nós: "Olha, ficou cheiroso mesmo! Gostei!"

Não foi só Belinha que se deliciou com meu novo aroma. Chegando no carro, Mustafá e Alcides também o notaram. "Ah, não acredito, agora o galã tá até colocando perfume pra ir na igreja!" "Deve ter colocado talco no bumbum também!" E riram feito estivessem em um *show* do Chico Anysio. No treino, Jônatas e Pangoré também não perdoaram: "Ô, Fofura, não adianta passar esse perfume todo se faz três dias que você vem treinar com a mesma cueca." "Ô, Iara, vai ter que interditar a piscina hoje, o Fofura vai contaminar a água com os dez litros de Bom Ar que ele passou no pescoço."

Quando cheguei em casa, retirei o presente da mochila e borrifei um pouco do perfume na fronha. Coloquei o fone de ouvido e sintonizei na rádio com músicas românticas. Deitado de olhos fechados, cheirava aquele pouquinho de tecido enquanto lembrava o respirar bem perto do meu pescoço. Envolto naquele aroma, tentei ficar acordado para que aquele dia não acabasse, mas logo adormeci.

Outros carnavais

Meu pai nunca me bateu. Minha mãe, em compensação... Várias vezes os dois brigaram porque ela passou dos limites. Tais situações normalmente aconteceram quando eu estava sozinho com ela. Mas, mesmo quando ele estava presente, não entendia por que nunca tentara me defender antes, segurá-la, ou algo assim. As cabidadas esclareceram tais razões e despedaçaram de vez a esperança de que um dia ele poderia contê-la.

Quando ficou grávida de mim pela primeira vez, ela jurou que não me relaria a mão. "Até porque ela apanhou muito também." Meu pai conta tal fato do mesmo jeito até os dias de hoje. "Porém, sua mãe sempre quis tudo do jeito dela, e eu não posso nem dizer que ela não tentou outros jeitos: tirava seus brinquedos, te deixava de castigo, dava sermão e nada adiantava. Mas você, meu filho, sempre lutou pra ser do seu jeito."

Também por relato de Seu Carlos sei da primeira vez que apanhei. A disputa foi porque não quis colocar a "roupa de indiozinho" que ela comprara para o Carnaval da escola. Depois de tentar as velhas estratégias sem sucesso, ela me trancou no banheiro, jogou cocar, apito e os outros apetrechos lá dentro e afirmou que eu só sairia fantasiado e de rosto pintado.

Meu pai relembra que assim iniciou uma longa e silenciosa batalha de vontades. Depois de quatro horas, minha mãe cedeu. Quando abriu o banheiro, deu de cara com minha própria folia: rolos de papel higiênico pendurados no chuveiro, xampu espalhado no chão, tinta nas paredes e todos os produtos de maquiagem dela dentro da privada. "Sua mãe não aguentou, te suspendeu no ar pelo braço e te salpicou. Depois chorou feito bebê... Pra ser sincero, filho, eu nem achei que ela tava tão errada assim. Mas também não sabia que as coisas iam piorar."

As palmadas viraram chineladas, depois cintadas e, sem que nenhum desses dispositivos fosse eficaz em mudar minhas vontades, ela resolveu recorrer ao instrumento que já havia falhado com Vó Vicência. Como que carregando um artefato mágico de outra dimensão, certo dia chegou em casa com uma vara de marmelo: "Agora quero ver você não endireitar!" Ela me desafiou, pendurando o objeto atrás da porta do banheiro, palco de onde tudo começou.

Era uma lembrança para eu ponderar bem se minha desobediência valeria o que eu pagaria por ela, um jeito de inflacionar o custo de persistir em minhas ideias. Quanto mais eu apanhava, mais percebia que não havia inflação que extinguiria meus desejos, ainda que eu não conseguisse entender como Deus fizera vir da mesma árvore uma marmelada tão doce e uma vara tão ardida.

Outros carnavais se passaram, e a vara de marmelo também ficou para trás, junto a outras estratégias frustradas para me disciplinar. Frente ao fracasso das investidas anteriores, somado ao maior estresse no trabalho, à reforma do apartamento e à firma do meu pai, ela julgou ser melhor improvisar. Conformada, ela mesma admitia o propósito daquela violência. Não raro, ao explorar ideias perigosas, passei a ouvir: "Afonso Caaarlos, toma cuidado que hoje eu tô precisando descontar minha raiva em alguém!"

Não acontecia toda hora. Às vezes ela ficava dois, três, quatro meses sem me relar um dedo, o que invariavelmente alimentava a pequena esperança de mudança que eu tinha. Porém, nos últimos dois anos, antes da separação, quando ela estourou, foi com ainda piores ofensas e socos e pontapés cada vez mais descontrolados.

Como o sonho que eu tive em Foz me indicava, mesmo que eu quisesse, talvez fosse impossível satisfazê-la. Tudo o que eu poderia fazer era, como um barqueiro que se atenta ao mar e aos ventos, vigiar de longe cada passo de minha mãe, tentando me preparar para o que estava prestes a vir. No começo de 1992, tais sinais não eram nada bons e, ainda que meu pai não pudesse contê-la, eu não sabia o que seria sem ele. Pior, Seu Carlos não estava errado, tampouco eu sabia viver de outro jeito que não fosse o meu.

O episódio do Carnaval começou quando minha mãe resolveu viajar comigo para Barequeçaba. A ideia veio depois que Tia Bárbara e Tio André anunciaram que iriam assistir ao desfile das escolas de samba no Rio de Janeiro. "A igreja deixa ela ir?" Perguntei.

Tia Bárbara adotara o presbiterianismo da família do marido. Portanto, apesar das alusões veladas que meu pai fazia, nunca a vi falando palavrão ou fumando. Além disso, ela sempre reclamava da quantidade de sexo nas novelas. Julguei natural que assistir ao Carnaval também estivesse entre as proibições dela. "Filho, sua tia é presbiteriana, é diferente! Ela não é dessas igrejas fanáticas que a Mari vai." *Até entre as doutrinas protestantes existe disputa entre chiques e cafonas.* Matutei.

Meus primos iriam ao acampamento da igreja (Lili, pelo que soube, forçada). Seu Carlos passaria o feriado trabalhando. A empresa continuava mal das pernas. Em um domingo anterior, Tia Bárbara se aproveitou que ninguém nos olhava e cochichou: "Só quero que você saiba que seu pai pegou emprestado o único dinheiro que seus avós tinham guardado. Você precisa saber. Não tá certo isso!" "O pai pegou dinheiro emprestado do Vô Fonso?" Eu me surpreendi. "Pergunta pra ele. Isso não é assunto pra eu falar com você!" Encerrou.

Para o feriado, minha mãe alugou um apartamento em São Sebastião bem perto da casa de praia dos ex-sogros. Em janeiro, eu ouvira uns meninos falando de uma prainha que ficava escondida atrás de uma formação de pedras na lateral direita da praia principal. Decidi ir nadando até lá. Achei que chegaria fácil e estaria de volta antes que minha mãe notasse. Porém, quando estava a uns 200 metros da areia, a correnteza mudou e passei a nadar sem sair do lugar.

 Não estava com medo do mar, mas senti que ia apanhar. Como é comum em situações assim, uma eternidade se formou entre a situação vivida e o próximo evento que, nesse caso, foi um salva-vidas que me avistou de seu bote de resgate. Eu ainda tentei fugir daquela humilhação, afirmando que ele só precisaria me apontar como sair da corrente que eu conseguiria voltar sozinho até a praia. Porém, mal comecei a argumentar, e a expressão dele negou qualquer possibilidade de negociação. Amuado, subi no bote.

 Esperando na areia, uma pequena multidão de curiosos garantiu que a comoção não fosse pequena: "Que perigo, gente!" "Quem deixa o filho ir nadar assim no meio do mar?" "Nossa, cadê o pai dessas crianças?" Assim que chegamos ao raso, minha mãe correu em direção ao bote e, antes mesmo de conseguirmos desembarcar, me lascou um tapa na cara que silenciou todos os enxeridos. "A gente vai conversar muito bem em casa." Sentenciou, virou as costas e marchou rumo ao guarda-sol.

 Chegamos no apartamento, ela nem deixou que eu colocasse roupa para iniciar um longo sermão, já esperado e com as perguntas retóricas de sempre: como eu poderia ser tão irresponsável, imaturo, egoísta...? A elas, foi adicionada a de como ela conseguiria cuidar da casa sozinha se, em vez de começar a ajudar, eu criava ainda mais problemas. Frente àquela nova proposição, não consegui ficar calado: "Você que devia ter pensado nisso antes de se separar..."

 Depois disso, vieram tapas, xingamentos e um protesto contra minha ingratidão: "Eu trabalho feito uma louca pra te dar a melhor escola, casa, comida e roupa lavada e ainda viajo com você pra aqui, viajo com você pra lá e olha como você me paga? Na hora que preciso mais de você, você é um filho da puta!" Ela gritou chorando.

Não era nada que eu não tivesse ouvido antes, mas daquela vez as palavras ferveram por dentro de mim. Antes que eu notasse o que estava saindo da boca, proferi: "Você não trabalha só pra mim. Se fosse, você gastaria dinheiro em um tênis de verdade pra eu me sentir normal na bosta de escola que você escolheu ao invés de encher a casa da merda que a Tia Bárbara acha chique!"

Os seus olhos arregalaram ensandecidos e ela avançou sobre mim, como um predador ataca sua presa. Atirei-me encolhido no chão e cobri minha cabeça com os braços. Sentia um ardor cortando minha pele e demorei para compreender que ela estava arranhando meus antebraços, ombros e costas como se quisesse me despedaçar.

De repente, ela se afastou e, ofegante, ficou contemplando o que fizera. Durou menos de um minuto, mas foi o suficiente para me marcar inteiro. Eu me examinei e vi sangue aflorando em linhas paralelas e lágrimas enchendo meus olhos. Ainda assim, olhei para ela e perguntei: "Agora é esse o preço que eu vou ter que pagar?"

***

"E, quando voltamos pra São Paulo, minha mãe pediu pro meu pai passar todos finais de semana comigo." Continuei contando a história para Belinha que, assim como Tia Bárbara, havia passado o Carnaval no Rio. "Ela disse que precisava de um pouco de sossego." Complementei e Belinha riu, desconcertada. Depois de uma pausa, perguntou: "Sua mãe te arranhou muito mesmo?" Arregacei as mangas longas que estava usando para esconder as cicatrizes. "Ai, nossa!" Ela exclamou, virando o rosto. Cobri de novo o braço, ela me olhou em silêncio e afagou meu rosto.

"Já é hora, eu preciso ir." Ela disse enquanto se levantava e colocava a mochila no ombro. "Desculpa, eu mal deixei você falar hoje." Respondi. "Não faz mal, a gente compensa semana que vem! Tchau." Recebi um beijo na bochecha e a vi saindo.

Na terça-feira seguinte, dia 17 de março, o primeiro assunto de meu encontro com Belinha foi outro. Na hora da saída, ouvimos alguém dizendo que uma bomba enorme tinha acabado de explodir em Buenos Aires matando muitos judeus. Contei à Belinha sobre minha vizinha, Dona Helena: "Fico pensando se ela ainda tem algum amigo lá, algum parente, algum amor antigo." Belinha deu de ombros, ficou em silêncio e mudou de assunto. Queria saber como estava meu braço e a situação com minha mãe.

"Ah, mesma coisa..." Respondi "Só tô triste porque não tô podendo nadar. Eu falei pra Iara – minha técnica, sabe? – que tô com sinusite, mas é pra esconder os arranhões, sabe?" "Sei. Me fala mais da sua natação." Eu fiquei empolgado. Depois de Belinha, o clube passara a ser meu assunto favorito. "Ah, o pessoal do clube é muito gente boa... Mais do que aqui. Você precisa conhecer o Jônatas um dia. Ele é bem mais forte que o Fernando, mas trata todo mundo igual. A família dele é do Amazonas. Foi a Iara que trouxe o Jônatas pra São Paulo. Ele mora sozinho no mesmo prédio que ela, no mesmo quarteirão que eu." "Nossa, como ele ganha dinheiro pra morar sozinho?" Belinha quis saber. "A Iara é dona de uma academia de natação no bairro. Ele é patrocinado pela academia e dá aulas pra criancinhas lá também. Além disso, ela conseguiu uma bolsa de estudo pra ele!" "E você, recebe alguma coisa?" Um pouco envergonhado, fiz que não com a cabeça.

Belinha também praticava esportes, volteio, uma espécie de ginástica com cavalos sobre a qual eu só havia ouvido falar por causa dela. "E no volteio, você tem muitos amigos?" "Não muito, é mais você e o cavalo... É diferente. Normal." Não soube como continuar, sabia que não era dessas conversas que ela gostava.

"Como seus pais se conheceram?" Ela me perguntou. "É uma história longa e sou sempre eu que falo... Só conto se você falar primeiro como seus pais se conheceram." "Tá bom, mas semana que vem, hoje tenho que sair um pouco mais cedo." Ela comunicou se erguendo, me levantei junto com ela, à espera do meu beijo na bochecha, que veio. Dessa vez, talvez tenha sido impressão, um pouco mais perto da boca.

Passei a última semana de março pensando em nossas famílias. *Vai saber como os pais dela se conheceram, talvez em um trem de ouro pra Tchecoslováquia enquanto comiam diamante...* "Fofura, para de viajar e faz sua borrachinha!" Gritou o Jônatas do outro lado da piscina. Enquanto os cortes cicatrizavam, ficava ao lado da piscina fazendo abdominais, flexões, exercícios com o elástico e depois ia correr de camiseta comprida. "É que eu gosto de suar." Justificava.

A preocupação com o assunto de nossas famílias, no entanto, rapidamente voltou à minha mente. Eu ouvira a história de meus pais de várias fontes, em versões diferentes. Tudo começou em algum Carnaval no começo da década de 1970, Tio André e a então namorada dele, Bárbara, foram participar das noites de festa promovidas pela Sociedade Socorros Mútuos italiana. Tio André, seu melhor amigo, e a namorada do melhor amigo, Maria, eram todos, como a maioria dos descendentes de imigrantes da região, de origem italiana.

Os quatro foram de São Paulo a Ribeirão Preto em um opala bege que pertencia ao meu tio. Estavam animadíssimos. Tia Bárbara ainda não era presbiteriana, converteu-se a muito contragosto de Vó Altina, que só aceitou a mudança porque "ajudou sua tia a resolver o imbróglio". Eu não sabia o que aquilo significava, mas depois aprendi que Tia Bárbara havia engravidado de Dezito enquanto ainda namorava Tio André.

Como meu tio não queria contar para os pais que havia engravidado uma moça, antes que a barriga crescesse, ele a pediu em casamento. Sabendo que isso não evitaria que os sogros fizessem um cálculo simples seis meses depois, minha tia se converteu à religião da família do marido, talvez esperando que o ato ajudasse ela e o bebê a serem aceitos na nova família. "Mas depois minha irmã pegou mais gosto pela igreja do que qualquer um da família dele. Vai entender." Meu pai dizia balançando a cabeça.

Na época da viagem, no entanto, Tia Bárbara era tão católica quanto Maria. As duas se sentaram no banco de trás do carro, e os namorados na frente. Nas quatro horas do trajeto se tornaram melhores amigas. Tio André contava que até no baile as duas não se separaram.

Enquanto isso acontecia, Seu Carlos "vivia o *dolce far niente* dele" – outra expressão de Vó Altina. Assim como imbróglio, eu também não sabia o que significava. Sei que ele dirigia um Karmann-Ghia vermelho e morava com meus avós. Ajudava Vô Fonso na mercearia e revendia suprimentos para outros locais. Em momentos mais alcoolizados, Tio André insinuava que o cunhado ganhou dinheiro adulterando uísque, meu pai rebatia lembrando que Tio André nunca reclamou da bebida na época.

Até então, Seu Carlos nunca havia namorado a sério. De vez em quando, fazia promessas de noivado a alguma moça e sumia. Reza a lenda que algumas apareceram na porta da casa dos Laranjeira. Enquanto meu pai se escondia dentro da casa, Vó Altina se encarregava de chutar o castelo de areia de tais noivas: "Toda semana aparece uma moça aqui dizendo que o Carlos prometeu casamento. Larga a mão de ser boba, menina, e vá procurar um rapaz responsável que meu filho não é futuro pra mulher nenhuma!" Ela contava.

A irmã do meu pai omitiu tais fatos ao convidar a nova amiga para almoçar em casa. Tio André afirmava, meio bronqueado, que ela o fez já planejando roubar a namorada do melhor amigo para a própria família. Minha tia gargalhava. Caso pensado ou não, foi em tal almoço que meu pai e minha mãe se conheceram e logo começaram a namorar. Dessa vez, Seu Carlos não conseguiu correr do compromisso.

"Naquele almoço mesmo eu soube que ela ia ser minha parceira pra vida!" Meu pai afirmava antes do divórcio. Depois, passei a ouvir de ambos que eles sempre tiveram pistas de que a união dos dois não daria certo. De repente, meu pai sempre fora "um desajuizado que não pensava em ninguém além dele mesmo" e minha mãe "uma controladora que acha que dinheiro resolve todos os problemas do mundo."

Independentemente do final que a história teve, sempre achei o começo dela meio besta. *Não é à toa que o casamento deles acabou assim...* Concluí. Achava o início do meu amor com Belinha muito mais emocionante: bilhetes anônimos, o presente, a vitória do Senna, os encontros secretos na igreja, feito Romeu e Julieta. *Evidentemente o final de nossa história vai ser bem diferente!*

Que nojo!

"Dezenove a seis pra gente!" O primo do Mustafá anunciou depois de eu acertar uma bola de três. A disputa contra os *playboys* valentões da 6ªA estava fácil como o esperado, afinal basquete não era a praia de *playboys*. Só precisávamos de mais uma cesta para ganhar. Dilei, como ainda chamávamos o menino novo, recebeu a bola na base do garrafão de costas para o adversário. Feito o Jordan, ele fintou para a direita tirando o marcador, pulou girando para o lado oposto, arremessou e chof, a bola entrou sem nem relar no aro. "*In your face, motherfucker!*" Ele disse, encarando o moleque da outra sala.

Chegara o momento da outra disputa começar. Na verdade, o basquete fora só um pretexto, como Pancinha havia me alertado dias antes: "Os *boys* da minha sala disseram que vão colocar o moleque novo no lugar dele." Este parecia realmente fora do lugar, quase tudo o que fazia era diferente, as músicas que ouvia, o jeito de falar, as histórias que contava e como se comportava nas aulas. Vinha de uniforme completo e parecia não estar nem aí para as divisões entre *boys*, normais e pobres. Aquela pretensão incomum de ter acabado de chegar e nem tentar ser igual aos outros incomodou a todos.

"Eu acho é bom que ele apanhe, ele é muito folgado!" Disse Pancinha. "O que ele te fez?" Eu quis saber. "Eu consigo ver quando alguém é folgado só de olhar, e ele folgou com um *playboy* da minha sala outro dia…" "Ué, você não odeia o pessoal da sua sala? Ele parece gente boa pra mim." Afirmei, mas Pancinha continuou: "Bom, fodam-se os dois, mas ele vai apanhar." "Essa eu quero ver, ele faz *wrestling* no clube." Informei. "Que porra é essa?" "É luta olímpica. O Fernando pagou pau quando ele falou, e você sabe que o Fernando não paga pau pra ninguém." "*Wrestling* é o caralho!" Pancinha proferiu segundos antes do assunto da conversa entrar no ônibus.

Naquele dia, depois da partida de vinte e um, Pancinha assistiu a uma lição sobre a eficácia da luta olímpica. "Aqui é o Brasil, fala português, Cirilo de merda!" O *playboy* quis crescer para cima do Dilei. Ele respondeu: "Aqui é o Brasil, portanto eu falo a língua que bem entender e faço cesta do jeito que quiser porque você não consegue me marcar, *motherfucker*."

Não foi preciso mais nada. O *playboy* fechou o punho, armou o soco e, antes que qualquer um de nós entendesse o que acontecera, Dilei se esquivou para baixo, agarrou as pernas do oponente, o suspendeu no ar e o arremessou para baixo. O corpo dele bateu tão forte contra o concreto que não lhe sobrou uma molécula de ar no peito. O próprio Dilei foi acudi-lo: "Calma, respira, respira." Ele falava enquanto lhe dava tapinhas nas costas.

Quando recuperou o fôlego, o *playboy* se desculpou: "Você é gente boa, a gente tava enganado. Tamo de boa, Dilei?" Ele sorriu esticando a mão: "De boa, mas não vem mudar meu apelido agora, daqui pra frente eu sou só Cirilo nessa escola!"

* * *

Nos dias seguintes, ouvindo tal história, *boys* inconformados de outras salas resolveram também tentar a sorte contra o tal de *wrestling* e foram arremessados de maneira similar. Belinha pareceu interessada na história: "É verdade que o menino novo tá batendo em vários meninos daqui?" "É..." Respondi. "Nossa, que horror! Você toma cuidado, isso ainda vai arrumar confusão." Ela falou.

Por que tenho que tomar cuidado com o cara que tá fazendo a gente ser finalmente respeitado? Além do que, não era sobre a escola que eu desejava conversar com ela. Cocei a cabeça olhando para o enorme Jesus crucificado pendurado em cima do altar. Era abril e eu ainda não havia juntado coragem para falar com Belinha do plano da ilha deserta. De fato, nem a tinha pedido em namoro. Continuávamos nos encontrando na igreja, eu sonhando com nosso primeiro beijo, ela falando de assuntos que eu não queria discutir com ela.

Em primeiro lugar, achava que Belinha nunca entenderia como nossa turma de meninos vivia na escola. Mal sabia ela que eu estava ajudando a espalhar a lenda do Cirilo com entusiasmo comparável ao de Fidípides correndo até Esparta. *Bela, um dia essas disputas da escola vão ficar pra trás, e vamos ser só nós dois, só nosso amor.* Sem coragem para dizer o que queria, apenas mudei de assunto.

"Ah, eu finalmente falsifiquei meu RG, deixa eu te mostrar." Enfiei a cabeça e na mochila achei o documento adulterado e dei pra ela. A estratégia funcionou. Ela o examinou com cuidado e perguntou: "Essa é a foto do seu RG de verdade?" "É, por quê?" "Você tá engraçado... Se foi mudar o ano do nascimento, por que não mudou a foto também?" Peguei o documento de volta, tentando descobrir o que havia de errado com meu retrato. "Não sei, foi o Pangoré que falsificou o RG pra mim e pro resto da equipe." "Pangoré? Por que esse apelido?" "Não sei... Sei que ele já foi campeão brasileiro, disseram até que ele seria o próximo Gustavo Borges, sabe quem é?" Belinha fez que não, continuei. "Enfim, ele nem cobrou nada, fez só pela amizade. Eu não quis dar mais trabalho."

Como a maioria da 6ª C, Belinha ia a danceterias e tinha o próprio RG falsificado. Mas ela o havia comprado do Fernando, que encomendava tal mercadoria com um menino da 8ª série. Eu nunca havia ido a uma danceteria, nem às matinês em que se podia entrar com 12 anos. Mas, depois que Jônatas tirou carteira de motorista e ganhou um Gurgel BR-

800 da família, ele prometeu levar eu e mais sete atletas da equipe a uma matinê.

Empolgados com a nova carona, combinamos de ir à Overnight. Como a danceteria era na Mooca, achei que seria uma ótima oportunidade para Belinha e eu nos encontrarmos fora da igreja pela primeira vez. Ela olhou contrariada. "O que eu vou falar pra minha mãe, que vou lá sozinha, sem nenhuma amiga, fazer o quê?" "Diz que vai comigo..." Respondi sem conseguir segurar o pensamento. Bela torceu a boca em silêncio.

"Tudo bem, mas uma hora a gente tem que se encontrar fora da igreja também..." Eu me levantei, colocando a alça da mochila no ombro e pegando a mala da natação com a outra mão. "Espera..." Ela falou. "Nós temos que ir, você sabe, aqui é esse tempo que temos." Repliquei. Ela ergueu as sobrancelhas, pegou a mochila e saímos.

Dois dias depois, escrevi uma mensagem e coloquei no armário dela: "Decidi não ir à Overnight. Eu tava animado pra irmos juntos." Ela ainda insistiu que eu fosse, mas estava resoluto. Acabei passando o final de semana ouvindo as reclamações do Seu Carlos no novo apartamento: "Com a inflação desse jeito, quem aguenta?" "Essa recessão vai quebrar o país inteiro!" "Mais um que toma o poder só para roubar nosso dinheiro, bando de asquerosos!"

Durante as eleições, ele fora ávido apoiador de Fernando Collor: "Agora vamos ter um presidente diferente, filho, que é macho o suficiente pra caçar esse bando de marajás que governa o país! Se ele ganhar, a empresa do pai com certeza decola, você vai ver!"

Não era só ele que se empolgara com a masculinidade do Collor. O próprio presidente fazia questão de promover sua varonilidade. Ele andava de *jet-ski*, posava com armas de fogo, lutava caratê e voava de caça militar, feito o Tom Cruise. Para eliminar quaisquer preocupações maiores que ainda poderiam ter sobre o assunto, ele inclusive fez questão de revelar a cor do próprio saco: roxo. Porém, quanto mais crescia a inflação e as denúncias de corrupção, menor era a lembrança admirada pela coloração do escroto presidencial.

A situação era tal que Seu Carlos só conseguiu mobiliar a nova residência com a ajuda de Silmara. Como estava com o nome sujo, pediu que ela assinasse o crediário nas Casas Bahia para os eletrodomésticos, lhe emprestasse uns móveis e arrumasse umas doações. O apartamento era pequeno, mas não muito longe do bairro em que morávamos. "Logo, logo vou deixar você tomar condução sozinho e vir pra cá sempre que sentir vontade." Ele me disse enquanto servia uma lasanha de micro-ondas: "Não é uma maravilha a tecnologia? Hoje ninguém precisa de empregada pra fazer comida!" Afirmou, orgulhoso.

Enquanto meus amigos dançavam na Overnight, o acompanhei mais uma vez à reunião da nova religião, apesar de ele não gostar que eu me referisse ao kardecismo assim. "Filho, a religião é uma só, nós só estamos numa fase diferente." Dizia. Assim como na casa da Vó Preta, os encontros do centro kardecista aconteciam em uma garagem de casa. Eram Silmara e a irmã gêmea, Sílvia, as responsáveis pelo espaço. As duas moravam sozinhas em São Paulo, no apartamento que os pais, falecidos, lhes deixaram de herança. Eram morenas, de olhos bem verdes. Diziam que o resto todo da família, que vivia em Pernambuco, também tinha olhos assim. A garagem delas era maior e mais arrumada que a da vó. Tinha mesa de madeira escura com uma toalha branquinha, cadeiras de plástico bem novas, quadros com dizeres na parede bem pintada e o portão não era vazado, assim as pessoas da rua não viam o que estava acontecendo dentro.

De início, gostei de lá por poder ouvir as entidades, porém nenhuma se dirigia a mim. Nas duas vezes em que havia tentado perguntar algo, deram a mesma resposta vaga que eu esperaria de qualquer adulto. Ainda assim, me afeiçoei ao Sr.

Humberto, um preto velho que falava como se estivesse mascando tabaco. Além dele, Silmara também recebia uma indígena chamada Raíra e estava terminando um livro de cartas psicografadas com a ajuda do meu pai. Os espíritos ditavam o texto e ele ajudava a revisar o português, olhando as palavras difíceis em um dicionário. Eu morria de vontade de contar aquilo para o Professor Gérson: português era tão chato que, mesmo com a eternidade inteira de tempo, nem os espíritos queriam aprender como escrever certo.

Naquele sábado, um médium itinerante visitou o centro para fazer cirurgias orientadas pelo espírito do Dr. Carmo. Em outras encarnações, Dr. Carmo havia sido colega de Hipócrates e nutriu uma inveja monumental pelo pai da medicina. Reencarnou como uma camponesa europeia que acolhia as pessoas sofrendo de peste bubônica e depois foi médico do exército brasileiro na Guerra do Paraguai. Agora atuava em consultórios improvisados no Campo Limpo e cidades do interior paulista. Trouxe uma maca dobrável no porta-malas e uma malinha com gaze, algodão, umas tesouras, bisturis e vários outros instrumentos que pareciam de aço cirúrgico.

Os pacientes fizeram fila para serem atendidos. Uma tesoura foi usada para remover algo das narinas do primeiro; em outro, o médico fez jorrar sangue ao lhe fazer um corte na barriga. Meu pai ajudava administrando passes em todos. Curativos eram feitos e pronto, o paciente parava de sentir dores. Parecia bem mais perigoso que os banhos, mas mais científico. *Ninguém vai cortar outra pessoa sem saber o que está fazendo.* Deduzia eu.

Quando a reunião acabava, meu pai e Silmara iam contar as doações, e Sílvia ficava de minha babá. Ela era professora e agia como tal: dava a entender que não queria muito estar ali comigo, mas se esforçava, sabendo que eu também não queria muito estar ali com ela. Era uma relação meio desconfiada entre duas pessoas que se uniam na ausência de outra escolha. Por falta de assunto, a gente falava de escola e religião.

Foi ela quem me ajudou a entender melhor a tal de recessão: "É quando diminui a atividade econômica em um país, o que faz com que a produção caia junto com a riqueza da nação, o que, por sua vez, faz com que aumente o desemprego." Afirmou, também explicando por que muitas empresas estavam falindo na crise econômica que estávamos vivendo.

Também quis saber mais dos assuntos que Dona Helena não tinha muita paciência pra explicar. Sílvia me falou das incontáveis mortes nos campos de concentração construídos pelo nazismo, e fiquei sabendo que Auschwitz, onde cerca de um milhão de judeus foram assassinados, ficava justamente na Polônia, onde minha vizinha nascera. "Será que ela ficou em Auschwitz?" Perguntei à Sílvia. "Talvez, mas poucas pessoas sobreviveram àquele horror." Ela me falou. "E por que a Dona Helena tem aqueles números no braço?" Eu quis saber. Sílvia ergueu as sobrancelhas. "Bom, se ela tem números tatuados nos braços, ela sobreviveu a algum campo de concentração. Sei que era assim mesmo que os nazistas tatuavam os presos de Auschwitz."

Ela especulou que minha vizinha devia ter fugido da Polônia antes da entrada do governo comunista. "Deve ter ido para a Argentina primeiro, talvez pela grande comunidade judaica de lá, e depois vindo pra cá, fugindo da onda de antissemitismo que seguiu a queda do Perón em 1955." Ela ensinava História para o colegial e nem sempre lembrava que eu ainda não tinha estudado nada daquilo. Ainda assim, eu pedia que ela repetisse devagar as partes difíceis para eu poder escrever no meu caderno e depois citá-las na frente da minha vizinha (evitando assim que ela continuasse achando que eu não sabia de nada).

"Sílvia, por que você acha que ela gosta tanto de falar de política?" Perguntei. "Provavelmente porque ela quer que jovens conheçam a história dela... Talvez pra evitar que essa história se repita." Cocei a cabeça sentado em uma das cadeiras de plástico do centro. "Você acha que ela tem raiva da história dela?" Sílvia tomou um gole de água e fez cara de surpresa. "É uma boa pergunta, que só ela pode responder..." Eu pensei um pouco... "Se ela não quer que aquela história se repita, por que aceitou a missão de vivê-la pela primeira vez?" "Outra pergunta que só ela vai conseguir responder." Sílvia repetiu-se erguendo as sobrancelhas. *Se eu já tenho ódio da minha missão, vai saber por que a Dona Helena recebeu a dela.* Pensei. Nada daquilo parecia justo, minha vizinha não parecia ser alguém que merecesse ou precisasse passar pelo que passou. *Cheio de gente que só faz merda no mundo e não sofreu metade do que Dona Helena passou.*

Depois, Sílvia continuou me explicando que foi depois de derrotarem o nazismo que os vencedores dividiram o planeta em três mundos: o primeiro mundo capitalista, liderado pelos Estados Unidos, o segundo mundo socialista, liderado pela Rússia e nós, o último mundo, que aparentemente surgimos sem muita explicação.

O efeito colateral das conversas com Sílvia era me deixar mais preocupado sobre meu futuro com Belinha (Sílvia também adorava falar sobre o efeito estufa e o derretimento da neve dos polos, que poderia acabar com todas as pequenas ilhas do mundo!) Quis discutir tais temas com Belinha, mas ela também não se interessava por aquilo. Eu não aguentava mais nossa falta de progresso. Alcides e Mustafá estavam certos, era hora de eu tomar alguma atitude.

* * *

Tudo se desenrolou na terça-feira em que a escola realizou a sessão especial do filme "*Marcelino, Pão e Vinho*". Era parte do currículo vermos esse clássico católico de 1955. A película conta a história de um órfão travesso, Marcelino, criado por monges tão rígidos quanto a madrasta da Branca de Neve. Em comum comigo, ele também gostava de entrar na igreja escondido. Porém, havia uma diferença notável: Cristo literalmente descia da cruz de madeira e interagia com ele.

Fosse lá qual fosse a moral daquela história, eu estava pouco focado nela. A turma inteira estava sentada no chão só com a luz da televisão ligada. Deus me colocou no fundo da sala, com as costas na parede e meu ombro direito no ombro esquerdo de Belinha. Nunca havíamos estado tão perto. "É agora ou nunca!" Calculei, logo agarrando a mão dela escondido. Ela respondeu entrelaçando os dedos nos meus. Meu interior borbulhou inteiro até Belinha gentilmente largar minha mão e cruzar os braços sem me olhar. *O que significa isso? Estamos namorando? Como vai ser hoje depois da aula!?*

Foi então que me sobreveio o que eu mais temia. O filme acabou e fomos dispensados para o recreio. O primo do Mustafá gritou: "Eu vi o Afonso e a Belinha sentados lá atrás segurando a mão um do outro!" A sala inteira olhou em nossa direção. As amigas a rodearam querendo saber mais, Belinha estava mais vermelha do que nunca. Só consegui distinguir uma pergunta: "Ceis tão namorando?" Ao que ela respondeu: "Eu? Namorar ele? Claro que não! Ai, que nojo!" Por um segundo, esperei para ver se o olhar dela ainda se conectaria ao meu. Belinha manteve um rosto resoluto e marchou firme para o intervalo em meio às perguntas que continuavam enquanto Cirilo me parabenizava com tapas nas costas.

Ao final do dia, andei de cabeça baixa até nosso local habitual de encontro, contra todos os indícios, esperando que ainda a encontraria ou que ali Deus falaria comigo. Assustei ao trombar com Paulo, nosso professor de catequese. "Afonso, aonde você vai?" "Para a igreja." Respondi, com uma honestidade que pegou nós dois desprevenidos. Ele me sondou tentando confirmar se eu estava mesmo falando a verdade: "De todas as pessoas, achei que você ia entender." "Claro, claro. Posso ir com você?" Ele disse, abrindo a porta e fazendo sinal para eu entrar. "A casa de Deus é aberta a todos, não é?" Retruquei.

Entramos, fizemos a genuflexão, o sinal da cruz e nos sentamos no primeiro banco, voltados para o altar. Paulo disse baixinho. "Você veio rezar?" "Não." "Vem outras vezes aqui nessa hora?" "Sim." "E faz o quê?" "Converso." Respondi. "Com Deus?" Ele especulou. "Eu não tenho a sorte do Marcelino. Converso com qualquer um que queira conversar comigo."

Houve silêncio. Ele pensou um pouco: "Afonso, você tem alguma coisa pra me contar?" Eu não tinha coragem: "Talvez eu tenha, mas você não ia entender." "Por que você não tenta?" Ele me convidou.

"Paulo, você é um sonhador! Você vive com a cabeça no céu, onde Deus tá ajudando as pessoas. Mas aqui embaixo tem um monte de gente rezando sem acontecer nada. Você não acha que têm pessoas boas na favela rezando pra terem um pouco do que temos aqui? Que mudança você vê lá por causa disso? Mesmo aqui dentro não é essa maravilha também, não!" Antes de responder, ele me deixou respirar. "Já ouviu que Deus escreve certo por linhas tortas?" "Paulo, se ele escreve por linhas tortas o problema é dele. Ele que fez as linhas, o papel, a caneta, o caderno, as escritas... Ele bem que podia ter feito linhas retas para escrever."

Novamente meu professor fez cara de compreensão e continuou seu argumento: "Talvez o caderno sejamos nós, e as linhas tortas, nossas escolhas..." Abaixei a cabeça: "Ninguém sabe escolher direito, Paulo, muito menos vocês, adultos. Vivem brigando sobre o melhor presidente, a melhor religião ou como deve ser o mundo melhor que querem fazer. Vocês não conseguem nem conviver com as pessoas que escolheram pra amar. Se Deus não vai endireitar essas linhas, quem vai?" Ele ergueu as sobrancelhas, fez outra pausa até que disse: "Talvez ele esteja mostrando isso para que você possa ajudá-lo."

"Eu, Paulo?" Ri, com desdém. "Eu não vou endireitar nada! Bem que eu queria ter esse poder. Não sou Moisés, nem Papa, Paulo. Também não sou Gorbatchov ou Collor, nem Raí, Senna, Prince ou Zezé Di Camargo... Nem rico eu sou direito. Eu sou só mais um ninguém."

Ele respirou fundo e falou sobriamente: "O poder nem sempre está onde as pessoas o identificam." Levantei a cabeça e o encarei com olhos pesados. Paulo prosseguiu: "A única razão de estarmos aqui dentro é por causa de uma história curiosa. O Senhor Jesus Cristo estava sentado no mais alto trono celestial desde o início dos tempos. Porém, o que vemos em nossa volta só ganhou vida quando ele encarnou como um pobre carpinteiro judeu. Nosso Senhor encontrou o significado da própria história ao se tornar mais um ninguém." Fiquei em silêncio. Ele se levantou: "Vou te deixar sozinho. Quer dizer, vou te deixar com Cristo. Você disse que nunca conversou com ele aqui, talvez seja a hora."

Depois que ele se foi, mal deu tempo de pensar em qualquer outra coisa que não voar para encontrar o Alcides e Mustafá. *Mustafá! Será que ele falou alguma coisa pro primo?* Cogitei enquanto corria. Cheguei no horário por pouco. Ainda assim, menti. Não revelei que Belinha não estivera na igreja, apenas segui silencioso para o treino. Eu só queria poder enfiar a cabeça na água.

Chegando em casa, seja lá por qual motivo, decidi que não era o dia de pegar o elevador. Comecei a arrastar meus pés escada acima com o objetivo de chegar ao quarto andar. Antes de alcançar o segundo, me assustei com um estrondo imenso seguido de um barulho irreconhecível.

Parei confuso, tentando decifrar de onde viera aquilo. Sem conseguir ouvir mais nada, levantei o pé para pisar no próximo degrau e escutei passos rápidos. Alguém se aproximava. Quem quer que fosse abriu a porta do *hall* do elevador e tomara as escadas correndo. Em poucos segundos, Jaques apareceu esbaforido: "Afonso!" Ele gritou. "O que foi aquele barulho?" Indaguei. "Você ouviu, você ouviu? Ouviu, né? Foi muito alto, não foi?" "Foi..." Confirmei. "Cara, explodi um gato!" Ele me comunicou olhando de um lado a outro como se não estivéssemos sozinhos em uma escada estreita. "Você fez o quê!?" "Eu fui pegar o gato que fica rondando o prédio, tá ligado? De boa e tudo mais, e ele me arranhou, ó..." Jaques mostrou as marcas da unha do gato no braço dele. Eu estava sem palavras, ele continuou: "Sei lá, me deu um ódio, eu tava com uma bombinha de cinquenta no bolso e enfiei no gato feito supositório, à força! Cara, foi muito estrago..." Ele disse fechando os olhos perturbado, mas emendou: "Quer ver?" "Quero." Respondi para minha surpresa.

Logo estávamos nós dois frente aos restos do bicho. Eu queria vomitar, mas uma parte de mim que eu ainda não queria encarar parecia satisfeito em ver aquela cena. "Bagulho grotesco!" Proferiu Jaques com cara perturbada. "É." Foi o que consegui dizer. "Me ajuda a enfiar ele no saco de lixo." Ele comandou. "Nem fodendo, Jaques! A merda é sua, você que limpe. Eu vou pra casa... Tá escuro, e eu já vi demais por hoje."

Nada

No dia após a rejeição pública de Belinha, acordei determinado a colocar uma pedra no assunto. Na busa, a conversa com Mustafá foi curta. "Preciso falar com você." Disse. "Fala, Afonso, o que tá pegando?" Ao contrário do planejado, não tive coragem de perguntar se ele havia mencionado algo para o primo. "Nada, não, só o lance lá com a menina da igreja que acabou." Foi o que consegui dizer. "Como assim?" "É... Não sei direito. Enfim, não preciso mais de carona às terças." Ele me olhou como se tivesse muitas questões, mas decidindo não fazer nenhuma, falou: "Na boa, o clube é caminho e a gente dá umas risadas. Se você quiser, volta quinta comigo também." "Serião?" "Claro!" Recebi uns tapinhas nas costas acompanhados de um "Foda-se ela." "É... foda-se." Concordei.

Porém, não era tão simples assim colocar aquele amor tranquilamente no passado. Eu fazia força para não ficar chorando uma separação como minha mãe, mas não conseguia tirar Belinha da cabeça. Ficava às idas e vindas com a ideia de escrever mais um bilhete. *Talvez ela só tenha dito aquilo pra disfarçar e, no fundo, ainda goste de mim.* Conjecturava. *Pode ser que ela está com vergonha pelo que fez e esperando eu procurar ela pra gente conversar.* Porém, o medo de ser rejeitado outra vez me imobilizou.

O golpe de misericórdia em minhas esperanças românticas não demorou a vir. Aconteceu na primeira segunda-feira de maio. Logo de manhã, havia um burburinho na sala, algumas meninas estavam em volta de Belinha, e eu não conseguia disfarçar meu interesse. Ouvi de alguém: "E aí, Pobre vacilão, você precisa ir na Krypton com a gente um dia! Fica de bobeira, a fila anda, o Fernando ficou com a Belinha lá nesse sábado."

Dei um sorriso amarelo, coloquei a mochila embaixo da carteira e, antes que a aula começasse, saí da sala. Fugindo de bisbilhoteiros, fui até o banheiro do andar inferior e me tranquei na última cabine. Baixei a tampa da privada e me sentei em cima. Ergui os pés, abracei minhas canelas e escondi a cabeça entre os joelhos para abafar o choro. Enquanto as lágrimas escorriam, cada segundo depositava outra gota à dor que parecia querer me estraçalhar.

Desde então, minha mente começou a me metralhar com pensamentos dos quais eu só queria me livrar. Na sala, era inevitável, passei a ver Fernando abraçar Belinha o tempo todo. *Mais uma pro harém dele...* Pensava, com ódio. Havia momentos em que eu queria xingá-la de tudo que é nome, outros em que apenas desejava mais um encontro na igreja. Nem à noite minha cabeça sossegava. Pelo contrário, mesmo depois de deixar tudo que estava sentindo no caderno, bastava eu encostar a cabeça no travesseiro para ter mais pensamentos dolorosos.

Para piorar a situação, nem os esportes estavam provendo muita distração para aquela tristeza. O São Paulo, apesar de estar indo bem na Libertadores, oscilava no Brasileiro, o Philadelphia 76ers do Charles Barkley nem classificara para os *playoffs* e Nigel Mansell havia feito a *pole* e chegado na frente em todas as quatro primeiras corridas da temporada. "O campeonato acabou e minha sorte também!" Esmurrei a porta depois de ver o britânico vencer o quinto Grand Prix em meados de maio.

Meu contra-ataque veio por um esporte inusitado. Diferente de outros, treinar natação não tem imprevistos. É um som turvo constante nos ouvidos em meio aos mesmos tons azuis diante dos olhos. São vinte e cinco metros daquilo, uma cambalhota, empurra a parede com os pés, desliza, dá um monte de braçadas, retorna ao mesmo lugar, dá outra cambalhota, empurra a parede com os pés e desliza novamente para uma sucessão constante dessa sequência.

Não há jogadas improvisadas, juiz ladrão, árvores ou passarinhos pelo caminho. Quando se faz isso poucas vezes por semana por alguns minutos, pode ser um aborrecimento interminável. Porém, vim a descobrir que quanto mais forçava aquele tédio à exaustão, menos minha cabeça conseguia produzir pensamentos e meu corpo passava a flutuar em uma ausência de palavras libertadora. Além do alívio instantâneo, quanto mais eu lutava na piscina, menos aguentava ficar acordado na cama debatendo com perguntas para as quais não encontrava respostas.

Nas semanas seguintes, treinei como nunca. Chegava em casa, comia e desabava de cansaço. *O que é bom, assim não brigo com minha mãe.* Foi o que pensei ingenuamente. Porém, ela não via aquilo com os mesmos olhos. Sexta-feira, cheguei em casa depois de um treino e encontrei minha mãe aos prantos picando uma cebola para o jantar. Era tarde e Mari havia ido embora. Depois de me cumprimentar, ela limpou as lágrimas na manga da camisa: "Esses treinos não tão atrapalhando seus estudos, não?" *Era o que me faltava!* Pensei quieto. "Não mãe, fica tranquila, tá tudo certo." Tentando me esquivar da conversa, tomei a direção do quarto.

"Filho, volta aqui, quero falar com você." Ouvi, antes de criar distância o suficiente para fingir que não o fizera. Respirei fundo e dei meia-volta. Ela continuou: "Eu falei com a Iara, ela disse que você poderia voltar a treinar na academia se quisesse." Frustrado, larguei as mochilas no chão: "E por que eu ia querer sair do clube, mãe?" Ela continuou picando um pimentão: "Tá muito exagero esses treinos todos. Olha que horas são! Sei que você gosta, mas tudo tem um limite.

Você tem chegado em casa que nem se aguenta... A vida não é só nadar." Tentei conter a raiva: "Mas, mãe, foi você que falou pra eu treinar lá em primeiro lugar..." Ela respondeu: "Isso foi ano passado. Agora você tá forte, na sexta série, a gente tem que ir melhorando nossos objetivos. Além do que, eu sei que você não quer falar do assunto, mas tem que começar a ter mais responsabilidade aqui em casa."

Estava fervendo por dentro. *Por que ela sempre tem que vir com essas!? Logo agora!? Será que ela não liga que finalmente eu tô me dedicando a alguma coisa? Fora esse chororô que não para, ter me arranhado todo... Meu pai tava certo, ela tá louca que nem minha vó!* Em meio àquela chuva de pensamentos, buscava um que pudesse proferir: "Não quero outro lugar." Foi o que saiu.

"Tsc, lembra o quanto você teimou sobre o clube? E eu não estava certa? Lembra o quanto teimou que não queria a escola? E olha agora! Isso vai ser assim também, você tem que aprender a parar de ser teimoso." "Mãe, eu já nadei na academia e nunca gostei. Eu gosto do clube, para de querer me mudar de lugar toda hora!" Tentei encerrar o argumento como ela fazia, peguei as mochilas do chão e virei as costas.

O movimento não funcionava com a mesma eficácia na forma recíproca. "Olha o respeito, menino! Eu tô conversando com você numa boa!" Derrubei as mochilas no chão mais uma vez e respirei fundo. Ela continuou: "Olha, filho, agora você é o homem da casa, e não dá pra essa casa ter outro homem que não para aqui dentro!" Um longo silêncio seguiu. "Mãe, não é justo..." Foi o que consegui dizer. Ela replicou: "Injustiça é não ter o que comer, meu filho, e isso, graças à sua mãe, você nunca soube o que é. Além do que, eu não tô te obrigando a nada, só tamo conversando numa boa."

Conhecendo aquele tom e já sabendo que eu não conseguiria mais demovê-la, meus olhos finalmente se encheram de lágrimas. "E então? Não vai falar nada?" Ela perguntou. Assim que abri a boca, os freios dos olhos e da boca se foram:

"Conversando como, mãe? Você nunca ouve! Só quer me convencer a fazer o que você quer mais uma vez. Mas dessa vez, não, eu não vou fazer!" "Olha lá, menino, eu ainda sou sua mãe!" "Mas você não é meu pai. Duvido que o pai concorde com isso agora!" "O que cê tá falando, endoideceu!?" "Você pode me tirar tudo, menos o clube... Se você me tirar o clube, eu vou morar com o pai." Continuei olhando para ela imóvel.

Ela largou a faca na pia, se aproximou e me olhou fundo nos olhos: "Você falou o que pra mim, menino?" Baixei a cabeça. "Eu não vou sair do clube." Ela se aproximou mais e continuou aumentando o tom da voz a cada sílaba: "Eu acho que não ouvi direito porque não é possível que uma pessoa tão ingrata tenha saído de mim!" Dei um passo para trás e retruquei: "Eu acho mais que possível! Você não tá sendo ingrata com Tio Mílton e com a Iara, que me ajudaram?" "Agora tudo é essa Iara! Sua mãe é uma porcaria, e a Iara uma santa! Quero ver ela colocar comida no seu prato!" "Tá vendo como é você a ingrata!"

Esperei o tapa, ele não veio: "Olha, menino, eu tô me segurando pra não te arrebentar porque prometi pra mim mesma que não ia mais me sujar relando a mão em você. Aliás, é o tipo de idiotice que você fez na praia que tão te ensinando no clube!?" Vou ter uma conversa séria com a Iara!" "Mãe, não! Ela não tem nada a ver, e você sabe! Você só tá fazendo isso pra me envergonhar! Para de se meter na minha vida, para!"

Ela estendeu a mão esquerda e agarrou meu colarinho: "Tudo que você tem é porque eu me meti na sua vida, menino! Você é um ingrato, sim. Lazarento ingrato!" Ela me largou e se virou de volta para a pia. "É filho de quem é mesmo, achando que vai pagar as contas nadando, sonhador como o pai!" "E ingrato como a mãe!" Completei. Ela me agarrou pelo cabelo e me arrastou até o quarto, chorando e gritando: "Você tá pedindo, mas não vou te bater! Pode fazer suas malas que você vai hoje mesmo pro seu pai. Menino mimado! Quer viver com ele, vai com o diabo que te carregue!"

Bateu a porta e voltou para a cozinha chorando alto como fazia. Sentei-me na cama por um tempo e resolvi ir até a sala ligar para meu pai. Assim que percebeu onde eu estava, ela veio correndo e arremessou o telefone contra a parede. "Você acha que tá fazendo o quê?" Eu tentava controlar o medo: "Tô ligando pro pai, dizer que vou morar com ele." Ela estava com aqueles olhos de quando me batia muito, era um milagre eu não ter levado nenhum soco até então. "Você não vai ligar pra ninguém meeerda nenhuma! Quem vai falar com seu pai sou eu! E vou contar tim-tim por tim-tim o que você tem me feito passar. Duvido que as vagabundas do seu pai vão aguentar um bostinha folgado que nem você."

Talvez tenha sido a falta de ter tomado um tabefe antes, ou o acúmulo de todos os que recebi até ali que não me deixaram guardar o próximo pensamento: "Eu posso ser um bostinha folgado, lazarento ingrato, mimado, mas pelo menos tenho pessoas que gostam de mim. E você, quem tem? Já não tinha mãe, ou irmãos, perdeu o marido e a irmã se achona dele, agora vai perder o filho também!" Ela explodiu em ódio: "Ingrato, ingrato, filho da puta! Cê é podre Afonso Carlos, podre! Tudo que fiz por você, tudo que me esforcei não deu em nada. Você é um lixo que não tem respeito por nada nem ninguém. Eu não devia ter te parido!" Ela berrava enquanto esmurrava o próprio ventre.

Como se alguém lhe sussurrasse algo, de repente o semblante dela mudou: "Vou consertar esse erro agora!" Anunciou e saiu esbaforida em direção à cozinha. Segui-a, assustado. Ela agarrou a faca em cima da pia, virou e colocou a ponta da lâmina contra meu peito: "É hoje que eu dou um fim nisso!" Pela segunda vez, vi a morte nos olhos de alguém da minha família. Naquele momento, senti apenas indiferença. "Então vai, acaba com isso de uma vez, então." Disse, estufando o peito contra a lâmina.

Senti a mão dela tremendo, a ponta do objeto penetrando minha pele e a pressão logo afrouxar. Ouvi o barulho do metal quicando no granito. Nós dois continuamos nos olhando até que ela quebrou o breve silêncio: "Não vou sujar minhas mãos com seu sangue nojento." Ela proferiu. Virei as costas, abri a porta de casa e saí.

    Zanzei o bairro sem rumo por sei lá quanto tempo até acabar no apartamento do Jônatas. O porteiro interfonou, e meu amigo disse para eu subir. Quando ele abriu a porta, apenas perguntei: "Posso dormir aqui?" Ele me olhou confuso. "O que aconteceu, Fofura?" "Nada... Eu só preciso de um lugar pra dormir." "Entra aí." Ele falou coçando a cabeça: "Você tá bem? Sua mãe sabe onde você tá?" Abaixei a cabeça. "Ela não sabe, eu também não sei onde ela tá." Ele pensou um pouco. "Beleza, você fica aqui, mas vou avisar a Iara." "Tudo bem." Respondi.

    Na manhã seguinte, fui treinar com ele, Pangoré e outros atletas mais velhos que também nadavam aos sábados. Ao tentar acompanhar meus amigos na piscina, lutava contra os adversários dentro de mim. Os tríceps queimavam como nunca, meus pulmões pareciam necessitar de cada átomo de oxigênio do mundo. Mal tinha energia para contar as piscinas em cada tiro daquela tortura autoimposta. *Falta quanto pra acabar? Falta quanto? Acho que mais duzentos metros. Duzentos ou cento e cinquenta? Não aguento mais. Vai, vai, não para...*

    E, logo, nem mais aquilo eu conseguia pensar, sem mais senti-los, continuava forçando braços e pernas, sustentando a última palavra que ainda restava em minha mente: *nada*.

Jovens anseios

Seja lá como ficou sabendo, Seu Carlos apareceu no apartamento de Jônatas para me buscar ainda no sábado à tarde. Na parte traseira da Kombi, algumas malas com roupas minhas. Foi acertado que eu ficaria até o final das férias de julho no apartamento dele. "O que ela te falou?" Perguntei. "Ah, filho, nenhuma novidade... Que vocês brigaram, que ela sempre cuidou de você sozinha, que eu precisava participar também, que ela estava muito estressada e precisava de um tempo." "Hmmm." "Você quer falar alguma coisa?" "Não, pai."

Por ora, a disputa sobre onde eu deveria nadar fora esquecida e continuei treinando no clube. Sem mais contar com os banhos curadores na banheira de Vó Preta, perseverava na tentativa de esconjurar meus problemas na água da piscina. A consequência inadvertida daquele esforço foi que comecei a melhorar rápido, saíra da última raia e em junho passei a nadar com todos. *Se eu continuar assim, talvez eu consiga algum índice pro Paulista semestre que vem* (era preciso nadar ao menos alguma prova abaixo do tempo classificatório para poder disputar os campeonatos oficiais). Porém, assim que essas aspirações apareciam, logo me lembrava de Belinha, da frustração oriunda de sonhos anteriores, e repetia para mim mesmo: *Cala a boca e nada.*

Naquele ritmo de empenho, eu mal aguentava ir para a casa do meu pai depois do treino. Comecei a aceitar os convites da Yuki ou do Jônatas para jantar com eles e acabava ligando para meu pai com o mesmo discurso: "Pai, tô cansado de novo, você sabe, a escola integral, o ônibus..." Tomava cuidado para não culpar os treinos"Tudo bem se eu dormir por aqui?" Ele consentia. Com minha mãe, eu não falava. Assim como fazia com Belinha, apenas me esforçava tentando não pensar nela.

Os finais de semana de junho passei ouvindo mais da indignação usual do Seu Carlos com os problemas de sempre. Nem o dinheiro emprestado do meu avô fez a empresa dele alçar voo. "A gente vai quebrar, filho, mas a gente é honesto. Não foi incompetência do pai. Estamos aqui por causa desse bando de ladrões que vivem às nossas custas. Eu não tinha uma opção sequer! Em quem eu ia votar? No PT, não! Olha aí o que virou a União Soviética. É isso, filho, nesse país a gente pula da panela pra cair no fogo. Não tem jeito!"

Silmara parecia tão cansada dos protestos do chefe quanto eu. Entre as fofocas da família, ouvi que ela havia se tornado sócia da empresa, o que soa glamuroso, mas na prática significou abrir mão do salário e tornar-se corresponsável pelas dívidas. Por isso também ela passou a dar aulas de inglês para complementar a renda.

Apesar de parecer igualmente sem paciência para as reclamações de meu pai, a irmã dela também estava revoltada com o governo brasileiro. Não eram só Seu Carlos e Sílvia, a ira de muitos aumentou depois que Pedro Collor de Mello, irmão do presidente, acusou Paulo César Farias, tesoureiro da campanha do presidente eleito, de encabeçar uma enorme rede de corrupção. O esquema PC Farias, como ficou conhecido, envolvia tráfico de influência, loteamento de cargos públicos e cobrança de propina dentro do governo.

Curioso, lia as reportagens da *Veja* que os adultos comentavam. Mas era por Sílvia que eu conseguia entender muito do que acontecia. Tal compreensão se fazia cada vez mais necessária, pois aos poucos meus amigos também passaram a falar desses assuntos. Nas ruas, muitos jovens protestavam pedindo uma Comissão Parlamentar de Inquérito (CPI) para investigar as denúncias de corrupção. Alguns alunos mais velhos, e até Jônatas, tinham participado. Mesmo entre Cirilo, Mustafá e Pancinha, falar só sobre a Libertadores ou as Olimpíadas de Barcelona não era mais suficiente.

    Foi nessa época que comecei a ouvir mais sobre a União Nacional dos Estudantes, a UNE, presidida então por Lindbergh Farias. A primeira vez que escutei a sigla foi por necessitar das carteirinhas que davam direito a pagar meia-entrada em cinemas e danceterias que comecei a ir acompanhado da galera do clube.

    Fui tirar o documento na sede, que ficava entre as estações de Metrô Ana Rosa e Vila Mariana. Enquanto esperava, uma moça da idade da Rute puxou um papo de engajamento estudantil e política comigo. Prestei atenção pelo mesmo motivo que me levou lá em primeiro lugar (não parecer bobo), mas não o suficiente para me lembrar de qualquer detalhe. Estava surpreso que uma jovem tão bonita tenha se interessado em conversar tanto comigo.

    Depois que a CPI para investigar as denúncias contra Collor foi instaurada, o assunto político esquentou ainda mais. Foi nessa atmosfera conturbada que o Brasil hospedou a Conferência das Nações Unidas sobre o Meio Ambiente. Vários chefes de estado, artistas de todo mundo e até o Dalai-Lama vieram para o Rio de Janeiro salvar o planeta.

    Houve trégua de duas semanas nas disputas nacionais para nos focarmos nos vilões internacionais que estavam destruindo o mundo. Na escola, a professora de Geografia pediu que fizéssemos um trabalho a respeito e formou os grupos: eu, Ester, Belinha e Fernando caímos juntos. Ele ficava com os pés na cadeira e as costas escoradas no meu antigo amor sem fazer nada e dando opiniões idiotas aqui e ali. *Também, vai herdar a empresa do pai, tá pouco se fodendo pra escola.*

Eu mal conseguia olhar nos olhos de Belinha, e ela nos meus. A nossa salvação foi Ester. Liderados por ela, fizemos três cartazes. Fernando e Belinha sobre o acúmulo de lixo no solo, eu sobre a contaminação dos rios e mares, e Ester, o maior de todos, sobre gases estufa na atmosfera.

Enquanto nós três queríamos apenas passar de ano, Ester estava preocupada em evitar o fim da civilização: "Nossas geladeiras, ares-condicionados e aerossóis emitem CFC, um gás que destrói a camada de gás ozônio, que funciona como uma espécie de protetor solar da Terra. Sem ela, os raios de Sol vão chegar até nós com máxima força, aquecendo o planeta, derretendo a neve polar e fazendo os mares subirem." Ela proferiu, cheia de autoridade durante nossa apresentação.

Parte de mim queria que esse mundo acabasse de uma vez. *Pra que continuar com essas disputas sem sentido? Além do que, o que esperam que um moleque que nem eu vá fazer pra salvar o mundo? Tomar banhos mais curtos e lembrar de apagar a luz quando saio do quarto não vai evitar catástrofe alguma.*

Discordando de meus protestos internos, os adultos da escola adoravam nos dar a responsabilidade de resolver o problema que eles criavam. Depois da palestra de Ester, a professora nos lembrou que éramos o futuro do planeta: "Pessoal, sabendo que o CFC é um dos grandes responsáveis pela diminuição da neve dos polos, que alternativas podemos pensar pra esse problema?"

"Por que ela tá perguntando isso pra gente!? A gente tem doze anos, quem compra aerossol aqui? Além do que, a humanidade tá tão mal que depende da 6ª C pra pensar em uma solução? O mundo não tem nenhum cientista mais preparado que possa pensar em algo enquanto a gente joga basquete?" Resmunguei para Cirilo, que apenas ergueu as sobrancelhas.

No último mundo, tais divagações, trabalhos, palestras e soluções não iam muito além do espaço restrito de nossas salas de aula. Na Rio-92, entretanto, assistimos a Severn Suzuki, uma menina norte-americana da nossa idade, subindo ao pódio para discursar ao mundo inteiro:

Estou aqui para falar pelos incontáveis animais que estão morrendo neste planeta porque não têm mais para onde ir. Tenho medo de sair ao sol agora por causa dos buracos no ozônio. Tenho medo de respirar o ar porque não sei quais são os produtos químicos nele.

Os pais devem ser capazes de confortar os filhos dizendo "tudo vai dar certo", "não é o fim do mundo" e "estamos fazendo o melhor que podemos". Mas acho que vocês não podem mais dizer isso para nós. Estamos na sua lista de prioridades?

Pior que essa gringa tem razão! Do que adianta meu pai dizer que tudo vai dar certo se ele mal consegue resolver os problemas dele, se minha mãe está ficando cada vez mais louca? É que nem a Tia Bárbara falando para eu carregar o irmão dela na praia... *Por que eu tenho que resolver os problemas que adultos inventam?! Por que eles não embalam os produtos de um jeito diferente ao invés de nos culparem por consumir muito plástico?* Passei a pensar em tudo isso com raiva e, ainda que não tivesse pódio algum, daria algum jeito de ser ouvido também.

Buscar a glória

Se o amargor pela perda de Belinha havia diminuído, a dor ao lembrar da minha mãe continuava excruciante. Quando as luzes se apagavam no quarto do Kanji, logo antes de cair no sono, eu sentia um aperto infinito, imaginando o que ela estaria fazendo sozinha no apartamento sete andares abaixo. *O que será de nós dois?* Acordava no meio da noite pensando nisso, mas não obtinha resposta.

Por isso e por todas as disputas internacionais e nacionais sobre as quais não aguentava mais ouvir ou pensar, persistia nadando forte tentando afugentar tudo aquilo do meu corpo. No final do semestre, o clube disputaria os campeonatos de inverno (para os quais eu ainda não tinha índice) e, depois, a equipe entraria de férias. *O que eu vou fazer da vida sem poder nadar?!* Eu me preocupava.

Para não dizer que tudo ia mal, meu alívio era a campanha histórica do São Paulo na Libertadores. Depois de eliminar fácil o Nacional do Uruguai no começo de maio e sofrer para eliminar o Criciúma nas quartas, passamos pelo Barcelona de Guayaquil e chegamos à final contra o Newell's Old Boys da Argentina.

A decisão do campeonato aconteceria em uma quarta-feira, 17 de junho, no Morumbi. Caso ganhássemos, seríamos sagrados campeões das Américas pela primeira vez e poderíamos disputar o mundial em dezembro. Eu estava nervoso, precisaríamos reverter o placar de 1 a 0 do primeiro jogo.

Depois do treino, tomei a condução e fui para o meu pai, pois, talvez movido pela situação em que o filho e o neto estavam, Vô Fonso combinou de ver o jogo conosco. Encontrei-o no elevador segurando uma sacola de supermercado com o próprio pacotinho de amendoins, uma latinha de refrigerante e duas de cerveja. "Tá bom morar com o pai?" Ele me perguntou de supetão. Sorri sem graça e fiz que sim para não o preocupar. "Olha lá, hoje somos só nós três e seus talismãs, garoto!" Ele comentou antes de o elevador parar.

A final começou tensa com o adversário carimbando nossa trave. Para piorar, algum vizinho berrou na janela: "Treme pó de arroz!" Pouco tempo depois, foi Raí que chutou a pelota no travessão. Eu apertava o pé de coelho em uma mão e o patuá na outra, buscando tranquilidade. O primeiro tempo acabou sem gols.

As catimbas finalmente surtiram efeito na segunda etapa: 1 a 0 Tricolor. A disputa estava empatada. e eu devolvendo ofensas na janela. "Calma, garoto, calma! Vamo vê o jogo, deixa eles pra lá." Vô Fonso instruía ao mesmo tempo que usava a língua para tirar as cascas de amendoim da dentadura. Sem mais lances de perigo, a decisão foi para a disputa de pênaltis.

As cobranças começaram bem, no primeiro chute o Newell's acertou mais uma vez a trave. Berramos de alegria! Convertemos as duas cobranças seguintes, eles também. Na terceira rodada, batemos no meio, e o goleiro defendeu. Mais xingamentos pela janela. Na sequência, Mendonça chutou por cima do travessão. Nossa vez de xingar. Cafu marcou na sequência. Se o argentino errasse a próxima, a taça era nossa. *Vai Daruma, a gente precisa dessa!* Apertei meus amuletos com força: "Vai para a cobrança Gamboa, está três a dois para o São Paulo. Partiu Gamboa... Zeeettti! O título fica no Brasil, é do São Paulo!" Nós três nos abraçamos, pulamos e nos alegramos juntos pela primeira vez em muito tempo. "Vai, garoto, grita na janela, grita com toda a força!" Meu avô dizia.

Ao final das celebrações, nos despedimos dele à porta. "Feliz, pai?" Seu Carlos perguntou. "Bastante, tem que se aproveitar os momentos bons que a vida dá... Obrigado por deixarem eu vir aqui com vocês, não sei se tenho muito mais desses pela frente." "O que é isso, vô!? O senhor é jovem, tem muito título pra comemorar ainda!" Eu disse, como era esperado.

* * *

No último dia de natação do semestre, Iara comandava o treino pensativa à beira da piscina. Ninguém havia ido bem nos campeonatos de inverno. Jônatas ficou em segundo nos 1500 e por pouco e não pegou pódio nos 400. Pangoré, pela primeira vez na vida, nem se classificou para a final A. Kanji e Yuki pioraram seus tempos. Sem índice para participar, das arquibancadas tentei espremer do Daruma a sorte que lhe sobrava naquele mês, mas nem isso adiantou.

Naquele treino antes das férias, nadamos uns dois mil metros só. Iara pediu que colocássemos as roupas e nos reuníssemos. "Quero pedir desculpas..." Ela iniciou. "De modo geral, vocês têm treinado forte e se dedicado, mas os resultados não vieram. Quando isso acontece com quase toda a equipe, a responsabilidade é do técnico. Vocês merecem mais. Quem nunca subiu ao pódio, merece experimentar isso uma vez. Quem já experimentou, precisa subir em degraus cada vez mais gloriosos. Pra isso acontecer, vocês vão ter que vencer outros atletas que também tão treinando duro."

"Semestre que vem vamos começar a treinar oito vezes por semana. Todos tão convocados pros treinos à tarde de segunda a sábado. Além disso, vamos ter dois treinos de madrugada às terças e quintas, pra quem puder vir. Usem as férias pra descansar, conversem com suas famílias e se programem de acordo com os objetivos de vocês. Vamos ter Olimpíadas com grandes nadadores buscando a glória do ouro. Assistam, se inspirem e queiram chegar lá um dia. Semestre que vem, vamos começar a treinar pra isso!"

Obviamente, eu queria participar de todos os treinos. Porém..., *se minha mãe já quase me matou porque acha exagerado treinar cinco vezes por semana, o que ela vai fazer quando souber que eu quero treinar oito? Mas talvez não importe, só Deus sabe quando eu vou voltar a morar com ela.*

Mesmo Kanji e Yuki acharam excessiva a ideia de treinar na madrugada. "Não sei, Fofura, a gente quer melhorar, mas temos nossos limites também." Tentei contra-argumentar: "Eu sei... É que vocês já são bons, eu não. E eu não estou nem querendo ser um Jônatas, só quero participar das mesmas competições que vocês. E tô treinando forte, mas preciso de mais!" "Então vai lá e treina, quem tá te impedindo?" Assim que fez a pergunta, Yuki se lembrou por que estávamos todos indo para a casa dela e percebeu o quão óbvia a resposta era.

Chegamos ao apartamento deles, e Tio Mílton foi para a cozinha preparar a janta, mas eu sabia que ele ainda estava ouvindo. Eu queria muito que ele me levasse aos treinos de madrugada (meus pais jamais topariam), mas também sabia ser injusto pedir que ele, Kanji e Yuki acordassem mais cedo só por isso. *Tio Mílton nem vai conseguir me levar em todos os treinos por causa do trabalho dele.* Refleti.

A campainha tocou, era Jaques. Depois do incidente com o gato, passei a sentir um misto de repulsa e atração pelo meu vizinho mais velho. Algo naquelas entranhas expostas me despertou mais curiosidade em saber o que acontecia dentro do Jaques. Em contrapartida, ele passou a me tratar com mais respeito e alguma distância.

Naquela época, ele andava animado porque tinha sido escalado para a equipe adulta da sinagoga e ia começar a treinar com o time no acampamento de férias. Depois de ouvir Jaques se gabando dos gols que marcaria, comentei: "A igreja dos meus primos também tem um acampamento de férias... Eles me convidaram pra ir."

Tio André seria o único a ficar na fazenda naquele julho. Dezito e Rute decidiram ser monitores no tal acampamento da

União Presbiteriana de Adolescentes, e ela me chamou para ir com eles: "Com doze anos, você já pode ser parte da UPA!" Ela me informou empolgada. Meu pai parecia dividido a respeito do assunto, eu sabia que não lhe agradava que o filho fosse a um acampamento evangélico (ainda mais da igreja da irmã), mas minha presença no apartamento dele parecia estar começando a estorvar mais que tal incômodo.

"Você nem dorme aqui em casa a maioria das noites, filho. E eu também tenho minha vida, não dá pra ficar assim, que nunca sei se você vem pra cá, ou fica aí, se faço janta pra uma ou duas pessoas, se te espero em casa ou não..." Eu sabia que ele estava certo. "Além do quê..." Ele continuou. "...se você ficar comigo nas férias, vai ter que trabalhar, porque em casa sozinho o dia inteiro não vai ficar. Vai lá na igreja dos seus primos, reza um pouco, talvez faça algum bem e também me dá argumentos pra falar com sua mãe, talvez sua tia ajude." Encorajado também por meus vizinhos, aceitei ir ao bendito acampamento. *Quem sabe não tiro minha cabeça dos problemas daqui...* Especulei.

* * *

O sítio da igreja ficava no interior de São Paulo. Cheirar um pouco de mato e ver um horizonte azul ao chegar me animou. Rute estava esperando e logo me mostrou onde era o quarto e a programação. Tínhamos culto de manhã e à noite e estudos bíblicos depois do almoço.

Para minha surpresa, encontrei Ester. Ela também frequentava a igreja dos meus primos. Porém, não nos falamos muito. Assim como na sala, ela se sentava nos bancos da frente durante o culto. Eu ao fundo, junto com Lili, que estava bem mais descontente em participar daquelas sessões do que eu.

Decerto que as palestras não eram nem mais nem menos interessantes que as da catequese. O problema é que, sem conseguir parar de pensar em tudo que estava acontecendo aqui na Terra, minha cabeça estava sem espaço para o céu. Isso até eu ouvir sobre a morte do Alexandre.

No dia 18 de julho, o goleiro do Tricolor estava voltando para São Paulo em seu Kadett branco novinho carregando um anel de noivado no bolso para pedir a namorada em casamento. Numa curva da rodovia Castelo Branco, o carro seguiu reto e bateu contra a mureta de proteção. Alexandre morreu na hora.

Ele era uma das grandes promessas do São Paulo. Além de ágil, jogava com os pés como nenhum outro goleiro. Durante as oitavas da Libertadores, foi ele quem assegurou a classificação sem levar gols. Com os rumores que Zetti estava sendo transferido para Alemanha, ele era o futuro arqueiro do Clube da Fé. *Foi também o goleiro que vi atuando na última vez que fui no estádio...* Lembrei, tentando buscar algum significado na mórbida coincidência das duas mortes unidas pelo futebol.

Por que Deus tirou a vida do Alexandre? Por que permitiu que ele treinasse tanto se não ia servir pra nada? Por que permitiu que ele comprasse o anel de noivado, todo empolgado, sabendo que ele nunca ia poder casar? Será que é um sinal pra eu parar de falar que minha religião é o futebol? Um sinal que minha mãe tá certa? Especulei, com medo.

Nos próximos cultos, me sentei ao lado de Ester, prestei atenção e, seguindo a sugestão da Rute, anotei as pregações no meu caderno. O palestrante era um senhor mais velho, pelo que entendi, um superintendente dos presbiterianos no Brasil. Falou acaloradamente de vários temas. O mais confuso de todos foi a questão, até então desconhecida por mim, mas aparentemente amplamente debatida por eles, de bater palmas ou não dentro da igreja.

O pregador começou lendo a Bíblia: "Porque ao seu pecado acrescenta a transgressão; entre nós bate as palmas e multiplica contra Deus as suas razões. Jó, 34:37!" Prosseguiu traçando a história das palmas, associando-as inclusive ao imperador Nero, "que queimou Roma, culpou e perseguiu os cristãos!" Notou também o quanto as palmas são barulhentas e carecidas de uniformidade rítmica. Encerrou o argumento lendo outro trecho do livro sagrado: "Salmo 66: 'Louvai a Deus com brados de júbilo, todas as terras. Cantai a glória do seu nome.' A Bíblia diz cantai... Cantai. Se Deus quisesse palmas, diria cantai e batei palmas. Agora, em obediência às Escrituras, levantemos um brado de júbilo ao Senhor!" Eu fiquei ainda mais confuso. É isso que Deus tem *pra me falar da morte do Alexandre? Sobre a vida?*

Depois que a celebração encerrou, Rute se aproximou, frustrada: "Olha, não liga muito pro que você ouviu hoje. Ele é um senhor mais tradicional, mas a gente não pensa assim." Encarei-a, um pouco perplexo. Ela prosseguiu: "Pelo que você se interessa, Afonso Carlos? O que quer saber de Deus?"

Eu quis falar da morte do Alexandre, perguntar por que a vida dele havia acabado assim e por que Deus permitiu que ele treinasse tanto para nada. Que eu sentia medo de que minha mãe estivesse certa, que eu estava treinando aquele monte para nada também, que eu morreria sem ser bom em coisa alguma. Que, por minha culpa, a árvore dos Laranjeira cresceria e morreria sem dar nenhum fruto notável, só mais uma planta para ser esquecida... Mas nem consegui organizar meus pensamentos, nem tive coragem de dizer que minha pergunta para Deus era sobre um goleiro, Rute não entenderia.

Por julgar soar menos idiota, acabei regurgitando a segunda ideia que veio à cabeça: "Rute, você viu o discurso da Severn Suzuki na Rio-92?" "Mais ou menos... Sobre o planeta e o que estamos fazendo com ele?" Ela tentou confirmar. "É..." Respondi. Rute se entusiasmou. "Eu sei exatamente o que você procura!" No dia seguinte depois do almoço, ela me chamou para assistir a um VHS com Ester e outros adolescentes em uma sala com estante improvisada e uns poucos livros à venda. Enquanto rebobinava a fita, dizia: "Falam muito sobre o planeta, mas ninguém conta a verdade. Esses vídeos mostram a história verdadeira da Terra."

Assistimos a série chamada *Origens*, que trazia uns doutores americanos explicando a ciência do criacionismo. Aquele volume defendia que a Terra era bem mais nova do que aprendemos na escola. Era quase uma hora dos gringos falando sobre inconsistências no processo de datação envolvendo o carbono 14 e eras geológicas muito além das preocupações de um garoto de 12 anos. *Isso é ainda pior que Marcelino, Pão e Vinho!* Lamentei, durante a projeção.

Depois de perdurar até o fim, voltei cabisbaixo e frustrado para o alojamento. De supetão, alguém agarrou minha mão. Levantei os olhos, e eram uns amigos do Dezito. "Ha, ha, ha! Te algemamos." E resolveram me prender a uma cerca. Fiquei lá parado sei lá quanto tempo até ver Ester passando. "Oi, você pode me ajudar?" Perguntei. "Afonso, o que aconteceu?" "Uns amigos imbecis do meu primo me algemaram aqui." "Jesus, por quê?" Ela questionou, e dei de ombros. "Desculpa. Quer que eu chame alguém?" "Desculpa por quê? Você não fez nada." Estranhei. "É nossa igreja, e você é um convidado, não é legal te tratarem assim. Vou lá chamar alguém e volto."

Ela voltou com Rute bravíssima e Dezito rindo. Meu primo me soltou da cerca, mas continuei confinado no sítio até o final de julho. Sem esperança ou paciência para os estudos bíblicos, fugia de tarde para ir pescar ou entrar escondido na sala com televisão para assistir às Olimpíadas de Barcelona.

Eu aguardava ansiosamente pela prova mais tradicional da natação: os cem metros nado livre. A disputa reviveria a velha rivalidade da Guerra Fria. Alexander Popov, agora competindo sem bandeira, era o favorito contra o Condor da Califórnia, Matt Biondi. Correndo por fora, Gustavo Borges. Na falta dos meus amuletos, comprei um marcador de página do Smilinguido (uma formiga protestante). Ela estava segurando um troféu em um pódio sob os dizeres: "Você é um vencedor quando dá a Deus o primeiro lugar na sua vida."

A prova foi disputadíssima. Ao final, o placar eletrônico não mostrou o tempo do brasileiro. Depois, o colocou em último lugar. Gustavo saiu da piscina protestando, e eu, inconformado. *Deus, parece que tá tudo errado no mundo, talvez eu também. A única coisa que me sobrou é a natação, e até isso é motivo pra mais disputas sem sentido. Eu amo nadar, mas não quero brigar com minha mãe por nada. Se é pra eu continuar, por favor, me manda um sinal.* Rezei baixinho.

Abri os olhos, a televisão informava que o placar havia sido ajustado outra vez e colocando o Brasil em uma posição abaixo do pódio. O ribeirãopretano estava inconsolável, sem dar entrevistas, se sentou no canto da piscina de treino e lá ficou. O repórter informou que o comitê brasileiro havia solicitado outra revisão da prova. Meu coração acelerou, foram dez minutos de tensão, mas, ao final, a justiça veio: segunda medalha de prata da natação brasileira em Olimpíadas! Saindo da mesma cidade de onde veio minha família, Gustavo nadou até subir no pódio entre os atletas do primeiro mundo! Eu mal podia acreditar. Vi a premiação emocionado, olhei para cima, agradeci e desliguei a televisão satisfeito. *Mas foi por pouco, quase que tiram o sonho dele também...* Refleti enquanto saía da sala olhando de novo aquele curioso marcador de página.

Meios e fins

Tia Bárbara, Tio Mílton, Iara e até Tio Camilo, meu pai convocou uma delegação para ajudá-lo a negociar meu regresso a casa da ex-esposa após o acampamento e antes do reinício das aulas. Por um lado, eu estava feliz. Parte do acordo firmado incluiu a cláusula de que Seu Carlos cuidaria sozinho dos assuntos da minha natação com Iara, o que abriu as portas para eu fazer os oito treinos semanais. Kanji e Yuki toparam acordar cedo e Tio Mílton ofereceu nos levar para nadar nas madrugadas que ele estivesse de folga. Ao saber, minha mãe apenas resmungou: "Tsc, uma hora esse menino tem que parar de abusar da boa vontade das pessoas!"

Eu sabia que tais provocações seriam parte inevitável do retorno, o que deixava ainda mais incômodo o fato de só eu saber o que havia acontecido no dia que saí. Eu não contara sobre a faca para ninguém, e minha mãe reportava uma versão dos fatos que ressaltava todos os meus erros e omitia os dela. Não que eu achasse que Iara e Tio Mílton acreditassem na versão dela (o cuidado com que me tratavam indicava que sabiam que eu sofrera mais do que o relatado). Ainda assim, mesmo sem coragem de contar, eu queria que eles soubessem a verdade. Mais do que eles, eu me perguntava se minha mãe lembrava do que fizera ou se o fato havia genuinamente desaparecido de sua memória.

De todo modo, eu sabia o que era requerido de mim: voltar de cabeça baixa. Como o combinado, pedi desculpas e prometi esforço em ser um filho melhor. Eu sabia que minha mãe não faria o mesmo. Tal política estava de acordo com a crença sobre ser "perda de tempo ficar remoendo o passado" – ainda que o passado fosse constantemente remoído quando eu "precisava refrescar a memória" sobre as conquistas dela ou meus erros. Ela, como se orgulhava em afirmar, era "mulher que não depende de ninguém e sem arrependimentos". Portanto, nunca a ouvi pedindo desculpas.

Vó Vicência, mãe dela, era o oposto. Sempre que íamos visitá-la em Ribeirão Preto éramos recebidos por uma tradicional série de perdões: "Oooi, gente, descurpa que eu não preparei nada melhor, viu? Descurpa também que tá sujo tudo aqui... Também, que hora pra aparecer! Essa gente fica me atazanando e não dá tempo de fazer nada. Mas descurpa, viu?"

Acho que minha mãe foi bombardeada por tantas desculpas que aquilo finalmente adquiriu sentido contrário para ela. Restou-lhe tentar ser diferente. "Quando eu tiver minha família, jamais vou ficar enchendo eles com essa desculpaiada toda!" Era o que eu imaginava que ela resolveu em algum ponto da infância.

De qualquer modo, depois do meu pedido de desculpas aceito, voltamos a conviver no silêncio de ultimamente. Quando necessário, ela me fazia perguntas pela Mari ou dava comandos por meio de pequenos bilhetes presos com durex nos botões da televisão.

* * *

Quando reencontrei Belinha no corredor da escola em agosto, notei que havia quase esquecido de nós. "Oi, Bela, tudo bem?" Perguntei, olhando bem em seus olhos em tom de desafio. Ela pareceu surpresa e fingiu não ter me ouvido. Sorrindo, a observei indo embora. "Para de ficar pagando pau pra essa mina sonsa e escuta isso aqui." Disse o primo do Mustafá, que estava ao meu lado. Ele tirou do armário um *walkman* e ofereceu o fone de ouvido:

Primeira-dama chorando perguntando (Por quê?)
Ah! Dona Rosane, dá um tempo, num enche, num fode
Não é de hoje que seu choro não convence
Mas se você quer saber por que eu matei o Fernandinho
Presta atenção, sua puta, escuta direitinho

"Caralho! Onde cê achou isso?" Perguntei depois de ouvir a música Matei o Presidente. "Cara, foi o Cirilo que gravou. Doido, né?" Depois, fiquei sabendo que, enquanto eu estava no acampamento, a Globo exibiu *Anos Rebeldes*, uma minissérie que contava a história de João Alfredo e Maria Lúcia, alunos do tradicional Colégio Pedro II durante os anos da ditadura militar no Brasil. Ele, de classe alta, preocupado com as questões sociais do país. Ela, traumatizada pela militância política do pai, sonhava com felicidade e sucesso profissional. O amor dos protagonistas acontecia em meio aos conflitos políticos oriundos das suas diferenças que se acirraram depois que João Alfredo ingressou na luta armada.

Seja João Alfredo ou Gabriel, o Pensador, de repente meus amigos passaram a querer ser aqueles jovens de classe alta carioca que protestavam contra o governo. Mas não eram só eles; naquele agosto, todos pareciam inflamados com a política nacional. Em meio a manifestações cada vez mais indignadas, Seu Carlos continuava tentando "sobreviver ao Collor".

Desde o final do ano anterior, ele teve que sair do escritório e obteve permissão de Silmara e Sílvia para usar os fundos do Centro Espírita como estoque. "Obrigado mais uma vez pela ajuda, meninas! Eu fiz essa venda grande e já, já limpo o estoque. Só preciso ficar com a cabeça fora da água pra aguentá a tempestade. Eu vou vender isso rápido, vocês vão ver!" Ele garantiu enquanto eu o ajudava a carregar a Kombi branca naquela noite fria de sábado.

Meu pai amava guiar aquele carro e dizia que um dia me ensinaria a dirigir nele. Sendo um veículo comercial, só tinha os assentos do motorista e passageiro. O resto do espaço interno era usado para carga. Nos últimos meses, ela só enchia com doações para o centro espírita, portanto me surpreendi quando vi lotada de caixas de *pizza*. "Nossa, pai, cê vendeu tudo isso!?" "É quase tudo de uma entrega só, filho." "Cliente novo entrando?" "Mais ou menos. Fiz um preço irrecusável pra um cara lá de Jundiaí, combinei de entregar hoje." "Em Jundiaí?" Quis confirmar. "É, vai ser rapidinho, você vai ver."

Antes de sairmos da cidade, deixamos Silmara em casa. Normalmente ela voltava com a irmã, mas as duas estavam "precisando se dar mais espaço", como meu pai explicou depois. Silmara caiu no sono logo. Eu não trabalhava em vários empregos, nem ficava madrugadas psicografando, mas mal conseguia manter os olhos abertos nas aulas desde que os treinos matinais começaram. Dormi no banco de passageiros pouco tempo depois dela.

Meu pai me acordou apenas quando estávamos no fundo da pizzaria onde seria feita a última entrega. Ajudei a descarregar, recebi o dinheiro, coletei a assinatura do recebedor, preenchi o recibo e a nota, como ele havia ensinado. "É pro menino ir aprendendo." Seu Carlos explicou para o cliente e ouviu de volta: "É, as coisas não tão fáceis, é preciso ensinar desde cedo... Os meus tão aqui dentro ajudando também."

Saindo de Jundiaí, ele deu um gole na garrafinha térmica com café e pediu que eu abrisse uma sacola onde estavam um pacote de Cebolitos e dois chocolates Lollo. "É essa a janta, pai?" Sondei-o, ainda lembrando do cheiro torturante de *pizzas* assando no forno à lenha. "Você quer comer outra coisa?" Ele perguntou. "Não sei... Cê tem dinheiro?" "Hoje é o que não falta!" Ele celebrou. "É que a gente nunca comeu *pizza* nessas entregas..." Eu disse. "Pizzaria!?" Ele repetiu reticente e me dei conta que chegaríamos tarde em São Paulo, e elas estariam fechadas. "Você quer muito comer uma *pizza*, né?" Ele quis confirmar, e fiz que sim. "Conheço um lugar, só é um pouco longe, você aguenta?" Abri um sorriso enorme e lá fomos nós, "rasgando a madrugada de São Paulo em direção à *pizza* mais memorável que você já comeu!"

De vez em quando, Seu Carlos tinha razão. Jamais esqueci aquele disco de massa, molho de tomate e muçarela derretida. É curioso como momentos assim grudam na memória da gente. Minha vontade era tanta que quase comi os oito pedaços sozinho. "Você vai comer só dois mesmo, pai?" "Comi todo o pacote de salgadinhos. Termina o último você também, pode comer!" Ele empurrou a caixa em minha direção.

Quando acabamos, ele disse: "Pula lá pra atrás da Kombi!" Obedeci, ele deu a partida e me atirou um agasalho velho que deixava ali. "Vai, enrola isso na cabeça pra você não se machucar. Está aberto o *surf* maluco do Playcenter!" O carro acelerou, e eu caí para trás. Ele freou em seguida, olhou para minha cara assustada, e gargalhamos. Fiquei de pé novamente. "Agora eu tô preparado, pode pisar pai!" Assim fomos até em casa, eu surfando na parte traseira, ele balançando a direção para dar mais emoção. Caí mais duas vezes, e quase choramos de rir. Antes de dormirmos, meu pai me deu um beijo na testa e falou: "Tô feliz que a Kombi te deu essa alegria, filho, só por hoje ela já valeu."

É quase certo que ele sabia que aquela seria a última aventura nossa com o automóvel. Sem mais dinheiro ou credores em potencial, menos de duas semanas depois, Seu Carlos vendeu a Kombi e fechou a empresa ainda cheio de dívidas pessoais e sem perspectiva alguma de futuro profissional. Ainda assim, o otimismo dele não se abalou: "Não sei o que vou fazer agora, filho. Só Deus sabe. Mas vou dar a volta por cima, não sei como, mas vou dar!"

Talvez inspirado pelo bilhete premiado que o pai dele tirou, meu pai sempre manteve a esperança de que a sorte grande que compensaria a multidão das rodadas perdedoras anteriores estava a um lance de distância. Foi com essa fé absoluta de apostador que, antes de quebrar, ele convencera Silmara a colocar dinheiro do centro kardecista na empresa.

Seu Carlos nunca percebia a regularidade com que tais decisões traziam desfechos trágicos. Agia sempre crendo ser impossível o plano novo falhar. Outra vez, o desenrolar dos eventos confirmou a verdade proverbial sobre o inferno estar cheio de boas intenções.

Sem a empresa, não havia qualquer perspectiva de o meu pai pagar aquela dívida também. Pelo que escutei das discussões, a transação acontecera em algum momento nos meses passados, a muito contragosto de Sílvia. Consigo imaginar que ela também ouvira alguma versão do mantra tão escutado pelos velhos conhecidos do Seu Carlos: "Fica tranquila, é temporário porque não há outra saída. Eu garanto que vou devolver tudo com juros dobrados. É bom negócio pra mim e pro centro."

Depois da falência, a tensão entre os três ficou palpável. "Carlos, a gente confiou em você, isso é apropriação de dinheiro da caridade de pessoas que têm muito menos que você!" Apesar de não saber o que era apropriação, quando ouvi Sílvia pronunciando a frase em um quartinho em que os três se fecharam, soube o que ela significava. Calculo que, também por pressão dela, alguma versão do acontecido foi compartilhada com os frequentadores do centro em um sábado que eu não estava presente. Ainda assim, era impossível não notar os poucos olhos desapontados que sobraram nas reuniões seguintes.

Como esperado, o assunto todo também se espalhou feito rastilho de pólvora entre os Laranjeira. Minha mãe não saía do telefone com a ex-cunhada em ligações cheias de "pois é" e "eu avisei". A face de Vô Fonso era puro desencantamento. Vó Altina parecia inalterada com qualquer fofoca que porventura tenha chegado a ela. Talvez até porque ela nunca esperou do filho o mesmo sucesso que sempre confiou que a filha teria.

Em um retrato enorme, o rosto de Tia Bárbara estampava a parede central da sala de Vó Altina. "Sua tia era muito bonita quando jovem. Ela poderia ter sido *socialite*! Recebeu até cantada do Chiquinho Scarpa!" Minha avó repetia sempre que a família fazia piadas com o quadro – nem as fotos dos quatro netos mereciam tal destaque (nossos retratos eram significativamente menores e ficavam expostos no escritório do Vô Fonso).

Não havia um retrato do meu pai pela casa inteira. Tal configuração, mesmo sendo motivo de provocação constante nos almoços de domingo, se manteve a mesma desde que nasci. O divórcio, seguido do pedido de empréstimo, só confirmou o pessimismo que minha avó tinha sobre o filho. Depois, sobre a falência e o desvio das doações do centro, talvez mesmo meu avô tenha desistido de defender o filho para a esposa.

Eu lembrava dos alertas da minha mãe contra os perigos do otimismo de meu pai. Só não fazia ideia do que fazer com o afeto que ainda tinha por ele. Sentia apenas raiva de tudo... Do meu pai e de suas decisões idiotas, de minha mãe, por parecer sempre conseguir profetizar nosso fracasso, da minha família fofoqueira, daquele mundo confuso e, finalmente e com todos, *do maldito do Fernando Collor!*

Quando ele surgiu na televisão em meados de agosto tentando arrebanhar os que ainda o apoiavam, a figura do presidente também se tornara para mim a personificação de toda corrupção que havia à minha volta. Collor escolheu um domingo e convocou a população a sair de casa vestindo verde e amarelo em sinal de apoio ao Brasil e a ele. No final de semana marcado, vários jovens foram às ruas com a cara pintada de verde e amarelo, mas vestidos de preto e gritando "Fora Collor!"

Na manhã da terça-feira do dia 25 de agosto, o movimento explodiu na escola. Alunos do colegial estavam discutindo com os porteiros, tentando sair. No meio da confusão, muitos conseguiram fugir para se juntar a quase meio milhão de outros jovens no Vale do Anhangabaú. Jônatas também foi e nos contou tudo enquanto tomávamos banho após o treino. "Era muita gente, muita gente mesmo! Tava mó clima legal, as pessoas se unindo. O Lindbergh falou e tal. A gente vai mudar o Brasil, vocês vão ver!"

A mídia os apelidou de "Movimento dos Caras Pintadas". Entre nós, ninguém falava em bandeiras partidárias, agenda, reivindicações ou propostas de melhoria, sabíamos apenas que a UNE estava ajudando a organizar tudo. Eu desejava apenas estar junto a outros que pareciam tão fartos de tudo como eu.

Cozinhando soluções

Na mesma época em que muitos jovens se perguntavam como mudar o país, Jaques focava na implementação de planos próprios e de difícil compreensão. Depois do hiato que se seguiu ao incidente com o gato, veio a boneca inflável. Certa noite, cochichando daquela forma, feito quando se está prestes a revelar um segredo incrível, chamou Kanji e eu para o quarto dele. "Vocês não vão acreditar no que descolei!" Antes de abrir a porta, ele olhou para trás, garantindo que Dona Helena não estivesse por perto. "Fecha os olhos. Bora, fecha aí!" Obedecemos, entramos e ouvimos a porta ser trancada. "Pode abrir!" "Caralho, Jaques, que porra é essa!? Kanji deu o primeiro grito sussurrado. Eu só consegui arregalar os olhos.

"Gostaram?" Ele quis saber sorrindo. Frente ao silêncio, continuou: "Eu achei ela parecida com a Angélica..." Depois que vimos Xuxa e Mara peladas, a apresentadora infantil da Rede Manchete se tornara o principal objeto de nossas fantasias. "Mas no banho, foi só me tocar." Jaques cantou nosso trecho preferido da música mais famosa dela tentando nos empolgar, mas ainda tentávamos assimilar o que víamos na cama dele: era uma espécie de boia de piscina sexual, que eu nem sabia que existia antes, deitada, inflada, sem roupa e, assim como Angélica, exibindo uma pinta preta na coxa (a da boneca meticulosamente desenhada por Jaques com caneta bic).

"Por que você comprou essa merda, Jaques?" Kanji perguntou, bravo. "Comprei pra gente com o dinheiro da caixinha pra revistas. Tinha bastante sobra e resolvi fazer uma surpresa." "Cara, como cê imaginou a gente dividindo um negócio desse?" Replicou Kanji. "Cada um pode ficar uma semana com ela, e a gente se compromete a usar camisinha e lavar bem antes de passar pro próximo." "Que nojo, eu não quero." Ele anunciou. Jaques olhou pra mim. Eu também estava bravo, nem tanto pela boneca, mas por ele, como meu pai, ter usado o dinheiro da nossa caixinha sem falar com a gente. Eu queria falar um monte, mas a única frase que saiu foi: "Eu também não."

Jaques ficou uns longos três ou quatro segundos sem reação: "Vão tudo se foder, seus pirralho sem pinto. Eu fico com ela, então! Bando de bicha que não sabe o que é bom. Podem sair do meu quarto!"

Depois veio a história do chá de fita. Jaques nos informou que dava para fazer uma droga caseira fervendo fitas cassete na água e quis saber se topávamos beber juntos. Mais uma vez Kanji rechaçou a ideia, e eu o segui. Porém, dessa vez fiquei curioso em experimentar.

Não era a primeira vez que ouvia algo assim. "Fumar casca de banana dá barato." "Pingar colírio no guaraná da festa deixa todo mundo muito louco." "Xarope pra tosse também funciona!" Eu não fazia ideia da veracidade de tais lendas urbanas e nem saberia como checar efeitos e mecanismos de ação de tais substâncias. Foi só anos mais tarde, com o advento da internet, que descobri mais sobre o indigno preparo que Jaques sugeriu. Os efeitos do chá de fita eram oriundos de substâncias como óxidos de ferro, cromo e outros metais pesados que se soltam ao ferver o material na água. Ou seja, é uma solução venenosa que intoxica o cérebro de quem a ingere.

Parece perigoso porque é, mas no começo dos anos 1990, ninguém notava como fazíamos o tempo passar. Explodir um Comandos em Ação, desmontar algum eletrônico, fazer cubos congelados da própria urina e arremessá-los pela janela da vizinha ou cozinhar fita cassete pareciam, todos, atos que não mereciam atenção por estarem na mesma categoria: coisas de moleque.

Nossos pais eram notificados de tais projetos somente após o acontecido, caso alguém se acidentasse ou os resultados perturbassem a vida de outrem, mesmo assim, se tal pessoa soubesse de quem era a autoria de tais ações. Nessa rara combinação de eventos, éramos punidos. Caso contrário, via de regra, eram só risadas e causos para contar. Não seria difícil arrumar lugar e momento para provar o chá do Jaques. Eu até tinha dia, local e material perfeito para fazê-lo.

Foi em um sábado. Depois de treinar, fui comer macarrão com salsicha no apartamento do Jônatas. Saí de lá e tomei a condução até a casa do meu pai. Eu sabia que ele e Silmara visitariam outro centro kardecista que estavam pensando em frequentar. Disse que estava cansado e pedi para ficar lá vendo televisão. "Tem a lasanha de micro-ondas no congelador se você tiver fome." Seu Carlos me lembrou antes de se despedir.

Eu já conhecia o esconderijo dele no novo apartamento. Era o mesmo lugar: embaixo do estrado na cama. Como esperava, a mudança não fez ele jogar fora o que eu precisava: as fitas cassete. Logo achei a primeira que procurava, a mulher com as previsões sobre o ano passado. Adiantei até o trecho que queria: "...Mesmo com as muitas dificuldades, ao final do ano te vejo muito próspero nos negócios e feliz no casamento."

Tirei o cassete do *deck*, puxei a fita magnética, cortei aquele pedaço e emendei as outras pontas com fita durex. A ele, juntei as piadas mais sujas do Chico Anysio e a música do Gabriel, o Pensador. Por último, coloquei uma fita virgem no aparelho, liguei o microfone e me gravei xingando a vidente, o Collor, Belinha, meus pais e os adultos de todos os mundos que conhecia. Por fim, rezei um pai-nosso e apertei *stop*. Recortei mais aquele pedaço e joguei na panela. "Acho que é suficiente..." Calculei, olhando o emaranhado.

Fui até a cozinha, enchi a panela de água e a depositei sobre a chama do fogão. Esperei ferver até o líquido começar a escurecer. "Acho melhor a primeira dose ser fraca." Disse meu temor. Derramei numa caneca, coloquei duas colheres de açúcar por precaução e esperei esfriar um pouco. Tomei alguns goles, esperei e não percebi mudança alguma. Virei tudo e ainda nada. Tive medo de tomar mais. Não demorou muito e comecei a sentir uma espécie de barulho de chuva nos pensamentos, uma dor de cabeça e a ansiedade por estar sozinho sem saber o que aconteceria comigo.

Tomei um monte de água e fui tentar dormir. Tive um pesadelo estranho com aquele Jesus esculpido em madeira que aparecera ao Marcelino. Despertei na madrugada dando um berro assombroso. Meu pai acordou assustado. Não consegui contar a ele o que havia feito antes de dormir. Com medo de ser descoberto, tentei tranquilizá-lo, dizendo apenas que tinha tido um sonho ruim, mas não lembrava o que fora. Mesmo desconfiado, ele me deu um copo de água, um beijo e falou para eu tentar descansar.

Ainda assim, não consegui pregar os olhos depois que ele saiu do quarto. Não conseguia afugentar da vista o rosto da minha mãe no momento em que ela colocou a ponta da faca em meu peito. A imagem vinha como em um filme, e eu imaginava diferentes desfechos para o que se passou. Em um deles, imaginava agarrando a mão dela e cravando a lâmina no meu peito. *Qual seria a expressão no rosto dela?*

Vi a luz da manhã entrando pela fresta da janela: eu estava exausto. Eu só queria um fim para os meus problemas... Ou um recomeço: poder reencarnar e começar a vida de novo. Talvez em outro planeta, sem capitalistas e comunistas, *boys* e *patys*, pobres e ricos, maridos e mulheres, pais e filhos, governos e governados, católicos e protestantes ou qualquer outra disputa. *Ou ao menos poder voltar aos sonhos de quando eu era criança...* Cobri a cabeça com o travesseiro. Os mundos que eu habitava eram muito diferentes. Talvez Vó Preta soubesse me lembrar das coisas bonitas que havia neles, mas ela também se fora.

* * *

    O movimento dos Cara Pintadas crescia conforme a votação para a abertura do processo de *impeachment* se aproximava. Dia 18 de setembro, sexta-feira, ainda mais jovens saíram às ruas e protestaram até à noite. Voltando para a casa do treino, vimos adolescentes com os rostos cheios de tinta abraçados na rua, puxando um ou outro coro. Tio Mílton observava com sua quietude usual e sorria.

    A votação estava marcada para terça-feira, penúltimo dia de setembro. Os alunos do colegial pediram que cancelassem as aulas, mas a direção não acatou o pedido. Nesse dia, a confusão na portaria da escola foi bem maior. Durante o recreio, vimos uma multidão de alunos mais velhos balançando o portão querendo sair. Alguns começaram a pular o muro. O sinal do recreio bateu cinco minutos antes do fim, mas, além da maioria dos professores, quase ninguém voltou para a sala.

    Desesperados, bedéis e porteiros pediam calma, mas era tarde. Logo a grade se rompeu e eles foram atropelados por uma multidão de alunos correndo pela rua. Eu via aquilo tudo com Cirilo. Ele olhou para mim e gritou: "Vamo!" Meu coração acelerou. É agora ou nunca! Pensei. Nós dois saímos em disparada.

    Eu mal respirava, corria tentando não ser pego ou pisoteado. Logo me vi na rua livre com os outros, mas sem saber onde Cirilo havia ido parar. Continuei seguindo o bloco de jovens. Chegamos ao ponto de ônibus, subi em um que os outros tomaram e, com eles, pulei a catraca. Algumas pessoas nos apoiaram e aplaudiram. As poucas que disseram algo contrário foram xingadas pelo resto. Uns *playboys* do colegial mostraram a bunda na janela para um comerciante na rua, que nos mandou ir estudar.

    Chegamos ao Anhangabaú e descemos. O vale parecia um estádio lotado de tanta gente. Eu não sabia mais quem era ou não da minha escola. Todos cantavam em uma voz de uma São Paulo que parecia ser outra. Jovens desconhecidos me cumprimentavam: "Ele vai cair, ele vai cair!" Pessoas choravam e se beijavam na rua.

Uma jovem mais velha me viu sozinho, se aproximou segurando dois potinhos de tinta e perguntou docemente: "Quer pintar a cara?" Acenei com a cabeça. Ela mergulhou simultaneamente o dedo indicador na tinta verde e o médio na amarela e logo os deslizou pela minha bochecha. Ambos sorrimos e ela se despediu dizendo estar feliz de ver gente tão jovem ali. *Não foi ela que falou comigo na UNE?* Parei para relembrar. *Acho que era! Era ela sim!*

Continuei andando pelo Vale eufórico, olhando as pessoas, gozando aquele momento de liberdade que eu nunca experimentara antes. Mas minha excitação começou a baixar à medida que o dia caía. Quando começou a escurecer, senti meus ombros latejando de dor. Sentei-me no meio fio sozinho, culpado por ter perdido o treino e preocupado sobre como chegaria em casa e com o que aconteceria se minha mãe descobrisse o que fiz. *Minha mochila... Ficou na sala!!!* Lembrei, desesperado.

Mais estouros

Três dias após o levante em nossa escola particular, outra rebelião aconteceu no ponto oposto da cidade. A lenda reza que tudo começou com uma disputa no futebol entre presos do Pavilhão 9 da Casa de Detenção de São Paulo, mas nunca ficou claro qual foi o verdadeiro estopim ou quem mandou a polícia militar agir. Fato é que, no dia 2 de outubro de 1992, o batalhão de choque entrou no Carandiru e matou, oficialmente, 111 detentos.

Depois do acontecido, helicópteros de reportagem sobrevoaram o local, capturando cenas de uma multidão de detentos amontoados em filas, agachados e de cabeça baixa, lembrando as ilustrações das galeras de navios negreiros que víamos em livros didáticos. Nos dias seguintes, jornais e revistas imprimiram fotos de ambientes ensanguentados e, dentro de caixões abertos feitos de madeira barata, dezenas de cadáveres nus, estampando o ventre costurado e, na coxa, um número grafado com caneta.

Enquanto a notícia rodava o mundo, o governador, o secretário de segurança, o coronel da P.M. e o diretor da penitenciária jogavam a batata quente um para o outro. Por fim, o imbróglio acabou em outro silêncio sorridente de São Paulo, como Caetano Veloso e Gilberto Gil cantaram no ano seguinte. Porém, ainda que silenciadas, aquelas imagens nunca abandonaram o imaginário de quem viveu na capital paulista e até voltaram para a MTV no final da década, quando os

Racionais lançaram o clipe Diário de um Detento. Foi pouco depois disso que, tentando arrumar dinheiro para comprar *crack*, Pangoré foi preso vendendo uns aparelhos de som que furtou de carros do nosso bairro.

Seriam necessários vários livros para fazer jus a tudo que o Pangoré passou e nem um mundo inteiro escrito poderia conter todas as belas histórias de Jônatas, meus vizinhos, Princesa, Boi, Juma, Jubileu, Sassá Mutema e cada uma das várias outras figuras que nadavam diariamente ao nosso lado no clube. Fato é que, logo antes da virada do milênio, Sassá Mutema me ligou para contar que nosso antigo companheiro de equipe fora encarcerado não longe de onde eu morava, na 36ª Delegacia de Polícia, na Rua Tutoia.

Quando menores, tínhamos medo de lá, pois diziam que o prédio era assombrado. Contavam que um sem-número de pessoas foram torturadas e assassinadas ali por agentes do regime militar treinados pelo serviço secreto norte-americano. Mais velhos, desenvolvemos uma curiosidade mórbida pelo lugar, soubemos que a delegacia fora sede do DOI-Codi nos anos da ditadura. "Foi aqui que morreu o Herzog." Jônatas me contou. "O pai do Marcelo Rubens Paiva também?" "Não, ele foi no DOI-Codi do Rio."

Por via das dúvidas, até Pangoré parar ali, mantínhamos distância de lá. Depois, eu e Kanji passamos a frequentá-lo semanalmente para visitar nosso amigo. A entrada parecia como de qualquer repartição pública. Os policiais eram distantes, mas gentis. Ao passar pela carceragem, a atmosfera se transformava em um cinza e terra que lembrava onde os vietcongues mantinham Rambo preso: barras enferrujadas, roupas velhas penduradas em varais improvisados, garrafas de plástico verde espalhadas e um cheiro insuportável.

Depois de algumas semanas, nos habituamos ao cenário e à expressão de desalento de todos. Acabamos conhecendo alguns outros detentos que nos pediam para enviar cartas ou recados aos de fora, o que fazíamos inclusive por achar que tais favores seriam retribuídos a nosso amigo lá dentro.

Entre eles, um dos mais memoráveis era um tal de Tremilique. Uns diziam que ele tremia daquele jeito pelo tanto de cogumelo que comeu na adolescência, mas ele contava que foi por estar no Pavilhão 9 naquele 2 de outubro. Tremilique gostava mais de falar do Axl Rose do que disso, mas, depois de insistirmos, um dia ele recontou a história: "Aquilo foi o diabo vindo na Terra." "Morreram quantos?" Kanji quis saber. "Vixe, sei lá. Bota gente aí. Eu deitei no chão, puxei um cadáver pra cima de mim e fingi de morto. Fiquei com a bochecha colada no piso mergulhada em uns dois dedo de sangue, era um rio vermelho no chão... Foi o Senhor Jesus que me livrou da aids aquele dia lá."

* * *

Das consequências da pequena rebelião em nossa escola, foi Ester quem me livrou. Ela percebeu que minha mochila e a do Cirilo haviam ficado na sala sem os donos e, entendendo o que aconteceria se ninguém fizesse nada, ela esvaziou o próprio armário e as guardou até o dia seguinte. Os professores da tarde entraram na sala e saíram dela sem nem notar nossa ausência e, pelo bem ou pelo mal, a vida continuou como antes.

No dia 12 de outubro, Ulysses Guimarães, o ex-presidente da Assembleia Nacional Constituinte, que estava defendendo que a votação pelo *impeachment* do Collor fosse aberta, morreu em uma queda de helicóptero. Depois de ouvir a notícia, minha mãe murmurou: "Tsc, é só homem podre que deixam viver nesse país."

Nós dois estávamos nos falando mais, porém ainda dialogando pouco. Eu continuava sem saber se ela se lembrava da faca, portanto, tampouco entendi se o comentário era uma referência a ela ter me deixado viver. Também continuava sem saber se eu era bom ou podre, ou se merecia o céu ou o inferno. Sentia apenas essas dúvidas borbulhando em mim.

Nessa sopa, também estavam cabidadas e unhadas, cão me mordendo e gato despedaçado, revólver e faca, amores desfeitos antes de se fazerem e todos os segredos que guardava desde que entrei na escola nova. Eu queria berrar tudo aquilo, mas não achava voz. Queria uma vida diferente sem saber por onde começar. Só tinha uma ideia fixa que não me largava, e sabia quem poderia ajudar a executá-la.

Em parte, procurei Jaques porque, das pessoas que eu conhecia, ele provavelmente era o único que não questionaria o que eu estava prestes a fazer. Mais do que isso, Jaques possuía os conhecimentos técnicos necessários para levar o plano a cabo. Encontrei-o no elevador. "Cara, posso falar com você?" "Do que você precisa, camarada?" Hesitei um pouco: "É um negócio meu aí, queria falar com calma." Em uma reação típica, ele imediatamente apertou o botão de emergência e parou o elevador entre o terceiro e o quarto andar. "Fala aí, não tenho mais nada pra fazer."

Respirei fundo e concatenei as ideias: "Tá bom. Sabe aquela bomba que você colocou no gato?" Ele balançou levemente a cabeça como um gângster de Hollywood. "Hmmm." "Então, você acha que ela consegue explodir uma privada?" Ele me olhou com um misto de surpresa e curiosidade. "Pra que você quer explodir uma privada?" "Cara, pra que você quis explodir um gato!?" Outra balançada de cabeça. "Tá certo." Depois de pensar um segundo, continuou: "Quanto estrago você quer fazer?" "Eu quero que minha escola inteira escute." Respondi. "Aê, moleque, agora sim tô sentindo firmeza!"

Jaques me informou quanto dinheiro ele precisaria para as bombinhas de onde tiraríamos a pólvora. Minha parte era conseguir o valor, roubar alguns cigarros e isqueiro da minha mãe e comprar o maior frasco de desodorante que eu encontrasse no mercado. Consegui tudo no dia seguinte. Meu vizinho ensinou como preparar o artefato. Só faltava decidir quando executaria o plano.

Na iminência do dia escolhido, mal conseguia conter a ansiedade. Sentia cada aspecto da rotina mais vivo e urgente.

As disputas no basquete mais acirradas, os conflitos entre as pessoas mais dramáticos, e eu estava nadando mais rápido do que nunca. Foi naquelas semanas que alcancei pela primeira vez o índice para o Paulista.

Aconteceu em uma competição no Conjunto Desportivo Baby Barioni na Água Branca. Talvez por causa do volume de treino, minha melhor prova se tornava os 800 metros nado livre. Ninguém tem paciência de assistir um adolescente indo e voltando 32 vezes numa piscina. Portanto, só me viram nadando Kanji, Yuki, Jônatas, Pangoré, Iara e Tio Mílton, que passara também a segurar o Daruma caolho para que ele me assistisse. Ainda assim, depois recebi os cumprimentos do resto da equipe inteira: "Fofura, vai nadar o Paulista, porra!" Eles me abraçaram pulando.

Na segunda-feira depois da competição, contei para todos na busa: Cirilo, Mustafá, Pancinha e até a pequena Maia, que fez mais perguntas sobre a prova do que qualquer outro. Na sala, Cirilo deu a notícia e incentivou outros colegas, incluindo Ester, Fernando e, talvez, com alguma intenção escondida, Belinha, a virem me dar parabéns. Estes, ainda que bem menos empolgados, também o fizeram.

Naquele momento, até considerei cancelar o plano que havia iniciado com Jaques. Eu não sabia ao certo a razão por que desejava explodir a privada e, naquele momento, o ato pareceu ainda mais desatinado. Senti uma espécie de mau presságio a respeito do que estava prestes a detonar. No entanto, ainda que eu não entendesse ou não conseguisse justificar o porquê, algo interno continuou me propelindo naquela direção. *Não posso ser maricas agora.* Foi o que me disse.

* * *

Pensar em como plantar o explosivo foi tão fácil quanto conseguir os ingredientes e aprender a montá-lo. Diziam que os bedéis esporadicamente revistavam, durante as aulas, os armários e, durante o almoço, as mochilas deixadas na sala.

Para evitar testar tal rumor, decidi detonar a bomba de manhã. Primeiro, considerei fazê-lo assim que chegasse à escola para me livrar dela logo. A quantidade de pessoas circulando ajudaria a despistar, mas tive medo de ser visto por alguém.

Concluí que o melhor plano era pedir para ir ao banheiro, armar a bomba e voltar para a sala. Como havia cronometrado, o cigarro que servia de pavio durava oito minutos. Era tempo suficiente para que ninguém suspeitasse de mim. Nos dias anteriores, prestei atenção quando o bedel do nosso bloco ia lanchar. Anotei quando precisava pedir para sair da sala e não o encontrar, podendo, assim, também ir ao banheiro do andar inferior, o que diminuiria ainda mais a probabilidade de descobrirem que fui eu.

Cada passo correu exatamente como o planejado. Cheguei à escola, fui ao banheiro, tirei o isqueiro e os dois cigarros do pacote na mochila e os coloquei no bolso. A bomba, enfiei-a na sunga que vestia por baixo da calça. No horário almejado, pedi para o Professor Gérson, e ele me deixou ir ao banheiro.

Nenhum bedel à vista, desci rápido as escadas, entrei na última cabine do banheiro masculino, me tranquei e tirei o frasco de desodorante da sunga. Removi a tampa e com um cigarro queimei o orifício do tamanho exato. Joguei o cigarro na privada. Recoloquei a tampa no frasco, tapei o buraquinho com o cigarro pavio e dei o aperto necessário. Coloquei a bomba atrás do vaso sanitário e acendi, deixando o isqueiro ali mesmo caso revistassem meus pertences.

Quando entrei novamente na sala, o Professor Gérson estava empolgado: "Nós somos privilegiados, recebemos da vida algumas das cartas mais desejadas do baralho. Ainda assim, vira e mexe tiramos do monte cartas com as quais não estamos preparados pra jogar."

E se alguém descuidado sentar na privada sem ver se tem uma bomba ali? Ressurgiu em minha mente a pergunta que eu tentei evitar durante todo o planejamento. Depois dela, a imagem de Maia saindo do banheiro berrando, com o corpo ensanguentado, queimado e cravejado por estilhaços de porcelana.

"Só quero que saibam o quanto estar aqui com vocês me ajuda diariamente a olhar pra vida de um jeito diferente, parar de me importar com algumas coisas, voltar a valorizar outras." Eu tentava livrar minha mente, buscando focar no que o professor falava, mas não conseguia. *Nada vai acontecer com a Maia, a bomba tá no banheiro masculino...* Disse à minha mente, que respondeu com a lembrança do menino que morreu com a bomba atirada no jogo da Copa São Paulo. *Bombas estouram nessa escola toda hora e nunca ninguém se machucou.* Repetia, com o coração acelerado.

"Fernando Pessoa honrou de forma magistral quão labirínticos são os diferentes aspectos da alma humana. Para expressar tudo que um só homem teve sede de dizer, mas poeta único nenhum pôde expressar, julgou ser necessário criar os personagens mais profundos e curiosos. Entre eles, um dos meus favoritos é Álvaro de Campos. Assim como Fernando Pessoa, Álvaro de Campos era um português de educação inglesa que se sentia estrangeiro em qualquer lugar do mundo. Talvez a atitude dele para com a vida possa ser resumida nos primeiros versos do poema Tabacaria: 'Não sou nada. Nunca serei nada. Não posso querer ser nada. À parte isso, tenho em mim todos os sonhos do mundo.'"

Mas sempre tem uma primeira vez, e a bomba que você plantou é sem noção. A batalha dentro da minha cabeça não dava trégua. *Cê tem que voltar lá, se alguém se machuca, cê não vai se perdoar.* "Lerei um poema dele que sempre tive vontade de ler com meus alunos e hoje decidi não abrir mão desse desejo. Chama-se 'Poema em Linha Reta.'"

Nunca conheci quem tivesse levado porrada.
Todos os meus conhecidos têm sido campeões em tudo.

Ninguém vai se machucar, e vai dar muito migué pedir pra sair de novo... Agora já não dá mais, se voltar lá, é capaz de a bomba explodir na sua cara.

Eu, que tantas vezes tenho sido ridículo, absurdo,
Que tenho enrolado os pés publicamente nos tapetes das etiquetas,
Que tenho sido grotesco, mesquinho, submisso e arrogante,
Que tenho sofrido enxovalhos e calado,
Que quando não tenho calado, tenho sido mais ridículo ainda;

Fica calmo! Tudo vai dar certo... E se não der certo? Não tem como garantir. Calma, sossega! De repente, o negócio nem estoura, já deu oito minutos com certeza.

Eu, que tenho sofrido a angústia das pequenas coisas ridículas,
Eu verifico que não tenho par nisto tudo neste mundo.

Toda a gente que eu conheço e que fala comigo
Nunca teve um ato ridículo, nunca sofreu enxovalho,
Nunca foi senão príncipe – todos eles príncipes – na vida...

Caralho, passou tempo demais, tomara que não estoure mesmo... Em que merda eu me enfiei de novo? Meu Deus, se eu conseguir me livrar dessa, nunca mais faço outra.

Quem há neste largo mundo que me confesse que uma vez foi vil?
Ó príncipes, meus irmãos,

Arre, estou farto de semideuses!
Onde é que há gente no mundo?

A leitura foi interrompida por um barulho gigantesco. Senti o chão tremendo. A próxima cena de que me lembro foi o rosto do Professor Gérson se refazendo no meu plano visual. Ele estava agachado, segurando minha cabeça no meio de um círculo formado pelo resto de alunos da sala. Senti como se acordasse de um sonho profundo.

Fui transportado até a enfermaria coberto de vergonha por ter desmaiado. "Deve ter sido o barulho daquela bomba. Malditos moleques, um dia ainda vão matar alguém." Desabafou a enfermeira. "Alguém se machucou?" Eu quis saber. "Só você, meu filho... Essas tonteira ainda vão dar em desgraça maior!"

Minha mãe saiu do trabalho e veio me buscar. A escola lhe contou, cheia de cautela, sobre a explosão. Não desconfiaram que justamente a única vítima havia armado a bomba. Mais do que alvo de pena, percebi que me livrei porque não me consideravam o tipo de aluno que faria o que fiz.

Com exceção dos exames que tive que fazer por causa do histórico de convulsões na família, a explosão ficou por aquilo mesmo. *Tanto barulho pra nada...* Cheguei a pensar, em um misto de alívio e confusão. Ao mesmo tempo, a impunidade me encheu de certa confiança tóxica. "Tá ficando folgado, hein, pobre!" Um *playboy* diagnosticou. Porém, não demorou muito para que eu caísse do cavalo com minha pose toda.

Era uma aula qualquer, e eu estava entediado como de praxe. Havia desenhado carros demais e estava cansado da paisagem de sempre na janela. Nesse momento, Ester começou a discutir com o professor de Ciências. Ela queria saber porque não ensinam criacionismo na escola. Lembrei dos vídeos norte-americanos que assistimos juntos no acampamento da igreja dela. Ninguém estava muito interessado no debate, mas ela conseguir deixar o professor contrariado me chamou atenção.

Julgando que ela gostaria de conversar comigo sobre o assunto, troquei de lugar e fui me sentar atrás dela. Puxei conversa sobre o assunto uma vez, nada. Pedi uma borracha emprestada, ela me deu. Tentei assuntar uma segunda vez e, visivelmente incomodada, ela pediu que eu fizesse silêncio.

Uma irritação me subiu e, assim que ela se virou pra frente novamente, puxei o elástico do sutiã dela e soltei.

O barulho do estalo foi irrisório perto do outro que eu causara semanas antes. As consequências, porém, bem mais estrondosas. Estávamos em silêncio, e a classe inteira ouviu quando ela gritou: "Ai!" A lembrança de Ester virando o rosto transtornada permanece nítida até hoje. O seu queixo estava caído, as sobrancelhas levantadas e os olhos queimavam de indignação. Daquela vez, eu não teria escapatória.

Então, Ester fez algo que ninguém da sala a imaginou fazendo. Bateu com a mão na carteira, se colocou em pé de costas para o professor e, me olhando de cima para baixo, começou a bradar a plenos pulmões:

"Você tá louco, menino!? Endoideceu de vez!? Quem você acha que é?" Ainda ouço vozes ao fundo perguntando: "O que aconteceu?" "O que ele fez?" Ela prosseguia: "Se não te ensinam respeito em casa, o problema é teu. Só não te meto um tapa na cara por respeito ao professor, mas se você fizer isso mais uma vez, eu nem sei o que faço com você. Sai daqui!" Ficamos todos, inclusive o professor, mudos. Ela fechou os punhos e os olhos e repetiu ainda mais alto: "Pega suas coisas e volta pro seu lugar!"

Pálido, recolhi meu estojo e mochila, saí da cadeira curvado e, sob olhares atônitos, procurei alguém que trocasse rápido de lugar comigo. Cirilo veio ao meu socorro: "Senta aqui, eu vou lá." Obedeci, ainda embasbacado. O professor pronunciou suas primeiras palavras: "O que tá acontecendo aqui?" Ester respirou fundo e se voltou para ele: "Nada, tá tudo resolvido, continua a aula, por favor." Ele ainda tentou ter algum controle da situação: "Você tem certeza?" "Continua a aula, por favor!" Ela comandou em tom mais firme e se sentou. Ele obedeceu.

Ainda sem distinguir a fonte do ruído que deu início à descompostura que tomei, colegas se perguntavam baixinho o que sucedera. Nós dois apenas pedíamos que nos deixassem em paz. Com a cabeça deitada entre meus braços, eu lembrava as palavras da minha mãe sobre homens podres; então, Vó Preta cochichou aos meus ouvidos: "Você é melhor que isso, entendeu?" *Eu não sei mais, Vó, nem sei mais direito quem eu sou nem em que eu tô me tornando.* Respondi. Sentia o peito querendo grudar nas minhas costas, meu ombro estalou, e novamente senti uma dor aguda. *Merda de vida, só falta eu também foder meu ombro agora.* Cogitei enquanto tentava evitar de chorar na frente da turma inteira.

Morte

Era Finados e a dor no ombro não diminuía. Até Kanji e Yuki estavam preocupados. Eu não queria ter de ir ao médico, pois conseguia até imaginar o que ouviria: "Tsc, eeeita, essa bendita da natação... E dor articular já com 12 anos! Quantas vezes vou ter que falar pra você cuidar da sua saúde se quiser viver bem no futuro?" E minha mãe recontaria a longa lista de parentes nossos que morreram cedo e sofrendo.

Escondido, eu fazia compressas de gelo e dormia com o patuá de Obaluaiê. Mas sem Vó Preta para me ajudar, nada estava adiantando. Iara parecia perceber meu incômodo e insistia para eu pegar mais leve nos treinos. Porém, o pedido tinha efeito contrário. *A última coisa que me falta é voltar a ser o café com leite da equipe.* Eu pensava enquanto forçava ainda mais minha articulação inflamada.

Até que ela me proibiu de entrar na água, mandou eu apenas correr e fazer fisioterapia para os ombros com a borrachinha. Eu fiquei apoquentado e resmunguei aos quatro ventos. Ela soltou: "Você já foi humilde, Fofura, foi só pegar um mísero índice e tá se achando." Continuamos trocando farpas nos dias seguintes até ela resolver dar o limite que julgou necessário. "Fofura, depois que você se trocar, preciso falar com você. Já falei com o Tio Mílton, ele espera." Ela anunciou enquanto eu recolhia a prancha e o flutuador ao final do treino. "Beleza, Iara." Tentei ser casual.

Tomei banho em silêncio, me vesti e fui até a salinha onde ela ficava. Bati na porta, ela mandou entrar e indicou para eu sentar. "Você tá bem, Fofura?" Sem conseguir evitar que a voz tremesse, respondi de cabeça baixa: "Tô melhorando, Iara, por quê?" "Ando preocupada com você. Tem vez que você tá aéreo, vez que tá bravo, você desmaiou no mês passado, seu ombro não melhora..." "Vai passar." Interrompi. Ela tomou um gole de água e prosseguiu: "Bom, Fofura, você não vai gostar do que vou falar." Outra pausa.

"É o seguinte. Todo mundo aqui sabe do seu esforço. Todos torcem por você. Na verdade, quando você tá bem, você inspira cada um na equipe." Eu continuava de cabeça abaixada. "Enfim, sei também que você tava no gás pra ir pro Paulista, mas decidi não te inscrever." Meu coração parou. Olhei para ela: "Mas por quê? Eu tenho índice!" Ela batucou a caneta na mesa algumas vezes. "Fofura, eu prometi pros seus pais que ia cuidar da sua saúde e não ia deixar você exagerar." "É minha mãe, não é, Iara? Ela falou com você?" Protestei. "Não é simples assim. Eu também não quero ser responsável por arrebentar um atleta com 12 anos. Você nem tá me ouvindo mais!" "Iara, por favor, não é justo, eu fiz o índice, me deixa ajudar a equipe!" "Fofura... Você fez índice de uma prova só e vai lutar pra ficar entre os dezesseis. Quanto você acha que vai pontuar?"

O pior era que ela tinha razão. Depois daquele trabalho enorme, de me destruir nadando quase diariamente, eu continuava distante do restante de meus amigos. Dessa vez, não houve pena: "Eu sei que é foda pra você ouvir e talvez não seja justo, pois os índices tão lá pregados e você bateu um deles. Mas pega leve agora, se cuida pra voltar mais forte depois." Ela concluiu. Fechei os olhos, senti os ombros caindo enquanto pensava: *Não vou conseguir nada nunca.* Como que lendo minha mente, ela encerrou, se levantando para abrir a porta: "Você não vai parar de evoluir. Descansa, se recupera. Chegou até aqui, vai chegar mais longe." Saí da salinha, e Yuki colocou o braço ao meu redor, mostrando já saber da notícia. "Cuida do seu amigo!" Iara gritou da porta enquanto caminhávamos até Tio Mílton. "Pode deixar!" Yuki berrou de volta.

***

Nos dias seguintes, não fui ao clube nem fazer fisioterapia. *Pra quê?* Pensei. Chegava em casa da escola, ligava a televisão, me deitava no sofá e cochilava. Entediado e frustrado, na sexta-feira e decidi não ir para meu apartamento, nem me deitar no sofá. Sem compreender bem a ideia que se formava na minha cabeça, toquei a campainha do apartamento vizinho, e Dona Helena veio até a porta, "O Jaques tá aí?" Perguntei. "Entra logo, garoto, eu tô muita ocupada!" Fui até o quarto dele, jogamos um pouco de conversa fora até que sussurrei: "Cara, cê ainda tem a boneca inflável?"

Ele arregalou os olhos e fechou a porta do quarto: "Claro, por quê?" "Você falou que a gente podia usar se quisesse, né?" Jaques sorriu colocando ambas as mãos em meus ombros: "Aê, finalmente descobrindo o que é bom, né? Esse é meu moleque!" Espera que eu vou pegar e trago pra você."

Ele saiu e voltou com uma mochila. Eu a peguei, fui para casa, me tranquei no quarto e enchi a boneca como Jaques explicou. Olhei aquele rosto imóvel por alguns segundos antes de sair do quarto e voltar a trancar a porta atrás de mim. Fui até a cozinha, revirei os armários e facilmente encontrei o objeto que eu procurava. Voltei e, sem dizer uma palavra, desferi uma facada no peito dela. Ouvi um pequeno estouro e fiquei ali paralisado até o corpo dela murchar inteiro.

"Jaques filho da puta, isso vai te ensinar a não usar nosso dinheiro sem pedir antes!" Falei com raiva, tentando me convencer do motivo por que fizera aquilo. "O que cê tá fazendo, Afonso Carlos?" Mari gritou do outro lado da porta. "Coisa de moleque." Respondi assustado. "Olha lá, hein, não quero ouvir sua mãe depois." "Minha mãe..." Pensei alto. "É, sua mãe... Que tu tá aprontando aí?" "Nada, Mari, coisa minha..." Ela resmungou algo que não entendi e ouvi passos se afastando.

Eu não podia correr o risco de alguém achar os restos da boneca assim como descobriram a *Playboy* da Mara. Respirei fundo e picotei a borracha, voltei à cozinha, devolvi a faca no lugar e peguei o maior saco de lixo que encontrei sob olhares cada vez mais suspeitos da Mari. "Pra que cê qué isso?" "É experiência pra escola que não deu certo." Saí rápido, coloquei os pedaços dentro do saco, que carreguei comigo para fora. "Mari, vou dar uma saída." Anunciei. "Num sei o que cê tá fazendo, mas sei que coisa boa não é..." Deixei o prédio, andei uns oito quarteirões antes de jogar o embrulho fora e voltei pra casa ainda antes que minha mãe retornasse.

* * *

O Prof. Paulo já havia me chamado na salinha dele para conversar duas vezes naquele mês. A primeira foi para saber se eu tinha feito meus exames da cabeça e se estava tudo bem. A segunda por uma queixa dos professores de que eu voltara a não prestar atenção nas aulas, parecia sempre cansado e minhas notas estavam caindo. Quando fui chamado pela terceira vez, o tom dele indicou que o assunto era grave.

Assim que tocou o sinal para voltarmos do almoço, ele veio me receber no pátio. "Você não volta para aula hoje, precisa vir comigo até a secretaria. Traga sua mochila." Ele avisou, com a voz de padre que tinha. Enquanto andávamos, tentei especular a razão daquilo. "O que eu fiz de errado?" *Será que a Ester foi reclamar de mim, será que descobriram da bomba?*

Ele não respondeu, apenas passou a mão no meu cabelo. Ao chegarmos na sala, como das outras vezes, ele se sentou atrás da mesa e fez sinal para eu me sentar em frente. "Sua mãe está vindo te pegar." Ele tinha a cara solene. "Minha mãe...?" Estranhei. "O que aconteceu?" "Afonso, prefiro que ela te explique tudo quando chegar, tudo bem?" Acenei com a cabeça e afundei na poltrona, imerso nas diversas cenas imaginadas sobre o que poderia estar acontecendo. Depois de alguns minutos de silêncio, minha mãe apareceu. Levantei-me de supetão: "Tá tudo bem!?" Ela, calmamente, cumprimentou Paulo; depois se virou para mim: "Calma, eu te explico no carro."

Entramos no Kadett prata que ela dirigia, e ela deu partida. Enquanto o motor esquentava, me olhou com cara de pesar: "É o seguinte filho, vou falar de uma vez pra doer menos – Tio Camilo morreu... Ele se suicidou ontem à noite." Demorei um tempo para entender o que estava ouvindo. Já dirigindo, ela me contou que a vizinha do tio ligou aos prantos naquela manhã logo depois de eu sair de casa. Como Tio Camilo não tinha mulher nem filhos, minha mãe estava indo até Brodowski cuidar dos preparativos do funeral.

Depois de compartilhada a informação, eu me perguntei se ela estava se sentindo culpada por ter perdido contato com Tio Camilo, mas resolvi permanecer quieto pelas quatro horas de viagem, olhando pela janela e vendo a passagem de árvores que cresciam entre os canaviais pelo caminho. "A cidade que vamos é onde cresceu o Portinari." "Quem?" Perguntei. "Ah, deixa pra lá." Foram as palavras que lembro de termos trocado no trajeto.

Finalmente chegamos à casa dele que, por essas trágicas ironias, ficava perto do cemitério municipal. Fomos recebidos aos prantos e abraços pela vizinha que havia comunicado minha mãe. Pelo que consegui entender, ele havia ligado para ela antes de morrer. Precisávamos esperar um policial que estava a caminho. Enquanto aguardávamos, a vizinha soluçava e falava do meu tio como se fosse um santo. Minha mãe a abraçou.

O policial chegou. "A senhora é da família?" "Sou sobrinha." Ela respondeu séria. "Nós tentamos salvá-lo, mas era tarde demais. O corpo foi levado pra Ribeirão Preto, ceis querem ver a casa?" Ele perguntou, e minha mãe fez menção para ele ir primeiro.

Na frente funcionava a alfaiataria. Cada item estava meticulosamente organizado, como se para uma exposição. Os tecidos dobrados e arranjados por ordem de cor. Não havia uma peça inacabada. Pendurados, camisas e ternos com bilhetinhos contendo o nome do destinatário, uma mensagem pessoal e a assinatura dele.

A cozinha era pequena. O fogão e a pia estavam limpos, a geladeira vazia e desligada. Em cima da toalha rosa de crochê que cobria a mesinha redonda, um bule vermelho e uma caneca esmaltada vazia ainda preservavam o cheiro de café. Uma galinha curiosa apareceu vinda do quintal. Saindo pela porta que ela entrou, encontramos um quintal cheio de flores e algumas outras galinhas. Ao fundo, a edícula que servia como quarto. "Ele foi encontrado ali." Disse o homem.

Fomos até lá. Parecia um dos aposentos dos padres. Um banheiro, um armário, uma cama e uma mesinha. Em cima desta, alguns documentos com uma carta em cima. Minha mãe os tomou e folheou. Então, se sentou e passou a ler a carta. Fez cara de contrariada e entregou todos os papéis para eu guardar no porta-malas do Kadett.

Em seguida, fomos a Ribeirão Preto, onde foi realizado o velório. Os irmãos da minha mãe (com quem ela não falava há anos) também apareceram. Um deles chegou fazendo uma piada que ela não gostou de cara. De resto, trocaram poucas e cordiais palavras. Eu e ela também não falamos muito mais. Logo antes do corpo ser enterrado, nós dois nos encontramos na salinha onde o corpo fora velado. Eu, que não tinha ido ao funeral dos meus avós maternos e nem visto cadáver antes, observava confuso aquela casca pálida e imóvel do que fora Tio Camilo tentando me reconciliar com o fato de que ele não mais existia.

Assim que minha mãe entrou, me afastei do caixão e me sentei em uma das cadeiras de plástico branco que estava junto à parede. Ela se aproximou do corpo pelo lado oposto, olhou o rosto dele sem tocá-lo e apenas proferiu um som:

"Tsc..." Seguido de um longo expirar. Depois, sentou-se na parede oposta à que eu estava. Ficamos assim alguns segundos.

    Sem sucesso, tentei resistir a certa força gravitacional que me levava a olhar para ela. Por debaixo dos óculos escuros, lágrimas desciam as bochechas austeras da minha mãe. Eu sentia raiva por termos nos afastado do Tio Camilo, raiva porque sabia que não falaríamos sobre isso, raiva por achar que ela também o rejeitara por não ser como ela queria. Ao mesmo tempo, eu não suportava vê-la sofrer mais. Em minha mente, repetidamente ensaiava me levantar, ir abraçá-la e mais uma vez pedir desculpas pelas vezes que a fiz sofrer, perdão por ter-lhe desejado o mal e dizer que, no fundo, a amava. Talvez fosse isso que ela estivesse ensaiando em sua cabeça também, mas nós dois ficamos ali parados sofrendo sozinhos, um de cada lado daquele corpo sem vida.

    Tio Camilo foi enterrado, nos despedimos dos parentes e voltamos para São Paulo. Dois dias depois, antes de sair pra escola, fui jogar uma casca de banana no lixo e, de relance, vi o que parecia ser a carta final dele rasgada lá dentro. Sabia que minha mãe poderia ainda ir atrás dela, mas não resisti, abri o lixo novamente, peguei os papéis e os coloquei dentro da mochila.

    Ao final do dia, no meu quarto, remontei aquele quebra-cabeças e colei-o com durex. Eram oito folhas escritas frente e verso com uma letra tão bonita quanto a de Belinha, porém maior e menos arredondada. Era endereçada a mim e a meus outros primos. A primeira página falava da infância dele. Contava como nunca conseguira se livrar das "marcas indeléveis cravadas em meu corpo quando eu tinha doze anos" e seguia contando da coragem que precisou para sair de casa, de lugares que visitou, pessoas que conheceu e uma lamentação por "nunca ter se compreendido o suficiente para poder retribuir um grande amor".

    A terceira folha começava falando do retorno a Brodowski, da dificuldade de continuar trabalhando em virtude das dores na mão e da permanente distância da família, mesmo frente "à mesma doença que compartilhamos e que gradualmente come a alegria dos meus dias". Por último, a carta descrevia os aprendizados que meu tio acumulou, citava uma lista de autores fazendo votos para que nós, sobrinhos dele, possamos lê-los um dia, e terminava assim:

"Quanto a mim, na busca de belos fios que pudessem tecer minha realidade, andei o mundo e estudei muitos assuntos. O que as palavras não deram conta, esforcei-me para exprimir na viola. Ainda carecendo de algo, ao final dessa vida não mais curta que a média da de outros cidadãos de nosso país, encontrei realização em me esmerar na fabricação de algo que trouxesse dignidade à nudez de meus próximos.

"Ainda assim, é mister reconhecer que, ao menos nisto, Jesus tem razão: nenhum terno que cortei, e creio que nem as roupas mais belas dos maiores reis, se compara à beleza que encontrei nos campos pelos quais cavalguei na juventude. Hoje, é com pesar que testemunho o mundo sendo destruído pelo mesmo conhecimento humano que, de outras formas, tanto nutriu minha alma. É com ainda mais pesar que, nos meus últimos dias de vida, vejo o sonho de um mundo igual, pelo qual tanto lutei, ser cooptado por um fatalismo e pragmatismo que, no fundo, são apenas sintomas de desesperança. Para mim, eles são só uma forma mais sofrida de desistir da vida.

"Ainda que o capítulo final de minha vida seja trágico, seja pela deterioração do meu corpo, do meu mundo, ou dos meus sonhos, saibam que a história que escolhi viver me rendeu consideravelmente mais sabores do que a de tantos outros que vieram antes de mim e, temo, de muitos que virão após.

"Com relação a isso, me alegro sabendo que meus vestígios nesse mundo servirão de adubo para vocês, flores da mesma paineira que eu, e, portanto, merecedores de nada menos. Deixo, anexas a esta carta, instruções a respeito do assunto.

Espero que os ajude a experimentar alguns dos aspectos do mundo de que desfrutei, como também a outros que desgostei ou não tive oportunidade de apreciar... Mais do que tudo, que possam viver a vida.

"Sobre isso, minhas últimas conclusões não são muitas, mas talvez sirvam de algo. Creio que vivi com dificuldade de abraçar a felicidade pela covardia que me impediu de amar sem reservas. Meu último desejo é que sejam mais corajosos que eu.

"Sem mais,
Camilo"

Minha mãe garantiu que eu e os sobrinhos recebêssemos a parte financeira da herança do nosso tio-avô, mas nunca ninguém soube da carta além de nós dois. Vivi o dilema entre compartilhar as últimas palavras que meu falecido tio escrevera com meus primos ou realizar a vontade de minha mãe, que estava bem viva e não me perdoaria se soubesse que eu havia tirado os papéis do lixo e os escondido por tanto tempo. Guardei a carta por uns dois anos, até que, tentando me livrar daquele peso, a queimei. Foi apenas recentemente, encaixotando pertences para uma mudança, que encontrei, na contracapa de um dos livros que ele havia indicado, essa última página com o papel amarelado e o durex se desfazendo.

Culpados

Jaques finalmente viera pedir a boneca de volta, ao que eu, para minha surpresa, respondi: "Joguei no lixo." Ele arregalou os olhos. "Fala sério!" "É sério." Repeti. Ele babou de ódio e discutimos até Jaques quase me bater. Foi Mari que veio ao meu socorro, escorraçando meu agressor em potencial com a vassoura. "Vai batê em alguém do teu tamanho!" Disse antes de fechar a porta.

Tal ato não resolveu a questão. Jaques parou de falar comigo, o que gerou um desconforto entre mim e Dona Helena. Ele tinha suas razões. Mesmo Kanji, que não aprovou a maneira como aquele produto veio parar em nossas vidas, me censurou pela maneira como ela saiu. Foi só Yuki que, provavelmente sabendo da história pelo irmão, por meias palavras deu a entender quão satisfeita ficou com o desaparecimento da boneca.

Ainda assim, eu me sentia mal. Omiti de todos que dei uma facada na boneca antes de descartá-la. Além de eu saber ser um elemento bizarro na história, ninguém o entenderia. De fato, eu mesmo não compreendia direito por que havia feito aquilo. Apenas me sentia mais estranho ainda por tê-lo feito.

Aquela não era a única lembrança que me agoniava naquele final de ano. Por mais que a maioria dos alunos houvesse esquecido da bomba de várias semanas atrás, pelo menos um deles não. "Fofura," Cirilo ouvira me chamarem assim no clube e, desde então, também não largou o apelido "foi você que colocou aquela bomba monstro no banheiro?" Ele perguntou nas últimas semanas de aula. Quase me engasguei de susto: "Onde você ouviu isso?" "Em lugar nenhum, eu que tô falando." Limpei a boca na manga do uniforme: "Ah, só você pra achar." Ele me olhou intensamente: "E então?" Fugindo do inquérito, mantive a linha de questionamento: "Por que você acha que fui eu?" Ele se aproximou ainda mais: "O bagulho explode e você tem um piripaque do Chaves." "Você assistia Chaves lá em Michigan?" "Não muda de assunto."

Dei outra mordida no sanduíche: "É, minha mãe teve isso também, eu te falei, é um lance de família." Ele me fitou demoradamente: "De lei, mas explodir coisas deve ser um lance só seu." Houve um silêncio. "Vou deixar você aí com essa dúvida." Levantei-me. Ele permaneceu sentado: "Falaê, comédia. Não vou te dedar." "Se não vai dedar, pra que quer saber?"

Cirilo espremeu a boca e balançou a cabeça de um lado para o outro: "Quando eu era pequeno, umas bombas explodiram na universidade que meus pais trabalhavam." "Sério!?" "É... Foi louco." "Que nem a que estourou aquele dia?" Quis saber curioso. "Pior, dois caras ficaram zoados..." "Nossa!" "Era um cara que explodiu várias bombas nos Estados Unidos, deixou umas pessoas aleijadas, uma morreu." "Caralho!" "Chamam ele de Unabomber." "E onde ele tá agora?" "Ninguém sabe, nunca pegaram." "E as bombas?" "Pararam. Ele desapareceu de vez. Tocou o terror e sumiu."

Fizemos silêncio. *Será que o Cirilo acha que eu ia ser capaz de matar alguém?* Ponderei. *Talvez ele não esteja tão errado. Talvez esse cara também tenha começado com bombas na escola...* Mas julguei melhor não perguntar mais nada, Cirilo poderia desconfiar que eu era algum maníaco. Eu não queria perder outro amigo: "Bom, mas aquela bomba lá não fui eu, não. Se eu soubesse que aquela bosta ia estourar, não tinha tomado aquele susto ridículo e passado vergonha na frente de todo mundo!" "De lei..." Ele concluiu.

Além da suspeita de Cirilo, nunca soube quão grande foi o assunto da explosão ou do desmaio em outras rodas de conversa. Por não serem parte dos círculos sociais de lá, meus pais tampouco se inteiravam das fofocas que circulavam entre as famílias da escola. O que percebi foi que os professores ficaram mais cautelosos comigo, principalmente o Gérson, que parecia mais pensativo e cabisbaixo naquele final de ano.

As alegres bochechas pelas quais os óculos deslizavam para frente e para trás durante as aulas davam lugar a um rosto austero de quem estava passando por poucas e boas. Os rumores diziam que, depois de ser provocado pelos *boys* valentões da 6ª A, ele havia escrito e recitado um texto questionando a masculinidade dos alunos. Ninguém sabia ao certo, mas gargalhamos com versões diferentes de rimas que começaram a circular. Desacostumados a levar a pior, os meninos que andavam de peito estufado pela escola correram para as mamães deles com o rabo entre as pernas. Feito umas Salomés, pediram aos pais a cabeça do Gérson em uma bandeja. Diziam que os tradicionais homens ricos tiveram uma reunião com os padres, que por sua vez proibiram o Gérson de fazer brincadeiras constrangedoras ou dar qualquer aula fora do livro.

Até eu estava sentindo falta das piadas ruins dele. A sala estava preocupada, ele era um dos únicos professores de quem gostávamos e agora, apoiado pelos pais, os meninos da 6ª A tinham recobrado a coragem e faziam campanha para a demissão do Gérson. Eu nem podia imaginar a possibilidade de ele não voltar no ano seguinte para ser nosso professor da sétima série.

No último dia do ano, depois que o sinal bateu, o "Pissor Gérson" pediu que eu ficasse na sala por um momento. Ele desceu do tablado e se sentou ao contrário na carteira em frente à minha, bem ao antigo jeito dele. Cruzando os braços sobre o encosto, informou que soube do meu tio e perguntou como eu estava. "Estou farto de semideuses." Respondi em referência à poesia que ele lera antes do estouro, gerando uma risada maior do que esperava.

"Você ainda conseguiu prestar atenção no poema aquele dia!?" "Mais ou menos... Eu li depois." Ele coçou o queixo: "Do que você gostou?" Dei de ombros, como se o próprio gesto respondesse à pergunta. Ele insistiu. "Pissor, quer coisa mais ridícula que desmaiar no meio da aula? Eu queria poder falar sobre ser ridículo daquele jeito também." Ele mudou o semblante: "Você escreve bem, já tentou escrever poesia?" Balancei a cabeça: "Eu não, só escrevo num caderno coisas minhas, mas meu vô escreve poesias." "Ah, é?" "Sim, mas ele não é nenhum Fernando Pessoa."

Gérson deu a ajeitada costumeira nos óculos, colocou os braços cruzados sobre o peito e inclinou para trás, como que para me examinar melhor. "Por que você não segue o exemplo do seu avô?" Olhei para a porta da sala e de volta para ele: "Porque eu também não sou nenhum Fernando Pessoa. Pra que vou gastar tempo escrevendo pra ninguém?" "Você leu as poesias do seu avô, não?" "Bom, pissor, quando eu tiver um neto, talvez escreva algo pra ele também." Sorri, querendo encerrar a conversa, e ele percebeu meu desconforto, mas continuou: "Estou aprendendo que nem sempre é boa ideia deixar esse tipo de coisa pra depois..."

Olhei para os olhos tristes dele: "Você é diferente, pissor, todo mundo gosta de ouvir você." "Talvez, mas isso também não significa que me achem um Fernando Pessoa, ou que muitos alunos memorizem versos dele que li. Ainda assim, mesmo antes de saber que você fez isso, havia ficado feliz em ler com vocês um texto que amo." Sem saber o que dizer, ergui as sobrancelhas e torci os lábios. Ele apertou meu braço com carinho e se despediu desejando boas férias, e novamente sentimentos pelo meu tio. Respondi dizendo que esperava vê-lo no ano seguinte.

Permaneci na sala por um tempo pensando se deveria falar para Vô Fonso que as poesias dele foram assuntos entre mim e meu professor de Português. Achei que assistiríamos juntos à final do Mundial Interclubes na madrugada do dia 13 de dezembro, mas acabei desistindo. Como ele vira a decisão da Libertadores comigo, Tia Bárbara fez questão que aquela final fosse na casa dela. Porém, por alguma razão, meu pai cancelou, e eu não estava com muito ânimo para aguentar a família do Tio André.

Acabei ficando em casa com Daruma, o pé de coelho, o patuá e o marcador do Smilinguido. Enfrentaríamos o todo-poderoso Barcelona, que contava com astros como Zubizarreta, no gol, Guardiola, no meio-campo, e Stoichkov, no ataque. O jogo mal tinha começado, e o búlgaro logo abriu o placar para os catalães. Normalmente eu teria vontade de chutar a casa inteira, mas olhei para o Daruma, e ele parecia cansado. Eu me sentia sozinho e não merecedor de alegria alguma. *Tá certo.* Disse baixinho, desliguei a televisão, apaguei as luzes e me deitei.

Poucos minutos depois, Muller avançou pela esquerda, deu um drible desconcertante no marcador e cruzou para Raí empatar o jogo. Deitado, de olhos abertos, ainda ouvi os berros na janela, mas estranhamente não me levantei. Queria dormir, mas não conseguia. Desci da cama, me coloquei de joelhos ao lado dela, entrelacei as mãos e rezei uma ave-maria. Lembrei do Rodrigo, o menino que morreu no estádio, e do goleiro Alexandre: "Se estivessem vivos, eles estariam assistindo ao jogo ou estariam em Tóquio agora." Dei-me conta que ainda estava de joelhos: "Deus, eu não ligo de morrer cedo, nem morrer da doença da família, só não quero enlouquecer que nem minha vó ou ser uma pessoa má... Me ajuda a viver uma vida boa que nem a do Tio Camilo. Amém."

Quando acordei na manhã seguinte, soube que Raí marcara o gol do título com uma das cobranças de falta mais bonitas da história. Quando eu poderia imaginar que o São Paulo seria campeão mundial de clubes pela primeira vez sem eu nem assistir ao jogo? *Talvez eu só atrapalhe mesmo.* Voltei a pensar.

Continuei o resto das férias da escola e da natação em casa. Minha mãe estava trabalhando, e com meu pai não falava há algum tempo. Meus vizinhos do 119 e Jônatas tinham ido viajar, e Jaques ainda estava sem falar comigo. Sem achar mais graça nos canais da televisão aberta, eram Mari e os programas evangélicos que ela escutava no rádio que me faziam companhia.

Em um deles, ouvi um pastor dizendo que algumas pessoas só mudam depois de chegarem ao fundo do poço. Minha mãe vivia falando o mesmo. Eu não compreendia bem o que seria tal lugar. Eu havia perdido Tio Camilo, minha avó, meu vizinho e Belinha, que nunca tive. Meus pais se divorciaram, e tudo que tentei fazer depois pareceu dar em merda. Nem mesmo competir no estadual, a que me dediquei tanto, consegui. *Eu acho que mergulhei é de cabeça nesse tal poço!*

Nunca recebi instruções sobre como se deveria sair de um fundo de poço, nem fazia ideia de como tal feito era sequer possível. As paredes de um poço são úmidas, redondas, cheias de musgo e escorregadias. Além disso, o lugar é um buraco escuro de onde só se pode ver um fiapo do resto do universo quando olhamos para cima. Ouvira de Vó Vicência as únicas duas histórias de queda em poço que conhecia. A primeira era a de um menino que foi encontrado depois de dias gritando por socorro, e a outra a de um burrinho que acabou caindo lá dentro e teve que ser sacrificado. Fosse como fosse, não fazia ideia do que fazer para sair de onde estava.

Desde o suicídio de Tio Camilo, minha mãe parecia menos distante. Até havia deixado um bolo de coco na geladeira sem motivo algum. Pouco antes do Natal, me convidou para ir à uma livraria comprar algum livro. Aceitei. Lá, escolhi um de quadrinhos da Mafalda, ela pegou um exemplar de "Diana – sua verdadeira história." A Princesa de Gales tinha acabado de oficializar a separação do herdeiro do trono britânico e, segundo minha mãe, tornara o divórcio parte do conto de princesa.

Enquanto aguardávamos para pagar, ela admirava a capa do livro, como criança olhando um gibi de seu super-herói favorito. Pela primeira vez, a vi como a garotinha que cresceu pobre em Ribeirão Preto, sobre quem eu ouvira muito falar. Quantas vezes ela não deve ter querido comprar uma revistinha e apanhou só por pedir? Naquele momento, a raiva que sentira dela pareceu sem sentido. Mesmo assim, ainda tive medo de abraçá-la.

No Natal, ela preparou uma ceia só para nós dois. Seguiu a receita do livro da Dona Benta para fazer um tênder, comprou um CD do Pena Branca e Xavantinho especialmente para a ocasião, e sentamos juntos à mesa, ouvindo Raízes, Tocando em Frente, Calix Bento e outros sucessos. Ao final das músicas, nos levantamos, guardamos as sobras e lavamos a louça. "Espera aqui na cozinha." Ela me falou enquanto foi até o quarto.

Voltou com duas caixas. "Esse ano eu vou te dar dois presentes de Natal!" (Seu Carlos já havia avisado que não tinha dinheiro para nada, "nem pra presentes"). Eu abri, era uma Levi´s 501 e um Nike Air Max original. "A Rute me ajudou a escolher, é pra você sair com seus amigos." Olhei agradecido. "Eu posso ir na escola com eles, mãe?" "Na escola?" Ela arregalou os olhos hesitantes... "Tá bom, se você prometer que não vai sujar, pode ir." Sorri.

"Filho, deixa a mamãe falar uma coisa..." Olhei pra ela. "...foi um ano difícil pra todo mundo. Teve o divórcio, a morte do seu tio, nós também tivemos nossos momentos. No fim, somos nós dois aqui nessa casa, e a gente precisa conviver bem..." Olhei pra baixo. "Então, é Natal, logo vai começar um ano novo, vamos tentar recomeçar também. Eu tô indo em um lugar cuidar um pouco de mim, vou começar um tratamento, talvez nos ajude também." "Que tratamento?" "Um pra me ajudar, nada que você precisa se preocupar." Ela proferiu, como se tais frases não tivessem justamente o efeito contrário.

"Eu falei com sua tia, sei que você não gosta muito da igreja dela, mas combinei que você passaria uns dias lá enquanto eu me trato. É por nós... E você também poderia fazer um esforço de buscar uma religião de verdade. Se você se esforçar do seu lado, e eu me esforçar do meu, quem sabe a gente consegue se entender, não acha?" Eu acenei com a cabeça sem saber o que mais dizer.

Viajaríamos no dia primeiro de janeiro bem de manhãzinha (ela me deixaria no acampamento e seguiria para o retiro). Portanto, no dia 31 fomos dormir cedo. Antes de me deitar, ajoelhei ao lado da cama novamente para rezar. Eu me sentia confuso e sozinho. Além das infelicidades daquele ano, os últimos dias de dezembro trouxeram duas histórias que pararam o país e mexeram com minha cabeça.

A primeira envolveu os atores que interpretavam o casal Yasmin e Bira na novela *De Corpo e Alma*, de autoria de Glória Perez. A atriz era Daniella Perez, filha da autora, e o ator, Guilherme de Pádua. No dia 28 de dezembro, o casal de atores interpretou o fim do romance entre Yasmin e Bira. Logo após as gravações, Guilherme desabou a chorar. Inquieto, procurou Daniella, entregou a ela dois bilhetes e deixou os estúdios onde a novela era gravada. Depois, foi até o apartamento onde morava em Copacabana buscar sua esposa Paula, grávida de quatro meses. Com ela, voltou aos estúdios da Globo, onde Daniella continuava gravando. Chegando ao local, o ator terminou as cenas devidas enquanto a esposa aguardava escondida no Santana do casal.

Quando as gravações terminaram à noite, Guilherme e Daniella retornaram para seus respectivos veículos. Ela saiu do estúdio dirigindo o Escort dela sem notar que o colega a seguia. No meio do trajeto, ele fez os carros colidirem. Os dois desceram de seus automóveis e Guilherme desferiu um soco na colega, que caiu desacordada. O ator colocou o corpo inconsciente de Daniella no banco de trás do Santana, agora dirigido por Paula, e tomou a direção do Escort da atriz.

Ambos guiaram até um terreno baldio, sob a escuridão da lua nova, moveram Daniella até um círculo queimado no meio da mata. Lá desferiram facadas no peito do corpo desacordado da atriz. A morte foi anunciada no dia seguinte, o mesmo em que Fernando Collor renunciou à presidência da República. Não havia outro assunto na boca das pessoas. Uns falavam que era tudo jogo de interesses, outros que aquilo era o que havia de pior no ser humano, e muita gente afirmava de pé junto que ele tinha parte com o demônio.

Com as mãos cruzadas sobre meu colchão, no último dia do ano rezei mais uma vez pedindo ajuda para não enlouquecer, nem virar uma pessoa má. Deitei-me e fiquei de olhos arregalados por um bom tempo, mas logo dormi.

Meus sonhos me levaram de volta para o espaço. Estava em minha antiga nave toda escura, à deriva vagando no espaço. Acendi uma vela e, sob a fraca luz produzida, caminhei para dentro da embarcação. As câmaras internas da nave pareciam as do submarino nuclear do filme *O segredo do abismo*. Passei de uma à outra câmara, não encontrando nada além de ferragens e tubulações, até que entrei em uma câmara maior e tropecei em algo. Aproximando a vela, identifiquei a carcaça do gato que Jaques havia matado com uma bomba. Levantei-me e percebi estar rodeado por cadáveres no chão: Rodrigo, Alexandre, Tio Camilo, Daniella Perez e, ao lado dela, a boneca toda despedaçada. Acordei ofegante em meio aos fogos de artifício. *Já é 1993*, pensei aflito.

1993

Um poço, uma poça, um lago

O acampamento da igreja era no mesmo rancho que eu fora em junho do ano anterior. A rotina envolvia mais cultos, palestras passionais sobre morais estranhas, leituras e vídeos que eu não entendia. Ainda assim, eu estava em paz ali. Nos horários livres, quando eu pescava no laguinho, caminhava descalço na terra vermelha ou sentia o cheiro de mato molhado entrando no meu corpo, percebia o quanto precisava respirar fora do sufoco de São Paulo.

Da família, apenas Rute e Lili estavam no acampamento. Dezito, depois de um ano de cursinho, tentava pela segunda vez passar na Fuvest. Além das minhas primas, vi também Ester. Desde o incidente do sutiã, eu não falava com ela direito por vergonha, portanto evitava que nossos caminhos se cruzassem ali também.

Rute estava empolgada com o palestrante do evento, um pastor estadunidense que se hospedara uns dias na casa deles. Vira e mexe os dois trocavam algumas palavras em inglês na minha frente. Eu apenas sorria e acenava, tentando me livrar daquele constrangimento o quanto antes.

Por meio de um tradutor, nos cultos, ele apregoava sobre o perigo das "músicas do mundo", expressão nova que, para minha surpresa, não tinha outro significado que não o literal. *Rock* ou *pop*, samba ou frevo, MPB ou moda caipira, qualquer música deste mundo (com exceção da feita pela igreja) era pecado. Deus só gostava de ouvir *gospel*.

Outra vez eu levara a Bíblia que Mari me presenteou de aniversário e, por recomendação de Rute, decidi ler o evangelho de Mateus na hora do estudo bíblico. Deitado na parte superior do beliche, abri o livro e, de imediato, vi que não fora uma sugestão boa, pois o texto começava com uma árvore genealógica enorme, a qual pulei. Depois, vinha a história do Natal, que eu já conhecia dos livrinhos do catecismo, umas palavras difíceis de entender sobre João Batista, o deserto, o diabo e "a terra de Zebulom e Naftali".

Folhei aquilo rapidamente e meio desanimado até chegar na parte em que Jesus sobe ao monte. Lá, ele começa abençoando os pobres de espírito, os que têm fome e os que choram. *Talvez tenha alguma bênção aqui pra mim também.* Pensei com ironia, tentando me proteger da esperança. Mas, logo em seguida, o messias assumia um tom grave, alertava sobre o "não matarás" e "não adulterarás", que eu ouvira na catequese, com um rigor inimaginável: "Se o teu olho direito te faz tropeçar, arranca-o e lança-o de ti; pois te convém que se perca um dos teus membros, e não seja todo o teu corpo lançado no inferno."

Uma das músicas do mundo veio à mente: "Você vai morrer e não vai pro céu. É bom aprender, a vida é cruel." Lembrei da história que Yuki me contou sobre o Bodhidharma, que arrancou as pálpebras para evitar que dormisse enquanto meditava. Fechei o livro, coloquei-o de lado e me virei de costas no colchão. O sonho que eu tivera há poucos dias não me saía da cabeça e, por essas lógicas que nos tomam nessa idade, me sentia culpado pela morte de todos aqueles corpos presentes na nave.

Será que vou passar a eternidade no inferno? Considerei, apavorado. Vó Preta nunca falava de céu e inferno, e meu pai insistia que o inferno não existia, mas eu considerava ter vivido o suficiente para não apostar minhas fichas no otimismo de Seu Carlos. Sentia que jamais seria capaz de matar de alguém de verdade, feito Cabo Bruno, Unabomber ou Guilherme de Pádua. Ao mesmo tempo, lembrei dos meus ataques de raiva, da bomba no banheiro e da facada na boneca inflável... *Devo tá mais perto de virar um deles do que de arrancar os olhos por não conseguir rezar de madrugada.* Ponderei, sentindo meu estômago revirar. Cruzei os dedos sobre meu peito e continuei olhando o forro de madeira do teto do alojamento, procurando por um veredito, que continuava não achando.

Fiquei ali até chamarem para o culto da noite. No salão de reuniões, depois de cantarmos alguns hinos que eu começava a reconhecer, o pregador gringo abandonou o assunto das músicas para contar uma passagem da vida de Cristo.

"Jesus andava com os discípulos pela região da Samaria. Os judeus e os samaritanos não se gostavam pois, apesar de compartilharem nove mandamentos em comum, tinham um diferente", o pregador explicou. "Enquanto os judeus adoravam Deus no templo de Jerusalém, os samaritanos o cultuavam no templo que construíram no monte Gerizim."

Além do templo, na Samaria também ficava o poço de Jacó. O pastor não explicou quem era Jacó, mas afirmou que o poço ainda existia e que ele inclusive o havia visitado. Seja qual fosse a importância do poço antes, para os cristãos ele ficou famoso porque, sob o Sol do meio-dia e cansado da viagem, o messias se sentou perto dele para descansar.

Nesse momento, uma mulher samaritana veio tirar água, e Jesus lhe pediu um gole. Ao ver que a mulher se assustou por um judeu falar com ela, Cristo disse: "Se você soubesse o que Deus pode dar e quem está lhe pedindo água, você pediria, e eu lhe daria a água da vida." A mulher reparou que nem balde o judeu tinha para tirar água alguma. Jesus continuou: "Quem beber desta água terá sede de novo, mas a pessoa que beber da água que eu lhe der nunca mais terá sede. Porque a água que eu lhe der se tornará nela uma fonte de água que dará vida eterna."

A samaritana pediu a tal água eterna, pois estava cansada de ter que ir todo dia ao poço. Cristo pediu que ela fosse então chamar o esposo e voltasse, ao que ela respondeu não ter marido. "Você falou a verdade, já teve cinco maridos, e este que está com você agora não é seu marido." Jesus respondeu. Reconhecendo estar diante de um profeta, a samaritana perguntou em qual templo era correto adorar a Deus, no templo dos judeus ou no dos samaritanos. O Messias respondeu que nem em um lugar, nem em outro, mas que o culto a Deus deveria acontecer no espírito e na verdade.

Eu havia entendido tão pouco das disputas entre judeus e samaritanos quanto havia compreendido sobre as disputas sobre palmas, datação da Terra ou músicas, porém, pela primeira vez, achei bonitas as palavras que ouvi. *Se eu estiver no fundo de algum poço que eu não consigo entender, Jesus, vem me tirar daqui.* Rezei baixinho.

De repente, o piano começou a ser dedilhado. Com uma voz mais calma e doce, o pregador perguntava por meio de seu tradutor: "Você também tem segredos que acha estar escondendo de Deus?" "Você quer beber a água da vida?" "Você gostaria de adorar a Deus em espírito e verdaaade!?" "Se você deseja essas bênçãos na sua vida, eu te convido a aceitar Jesus como seu Senhor e Salvador."

Pretensamente discretos, alguns olhares se voltaram em minha direção. Eu era uma das poucas pessoas que não faziam parte da igreja, tampouco compreendiam o que seria aquela aceitação de Jesus na qual o clérigo norte-americano não parava de insistir. Eu sabia que fora batizado quando bebê e cumpri a maioria dos requisitos para receber a primeira comunhão. Que outra obrigação ainda me faltava? Eu só queria ser um bom colega na escola, um bom vizinho, um bom parceiro de treino, um bom filho... E isso já parecia tão difícil.

Sentado em uma cadeira no meio da plateia, minha mente acelerava: *Eu não sei o que fazer, mas em que me ajuda esse Jesus daqui? Parar de falar palavrões, estudar mais a Bíblia e rejeitar o Nirvana vai mudar o quê? Eu não quero ir pro inferno, meu Deus, não quero! Também não quero viver um inferno agora, nem infernizar a vida de ninguém.* Naquele momento, senti uma saudade enorme de Vó Preta. Como se eu pudesse falar com ela, repetia: *Eu só quero ser melhor que isso, eu só quero ser melhor que isso...*

À medida que eu proferia aquele mantra, perdi a consciência da banda tocando e do pastor falando cada vez mais intensamente pelo microfone. *Eu só quero ser melhor que isso, eu só quero ser melhor que isso...* Uma primeira lágrima rolou e logo se converteu em um choro descontrolado. Curvado sobre os joelhos, tentava abafar meus soluços. Abri os olhos embaçados, vi o chão molhado e me perguntei como aquela aguaceira toda saía de mim.

Senti um toque humano nas costas, que logo foi seguido por outros. Sem saber o que aconteceria, levantei a cabeça e vi uma pequena multidão em volta da pequena poça d'água que eu criara. Um homem sorridente ofereceu a mão para eu levantar e me abraçou. Depois foi a vez de uma senhora e de um jovem, com o rosto também coberto de lágrimas. Em meio àquele maremoto de emoções, me deixei ser amparado pelo afeto daquelas faces desconhecidas.

Até que, sem conseguir disfarçar suas dúvidas, um rosto familiar apareceu: Ester, minha colega de sala. Sem graça, apenas consegui dizer: "Eu não sei por que tô chorando tanto." "Tudo bem." Ela replicou, e estendeu ambas as palmas das mãos em minha direção. Também desconhecendo o que seria apropriado, me aproximei vagarosamente para abraçá-la. "Eu tô feliz por você." Ela disse e saiu. Rute também veio me consolar e, ao mesmo tempo em que recebia sedento aquele carinho, ficava progressivamente menos confortável com ele: *Será que a Ester e a Rute acham que eu me converti pra religião delas? Eu estou me convertendo pra religião delas!?*

Durante os dias que restaram, participei dos estudos com prazer e memorizei alguns hinos. O verso que eu mais gostava de cantar era: "Nada, nada poderá nos separar do amor de Deus." Eu e Ester nos encontramos mais algumas vezes e, quando o fizemos, trocamos apenas um sorriso sem graça. Eu queria dizer que estava confuso, pois não sabia se desejava me tornar protestante. Ao mesmo tempo, queria comunicar que eu sabia quão idiota foi puxar o sutiã dela, e que ela soubesse que eu havia me arrependido daquilo também... E que sempre a admirei por ser a colega mais generosa da sala. Porém, por mais que eu ensaiasse várias versões desse discurso na cabeça, palavras algumas soavam adequadas e, assim, permaneceram não ditas.

Quem veio querer saber mais sobre o que eu estava pensando foi Lili. Enquanto eu pescava na última tarde do retiro, minha prima se aproximou devagar: "Já pegou alguma coisa?" Olhei para ela: "Pouca, você sabe que eu não pesco bem." Disse, em referência a competições que tínhamos na fazenda do pai dela. Ela bagunçou meu cabelo e perguntou: "Posso ficar com você um pouco?" Estranhei, mas esfreguei a mão no chão, como se pudesse limpar a terra dela mesmo para que Lili se sentasse. Ela o fez e logo perguntou: "Cê vai começar a frequentar nossa igreja?" Voltei a olhar para a linha de pesca: "É... Eu tô pensando, mas final de semana sempre tenho competição. Além do que, sempre falei que minha religião era o futebol." Dei um sorriso, Lili não riu, e voltei a olhar para o lago.

Com o canto do olho, percebi que ela tentava me fitar: "Eu acho que nunca tinha te visto chorar daquele jeito... E olha que perdi a conta de quanto te vi chorar." Ela falou meio que pensando alto. Tirei o anzol da água, os peixes tinham levado a isca outra vez. Lili ergueu as sobrancelhas, esperando alguma resposta. "Sei lá, acho que senti Deus comigo, mas como a gente sabe se é Ele mesmo?"

Ela pareceu fazer força para pensar: "Também não sei. Frequento a igreja desde pequena e... No começo eu adorava, mas agora... Bom, não quero falar nada que estrague..." Ela olhou para cima e continuou. "Eu nunca chorei como você chorou, Afonso, Deus ou não, eu nunca senti nada assim." Olhei para baixo: "Talvez você não precise. Eu tinha muita coisa dentro de mim. Acho que foi o jeito que elas encontraram de sair." "Todo mundo tem muita coisa dentro de si." Ela replicou enquanto rabiscava a terra com o dedo. "As suas vão achar o jeito delas também, Lili." Ela espremeu os lábios em silêncio. Continuei: "Além do que, fiquei meio envergonhado depois de chorar na frente de todo mundo." Ela riu. "Eu mal posso esperar pra ver sua cara quando minha mãe souber." Arregalei os olhos lembrando de Tia Bárbara, e Lili deu uma risada gostosa.

    Ficamos ali em silêncio olhando para o lago, notei que o Sol estava se pondo e coloquei as tralhas de pesca de lado. Ela abraçou os próprios joelhos, colocou a cabeça no meu ombro e, juntos, vimos o horizonte se alaranjar inteiro.

Festejos

Minha mãe parecia também ter conseguido espantar alguns de seus demônios no retiro que fizera. Estava curiosamente alegre, havia enchido a geladeira de doces e a casa de flores. Além disso, veio toda animada contar a novidade: "Filho, tenho uma notícia para te dar, espero que você fique feliz!" Perguntei qual era. "Lembra do Hu, amigo do seu pai?"

Hu foi padrinho de casamento do Seu Carlos. Frequentamos muito a casa dele em épocas remotas. Como meu pai costumava dizer, ele era "chinês da China mesmo" e veio ao Brasil ainda menino. Depois de morar em diferentes cidades, acabou fixando residência em João Pessoa, onde passou a adolescência. Mudou-se para São Paulo para ir trabalhar em uma fábrica, onde conheceu meu pai. Hu fez tudo antes que o amigo: foi promovido, se casou, procriou e se divorciou.

"Mais ou menos, mãe... Mas, enfim, o que tem ele?" Ela tomou um gole da água com ameixas secas que estava bebendo pelas manhãs, sorriu e disse: "Ele também estava lá no retiro e..." "E...?" "E nós nos aproximamos e estamos nos conhecendo." Não consegui evitar a expressão de confusão. "Que foi?" Ela perguntou. "Como assim se conhecendo? O Hu, amigo do pai?" "Se conhecendo, filho, como duas pessoas se conhecem!" Achei estranho, mas dei de ombros: "Tá." E fui me levantando da mesa. "Espera." Ela disse. "O Hu nos convidou pra irmos jantar em um restaurante. É coisa muito chique, quer ir?"

"Não, mãe, vão vocês, eu tô com saudades de ficar sozinho em casa." Ela sondou meus olhos. "Tá tudo bem mesmo, né?" "Tá..." Ela fez outra pausa. "E você não está bravo que estou saindo com alguém?" Respirei fundo. "Não, mãe. Sério." "Então, podemos combinar de vocês se reverem outro dia, né?" "Tá." Ela respirou aliviada e secou as mãos no pano de prato.

Poucos dias depois, saí para jantar com eles. Mais outros dias e Hu veio almoçar com a gente. Aos poucos, via ressuscitar a jovial mulher que vivera em casa na minha infância. Da noite para o dia, voltei a vê-la rir com alguma frequência, mesmo que ainda se censurando quando o fazia muito. "Pode rir, Maria, eu adoro quando você dá essa gargalhada gostosa." Hu verbalizava aquilo que eu também sentia, mas não conseguia falar.

Foi imersa naquela animação que ela me acordou e foi abrindo janela. "É domingo, mãããe!" Reclamei, cobrindo a cabeça com o travesseiro. "Que domingo, o quê? É seu aniversário! Parabéns, né? Treze anos, hein! Agora vai!" Ela veio até a cama, se curvou e me deu um abraço. "Acorda, Maria Bonita, acorda vai fazer café, o dia já vem raiando, e a polícia já tá de pé." E saiu do quarto cantando.

"Hoje à noite, a festa é eu, você e o Hu. Ele vai levar a gente pra jantar, que eu não quero cozinhar!" Ela anunciou enquanto eu entrava na cozinha. "Tá." Respondi ainda confuso. "Você almoça lá na casa da sua avó com seus tios, primos e seu pai." "Tá." "E não faz essa cara que é sua família!" Ela me repreendeu. "E o bolo?" Perguntei. "Ah, vai querer bolo e tudo, é?" "Sim, mãe, aquele do Alaska que você sempre compra." Disse, sorrindo. "Você acha que eu não te conheço?" Ela perguntou, retoricamente: "Já encomendei. Tá aqui no *freezer*, a gente corta depois de voltar do restaurante."

A ideia de protestar sobre o almoço cruzou minha cabeça, mas foi embora. Estava com saudades do meu avô. Naquele momento, também pareceu bobo lutar contra certos arranjos.

De certa forma, fez sentido que eu pertencesse àquela família esquisita e cheia de erros. Finalmente, não falei nada por não conseguir resistir à felicidade da minha mãe.

Eu estava quase pronto para sair, quando a campainha de casa tocou. Eram Jônatas, Kanji e Yuki. No dia anterior, eles tinham organizado uma bagunça no clube com direito à ovada e tudo mais. Ainda assim, fizeram questão de passar em casa para me dar parabéns no dia certo.

Minha mãe gritou de dentro: "Não seja bicho do mato, Afonso Carlos, manda todo mundo entrar!" Obedeci. Demos risadas, nos despedimos felizes, e eu saí para o almoço.

Como era tradição, de presente de aniversário, minha vó me deu algumas camisetas 100% algodão (poliéster ainda irritava minha pele) e, ainda animadas com minha participação no acampamento, Tia Bárbara e Rute me deram um livro evangélico intitulado "*O Discípulo*". Agradeci, constrangido. Depois, Lili veio sussurrar no meu ouvido: "Eles finalmente tão conseguindo te converter?" Sorri. "Não sei ainda, Lili. Acho que um pouco." Respondi.

De posse do caderno de esportes, Dezito conversava empolgado com Vô Fonso. Só dava o campeão mundial em todas as competições. Havíamos iniciado o ano vencendo a Copinha de Juniores em cima do Corinthians, e a Libertadores havia acabado de começar. "Agora, eu nem quero saber de Paulista ou Brasileiro, só Libertadores ou Mundial." Opinei. Tio André e Silmara bebiam cerveja quietos no sofá enquanto as outras mulheres preparavam os famosos tagliarini e frango assado sob o firme comando de Vó Altina.

Assim que o almoço foi servido, os adultos começaram a debater empolgados sobre o plebiscito – pela Constituição de 1988, naquele ano deveríamos decidir a forma (Monarquia ou República) e o sistema de governo (presidencialismo ou parlamentarismo) que o Brasil teria. Pela primeira vez ouvira falar da família real brasileira, "a Casa de Orleans e Bragança". "A família da mamãe era da corte." Tia Bárbara afirmou, fazendo Tio André gargalhar. "Me desculpem, é que eu lembrei de algo engraçado." Ele se corrigiu, ironicamente. "A senhora era Orleans e Bragança também?" Silmara tentou agradar a nova sogra. "Não, meus primos, mas eu não vou contar pra ficarem caçoando de mim." Replicou Vó Altina. "Não importa, eu vou votar pela Monarquia. Essa República nunca deu certo, pelo menos na época do Império as pessoas eram mais decentes..." Defendeu Tia Bárbara.

Enquanto o assunto continuava entre eles, como era comum em nossa família, comecei uma conversa paralela perguntando a Dezito se ele poderia me ensinar a dirigir. Ele riu e disse que poderia me dar aulas de guitarra se eu quisesse. Eu sabia que era uma daquelas ofertas só por educação, mas nem isso me importunou. "Combinado!" Respondi como as pessoas normais faziam, sabendo que tais aulas jamais aconteceriam.

Meu primo estava todo pimpão por ter passado no vestibular depois de só um ano de cursinho. Faria Direito no prestigiado Largo São Francisco. Alguns dias antes, Tia Bárbara deu a notícia para a ex-cunhada por telefone. Os olhos da minha mãe até se encheram de lágrimas, tamanha a emoção. "Tá vendo, Afonso Carlos, se seu primo conseguiu, você também consegue um dia." *Como eu vou falar pra ela que eu não quero ser nem advogado, nem médico, nem engenheiro?* Pensei naquele momento.

Quando eu era pequeno, disse a ela que queria ser bombeiro. Ela quase caminhou uma maratona pelo apartamento enquanto abria e fechava portas, resmungando sozinha: "Tsc, a gente trabalha feito uma camela pra pagar escola achando que os filhos vão escolher uma carreira de respeito e aí vem a televisão e estraga tudo... Gosta de mexer com fogo, onde já se viu? Em tudo nesse menino tem que ser diferente, tuuu-do!"

Depois de todos satisfeitos, Vó Altina colocou um pote de bananada e um bolo de coco enorme na mesa. Antes dos parabéns, minha madrinha lembrou que também estávamos celebrando a conquista inédita de Dezito – ele seria o primeiro membro da família a estudar na USP.

Depois que assoprei as velinhas, Seu Carlos e Silmara saíram logo. Na saída, de presente, ele me deu um envelope com um cheque e a promessa de que me avisaria quando eu pudesse depositá-lo. "A situação continua difícil, filho, inflação ainda tá 30% ao mês... Com minhas dívidas, você entende, né?" Acenei com a cabeça. "Mas temos um presidente novo, vamos torcer pelo Itamar que logo, logo te dou seu presente." "Tá." "Enquanto isso, levanta as mãos pro céu pela Silmara, filho, não fosse ela me ajudar, nem sei o que faria agora." Ele me deu um abraço apertado e se foi.

* * *

A situação financeira do ex-marido contrastava com a do novo namorado da minha mãe. "Uma camisa oficial do Charles Barkley! Como? Como!?" Exclamei boquiaberto ao abrir o presente que Hu me entregou antes de sairmos para jantar. Eu estava empolgado novamente com o basquete americano. Desde a transferência do Barkley para o Phoenix Suns, meu ídolo brigava com Michael Jordan pelo título de jogador mais valioso da liga. Ainda assim, sabendo que os acessórios importados custavam o olho da cara, havia desistido de possuir algum.

"O Hu perguntou que presente de aniversário mais te surpreenderia, o Hu é assim, cheio das perguntas difíceis como você, filho." Frente ao meu choque, minha mãe continuou a história do presente. "Então eu interfonei pro Kanji e pedi ajuda, acho que ele acertou, né?" Ela disse, olhando para o namorado. "Enfim, agradece ao Hu. Fui à loja com ele e, pra ser sincera, achei um absurdo gastar essa fortuna numa camiseta regata cheia de furinho que mal pano tem, mas ele fez questão de comprar." "Obrigado!" Disse, ainda sem jeito, e demos um firme aperto de mão de homem – ainda não éramos de nos abraçar.

"Falta uma parte do presente, você precisa escolher onde quer jantar." Disse meu recém-chegado padrasto. "Ih, eu só conheço os restaurantes que vou com minha família." "E de qual deles você gosta mais?" Olhei para camiseta, pensei, olhei para minha mãe e perguntei: "A gente pode ir em um lugar diferente?" Ele também olhou para a namorada, que respondeu: "Claro filho, se não for muito caro." "Eu queria ir comer *sushi*." "Peixe cru!? Você tem certeza? Esses lugares são caros pra gente chegar lá e você não comer." Minha mãe interveio.

Na época em que saíamos para comer, normalmente íamos a churrascarias, pizzarias, cantinas ou, de vez em quando, um restaurante árabe. *Sushi*, de jeito nenhum porque Tia Bárbara tinha nojo. "É, mãe, na escola todo mundo fala que é gostoso, eu queria provar. Além do que, eu sempre acho gostosas as coisas japonesas que a Yuki me dá pra comer." "Eu conheço o lugar perfeito!" Hu pulou da cadeira.

Ele nos levou a um restaurante chamado Shin-Zushi no Paraíso. Assim que entrei, vi que era muito diferente dos lugares que íamos. *Tia Bárbara não ia gostar daqui.* Pensei, satisfeito. Nós nos sentamos no balcão, e Hu, que já conhecia o *sushiman*, pediu os mais variados frutos do mar para eu provar. Eu não sabia dizer se era gostoso ou não, mas era completamente diferente dos sabores e texturas com que eu estava acostumado. Eu fechava os olhos e parecia estar provando sensações de outro mundo. "Benzadeus!" Disse minha mãe enquanto voltávamos para casa. "Eu nunca achei que você ia comer *sushi* com tanto gosto." Ela exclamou, admirada. Chegamos, cantamos parabéns, e ainda comi a maior fatia de bolo de sorvete da minha vida.

* * *

O dia seguinte ao que completei 13 anos foi o primeiro do novo ano letivo. Quando entrei no ônibus, a pequena Maia ainda se lembrou do meu aniversário e pediu que eu chegasse o ouvido bem perto da boca dela para me cochichar os parabéns. Chegando na escola, porém, o clima não era festivo. Nossas suspeitas foram confirmadas e, ao contrário do esperado, o Professor Gérson não nos daria aulas naquele ano. Ninguém sabia o que acontecera com ele, nem onde ele estava. Concluímos que os padres haviam decidido mandá-lo embora.

Sem mais informações, fomos dispensados de nossas aulas de Português durante a semana inteira. "Cadê o Pissor Gérson?" "A escola mandou ele embora?" "O que aconteceu?" Eram várias as perguntas, e ninguém nos respondia. Na segunda-feira seguinte, sem aviso nenhum, surgiu o substituto. Coube àquele infeliz homem ouvir perguntas indignadas para as quais ele parecia ter tão poucas respostas como nós. Com um forte sotaque gaúcho, o tal de Professor Mário Sérgio apenas disse: "Eu sei que vocês gostavam muito do professor antigo, mas quem está aqui agora sou eu. Vamos trabalhar que a vida já é curta, não vamos deixar ela ser pequena!"

Por alguma dessas condições que surgem de tempos em tempos e ninguém explica direito, tivemos a coragem de não começar a trabalhar porcaria nenhuma. Em um movimento surpreendente, Ester se levantou e voltou a se sentar em silêncio, de braços cruzados e de costas para o tablado. Cirilo imediatamente a seguiu, depois foram Fernando, o primo do Mustafá, eu, Belinha e todo o resto da sala. Um por um, *boys*, *patys*, normais e pobres se recusaram em uníssono a serem parte daquilo.

O novo professor começou a nos admoestar cheio de eloquência, mas depois de alguns minutos, sem que aquilo surtisse efeito, passou a gritar e a espernear. Nada nos estremeceu. Farto e vencido, ele deu um brado final: "O indivíduo não pode tudo, mas pode alguma coisa!" Arremessou o livro didático no lixo e saiu da sala batendo o pé. O curto período de silêncio foi seguido de risos, abraços e celebração como aquela sala nunca vira.

A comemoração durou pouco. Na quarta-feira, Ester foi suspensa e, em vez de Português, teríamos aulas de religião com o Paulo. Sem ela, não houve acordo do que fazer. Alguns escreveram "Volta, Gérson!" e "Justiça para Ester!" na lousa, outros fingiram dormir em aula. Sob a voz monotônica de Paulo, nosso pequeno ato de desobediência civil foi minguando até se transformar em má vontade. Assim a questão foi empurrada até o Carnaval.

* * *

"Filho, se você não aguentar e dormir, eu posso te acordar quando sua madrinha aparecer!" Minha mãe estava tão alvoroçada que até deixara papéis bagunçados na escrivaninha. Eu me esforçava para partilhar da empolgação, afinal, ela continuava feliz. Dessa vez, era porque Tio André e Tia Bárbara participariam do desfile das escolas de samba do Rio de Janeiro. Depois de conhecer um pouco mais a igreja dela, eu achava ainda mais estranho que minha madrinha, tão pudica em relação a todos os outros aspectos da vida, amasse tanto o Carnaval. Ela mesma não gostava de falar sobre o assunto, mas era inegável o prazer que sentia quando minha avó ou qualquer outro lembrava que, nos anos 60, antes de mudar de religião, ela fora eleita princesa em vários bailes.

"E agora tem até chance de ela aparecer na televisão!" Exclamou a ex-cunhada, que havia sido encarregada de gravar a transmissão no videocassete. "Entre os carnavalescos, o mais chique é Joãozinho Trinta, quer dizer, era." Minha mãe continuou contextualizando a relevância daquele histórico evento familiar. Disse que deixou de gostar do carnavalesco depois daquele papelão no desfile de 1989. Naquele ano, a escola de samba Beija-Flor colocou um Cristo Redentor coberto por um saco de lixo preto para desfilar rodeado de mendigos e em meio à miséria. "Que horror!" Ela disse, com um asco que parecia ensaiado.

Sempre que ela falava assim, eu sabia que estava repetindo algo que ouvira da Tia Bárbara. O ponto daquela história era me informar da razão de não desfilar pela Beija-Flor, mas sim pela Imperatriz Leopoldinense, "que todos estão falando que está preparando um desfile muito luxuoso esse ano." O enredo era "Marquês que é Marquês do sassarico é freguês", uma homenagem ao Marquês de Sapucaí, "que inclusive foi o responsável pela educação da princesa Isabel."

Faz sentido que minha tia vá desfilar pela escola que tá falando da monarquia no Brasil e não por aquela que cobriu Jesus com um saco de lixo. Pensei sem falar, ouvindo em silêncio minha mãe discursar mais alguns minutos até ela considerar que a trama estava estabelecida para eu poder apreciar o clímax: minha madrinha aparecer na televisão toda fantasiada em meio a artistas e famosos.

Apesar do sono enorme e de nunca entender direito os desfiles, o desafio de varar a madrugada sem dormir me mantinha acordado. Fiquei de olhos abertos junto com minha mãe e Hu, tomando Coca-Cola até o estômago doer. Ainda assim, a Imperatriz seria a última a desfilar. Quando eles estavam prestes a entrar na avenida, meus olhos mais fechavam que abriam. Minha mãe pediu para eu ligar o videocassete. "O Hu sabe fazer, mãe." Resmunguei, com preguiça. Ainda que fosse só apertar um botão, ela não quis correr riscos. Julgou que não deveria confiar tão importante responsabilidade ao novo namorado e me puxou do sofá.

Eu apertei o botão para iniciar a gravação e voltei a me sentar. Sabia que fechar os olhos naquele ponto não seria ofensa facilmente esquecida, portanto fiz das tripas coração para mantê-los abertos. Depois de vinte minutos, entrou a ala em que Tia Bárbara estaria, e um câmera da Rede Manchete encerrou nossa espera. Por três segundos, a irmã do meu pai apareceu dançando e sorrindo na televisão. "Sua tia, sua tia! Olha lá, Afonso Carlos! Olha! Para todo o Brasil ver, filho! Que luxo!" Minha mãe gritou, tomada de emoção. *E eu que achei que nunca mais ia ver ela feliz assim...*

Reparos e aproximações

Na manhã depois do Carnaval, o zum-zum-zum era em volta de Fernando e Belinha. Os dois estavam namorando. De um lado, meninas perguntavam todos os detalhes da história, de outro, meninos falavam de qualquer outro assunto, tentando manter a pose. De repente, tais conversas foram interrompidas pelo diretor da escola, que entrou em nossa sala acompanhado pelo professor Paulo.

Eles esperaram que nos sentássemos, Paulo nos cumprimentou e iniciou o assunto: "Pessoal, não contamos a situação antes para não causar preocupação e porque o Gérson quer passar por esse momento com tranquilidade. Porém, temos falado pra ele do que tem acontecido. Ele ficou muito emocionado com o carinho de vocês, mesmo não podendo estar aqui. A razão é porque o Gérson está com um problema sério de saúde!"

Foi só depois de alguns segundos que Fernando quebrou o silêncio: "Ele vai morrer?" Paulo ergueu as sobrancelhas: "Ele está lutando, e estamos todos rezando pela saúde dele." "A gente quer ver ele!" Alguém berrou. "Eu entendo, mas a saúde dele está muito frágil. Ele não pode receber muitas pessoas, pois não pode correr o risco nem de pegar um resfriado. Por que vocês não escrevem para ele? O Gérson vai adorar receber cartas de vocês!" Enquanto assimilávamos as novas informações, Ester levantou a mão.

"Pode falar." Permitiu Paulo. "Acho que todo mundo tá triste pelo Professor Gérson, e a gente entende que ele não pode estar aqui. Mas nada disso justifica vocês não terem falado com a gente antes. Ninguém sabia de nada, como se não importasse pra gente o que aconteceu com nosso professor. Daí aparece esse Professor Mário Sérgio, que nem sei por que vocês contrataram, chegando aqui cheio de prepotência sem nem tomar o tempo de conhecer a gente. "

Paulo olhou para o diretor da escola, que interrompeu Ester: "Podem parar por aí! Tudo que fizemos, fizemos de maneira respeitosa, pensando no melhor para vocês e para o Professor Gérson, que não está passando por algo fácil." Para minha surpresa, eu interrompi o Diretor: "Ainda assim, vocês tinham que ter vindo falar com a gente antes, ao invés de jogar aqui um cara que caiu de paraquedas, querendo dar lição de moral. Daí, depois de suspenderem a Ester, vocês vêm dar explicação. Tá bom, mas ceis não vão admitir que erraram, nem pedir desculpas, nem nada!?"

Quando acabei, vi uns olhares arregalados, o diretor estava vermelho de furioso e aumentou o tom de voz: "Eu acho que está faltando muita empatia para essa classe! O Professor Mário Sérgio é um educador e um ser humano fantástico, que conseguimos contratar às pressas para dar conta do trabalho que o Gérson preza tanto, que é ensinar vocês. Em vez de entenderem a situação e o respeitarem, vocês o escorraçam daqui. Têm que agradecer por não estarem tooodos suspensos. Agora, trabalhamos noite e dia para contratar um novo professor que começará a ensinar amanhã. O Professor Gérson quer que vocês aprendam Português. Se querem deixá-lo tranquilo, é melhor começarem a fazer isso. Se não quiserem respeitar esse momento que estamos passando, enfrentarão as consequências. Está claro!?"

Levantei a mão para falar novamente, mas o homem velho e bigodudo fingiu não ver. "Vamos, Paulo, tudo que tinha pra ser falado aqui foi dito." O diretor virou as costas, abriu a porta da sala e saiu. Ainda com o braço no alto, encarei meu antigo professor de catequese, ele hesitou por dois segundos, respirou fundo, fechou os olhos e foi atrás do chefe.

Por um lado, nem na escola consegui ouvir um pedido de desculpas que julgava ser merecido. Por outro, ainda que eu nunca tenha conseguido achar palavras para me desculpar com a Ester pelo incidente do sutiã, depois daquele dia, a estranheza entre nós foi diminuindo. Não apenas entre mim e ela, o episódio todo fez com que as disputas internas de nossa sala ficassem menos acirradas e, ao menos momentaneamente, nos tratássemos melhor.

Um pouco inspirado por tal clima, outro tanto porque estava tentando colocar a minha vida em ordem, julguei que deveria corrigir a mentira que havia contado anteriormente pro Cirilo. O pretexto foi a explosão que ativistas islâmicos haviam causado no mais famoso prédio americano. "Cirilo, e o bagulho lá no World Trade Center, hein?" Puxei a conversa na hora do lanche. "Que é que tem?" Ele falou com a boca cheia de pão. "O ataque lá no seu outro país. Você já foi pra Nova York?" "Já, sim, cara. E você?" "Não, só saí do Brasil uma vez. E é legal lá?" "É. Tem uns museu de lei." "Você foi no World Trade Center?" "Fui, entrei e tudo." Ele falou, ainda prestando pouca atenção na conversa. "Que louco, né? Se tivessem explodido isso antes, você podia até estar lá!"

O olho dele arregalou, ele franziu a testa, amassou o saquinho branco do pão, arremessou no lixo, se levantou, ajeitou as calças e perguntou, encucado: "Ô, por que cê tá falando esse papo de bomba de novo!?" Meu estômago embrulhou inteiro, achei que seria mais fácil do que previra, mas não desisti: "Tá bom, Cirilo, eu tenho que te falar um lance." "Falaê..." Ele fez cara de intrigado. "Acho que você sabe o que é. Aquele dia da explosão gigante, fui eu que coloquei a bomba lá." Cirilo ficou me olhando um tempo até que falou: "Nem fodendo, sério mesmo?" Acenei com a cabeça.

"Eu sempre soube que você era meio louco, caralho."
"Eu acho que sou um pouco, mas não que nem desses dos Estados Unidos. Quer dizer, sem querer ofender." Ele colocou a mão no meu ombro. "De boa..." Baixei a cabeça. "Mais ou menos. Eu podia ter zoado alguém de verdade aquele dia lá. Fiquei mal, sabe? Por isso acho que tive o piripaque do Chaves."
"Mais de boa ainda então." Estendeu a mão para me ajudar a levantar, eu a agarrei. Ele deu uns tapas nas minhas costas e disse: "De lei, já era. Reza aí dois pais-nossos de penitência." Sorri acanhado, ele continuou: "Bora jogar que ainda dá tempo de eu te humilhar na quadra!"

Joguei muito basquete naquele final de fevereiro e março inteiro. Eu estava empolgadíssimo com a liga norte-americana! O Phoenix do Charles Barkley liderava a Conferência Oeste e tinha chances reais de ser campeão. Em casa, Hu passou a assistir ao basquete comigo. Antes, o bendito chinês não via esporte, "só o Brasil na Copa", ele falava feito minha mãe. *Que homem que não acompanha esporte nenhum?* Eu me perguntava. "Eu gosto mais de passar o tempo lendo e escutando música." Ele lia meus pensamentos e justificava.

Fosse como fosse, o que importava era que os ventos de felicidade que haviam chegado com ele pareciam continuar soprando na direção de minha mãe. E Hu não poupava esforços para mantê-la assim. Entrava em casa no melhor estilo Professor Girafales, trazendo flores para a namorada e um agrado para o enteado em potencial. Depois que ele descobriu que, além de esportes, eu também me interessava por música, meu presente era sempre algum CD de artista que ele queria me apresentar. Hu já havia me dado discos do The Doors, Ravi Shankar, Pink Floyd, Peter Tosh e um *discman* para ouvir tudo.

Além disso, o chinês estava se vestindo mais elegantemente, cortando o cabelo no salão que a nova namorada recomendou e, periodicamente, os dois saíam no final de semana para que ela pudesse "ajudar o Hu com a organização do apartamento dele." *Se eu não gosto nem quando ela inventa de arrumar meu quarto, imagina um apartamento inteiro!* E eu me maravilhava ainda mais com o amor daquela figura pela minha mãe.

Foi em um desses domingos em que os dois namorados foram arrumar o apartamento dele que veio a oportunidade de reconciliação com a última pessoa que ainda faltava na lista. Depois que minha mãe me acordou para avisar que voltaria só no final da tarde e dizer que a comida estava na geladeira, eu virei para o lado e dormi mais um pouco.

Levantei-me ainda com preguiça, tomei café da manhã na padaria e fui para o apartamento do Jônatas assistir ao GP do Brasil com ele e com um tal de Franco, um amigo dele que eu conhecera então. Era a segunda corrida da temporada, o Prost havia ganhado a primeira e feito a pole para essa. Como combinado no treino, eu levara o Daruma e mais uma vez a ajuda veio do céu em forma de chuva. Prost rodou, e o brasileiro obteve a primeira vitória da temporada. Nós três celebramos muitos. "Essa temporada vai!" Disse confiante.

Na volta, chegando no prédio, ouvi Jaques e Kanji do pátio berrando xingamentos a plenos pulmões. Corri para ver o que estava acontecendo. Kanji me avistou e discretamente fez sinal para eu parar. Enquanto os dois procuravam algo no alto, notei bolos de papel higiênico molhado espatifados no chão de concreto em que jogávamos bola. O prédio vizinho estava nos atacando! Eu precisava continuar escondido e descobrir de quais janelas estavam saindo os disparos. Abaixei-me para ter o ângulo de visão necessário, Kanji me acenou com a cabeça, e os dois voltaram a chutar a bola.

Poucos minutos se passaram, e, *voilá*, duas crianças apareceram e desapareceram na janela do quarto andar. Era preciso ser paciente. Alguns segundos depois e da mesma janela aberta voaram mais duas bolotas de papel higiênico molhado. "Eu vi, eu vi!" Pulei do esconderijo ao mesmo tempo em que Kanji era atingido na cabeça. "É aquela quarta janela aberta!" Gritei apontando e depois desferi xingamentos para o alto com meus vizinhos.

Ploft!

Tiveram a ousadia de tacar outro! Enfurecido, Jaques desapareceu correndo. Kanji viu no canteiro um aglomerado de terra do tamanho de um mamão, pegou, arremessou na direção da janela e ele explodiu na parede do prédio na altura do segundo andar. Fiz o mesmo. Barro voava do nosso lado, papel do deles. Depois de algumas tentativas, finalmente arremessei uma pelota para dentro do apartamento inimigo. "Aêêêê!"

Contudo, perdíamos a guerra. Nossa quadra estava inutilizada, Kanji tinha sido atingido, e apenas conseguimos acertar um projétil no alvo. Foi então que o reforço chegou. Jaques reapareceu com uma espingarda de chumbinho nas costas, feito o Schwarzenegger carregando o lança-míssil no *Comando para matar*: "Vamos salpicar esses filhos da puta!" "Aêêêê!" Comemoramos com ainda mais intensidade.

O medo da espingarda foi tanto, que os meninos nem tiveram coragem de fechar a janela. Fizemos diabolôs choverem no quarto deles. Na minha vez de atirar de novo, uma janela ao lado do alvo se abriu, e uma senhora começou a gritar. "Vocês tão tudo louco? Dando tiro de espingarda aqui na minha casa?" "Olha o que seus filhos fizeram na nossa quadra!" Kanji berrou de volta. "Isso é papel, não é bala, seus delinquentes." "Seu filho atingiu meu amigo no olho, ele quase ficou cego" Mentiu Jaques. "Eu vou ligar aí no prédio de vocês!" Antes de ela começar a falar, Jaques arrancou a arma da minha mão, apontou e disparou contra ela. "Aaaahhh! Bando de marginal, eu vou chamar a polícia!"

"Você tá louco, Jaques!?" Olhamos para ele assustados. "Eu não mirei nela, mirei na parede." "E se você erra?" Perguntou Kanji. "Eu acerto passarinho voando, não vou acertar uma parede parada?" Ele disse apontando novamente a espingarda contra o quarto dos meninos. "Ela vai chamar a polícia, o que a gente faz?" "Vai nada", tranquilizou Jaques ao recarregar a arma, "eles também tão errados."

Continuamos atirando e celebrando nossa vitória, até que Genival, o zelador, veio nos alertar: "Molecada, ligaram aqui dizendo que vão chamar a polícia mesmo, é melhor parar." Jaques puxou o coro: "Dizem que ela existe para ajudar! Dizem que ela existe para proteger! Eu sei que ela pode te parar! Eu sei que ela pode te prender!" E todos nos juntamos a ele pulando: "Polícia para quem precisa, polícia para quem precisa de polícia!"

Nossa alegria durou poucos minutos. Sem esconder certa satisfação, Genival voltou: "Os hómi chegaram aí pra vocês..." A cantoria parou na hora. Nós três corremos. "Fodeu, fodeu, fodeu!" Esbarrando um no outro, aceleramos escada acima. Como Dona Helena era o único parente nosso adulto no prédio, concordamos que era ela que tínhamos que alcançar antes da polícia.

Tocamos a campainha freneticamente, ela gritou lá de dentro: "Calma, calma!" Abriu a porta e perguntou: "Que maluquice essa!?" "Tia, deixa a gente entrar, por favor!" Jaques falou. "Entra, entra garotos malucas!" Ela fechou a porta devagar, virou para nós três em linha e disse com a maior calma: "Agora respira e conta por que vocês tá parecendo fugindo do polícia." Nos entreolhamos de olhos arregalados. "Posso falar?" Perguntei, olhando para eles, que deram de ombro. Prossegui. "Dona Helena, umas crianças do outro prédio estavam tacando papel higiênico molhado no Jaques. É verdade, eu vi. Foram vários. A gente pediu pra eles pararem, eles não pararam até que acertou o Kanji. Ele ficou na boa, mas eu taquei uma pedra de barro na janela deles. Ainda assim eles não pararam. Aí o Jaques apareceu com a espingarda só para assustar as crianças e parar com aquela sujeirada toda. Mas eu estava muito bravo e dei uns tiros. Nem pegou em ninguém, nem quebrou nada, mas a mãe dos moleques chamou mesmo a polícia que está aí embaixo agora atrás da gente." "Que mais?" Ela perguntou no mesmo tom de voz. Ergui minhas sobrancelhas, confuso: "Só..." "Tá bem." Dona Helena deu as costas e foi em direção ao interfone.

"Tia!" Jaques a chamou, e ela se virou. "A polícia tá aí!" Ela olhou ele bem em nossos olhos, ergueu o dedo indicador, colocou a ponta do dedo na língua e, em seguida, sobre a testa: "Saiu algum fumaça, garoto?" Ela perguntou. "Hein?" Jaques falou. Ela repetiu a pergunta. "Não, não saiu fumaça." Respondi, sem entender o que era aquilo. "Então, se eu não esquenta cabeça, vocês também não. Vai lá pra dentro e só sai quando eu chamar."

Por alguns minutos ficamos nós três trancados no quarto do Jaques, um olhando a cara do outro sem saber o que dizer. A campainha tocou. Instintivamente Jaques se escondeu debaixo da própria cama, eu fui em segundo, Kanji seguiu.

"E agora?" Kanji perguntou. "Agora a gente encoxa esse Fofura." Jaques respondeu, rindo e se esfregando na minha perna feito cachorro no cio. Kanji se juntou a ele. "Para, seus viado, para!" Pedi, rindo também. "Agora que tô sem a boneca, vou usar sua bunda, sua bicha!" Jaques não escondeu um fundo de raiva em seu cochicho. "Ó, para, para! Deixa eu falar. Eu tava numa fase meio ruim. Vou repor o dinheiro da boneca aos poucos. Eu sei que fiz muita babaquice perto de vocês, não tem nem como ficar pedindo chance... Mas, foi mal, de coração." O breve silêncio foi quebrado por Jaques: "Não é que ele virou viado mesmo!" E os dois voltaram a se roçar em mim enquanto abafávamos as risadas."

Dona Helena resolveu tudo como prometeu. Até perguntou se São Paulo estava com falta de bandido para a polícia ter tempo de ir atrás de um bando de criança com arminha de chumbo. Voltei para o 49 com fome, mas a comida da geladeira não me apeteceu. Fritei dois ovos, os comi com pão, tomei um leite e fui cochilar. Acordei, o céu já estava escurecendo e ainda não havia ninguém em casa. Decidi voltar à padaria para tomar um picolé. Quando abri a porta do elevador, dei de cara com Yuki.

"E aí, Fofura?" Ela me cumprimentou com cara desconfiada. Eu sorri sem graça, não sabendo quanto ela sabia dos eventos matinais: "Tudo bem lá na sua casa?" Ela sondou.

"Até agora sim." Respondi com outro sorriso forçado. Antes do elevador chegar no térreo, ela disparou: "E então, Fofura, você vai me contar por que o Genival interfonou lá em casa procurando meu pai?"

"Eu tenho que ir na padaria." Tentei despistá-la. "Eu também tô indo lá, você vai comprar o quê?" Não pensei em uma mentira: "Um picolé, você quer?" Ela me agarrou pela nuca. "Pode apostar que você vai me pagar um picolé e contar essa história todinha!"

Desconversei perguntando do Tio Mílton, falando de sabores de sorvetes que só tem no interior e estava prestes a assuntar sobre nossa próxima competição quando chegamos novamente de volta no *hall* do elevador do prédio. Abri a porta para ela: "Primeiro as damas." Ela entrou e colocou a mão sobre o número quatro não me deixando apertar o botão que me levaria para casa. "Eu sei o que você tá fazendo, Fofura." Ela apertou o onze. Virei os olhos sorrindo. "Se teu irmão não te contou, você sabe que também não vou." Ela me olhou de canto de olho. "E se eu te der algo em troca?" O elevador havia chegado no décimo primeiro. "O que você vai oferecer em troca?" Perguntei. Ela abriu a porta e respondeu: "Depende do que você pedir." Prendendo a porta com o pé, tirou a chave do bolso e disse: "Não pense que você vai fugir, não. Eu só vou deixar o pão e já volto."

Saí e fiquei na frente da porta, ensaiando o que diria para cada uma das pessoas que poderia me pegar lá com cara de bobo. Yuki retornou me salvando do embaraço. Entramos de volta no elevador, ela apertou o botão do subsolo. Fiz cara de curioso, ela chacoalhou um chaveiro na frente do meu rosto: "Peguei a chave do carro do meu pai, assim a gente conversa sem você ficar com medo."

Além do Santana que nos levava de baixo para cima, Tio Mílton tinha uma Veraneio que era o xodó dele. Raramente ele saía para passear com ela, ficava a maioria do tempo debaixo de uma capa automobilística. Eu sabia que entrar com Yuki escondido na Veraneio poderia enfurecer tanto Kanji, quanto o pai dele, de quem eu gostava tanto. Porém, a excitação era bem maior que a força para recusar o convite.

Descemos na garagem, verificamos que não havia ninguém, nos aproximamos do carro, e levantei a capa na altura da porta. "Primeiro as damas." Ela virou os olhos, abriu a porta com a chave, entrou no banco traseiro e disse: "Vem!" Na hora de entrar, chapei a testa no teto, ela morreu de rir, eu de vergonha. "Vem, entra logo, Fofura!" Obedeci. Dentro estava um breu só, eu estava com a mão na testa, ela colocou a dela no meu joelho.

"Cadê você?" Yuki perguntou. "Tô aqui." Respondi inseguro. Ela apalpou meu rosto. "Onde foi a batida... Ah achei! Nossa, ha, ha, ha, vai formar galo." "Antes de casar, sara..." Repeti o que as avós nos diziam. Um breve silêncio seguiu e nós dois gargalhamos.

Ela respirou: "Vai, mais seguro que isso impossível, me conta agora." Também tomei ar: "Yuki, não vou pedir nada seu em troca. Já fiz muita merda... Com seu irmão nem se fale. Eu não posso fazer outra. Se você quiser saber mesmo, vai ter que vir dele." Senti a respiração dela chegando mais perto como se quisesse sondar meu olhar: "Ai, Fofura, só você mesmo, seu *nerd*! Acho que também nem ia aceitar o que eu ia te oferecer." "Depende, o que era?" E Yuki me deu meu primeiro beijo.

"Você nunca beijou antes, Fofura?" Ela perguntou enquanto apalpava meu rosto de novo. "Claro que já! Quer dizer... Não. Não assim." Minha vizinha riu e continuou apalpando até localizar meus lábios com os dedos. Apertando-os com carinho, disse: "Relaxa a boca, tá bom? Vamos tentar de novo." Por mais alguns minutos, ficamos acobertados dentro do carro para que Yuki me ensinasse novidades que eu já não via a hora de aprender.

Ganhar e perder

"Fofura, vou começar a nadar o circuito de travessias, sabe o que é?" Jônatas veio me perguntar. Balancei a cabeça. Era início de abril, treinávamos duro há quase três meses, e meus tempos estavam ainda melhores que os do semestre passado. Ao mesmo tempo, eu procurava administrar minhas expectativas sobre nadar o estadual no final do semestre. "Então, a gente nada uma maratona aquática no mar ou em rio. Aqui no Brasil não é muito valorizado, mas, na Argentina, tem uma travessia, a de Hernandarias-Paraná, que são quase noventa quilômetros nadando e é tipo a São Silvestre. O pessoal sai de casa pra ver e torcer!" Jônatas continuava a explicação até que percebeu meu pensamento longe.

"Fofura, acorda, caralho!" Ele me chacoalhou e prosseguiu: "Enfim, daqui um mês vai rolar uma aqui no litoral de São Paulo e tem inscrição pra moleque da sua categoria. Meu carro tá cheio porque vou levar a Iara, um bote e o Franco, amigo meu, lembra? Mas veja com o Tio Mílton e com o Kanji, acho que ceis iam gostar."

Kanji e Yuki se interessaram em ir, mas dessa vez quem não podia levar era Tio Mílton. Sem ter muito o que perder, frente à nova atmosfera que se instaurava, resolvi tentar a sorte em casa. Para minha alegria, Hu topou levar nós três. Surpreendentemente, minha mãe nos acompanharia.

Na viagem para o litoral, me sentei no meio do banco de trás, Kanji à minha direita e Yuki do outro lado. Eu estava de bermuda, ela, com um *short jeans* e toda vez que nossas pernas se tocavam, eu sentia uma eletricidade correndo dentro do corpo. Por fora, tentava disfarçar falando sobre a prova. Jônatas nos instruíra sobre a importância de nadar em grupos nas travessias, pois quem vai na frente faz mais esforço quebrando a resistência da água e quem vai atrás descansa, "pegando o vácuo". Kanji topou liderar primeiro, mas depois ia soltar pois não era fundista. Eu e Yuki fomos nos provocando a viagem inteira. "O problema é que você tá se achando muito, Fofura." "Yuki, não tem como você ganhar de mim!" "Vamos ver então!"

    Largamos os três juntos. Como combinado, Kanji conseguiu nos levar para longe do blocão e depois ficou soltando atrás. Eu e Yuki esquecemos a estratégia e nadamos braçada a braçada. Eu sentia que podia me distanciar dela, mas não queria deixar de compartilhar aquele momento de vencermos o mar juntos, até que na segunda boia, ela disse: "Vai Fofura, você tá sobrando." "Vem no meu vácuo, então." "Eu vou tentar, mas vai embora." "Mas..." "Nada, Fofura!"

    Como previra, ela conseguiu ficar comigo apenas mais alguns minutos e logo abri distância. A sensação de liberdade era incrível. Em meio à ondulação da água, eu levantava a cabeça e não conseguia mais distinguir qualquer civilização no horizonte. Desapareceram sons, pessoas e o mundo que eu conhecia. Existia apenas eu perdido em meio à linha que marcava a única divisão visível ali, entre o azul do céu e o do oceano.

    Cheguei em sexto lugar na minha categoria. Ainda fora do pódio, mas não importava. Diferentemente do sonho em Foz do Iguaçu, ou de quando fui resgatado pelo salva-vidas, sob o olhar da minha mãe, eu finalmente vencera a correnteza. Ela mal podia acreditar: "Eu aqui com o coração na mão achando que você ia ter uma congestão e você até uma medalha ganhou, benzadeus, hein!" Iara me abraçou forte, "Esse ano vai, Fofura!" Jônatas, Kanji e Yuki fizeram um pequeno círculo para me darem um tchu-tchu comemorativo. Hu e Franco, o amigo de Jônatas, ficaram perplexos com nosso ritual.

Depois ficamos sabendo que naquele mesmo domingo de manhã, Senna havia ganhado sua segunda corrida da temporada da Inglaterra. No almoço, Jônatas pediu para que eu contasse para o Franco sobre quando vi Senna ganhar no Brasil com meu pai. Jônatas, que também amava ver Fórmula 1, adorava ouvir aquela história. Perguntei se ele também assistia a corridas com o pai dele lá no Amazonas. Meu amigo riu, balançou a cabeça afirmativamente e não disse nada.

Eu me distanciava cada vez mais do meu pai. Em parte porque eu e Silmara não nos dávamos bem. Eu sentia que ela vivia disputando o amor dele comigo. Se eu estivesse com vontade de comer algo, por exemplo, eu achava que ela dizia querer outro prato só para forçar ele fazer uma escolha entre mim e ela. Seu Carlos sempre ficava ao lado da namorada.

Além disso, eu não aguentava mais ouvir as ideias mirabolantes de novos negócios dele. Da última vez que estivéramos juntos, ele disse querer começar a criar avestruz no Brasil. E ele falava comigo com confiança, como se eu não soubesse dos estragos feitos pelas ideias anteriores dele!

Por último, eu não sentia mais vontade de frequentar o kardecismo com eles. Ele culpava a irmã pelo meu afastamento. "Eu nunca esperaria que logo você ia deixar a igreja da sua tia lavar seu cérebro." Disse em um rompante de frustração. Mal sabia ele que, depois do acampamento, eu só tinha retornado à igreja protestante uma vez. Ele também parecia ignorar o óbvio: que eu havia escutado as discussões e fofocas sobre o fim do dinheiro das doações do centro espírita antigo.

Nem esportes estavam mais nos ajudando a ser pai e filho. Mesmo abril e maio de 1993 trazendo momentos de torcida históricos, aos poucos eu passava a assistir à NBA com o Hu, a corridas com o Jônatas e ao Tricolor apenas acompanhado de meus amuletos. Apesar desse incômodo no caminho, de forma que eu nunca antecipara nem experimentara, todo resto da vida parecia se encaixar nos trilhos.

Até que enfim colhi os frutos de mais de um milhão de braçadas na piscina do clube: em maio, consegui o índice para o Paulista nos 200, 400 e 800 metros livres. Iara garantiu que nada me tiraria do estadual de inverno. *Acho que eu tô ficando bom...* Considerava quase diariamente e feliz. E, se minha mãe não estava tão eufórica com a vida como no início do ano, tampouco passava os dias chorando.

Voltara a ficar estressada com o trabalho, reclamava aqui e ali e dava broncas semanalmente. Porém, havia parado de falar mal da natação e ainda não me relara a mão naquele ano. Tínhamos até nos abraçado algumas outras vezes depois do meu aniversário. Cada vez mais, eu me aproximava do pessoal do clube e, na escola, se não tinha muitas amizades, me gabava em não ter inimizades em lugar algum. Além disso, eu e Yuki continuamos nos encontrando escondido. Eu não sabia se estava apaixonado ou não, tampouco se éramos mais do que vizinhos que se beijavam, mas aquilo não importava. Só sabia que me sentia bem toda vez que a via.

Até as disputas maiores pareciam estar caminhando para resoluções favoráveis. Apesar dos ainda muitos conflitos aqui e ali, Estados Unidos e Rússia tinham assinado um Tratado de Redução de Armas aumentando nossas esperanças de que o planeta não acabaria em uma tragédia nuclear. No Brasil, o novo governo de Itamar Franco ainda não havia conseguido segurar a inflação, mas muitos achavam que o novo ministro da fazenda, Fernando Henrique Cardoso, poderia tirar o Brasil daquela crise sem fim.

De todo modo, os jovens continuavam nas ruas. No dia 4 de maio, liderados por Lindbergh Farias, a UNE marchou pela Paulista em protesto contra o aumento das mensalidades enquanto meninos de rua liderados por padres católicos e pastores protestantes tomaram o Viaduto Maria Paula para pedirem que a prefeitura garantisse abrigo para a população de rua no inverno.

Finalmente, até as disputas esportivas pareciam caminhar para desfechos surpreendentemente felizes. Apesar de estar com um carro bastante inferior, Senna terminaria o mês de maio com o mesmo número de vitórias do francês Alain Prost. O Suns havia acabado a temporada regular com a melhor campanha na NBA, Charles Barkley fora escolhido jogador mais valioso, e o time rumava para finalmente destronar o Bulls de Michael Jordan. Nos gramados, o São Paulo chegara à final da Libertadores pelo segundo ano consecutivo e, na primeira partida, havia goleado o Universidad Católica por 5 a 1 no Morumbi.

O clima era tão bom que, dessa vez, todos os homens da família resolveram colocar suas preferências e desconfortos de lado e, numa quarta-feira, dia 26 de maio, nos reunimos na casa do meu avô para ver o jogo final. Parte do acordo é que eu não obrigaria ninguém a assistir à disputa do meu jeito. Somado a isso, minha mãe pediu que eu não levasse amuleto algum. "Você fica com suas manias na casa dos outros, as pessoas comentam, filho."

Além de querer agradá-la, eu sabia que ouviria um sermão de Tia Bárbara se eu os levasse: "Cristão não precisa de amuleto, temos que confiar na vontade soberana de Deus!" Eu até podia ouvir ela dizendo, agora que me considerava da igreja também. Fui sem nada, ou melhor, fui carregando uma Tupperware cheia de sanduíches que minha mãe me obrigou a levar. "Não vai chegar lá de mãos vazias, como filho de gente esfomeada!"

A falta de sorte foi sentida assim que o jogo começou: os chilenos marcaram aos nove minutos do primeiro tempo com um golaço de fora da área. Cinco minutos depois, veio o segundo gol deles, de pênalti. Todos me olharam, e até Tio André descruzou os braços. "Fala, garoto, o que a gente faz pra mandar essa zica embora?" Meu avô perguntou. "Não sei vô, o senhor tem um amuleto?" Vô Fonso pensou, pensou, foi até o quarto e voltou com uma velha ampulheta. "Isso aqui serve?" "Tomara que sim!" Respondi.

Enquanto a areia caía vagarosamente de um lado para o outro, o Tricolor segurava o placar. Depois de virarmos o objeto algumas vezes, o juiz finalmente encerrou o jogo: Tricolor campeão da América pelo segundo ano consecutivo! Celebramos juntos como nunca mais o fizemos!

* * *

Era domingo, 13 de junho de 1993. Eu estava nadando uma travessia no litoral, o Suns perdia a final da NBA por 2 jogos a 0, o Palmeiras comemorava o campeonato paulista, Senna havia abandonado a corrida no Canadá, e Prost assumira a liderança absoluta da temporada. Meu avô assistiu à derrota do Ayrton sozinho, decidiu tirar um cochilo no sofá e nunca mais acordou.

Depois de anos se equilibrando a fio, por fim o corpo dele ficou sem o açúcar necessário para que a vida lhe fosse possível. Vó Altina ligou para meu pai para ajudá-la a socorrê-lo, mas era tarde. Seu Carlos ligou para a ambulância, depois para Tia Bárbara (que por sua vez avisou o resto da família). Minha mãe esperou que eu chegasse da competição para me dar a notícia pessoalmente. Logo depois que soube, fui também informado que todas as outras providências estavam decididas e arranjadas.

Tia Bárbara traria Vó Altina para morar com ela, e Tio André resolveu abrir uma clínica em Ribeirão Preto para ficar lá de segunda à sexta. O antigo apartamento dos meus avós, inclusive os móveis, seria vendido. A casa na praia ficaria aberta para alugarem por temporada. Tudo para ajudar a repor as reservas da minha avó que meu pai dilapidou.

Vó Altina não parecia aprovar nada daquilo, ao mesmo tempo parecia não ter muita escolha. Começou a mudança naquela mesma semana. Apenas embalou roupas e alguns pertences e mandou que fizessem o que fosse necessário com o resto. "Na sua casa já não tem tudo do bom e do melhor, pra que eu vou ficar levando panela velha pra lá?" De nariz erguido, ela perguntou à Tia Bárbara.

Obedecendo as instruções, filhos, cunhado e netos nos juntamos feito urubus no antigo apartamento dos meus avós para vasculhar o que queríamos levar de lá. Eu não conseguia nada do que pedia, então fiquei a ver navios. "Eu quero a máquina de costurar." "Até parece, Afonso Carlos, essa evidentemente é da Rute." Disse minha madrinha. "E os abajures?" Dessa vez, ela soltou uma de suas gargalhadas de papagaio. "Jesus amado, Afonso Carlos! Esses abajures a gente vai vender. Se você quiser eu compro um que é a sua cara pra você usar."

"Você não quer a Enciclopédia Barsa?" Tio André perguntou. "Não!" Respondi, bravo. "Fuça lá na estante ao lado da escrivaninha do Vô, de repente você acha algo legal." Rute quis me incentivar. Ainda tentei uma última barganha: "E a escrivaninha, não pode ficar comig..." "Não!" Responderam. Emburrado, fui esmiuçar a estante de livros.

Atrás da Barsa e da obra espírita que Seu Carlos tinha acabado de publicar com Silmara, de uns livros de contabilidade e romances de Jorge Amado, encontrei a antiga pasta de poesias dele. "Olha o que achei!" Rute também expressou nostalgia: "Há quanto tempo não vemos isso! Será que conseguimos publicar?" "Seu avô sempre buscou fama de poeta e nunca conseguiu. São poesias amadoras, filha." Respondeu Tio André, sob o olhar de censura da esposa. Em silêncio, lembrei que eu também havia feito pouco das poesias do meu avô quando o Pissor Gérson perguntou. De fato, eu mal me lembrava delas.

Eu e Rute deixamos o resto e pusemos a folhear aquilo. A compilação começava com sonetos sobre o campo, a beleza da vida e o amor. Esses poemas eram datados de quando ele tinha vinte e poucos anos. Depois Vô Fonso entrava em uma fase modernista, falava da magnitude da cidade e da complexidade das palavras. A maioria dos textos é sobre esses temas, muitos experimentais e inacabados, de autoria bastante espaçada entre eles. Por fim, surgia a última série de poemas, sonetos heroicos que homenageavam diferentes coisas: "Brasil", "Minha infância", "O boteco", "Meu pai", "Humanidade", "Minha esposa", "Deus", "A morte" e "A árvore". Os últimos oito poemas eram "Carlos", "Minha filha", "André", "Minha segunda filha", "Meu segundo André", "Rute", "Lili" e na última página a poesia derradeira, escrita quase dez anos antes, três anos após eu nascer:

Afonso Carlos Laranjeira

Herda tantas palavras já usadas.
O nome dos meus nomes lhe restou.
Desnuda essas letras endeusadas.
Revelando o que o texto já apagou.

Com que rescreverás a tua poesia?
Uma cor, ou um cheiro, um numeral?
Arranha-céu, amor e ideologia?
Com o sonho de um verso imortal?

Transmuta tuas razões em partitura.
Liberta o aprendido no papel.
Sorve o leite, dispensa vãs leituras.

Emancipa-te, ó órfão de Babel.
Tem coragem pequena criatura!
Desbrava dentro em ti um outro céu.

Terminei de ler e, ainda que tivesse entendido pouco, em meu coração disse a meu avô: *Vô, não importa que outras pessoas não gostaram tanto das suas poesias. Mesmo que você não tenha sido nenhum Fernando Pessoa, pra mim, foi como se tivesse sido.* "Posso ficar com a pasta? Eu te dou a medalha M. M. D. C. do Vô." Lili interrompeu minha oração com cara de por favor. "Tá. Eu fico com a medalha se você xerocar o livro e me der uma cópia." Ela passou a mão em minha cabeça fazendo um furduncinho com meu cabelo: "Combinado!

Nirvana

"Filho, você tem certeza que trouxe isso pra cá?" Minha mãe perguntou. "Certeza absoluta!" Ela respirou fundo, sem paciência. "Olha, a Mari revirou tudo, a ampulheta que seu avô te deu não está aqui." Por via das dúvidas, fucei meu quarto novamente e nada. Quando minha mãe saiu, julguei por bem vasculhar o dela. *Vai que alguém colocou ali por engano.* Justifiquei, precavido. Abrindo e fechando armários, encontrei o que jamais esperaria: caixas cheias de remédios estranhos escondidas bem no fundo de uma gaveta. *Minha mãe já tá ficando doente!?* Questionei-me, preocupado com nossa doença familiar.

 Li partes de algumas bulas e entendi pouco, além da palavra convulsão, que era vocábulo pertencente aos males que nos assolavam. O nome de um dos remédios foi o que mais me intrigou: carbonato de lítio. *Lítio? Será por isso aquela música do Nirvana?* Considerei ligar para o Hu, ele certamente saberia o que era aquilo. Além do que, ele havia sumido desde que as finais da NBA começaram. Minha mãe falou que Hu estava "quieto no canto dele" por estar chateado com os filhos. Ambos moravam em João Pessoa e não conversavam muito com o pai. *Acho que não é hora de dar mais problemas pra ele.* Reconsiderei.

 "Yuki, você sabe o que é Nirvana?" Perguntei no escuro da Veraneio coberta. Ela levantou a cabeça do meu colo: "Fofura, você tem cada pergunta. Em que mundo acha que eu vivo? Claro que conheço o Nirvana!" "Não, não a banda, o negócio que deu o nome pra banda, ouvi na MTV que é budista." Ela riu, eu fiz silêncio.

"Fofura, você é único mesmo! Eu aqui preocupada com você, triste por causa do seu avô, ansiosa pelo Paulista que vamos nadar. Que você vai nadar pela primeira vez! E você aí brisando, pensando em significado de nome de banda!" Ri também. "Mas e aí, você sabe?" Insisti. Ela balançou a cabeça: "Como que eu ia lá saber?" "Ué, você que me explicou do Daruma, de repente tem outras histórias de budismo..." "Fofura, cala a boca e me beija, vai!"

* * *

Seu Carlos até insistiu para ficar com parte do dinheiro da venda do apartamento dos pais, mas Tia Bárbara nem o ouviu. Em vez disso, ligou para minha mãe e ficou horas esbravejando indignada com a "falta de semancol" do irmão. Ele, com o nome sujo e prestes a ser despejado, aproveitou que Sílvia estava se mudando de São Paulo e foi morar junto com a namorada no apartamento que elas herdaram dos pais.

Querendo economizar na mudança, arrumou uma carreta e me incumbiu de ajudá-lo a carregar os móveis. Eu, que apesar de tudo, ainda tinha pena dele, fui. Sílvia estava lá. Eu não a via desde que parei de frequentar o kardecismo. Nós dois estávamos quietos observando o casal não se entender a respeito de uma série de detalhes sobre como conduzir o processo.

Enquanto eles não resolviam se o armarinho do banheiro era ou não muito grande para o apartamento, Sílvia exclamou: "Prefiro não ficar aqui. Vou sair e comer em algum lugar." "Posso ir com você?" Clamei por socorro. Seu Carlos me olhou, e ela para ele. "Vai demorar até vocês resolverem tudo..." Alfinetei. "Leva ele, sim. Veja quanto foi que eu te pago." "Pode deixar, Carlos, eu pago." Sílvia pegou a bolsa vermelha, abriu a porta, fez sinal para eu ir na frente, e saímos.

Nós nos sentamos em uma padaria perto dali, pedi pudim e Coca-cola, ela um pão de queijo e um café. Depois de falarmos um pouco sobre a nova escola em que ela trabalharia em Campinas, eu disse: "Você acha que meu pai vai separar da sua irmã também?" Ela fez força para terminar o gole. "Não sei, Afonso Carlos, é difícil dizer essas coisas, né? E você, o que acha?" "Não sei também..."

Dei outra colherada no pudim e perguntei: "Você ainda vai em algum centro espírita?" Ela sorriu. "Ainda estou procurando um novo." "Você ainda acredita na sua irmã?" Surpreendida, Sílvia olhou para o alto, pensando em uma resposta: "Eu sempre vou acreditar nela, mas não sei se partilhamos a mesma fé sobre como conduzir a vida." Cocei a cabeça. "Meu pai falou que ela recebeu uma mensagem do meu avô. Eu não quis ouvir. Ele ficou muito bravo. E o pior é que eu queria muito escutar meu avô de novo, mas não sei... O que você faria?" Sílvia riu. "Eu ouviria, sim. Mas essa é minha fé, que desde que ela era pequena convivi com ela recebendo essas mensagens, mas sei que não é fácil pra todo mundo entender." "Sabe o que não entendo? Se os espíritos guias falam com ela, por que não avisaram que pegar o dinheiro ia dar merda?" Sílvia arregalou os olhos e depois me olhou com ternura: "Afonso Carlos, eu ia adorar ser sua professora." "Não ia, não." Nós rimos.

Contei para ela sobre o início do ano na escola, como tratamos o professor substituto e sobre eu ser o último a gostar do Pissor Gérson. "Muita gente sonha em estudar na sua escola, sabia?" Ela disse com tom adulto. "É... Eu sei que é reclamar de barriga cheia, como minha mãe fala. Eu tô gostando mais de lá, mas não é como as pessoas falam. É verdade que a gente tem de tudo, mas também falta muita coisa."

Ela ficou em silêncio, eu retomei o assunto: "Na igreja da minha tia disseram que são demônios que falam com os médiuns..." Soltei. Sílvia pareceu contrariada e respirou fundo como se as palavras que precisava dizer requisitassem mais ar. "Bom, Afonso Carlos, existem muitas convicções diferentes nesse mundo." "Eu sei, Sílvia, eu sei... Mas por que você acredita?"

Ela pediu uma água, tomou outro gole de ar e respondeu: "Olha, eu não acho que estamos aqui sozinhos, nem caímos nesse mundo de paraquedas. Pessoas vieram antes de nós, lutaram e sofreram para estarmos aqui conversando hoje. Eu fui estudar História buscando essas vozes e encontrei muito do que procurava, mas não me bastou. Pra mim, quando ouço um preto velho, um caboclo e outros guias, é mais uma forma de escutar ancestrais que parecem cada vez mais distantes."

Eu me identificava com Sílvia, quanto eu não daria para reencontrar Vó Preta, passar mais uma tarde no Tio Camilo ou assistir a mais um jogo de futebol com meu avô. Eu também sentia que ainda precisava tanto da sabedoria deles. "E como a gente tem certeza que são eles mesmo falando?" Perguntei. Ela inclinou a cabeça. "Não tem." Sorriu. "Eu posso contar várias histórias que me fizeram acreditar, mas desisti de tentar provar minha fé. Eu acho mais bonito crer, mas sua tia e alguns colegas meus acham exatamente o contrário. Cada um tem sua fé."

"A fé do meu pai é que ele ainda vai ficar rico." Comentei ironicamente, fazendo Sílvia virar os olhos. "Retiro o que eu disse, Afonso Carlos. Eu ia odiar ser sua professora!" Nós dois rimos de novo. "Eu sei, eu sei... Mas não tô só zoando, ele acredita mesmo." Ela mexeu na garrafa de Coca-Cola. "Sim, temos fé em coisas diferentes e por motivos diferentes." "Tudo é fé, então, Sílvia, e cada um tem a sua..." "Sim, mas dizer que tudo é fé não é o mesmo que dizer tudo é amor, tudo é verdade, tudo é belo. Dizer tudo é fé é a mesma coisa que olhar para o Mandela e o Collor e dizer: 'Tudo é política.'"

"Então por que você acha que meu pai continua acreditando que vai ser rico?" "Eu não sei, Afonso Carlos, mas talvez porque ele não consiga aceitar qualquer outro futuro." "Então ele não tem opção." "A gente sempre tem opção, mas nem sempre está pronto pra ela." Ela parou, pediu a conta e continuou. "Sabe, não quero ficar falando do seu pai ou da minha irmã. Há coisas de que eu discordo, coisas que foram erradas... Ao mesmo tempo, acredito que há beleza neles, em todo mundo, nós só precisamos achar essa beleza em cada um. Eu tô tendo dificuldade de fazer isso agora com seu pai e não seria certo te contagiar." "Tá." Disse, abaixando a cabeça.

"Ah, posso fazer uma última pergunta, Sílvia?" Ela acenou, consentindo: "Você sabe o que é Nirvana?" Sílvia retorceu o rosto e perguntou curiosa: "Ué, você vai virar budista agora também?" Sorri, ela prosseguiu: "Eu tô mal conseguindo responder às perguntas do kardecismo que você tá fazendo, se quer outra religião, vai ter que buscar sozinho."

Poucos meses depois, Sílvia se mudou para Campinas. Ela e a irmã nunca voltaram a ser próximas como quando as conheci. Nos anos seguintes, continuei sustentando o incômodo de perguntar sobre ela para Seu Carlos. As respostas eram vagas: "Continua trabalhando numa escola grande lá." "Vive com os gatos dela, dá aula e vivendo a vida que sempre viveu." "Se tem namorado, não sei, mas não casou, não."

A voz de Sílvia continuou falando comigo, mas se juntou à de Vô Fonso, Tio Camilo e outras que se tornaram tão incorpóreas quanto a dos espíritos. Por algum tempo ainda desejei o dom de Marcelino, do filme *Marcelino Pão e Vinho*, de Silmara e de outros, que viam e escutavam vozes do passado pelos olhos e ouvidos. Sem ele, fui aprendendo a cultivar essas palavras antigas no escuro angustiante da memória, me contentando apenas em colher o calor desvanecente que elas ainda me trazem ao peito.

* * *

I'm so happy 'cause today
I've found my friends,
They're in my head

Cirilo leu alto os primeiros versos da música *Lithium*, do Nirvana, do encarte que eu havia xerocado. Ele gostava mais de traduzir pra gente letras do Dr. Dre, Public Enemy e outros *rappers* americanos que só ele ouvia. Mas vira e mexe também pedíamos que Cirilo nos ajudasse com a tradução de alguma banda de *rock* da MTV.

"Ele começa falando que tá feliz porque encontrou os amigos dele, que eles tavam na cabeça dele. Ha, ha, de lei... Né?" "É..." Respondi, pensativo. "Por que cê tá interessado nessa letra?" Cirilo perguntou. Desconfortável em falar sobre minha família, mas não querendo mentir novamente para ele, respondi: "Bom, é um lance meu, mas vou te contar. Eu tava procurando um outro lance nada a ver e achei um remédio que chama lítio nas coisas da minha mãe. Como minha família tem uns problemas, eu fiquei curioso pra saber da música." "Por que você não pergunta pra ela?" Ele sugeriu e ficou me olhando sério. "Pra minha mãe!?" Repliquei. surpreso, ele continuou me olhando como se fosse óbvio. "Sem chance..." Respondi.

"Entendi, na boa, vamos continuar aqui então." Cirilo olhou para o papel e retomou a tradução do restante da letra: "Daí ele fala que não tem mais medo, que foi acender as velas confuso porque ele encontrou Deus."

Amigos como os que tive

Depois da morte de Vô Fonso, sem Hu por perto e às vésperas do meu primeiro Paulista de natação, a derrota de Charles Barkley para o Michael Jordan nas finais da NBA teria passado quase despercebida não fosse a provocação de meus amigos. Primeiro veio Pancinha na busa. Depois que o Palmeiras encerrara dezessete áridos anos sem título goleando o Corinthians por 4 a 0 na final do estadual, o maldito estava certo de que a maré de sorte finalmente havia virado para o lado dele.

"Chupa Afonso, chupa gostoso que é sua vez de não ganhar mais porra nenhuma! Ha, ha, ha!" Cirilo também me provocou, e eu retruquei. "Cala a boca os dois, eu tô no mundial do Japão no final do ano e, Cirilo, seu Detroit nem pros *playoffs* foi, perdeu mais que ganhou na temporada regular!" "Pelo menos é o time da minha cidade de verdade, não um lance que eu torço por causa de *video game*!" "'Minha cidade de verdade...' Vira o disco aí, gringalhão!"

As humoradas trocas de farpas continuaram mais uns dias até que, no final da semana, Pancinha veio com um novo assunto: "Os clones vão tomar o mundo." Mustafá, que ouviu a frase do banco de trás, começou a cascar o bico enquanto Cirilo agarrou o rosto com raiva. Nosso amigo dos Estados Unidos não tinha a mínima paciência para ouvir as teorias do palmeirense.

Ainda assim, Pancinha não se intimidou. Estava na expectativa do novo filme do Spielberg, *Jurassic Park*, e se gabava em conhecer a história toda porque o pai havia lido o livro para ele em inglês. "Se conseguem clonar dinossauros, daqui a pouco vão clonar humanos. Talvez a gente nem tenha filhos. Quem quiser ter filhos, vai ter que ir morar no meio do mato junto com os dinossauros. Nas cidades, as pessoas vão parar de fazer sexo e se clonarem eternamente."

"Só você não vai querer meter, sua anta!" Cirilo bradou, frustrado. "É verdade! A aids vai acabar com o sexo pra todo mundo! Só quem fugir da civilização vai se salvar. Aqui as pessoas vão ter que se clonar." "Eu quero me clonar, é da hora! Um jeito de viver pra sempre." Mustafá ponderou.

Pancinha ajoelhou no banco como se fosse discursar: "Vocês são muito burros, não é que nem viver pra sempre. Esses clones não têm alma. Eles são como se vocês tivessem um irmão gêmeo zumbi. Tipo quando a pessoa voltava a viver depois de ser enterrada no Cemitério Maldito." Ninguém conseguiu dizer nada, Pancinha prosseguiu. "Eles têm mesmo o DNA de dinossauros guardado e estão desenvolvendo a tecnologia pra trazerem eles de volta. O Parque dos Dinossauros vai existir mesmo... Vai ser lá na Nova Zelândia. Depois da virada do milênio, só as pessoas que a Nova Ordem Mundial determinar vão morar lá. A Nova Zelândia vai ser uma ilha murada para evitar ser inundada, ceis tão ligado que os mares vão tá puta alto, né? Daí, lá dentro vai ter dinossauros, tigres-dentes-de-sabre e tudo mais. O resto do mundo vai ser governado por uma Inteligência Artificial, que nem o HAL 9000 do *Odisseia no Espaço*" "Quanta merda, eu vou sentar lá na frente!" Anunciou Cirilo, antes de sair bufando pelo corredor do ônibus.

"Não liga, Pança, não liga." Pedimos e, depois de mais uns resmungos, ele continuou explicando a visão de futuro dele. Um pouco, a gente achava graça em ouvir aquelas teorias malucas. Era certamente mais interessante do que escutar as disputas de adultos repetindo as mesmas opiniões que haviam lido no jornal ou na revista.

Por outro lado, dávamos atenção porque no fundo também tínhamos pena do Pancinha. Os *boys* valentões da sala dele viviam inventando músicas e bordões perpetrando a lenda de que nosso amigo era eunuco – tudo porque ele tinha aquele jeito chato e nunca se trocava na frente dos outros no vestiário. Era por isso também que Cirilo não se conformava que eu e Mustafá dávamos ouvido a ele: "Vocês ficam dando corda pro moleque, ele só vai ficar cada vez mais sem noção e zoado." Naquele dia, ele não queria falar de NBA, de clones ou do Pancinha. Tinha uma notícia estrondosa para compartilhar comigo.

"Fofura, você não vai acreditar no que aconteceu!" Ele veio me contar assim que descemos da busa. "Falaê!" Respondi, curioso. "Lembra do Unabomber que te falei?" Senti um desconforto imediato. *Será que ele nunca vai esquecer o lance da bomba?* Eu me perguntei, mas disfarcei com uma empolgação fingida: "Sim, sim! Pegaram ele?" Cirilo pediu um momento para matar a sede no bebedouro e continuou: "Não, cara, depois de vários anos, ele atacou de novo." Arregalei os olhos. "Como você sabe?" "Minha mãe falou." Ele disse enquanto eu bebia água. Limpei o rosto e busquei como não fugir do assunto: "Foi lá onde ela trabalhava de novo?" "Não, na Califórnia. Louco, né?"

Fiquei em silêncio, era tão difícil saber o que passava na cabeça estranha do Cirilo, então resolvi perguntar. "Você ainda acha que eu posso virar um doido feito o Unabomber?" Ele me olhou desconfiado e depois gargalhou. "Claro que não, sem noção!" "Então, por que veio me contar disso?" Pensativo, ele coçou o cavanhaque adolescente que estava deixando crescer. "Não sei... Olha só, ceis dois têm aí em comum que estouraram uma bomba na escola, mas ter algo em comum com alguém pode não significar nada... Tipo, o Hitler e o Charles Chaplin tinham o mesmo bigode, saca?" Ele me deu uns tapas no ombro. *Quem consegue entender o Cirilo?* Eu me perguntei aliviado e meu amigo encerrou o assunto: "Enfim, bora pra aula!"

* * *

    Todos os dias de junho, pouco antes de dormir, me oferecia para ir comprar um maço de cigarros para minha mãe. A desculpa de Yuki era comprar pão para o dia seguinte. Antes de sair de casa, eu, cuidadosamente, borrifava um pouquinho de AZZARO POUR HOMME em cada lado do pescoço, descia para o térreo, e nós dois íamos juntos à padaria comprar o que precisávamos antes de entrar na Veraneio.
    "Fofura, tira esse sorriso besta da cara." "Só tô feliz, não pode?" Eu dizia, abrindo a porta e segurando a capa para ela. "Você é muito safado!" Ela me censurava sorrindo antes de entrar. Cronometrávamos dez minutos juntos e saíamos antes que alguém desconfiasse. Só não fizemos isso na semana que antecedeu meu Paulista. Eu estava em paz, focado, as dores no ombro administráveis e meus tempos melhores do que nunca. Tentando poupar energias, nos dias anteriores à competição eu não fiz mais nada além de ir à aula, comer, treinar e dormir.
    Depois de uma longa espera, o dia do Campeonato Paulista Infanto-Juvenil de Inverno finalmente chegou. Ele aconteceu no Clube Internacional de Regatas de Santos, a famosa piscina mais rápida do Brasil. Eu estava inscrito para os 200 m, os 400 m e os 800 m livres. Essa última, minha melhor, eu nadaria no primeiro dia de competição, na noite de sexta-feira.
    Ninguém gostava de ver as provas mais longas da natação. A maioria do público aproveitava os momentos em que eu nadava para ir ao banheiro, espairecer ou comer alguma coisa. Estava acostumado a nadar os oitocentos com apenas a família do Tio Mílton, Iara, Jônatas e o Daruma me vendo das arquibancadas.
    Naquele dia foi diferente. Liderados por Jônatas e Yuki, ninguém da equipe deixou as arquibancadas para poder torcer por mim. Superando as expectativas, minha mãe, Hu, meu pai e Silmara desceram até o litoral para me ver. Enquanto o microfone anunciava o nome dos outros atletas, eu ouvia Pangoré tocando o bumbo. Quando Afonso Carlos Laranjeira saiu

do aparelho de som, Jônatas tocou uma buzina de navio que foi seguida deu um grito que ecoou na piscina inteira: "Vaaai, Fofuraaa!!!" Meus amigos pularam feito tivessem visto gol em estádio até que o apito do árbitro os silenciou.

Finalmente o momento chegara. Ajeitei meus óculos e tentei estalar meus tríceps como Jônatas fazia. Subi na baliza e respirei o mais fundo que consegui. "Às suas marcas." Orientou o juiz de prova. Dei um passo à frente e cravei os dedos do pé na borda da baliza. "Tééééé!" A campainha soou e, com medo de queimar, caí na água por último.

O resto da prova eu lembro como sonho. O plano era eu tentar nadar as passagens de 100 metros abaixo de 1 minuto e 15 segundos e tentar fazer um tempo abaixo de dez minutos. Como logo assumi a frente da série, também assumi que estava sendo bem-sucedido.

No alambrado, através das lentes embaçadas do oclinhos, eu via meus amigos gritando e movimentando os braços na direção que eu ia. Buscava ar como se nunca tivesse respirado e sentia meus ombros e cada músculo envolvidos no nado ardendo como em fogo. Em meio àquela enorme dor física, sentia uma felicidade única, como se estivesse flutuando sobre a superfície da água. Quanto mais intenso o sofrimento do meu corpo, ainda que eu estivesse nadando rápido como nunca, mais lentamente o tempo parecia passar e maior a duração daquele momento que eu não queria que tivesse fim.

Acabou em 9 minutos, 54 segundos e 87 centésimos. Eu mal podia acreditar, "nadei muito abaixo dos dez minutos, abaixo dos dez minutos!" Tirei meus óculos, saí da piscina, juntei meu agasalho em um bolo, corri para a arquibancada e todos pularam em cima de mim. Procurei com o olhar meus pais, sem encontrá-los; de relance, tive a impressão de ver meu avô e Tio Camilo sentados, sorrindo nas arquibancadas.

Passada a comoção, fui me trocar, e depois fui até a orla da praia em frente ao clube para agradecer a Deus, diante do mar e das estrelas. "Vai fugir até aqui para eu não te dar um beijo de parabéns?" Ouvi a voz de Yuki vindo em minha direção. Olhei para trás, surpreso: "Como você soube que eu estava aqui?" Ela colocou o braço em volta de minha cintura e disse: "Fui atrás de você te dar os parabéns direito e vim atrás de você." Ela me deu um beijo e colocou a cabeça no meu ombro.

"Acho que foi o melhor dia da minha vida..." Falei. "Puf, tá bom, Fofura." Ela desconsiderou sem tirar os olhos do mar e ficamos quietos. "Bom, vamos voltar lá com os outros que daqui a pouco o ônibus tá saindo pro hotel." Yuki disse, rompendo o silêncio e o abraço. "Eu não vi meus pais, você viu?" Perguntei, ela balançou a cabeça. "Vou ficar aqui mais um pouquinho e já vou." Minha vizinha sorriu e deu as costas em direção ao clube.

Respirei fundo, olhei para o alto, fiz a oração de agradecimento e a segui. Quando estava voltando, vi minha mãe e padrasto saindo do clube. "Parabéns!" Ela falou com um sorriso forçado. "Obrigado, mãe. Onde ceis tavam?" "Eu não entendo essas coisas direito, mas parece que você foi bem, né?" Olhei para Hu esperando alguma ajuda, que não veio: "É, mãe, fui sim." Ele permanecia em silêncio com um sorriso espremido. "Bom, essa era a principal, né? A que você queria que a gente visse?" Ela perguntou. "É." Respondi. Ela continuou: "A gente tá subindo de volta pra São Paulo, que tem muita coisa pra arrumar lá na casa do Hu." "Tá..."

Vi Jônatas e Franco se aproximando: "E aí, Fofura!? Tá todo mundo procurando você, o ônibus vai sair daqui dez minutos! Ah, desculpa, esses são seus pais, né? Eu lembro deles da travessia!" Ele cumprimentou meu padrasto, que acenou com a cabeça de volta: "Você mora no apartamento onde ele vai assistir à corrida, né?" Minha mãe quis confirmar. "Sim, eu mesmo. Mas ele se comporta lá, lava a louça e tudo..." "Ah, então você precisa me ensinar seu segredo." Ela respondeu habitualmente. "Bom, Fofura, eu vou lá falar pra Iara que você tá aqui fora." E eles saíram.

"Rapaz simpático, né?" Hu disse. "Quem era aquele outro moço com ele?" Minha mãe perguntou. "É o Franco, amigo do Jônatas." "Ele nada também?" "Não, só é amigo dele."

"Tsc, estranho..." Ela falou, eu virei os olhos, e nos despedimos. Meu pai apareceu em seguida para também informar que estava voltando e me deu os últimos parabéns. Estava tão impressionado com a festa que se surpreendeu ao saber que eu não havia ganhado medalha alguma. "Só melhorei meu tempo, pai. É que o pessoal gosta de torcer." Expliquei, um tanto envergonhado. "Eu acho que eles gostam de você, filho." Seu Carlos ponderou, arrancando um sorriso meu.

Logo depois entramos no ônibus, eu ainda pude sorver os comentários da prova, tapas nas costas, cabeça e tchu-tchus celebrativos. Chegamos ao hotel, comemos quilos de macarrão, como era tradição, e depois Iara nos abarrotou em um dos quartos para assistirmos a um filme chamado "*Conta Comigo*", que ela gravou para nos falar de companheirismo. Era sobre uns moleques americanos da nossa idade: Chris, Teddy e Vern, que faziam uma expedição em busca do corpo de alguém que, como no *Meu Pé de Laranja Lima*, fora morto por um trem.

Depois de idas, vindas, brigas, acertos e descobertas ao som de *Stand by me* do Ben King, eles acham o corpo e voltam para casa. Os heróis do filme cultivavam a mesma atmosfera de amizade que tínhamos na equipe, mas a cena que mais me chamou a atenção foi a final, que acontecia décadas depois. Nela, víamos o personagem principal 30 anos mais velho, em casa, de frente para o computador e terminando o texto que narrava os acontecimentos que o espectador acabara de presenciar.

De repente, os filhos dele, de uns onze a catorze anos de idade, o interrompem e o chamam para brincar lá fora. O escritor pede que aguardem um momento para que ele possa terminar as últimas linhas de sua obra. Na tela do computador, lemos que o melhor amigo dele, Chris, interpretado pelo ator River Phoenix, havia sido assassinado com uma facada. A penúltima linha descreve as saudades do companheiro. Então se lê: "Nunca mais tive amigos como os que tive quando tinha doze anos. Meus Deus, e alguém tem?"

Fim da história?

Era julho e pela primeira vez nem o frio nem o céu encoberto me incomodavam, e eu estava feliz em pleno inverno paulistano. Jônatas havia decidido não voltar para Manaus e também ficar na capital paulista. Eu, ele, Yuki, Kanji, Pangoré e mais alguns atletas do clube combinamos de acordar cedo, correr e fazer abdominais, barras, flexões e borrachinha no parque durante as férias. Até Jaques, que, assim como nós, estava de férias dos treinos de futsal, entrou no esquema.

Estava tão animado que, no primeiro dia, apareci na casa do Jônatas antes que todo mundo e dei de cara com o Franco: "E aí, Fofura, cedo assim?!" "O que cê tá fazendo aqui!?" Perguntei, estranhando vê-lo àquela hora. Ele tirou os óculos, me olhou como se eu estivesse perguntando o óbvio e respondeu: "Café, você vai querer?" O amigo do Jônatas serviu uma xícara com leite e tomei. Esperamos o resto do pessoal chegar e saímos a correr pela Avenida Paulista até o Ibirapuera.

Foi só depois de um tempo que fiquei sabendo que a ideia de treinarmos veio do Jônatas. Ele ouviu de Yuki que eu estava novamente sentindo dores no ombro e, me conhecendo o suficiente, julgou que eu só faria fisioterapia com borrachinha nas férias se alguém fizesse comigo. Acabávamos o treino, eu voltava para o 49 e dormia no sofá. Mari me acordava com o almoço feito. Eu me levantava, comíamos e conversávamos um pouco. Vira e mexe, ela perguntava quando eu voltaria para a igreja, eu respondia que queria ir na dela. Ela me lembrava que semanalmente colocava meu nome na urna de orações, eu agradecia: "Mari, continua rezando que tá dando certo!" Ela balançava a cabeça.

Depois que Mari saía, eu esperava Yuki tocar a campainha. Estávamos naquela rotina de encontros escondidos há mais de três meses e ninguém parecia desconfiar. Ficávamos um pouco juntos, depois Yuki subia e eu esperava minha mãe voltar do trabalho. Ela não estava eufórica como em fevereiro, chegava cansada e estressada, mas certamente melhor do que no ano anterior. Além do que, eu ainda não havia apanhado em 1993. *Deve ser um recorde!*

Hu voltou a se fazer presente como antes, passou a nos levar para comer fora todas as quartas, sextas e nos finais de semana. Alguns lugares eram muito chiques, outros, na Liberdade, por exemplo, só ele entendia a língua que se falava. Com ele, também começamos a comer um tipo de comida brasileira que Tia Bárbara abominaria: sarapatel, frango com ora-pro-nobis, tacacá e arroz com pequi. "Tem partes do mundo que só conseguimos conhecer por gostos e cheiros." Ele dizia. Hu comia de tudo, menos porco por causa da religião.

Depois da NBA, ele desistira de assistir a esportes, mas se fascinava por aspectos da minha vida que ninguém mais ligava. De vez em quando, me ouvia dizer uma opinião qualquer e a ornava com muito mais rococó do que qualquer Laranjeira sabia que elas mereciam: "O que você disse é muito parecido com as ideias de Spinoza!" Eu perguntava mais daqueles nomes que não conhecia e ele me explicava e devolvia mais questões. Hu se interessava particularmente pelas minhas experiências por diferentes religiões e dava risada quando eu provocava minha mãe dizendo que minha fé mais verdadeira continuava sendo o futebol.

Sobre tal devoção, ainda que ninguém fosse praticante confesso como eu, da mesma forma que todos celebravam o Natal mesmo que nunca fossem à igreja ou acreditassem nela, não havia brasileiro que escapasse de ser submerso nas águas santas da minha religião quando era época da Seleção Canarinho partir em missão rumo à Copa do Mundo.

Desta feita, no dia 18 de julho à noite, Dona Helena, Jaques, a mãe dele, Hu, eu e minha mãe nos reunimos na casa do Tio Mílton para ver o Brasil estrear nas eliminatórias para a Copa de 1994. O combinado é que eu não poderia forçar ninguém a assistir ao jogo "do meu jeito", mas levei todas minhas relíquias sagradas: o Daruma, o pé de coelho, o patuá, o marcador do Smilinguido e a ampulheta do Vô Fonso. Ainda assim, ficamos em um empate sem gols contra o Equador.

* * *

Mesmo com a fisioterapia e a borrachinha, meu desconforto no ombro não passava. *Maldita doença de família!* Eu resmungava à noite fazendo gelo escondido. Frente à promessa de que ele não contaria nada para a namorada, no dia seguinte pedi ajuda para o Hu. Ele achava que havia uma ligação entre todos os sintomas que eu e os parentes da minha mãe tínhamos: alergias, dores articulares, problemas gástricos e outros. Gostava de falar de uma medicina grega que era praticada pelos ancestrais dele e prometeu me levar a um médico que ele conhecia.

O tal doutor podia ser muito bom, só não era pontual. Estávamos esperando há uns bons minutos. Enquanto o fazíamos, vi uma Revista *Veja* do ano anterior, na nostálgica capa esfacelada lia-se: "ANJOS REBELDES: Colegiais na rua pedem saída de Collor" e mostrava a foto de alguns alunos protestando. *Quem sabe não tem alguém que eu conheça aqui.* Peguei-a para folhear.

Nas primeiras páginas havia uma foto enorme dos estudantes em São Paulo com faixas e mãos erguidas, mas ninguém que eu identificasse. A reportagem dava mais detalhes do escândalo envolvendo o Collor, passado que eu não estava com paciência de reler.

Na seção internacional, o prisioneiro muçulmano retratando a tragédia bósnia pareceria estar no limite da fome se, na página seguinte, retratos ilustrando a guerra civil na Somália não mostrassem corpos humanos vivos constituídos de ossos, órgãos e pele. A isso, seguia uma reportagem sobre as sobrancelhas bem delineadas voltando à moda e, finalmente, a seção de fofocas que eu buscava para me distrair da impaciência: Sebastian Bach "quase morreu afogado" no *show* que fez em São Paulo. "Sebastian saltou sobre as fãs certo de que seria devolvido ao palco como nos Estados Unidos. As fãs preferiram brincar de agarra-agarra."

Jorge Amado comemorou seu aniversário com o lançamento do livro "*Jorge Amado, 80 Anos de Vida e Obra*". Dispensando privilégios, o escritor entrou na fila para comprar o próprio livro: "'Quero dois exemplares', pediu à vendedora, que respondeu com uma conta de 100 000 cruzeiros. Sentindo o peso da inflação na carteira, Jorge acabou diminuindo o pacote. 'Vou ficar com um só', decidiu."

Outra coluna falava da estreia de Marla Maples, noiva de Donald Trump, na Broadway. "Para animar a estreia, o magnata semifalido mandou distribuir 300 convites entre amigos, personalidades e políticos." Finalmente, a que achei mais estranha: Francis Fukuyama, "arauto do fim da história" havia sido pago pela prefeitura de Porto Alegre para participar de um simpósio no Brasil.

"Hu, o que é arauto?" "Arauto? Arauto é um oficial que faz anúncios solenes. Onde você viu?" Mostrei a reportagem para ele. "Ah, o Francis Fukuyama. Ele ficou famoso com essa tese mesmo, do fim da história." "Que tese é essa?" Indaguei. "Ele argumenta que a Guerra Fria foi o último conflito maior de ideais políticos da humanidade. Que a história culmina com a vitória da democracia liberal como forma superior de governo." "Ele acha que o mundo vai acabar?" Perguntei, fazendo-o rir. "Não, o mundo continua, agora mais unido, pois, segundo ele, não há nada que gerações seguintes possam inventar que vá superar a democracia liberal." "Ahm..." Parei um pouco para pensar. "E você acredita nisso?"

"Afonso Carlos Laranjeira?" Um homem sisudo saiu do consultório dizendo meu nome, mas logo mudou o semblante ao ver quem estava ao meu lado: "Hu!? A que devo esse prazer?" "Vim trazer um amigo meu que precisa de sua ajuda." Ele respondeu, levantando-se. O médico voltou-se novamente para mim, tirando o breve sorriso do rosto. Entrei sozinho na salinha, respondi perguntas de tudo que era assunto, fui examinado e depois o homem escreveu uma receita para meu padrasto.

"E aí, Hu, eu vou melhorar?" Perguntei quando entramos no carro dele. "Ele acha que sim, te passou uns remédios de plantas que podem ajudar e disse que você precisa comer melhor." "Eita..." "É, pode deixar que eu falo com sua mãe." Ele piscou e deu partida no Volvo 900 azul-marinho.

Minha mãe e ele estavam indo passar uns dias em João Pessoa. Depois de muito tempo, Hu convencera os filhos de reencontrá-lo, e minha mãe de conhecer a Paraíba. Antes de passar em casa, pegar a namorada, as malas e ir para o aeroporto, ele me deixou na casa da Silmara, onde meu pai passou a morar.

Nós não nos víamos desde o Paulista. Sem muito assunto, falamos do que sabíamos ainda ser comum, o Senna, o Brasil nas eliminatórias, e acabei contando para ele da consulta. Ele não parecia chateado de Hu me proporcionar aquilo que ele não podia. Em retrospecto, creio que eu até desejava que ele sentisse um pouco mais de ciúmes de mim.

Mas Seu Carlos não era desses. Almoçando o *strogonoff* que ele aprendera a fazer sem ajuda do micro-ondas, continuei contando das roupas, dos álbuns e dos lugares que Hu nos levava para jantar sem conseguir abalar o sorriso do meu pai. Foi só quando falei da conversa sobre o Fukuyama que o humor dele mudou.

"Agora, o Hu tá adepto do Fukuyama também?" Arregalei os olhos e dei de ombros antes de finalizar a última garfada. "Bom, filho, não é o que seu pai acredita." Ele afirmou e colocou o guardanapo sobre a mesa, conclusivo. "No que você acredita, pai?" "A ciência kardecista nos ensina que o homem está sempre em evolução. Esse planeta tem muita coisa ainda pela frente, o ser humano ainda precisa aprender muito..." "E se a ciência kardecista estiver errada?"

Seu Carlos baixou a cabeça, coçou o braço direito, depois o esquerdo. Respirou fundo e levantou o rosto quando pareceu estar pronto para responder: "Olha pra mim, olha como eu estou... Se o fim da história é esse aqui, se não tem nada de melhor pela frente, no que você quer que eu acredite?" Foi minha vez de baixar a cabeça: "Não sei, pai, não sei..."

* * *

No sábado à noite, meu pai foi visitar outro centro kardecista. Silmara estava exausta e decidiu ficar em casa. Eu voltei pra minha. Não queria ficar sozinho com ela e também queria outra companhia para os rituais esportivos daquele domingo que, infelizmente, não foi de sorte.

Eu, Jônatas e Franco vimos Senna ficar fora do pódio, Prost ganhar a quarta corrida consecutiva e praticamente garantir o campeonato de Fórmula 1 de 1993. Mais tarde, os dois se juntaram a nós na casa do Tio Mílton para vermos o Brasil perdendo uma partida de eliminatórias pela primeira vez na história!

Voltei frustrado para meu quarto com medo do Pancinha ter razão. *Será que a sorte virou e nunca mais vou ver um time meu ganhar nada?* Tirei da gaveta o caderno que Vô Fonso havia dado e voltei até a página da conquista da Libertadores onde colara um recorte de jornal. Na manchete, lia-se "Cenas das grandes vitórias de um constante campeão", seguidas de fotos em preto e branco do Raí segurando os troféus das muitas disputas que havíamos vencido nos últimos dois anos.

Deixei o caderno aberto na mesa e olhei para a crescente coleção de CDs na estante. Havia um tempo que Hu parara de me presentear com CDs gringos e fizera outras contribuições para meu pequeno acervo: Voz e Suor, de Nana Caymmi, Secos e Molhados, Miss Perfumado, de Cesária Évora, Alucinação, de Belquior... Meu olho se fixou no Homenaje a Violeta Parra, um dos favoritos do meu padrasto, de quem já estava com saudades. Apaguei a luz do quarto, peguei o CD, trouxe o *discman* para a cama e apertei *play*, e adormeci com a voz potente de Mercedes Sosa:

Gracias a la vida que me ha dado tanto
Me ha dado la risa y me ha dado el llanto
Así yo distingo dicha de quebranto
Los dos materiales que forman mi canto
Y el canto de ustedes que es el mismo canto
Y el canto de todos que es mi propio canto

Quando adormeci, sonhei com uma cidade murada toda construída com pedras bege com algumas dezenas de casas. Havia um leito de rio que havia secado e passava pelo meio da cidade e se estendia para fora de seus muros. Lá, em uma das margens, havia um moinho enferrujado que não mais rodava pela falta de água e, do outro lado, uma cratera, uma casa de palha e vários varais com roupas balançando ao vento. Uma mulher saiu do casebre e caminhou com dificuldade até um único brotinho verde que crescia em seu quintal. "Tsc, tsc, tsc..." Ela estalou várias vezes a língua, tentando umedecer a boca seca, depois bochechou, acumulando a saliva que tinha e cuspiu para regar a plantinha.

Acordei alerta no silêncio da madrugada. Vi o caderno ainda aberto na mesa e fui até ele. Folheei novamente as páginas até a primeira que encontrei em branco, escrevi meu sonho e depois os seguintes parágrafos:

Mas eu não posso reclamar. Depois do divórcio, achei que minha mãe ia ficar louca e ela tá bem. Talvez a gente se acerte de vez agora, quem sabe... E veio o Hu, que é muito gente boa. Espero que eles fiquem bem também. Além disso, eu tô descobrindo uma coisa que me acho bom, mesmo que eu não so o melhor. Acho que minha árvore tá brotando que nem a planta do sonho... Mesmo assim vai ser difícil colocar o nome dos Laranjeira lá no alto... Espero que minha mãe entenda.

Além do que, tenho amigos, tem a Yuki... Mesmo assim, eu não queria que meu pai fosse infeliz. O Brasil precisa melhorar um pouquinho. Aqui é foda. O PC Farias era pra tar preso, mas ele sumiu e ninguém sabe onde ele tá... Hoje, perdemos pela primeira vez nas eliminatórias. O Senna já perdeu a temporada... Talvez esse seja o deserto, talvez eu nem comemore outro título de novo mesmo.

Deus, se a História puder continuar ainda mais um pouquinho e você puder ajudar pessoas que nem o Lindembergue Farias, acho que as coisas melhora. E fazer esse Cruzeiro Real dar certo, acabar com a inflação. Quem sabe aí meu pai acha algo em que ele é bom também e minha mãe finalmente se aposenta que nem ela quer.

Ah, e se não foi pedir muito, que eu e a Yuki acabe junto. Quer dizer, nem sei se estamos juntos agora... Bom, Deus, seja o que o Senhor quiser. Acho que tudo vai ficar bem. Ah, ajuda aquelas pessoas magras na Bósnia e na Somália também. Acho que eles também não querem que a História acabe. E aí, quem sabe, ganharmos a Copa... Todo mundo ia ficar muito feliz! Se der... Se não der, não tem problema.

Moedas novas, antigas feridas

Minha mãe e Hu voltaram da Paraíba estressados. Os dois começaram a ter conversas escondidas que eu reconhecia da época que aconteciam com meu pai. De manhã, ela abria o jornal e comentava o valor do dólar. "Está a noventa e quatro e sessenta e cinco agora." Eu não fazia ideia do que aquilo significava. Sabia apenas que a nova moeda, o cruzeiro real, estrearia no dia primeiro de agosto e, como o Hu trabalhava com exportações, a relação dela com o dinheiro norte-americano era importante.

Ouvia também que a inflação continuava aumentando e estava aos 30% ao mês. O que significava, como o Hu explicou, que um doce que custasse cerca de 1 cruzeiro no meu aniversário, custaria quase 18 cruzeiros no Natal, mais de 80 cruzeiros na festa junina do ano seguinte e quase 200 cruzeiros em Cosme e Damião. "Em outras palavras, se continuarmos assim, daqui a dois anos, uma pessoa vai precisar de mais de 700 cruzeiros para comprar aquilo que compra com 1 cruzeiro agora." Ele resumiu.

Eu entendia que o corte dos zeros precisava ser feito para evitar que eu acabasse pagando milhões por um biju. Era uma matemática com a qual eu já estava acostumado. A primeira vez que ela aconteceu foi cerca de um ano após a morte do Tancredo. O então presidente José Sarney aposentou a moeda nacional, o cruzeiro, e lançou o cruzado. Três anos depois, foi a vez do cruzado já não valer nada e ser substituído pelo cruzado novo que, por sua vez, valia o mesmo que mil cruzados. Pareceu um daqueles truques que vi tantas vezes com meu pai no Centro de São Paulo. O presidente rasgou nossos mil cruzados e fez aparecer um cruzado novo no lugar. "Tá aí, os dois valem a mesma coisa." *Quê!?* Eu me perguntava, embasbacado.

O cruzado novo durou apenas um ano, pois quando o Collor assumiu e lançou o plano dele, mudou o nome da moeda de volta para cruzeiro. Ainda que ele não tivesse cortado nenhum zero, eu gostei da mudança de nome. Não entendia por que nosso dinheiro tinha o nome dos cavaleiros que foram tomar Jerusalém; preferia o nome da constelação. Tio Camilo falava que era só do último mundo que se conseguia ver a cruz que as estrelas desenharam. "Seguindo os pés dela você encontra o Sul, que é o nosso Norte, entendeu?" Ele me orientava apontando para o céu.

De todo modo, o relançamento do cruzeiro durou apenas alguns dias, sendo sucedido pelo cruzeiro real do Itamar, que valia o mesmo que mil cruzeiros do Collor, ou um bilhão de cruzeiros antigos.

Eu só não conseguia acompanhar como aquelas mudanças faziam Hu ganhar ou perder dinheiro. O índice de estabilidade financeira do meu padrasto que eu utilizava era a frequência de presentes, almoços e jantares, que parecia inalterada. Porém, aquele tipo de avaliação se provara incorreta no passado e era inegável que algo os preocupava. Hu estava mais quieto e distante. Minha mãe, como uma bomba cujo pavio começa a queimar, voltara a andar fumando de um lado a outro da casa.

Eu tentava decifrar o que poderia ser aquela potencial ameaça à relativa paz e felicidade recém-conquistadas. Sabia que o grande sonho dela era se aposentar o quanto antes. Em parte, por ter começado a trabalhar muito cedo, em parte por, em virtude da doença, não saber quanto poderia aproveitar a velhice. Também compreendia que aquelas discussões políticas sobre a moeda, inflação e previdência poderiam ter desfechos que lhe estragassem os planos.

Porém, sobre tudo isso ela permanecia muda. Apesar de ser funcionária pública, não achava bom falar muito de política, "nem de religião ou futebol, Afonso Carlos. Esses assuntos só dão em confusão!" Eu ouvia desde muito pequeno.

Nunca esqueci de dois momentos em que ela burlou o próprio conselho. O primeiro corresponde a uma das lembranças mais antigas que tenho. Era abril de 1985, e o esquife com o caixão de Tancredo Neves passaria na 23 de Maio. Saímos de casa de mãos dadas, eu com meus cinco anos completos, ela com um ar solene que eu não vira antes. Marchamos em direção à multidão que se aglomerava na borda da avenida. Não me recordo com que palavras ela explicou que o primeiro presidente não militar do Brasil em mais de vinte anos havia morrido antes de tomar posse, e que estávamos testemunhando o funeral dele. Mas lembro dela conversando comigo pacientemente ao som da música "Coração de Estudante", que tocava constantemente.

Quatro anos mais tarde, ela me entregou uma cópia da Constituição Brasileira. "O que é isso, mãe?" "É a Constituição do seu país." "Mas é de oitenta e oito, não tem uma desse ano?" "Filho, não lançam uma Constituição nova todo ano. Em alguns países elas duram mais que século!" "Sério?" Ela virou os olhos. Continuei: "Por que a nossa foi feita no ano passado?" "Porque encerramos um período difícil da nossa história, e ano passado foi um recomeço." Folheei o livrinho de capa verde, amarela, azul e branca. Voltei a olhar para ela: "De quantos recomeços um país precisa?"

Ela respirou fundo dando a entender ter se arrependido de me presentear com o livro, mas conseguiu retomar o rumo da prosa: "Isso só Deus sabe. Você tem que se preocupar são com suas responsabilidades e direitos como cidadão. Estão todos aí." "Eu tenho que decorar!?" Ela apertou os lábios: "Tsc, não, claro que não, Afonso Carlos! É pra você conhecer. Guarda e não perde, um dia você vai me agradecer por ter te dado." E assim a segunda conversa foi encerrada.

Recentemente, a única notícia importante que ela comentava era a bendita cotação do dólar e mais nada. Buscando mais pistas do que a preocupava, sozinho e em silêncio, eu lia a primeira página do jornal todos os dias. Em agosto, elas reportavam outra chacina. Poucos dias depois de terem assassinado os oito adolescentes na Candelária, quinze garimpeiros invadiram uma aldeia ianomâmi e abriram fogo contra seus habitantes. Dessa vez, o número de mortos poderia chegar a quarenta, entre estes, crianças, idosos e mulheres. Outra vez a imprensa internacional começou a divulgar o caso. Perguntei à minha mãe por que garimpeiro matava ianomâmi. "É só assim para o nosso país virar notícia lá fora, as coisas que a gente faz de bom ninguém vê." Ela respondeu. Eu continuava sentindo que, de alguma forma, todas aquelas notícias estavam conectadas com uma ameaça que eu ainda não conseguia identificar.

* * *

Na escola, a nova moeda foi a primeira conversa no recomeço das aulas. Antes de o professor chegar, todos se reuniram em volta de Fernando para ver a nova cédula de 500 mil cruzeiros, agora carimbada com a marcação "500 CRUZEIROS REAIS". "É pavê, não é pa tocar." Ele avisava. Entre as meninas, a novidade era o anel de compromisso que Belinha e Fernando voltaram das férias ostentando no dedo anular direito.

"Que foi pessoal, caiu balão?" Uma voz conhecida perguntou da porta de entrada da sala. "Gérson!!!" Parecemos bradar em uníssono, as meninas imediatamente foram abraçá-lo. Foi uma festa só! Batíamos os pés no chão e mãos na carteira, gritando: "Gérson, Gérson, Gérson!" Paulo, que também entrara na sala, sussurrava pedindo silêncio. Vendo a falta de sucesso do colega, nosso professor berrou: "Bora acalmar, pessoal!" E pediu para sentarmos: "Ceis querem me matar de vez com essa zona..." Brincou. "Enfim, o que tavam vendo todos amontoados?"

"O Fernando trouxe uma nota de quinhentos pra gente ver." Disse Belinha com um sorriso corado. "Ah, a moeda nova!" Ele exclamou. "Pensei em falar dela pra vocês, alguém sabe de quem é o autorretrato no anverso da nota?" "Mário de Andrade?" Ester respondeu. "Pois é, e no reverso temos o poeta modernista falando a jovens como vocês. Hoje, então, acho que podemos fazer um pouco do que a nota sugere."

"Você vai dar aula pra gente fora do livro, pissor?" O primo do Mustafá perguntou esperançoso. "Hoje não é aula, só velhos conhecidos colocando o papo em dia." Ele respondeu com uma piscadela. Gérson explicou sobre o movimento modernista, da valorização da cultura brasileira cotidiana e da busca de uma identidade nacional para além dos regionalismos. Conhecendo minha ligação com o tema ou não, ele mencionou a amizade entre Mário de Andrade e o pintor de Brodowski, Candido Portinari.

"A efígie do Portinari estava na nota de cinco mil cruzados, se vocês lembrarem. Mário e Candido trocaram cartas até o final da vida. O poeta, dez anos mais velho, foi um mentor para o artista plástico. As más línguas diziam que Mário tinha um interesse amoroso em Portinari, mas isso tudo é bobagem, apesar de que o poeta provavelmente era homossexual." Todos arregalaram os olhos, surpresos com a revelação.

"Enfim, podemos estudar aquilo que ele escolheu revelar para nós, que foi sua obra. Vou pegar aqui um livro de outro ano para ler um poema do Mário que lembrei hoje de manhã." Ele anunciou, revirando a pasta. "Estava pensando em nós e nas mais diversas pessoas em cada canto do Brasil passando por mais essa mudança juntos, cada um por diferentes razões e formas, torcendo mais uma vez para que possamos reencontrar nosso jeito. A poesia se chama 'O poeta come amendoim':

    Brasil amado não porque seja minha pátria,
    Pátria é acaso de migrações e do pão-nosso onde Deus der...

Brasil que eu amo porque é o ritmo do meu braço aventuroso,
O gosto dos meus descansos,
O balanço das minhas cantigas, amores e danças.
Brasil que eu sou porque é a minha expressão muito engraçada,
Porque é o meu sentimento pachorrento,
Porque é o meu jeito de ganhar dinheiro, de comer e de dormir."

* * *

Seu Carlos, para quem qualquer motivo sempre foi motivo para esperança, agora sonhava em mover rios de dinheiro vendendo strogonoff congelado para micro-ondas. Para manter tais visões vivas, Silmara continuava saindo às seis da manhã de casa, mas passou a voltar às dez da noite, ensinando inglês em tudo que era canto de São Paulo. Quando no apartamento deles aos finais de semana, sempre a via em uma mesa cheia de papéis e provas para corrigir. O rosto estampava umas olheiras fundas que davam pena.

Entre o pessoal do clube, as corridas matinais de julho foram substituídas pelos treinos vespertinos na piscina. Eu e Yuki voltamos à rotina de nos encontrar à noite na padaria. Até lá o clima andava nervoso: "A gente derruba um corrupto que andava de *jet-ski* e vem esse abobalhado querendo ressuscitar o Fusca!" Reclamou o pai do Pangoré enquanto nos entregava o troco, e nós dois rimos baixinho.

"Você sabia que tem um gringo japa que acredita que nós tamo no fim da história?" Disse a ela depois de entrarmos na Veraneio. "Do que você está falando, Fofura?" Ela perguntou, curiosa. "Eu li na *Veja*..." Ela riu: "Mas não é você que odeia quando as pessoas ficam falando dos assuntos das revistas?" "É, mas... Você quer ouvir o fim da história ou não?" Ela abraçou meu corpo desajeitado, me deu um selinho e disse:

"Fala, Fofura, fala... Se eu não ouvir suas teorias, quem vai?" Fiz cara de contrariado, ela sorriu, me desprendi e continuei. "Você ouviu até que parte?" "Fofura, eu ouvi tudo e não teve parte nenhuma, cê só falou do homem que acha que é o fim da história, desembucha!"

"Então, pelo que entendi, o cara acha que agora que o capitalismo venceu, não tem mais nada melhor. Que o mundo tá bom do jeito que tá, só precisa ir melhorando." Eu disse enquanto ela me olhava, confusa. "E o mundo não tá bom pra você, Fofura?" Ela perguntou colocando as mãos na cintura.

"Não tô falando só de mim, sei lá, o país parece todo cagado mesmo." "E o que você entende disso?" "Não muito, mas você viu? No final do mês passado, os justiceiros mataram as criança lá, depois mataram os índio... Daí, mandaram fazer esse dinheiro com cara de poeta e sei lá o que mudou. Do lado da minha escola, a favela parece pobre igual. Dentro da escola, o povo rico igual também. Meu pai agora tá com ideia de vender comida congelada... Parece que as coisas não melhoram..." Ela olhou para baixo, pensativa, e disse: "Eu ouvi que quatro crianças morrem por dia no Brasil." "Morrem? Como?" "Assassinadas, eu acho."

Yuki se deitou no meu colo, e nós dois ficamos sem saber o que dizer, até que ela quebrou o silêncio: "Outro dia o Franco tava falando dessas coisas também... Tem que ter um mundo melhor pra todo mundo." "O Franco!? Quando você conversou com ele!?" Disse, sem conseguir disfarçar meus sentimentos, que Yuki finalmente identificou. Ela se levantou, indignada: "Como você é besta, Fofura, com ciúmes do Franco!" "Isso não tem nada a ver, e eu não tô com ciúmes!" "Tá, sim! E é óbvio que não tem nada a ver. Ele é bem mais velho..." Ela insistiu. "Você é mais velha que eu também." "Aff... Eu não me conformo que você e os outros meninos não percebem." "Percebemos o quê?" Yuki respirou fundo e soltou o ar junto com as palavras: "O Franco e o Jônatas são *gays*." Eu a encarei, mudo, enquanto batalhas impronunciáveis me tomavam.

"Como assim, *gay*!?" "*Gay*, Fofura, bicha, homossexual." Mais um longo silêncio.

"Mas eu já dormi na casa dele!" Yuki parecia confusa. "E daí?" Continuei pensando alto: "Será que ele...? Quando eu tava dormindo..." Ela me olhou fundo nos olhos, eu era só confusão. "Ai, claro que não! Como você é idiota às vezes! Não devia nem ter te falado. Você não vai falar pros outros, né?" Ela perguntou e eu reagi, defensivo: "Claro que não, até porque isso é uma opinião sua. Vão me bater se eu falar isso. E com razão. O Franco até pode ser, mas o Jônatas não é viado, nem fodendo! Eu já vi ele ficando com menina... Mais de uma até!"

Yuki abriu a porta do carro contrariada. "Precisamos ir, daqui a pouco sua mãe chega." "Tá." Respondi. "Às vezes você é muito incoerente." Ela disse, me dando as costas. "Agora eu sou incoerente só porque o Jônatas não é *gay*!?" "Deixa pra lá. A gente se vê." Ela continuou caminhando em direção ao elevador sem nem olhar para trás.

No treino do dia seguinte, Yuki disse que não iria à padaria. Perguntei por que, ela respondeu que precisava de um pouco de espaço. *Merda, até isso vai começar a ficar tenso agora!* Fechei os olhos bravo, mas tentei disfarçar minha frustração. Acabamos não nos encontrando escondido nenhuma outra vez até o final de agosto. No dia 29 de manhã, domingo, inclusive para provar que ela estava errada, fui até o apartamento do Jônatas assistir ao GP de Spa-Francorchamps, na Bélgica.

Eu, Jônatas, Franco e o Daruma vimos a corrida de forma quase protocolar e em silêncio. A superioridade das Williams era inquestionável. Naquele domingo, Hill acabou em primeiro, seguido por Schumacher, Prost e Senna em quarto lugar. Antes mesmo de ver a premiação, recolhi os amuletos, me despedi e voltei para casa.

Quando cheguei, ouvi minha mãe saindo do banheiro sem paciência e mandando eu ir me arrumar porque íamos sair para almoçar. Troquei de roupa rápido e voltei para descobrir o impensável: Hu não havia planejado lugar algum para irmos. Sem graça pelo lapso, ele propôs que nós escolhêssemos. "O que nunca comeram comigo e gostariam de experimentar?" Mesmo sabendo que ele não consumia porco, tentando resgatar a alegria das feijoadas no Tio Camilo, propus meu prato favorito.

Minha mãe censurou tal egoísmo, Hu falou em tom conciliatório: "Podemos ir a um lugar que tenha feijoada, eu peço outra coisa." Não me satisfiz. "Hu, eu já comi tanta coisa nova que você mostrou, por que você não come feijoada uma vez? Vai que você gosta e pode ser uma tradição nova!" Outro olhar de reprovação materno me fuzilava. Hu deu risada. "Tá certo, mas eu não como por razões religiosas, não porque ache que não vá gostar." "Mas você nunca vai conhecer o sabor do principal prato brasileiro?" Protestei.

"Eu vou me maquiar lá embaixo no carro. Quando pararem de filosofar desçam porque eu tô com fome." Ela anunciou, tomando a chave do Volvo e saindo. Hu ficou sem graça. Depois que ela fechou a porta, ele disse: "Olha, se por um lado é um sabor brasileiro que nunca vou conhecer, por outro, eu não comer é uma lembrança de que nenhum indivíduo consegue conhecer todos os sabores de um lugar. Agora vamos, porque eu não quero estragar o clima do seu reencontro com a feijoada."

Saímos, entramos no elevador, ele apertou o botão do subsolo, e julguei ter tempo para um último argumento: "Você sempre fala que conhece os lugares pelos sabores, e se tiver algo na feijoada importante de você conhecer? E se tiver algo que possa te deixar mais feliz?" Pela primeira vez, Hu fez o mesmo semblante cansado com que tantos adultos reagiam às minhas questões. "Olha, Afonso Carlos, eu aprendo muito com você, mas nunca vou provar o mundo do seu jeito. Sei que é chato não podermos partilhar essa experiência, mas não vamos deixar essa impossibilidade impedir de vivermos os momentos bonitos que podemos, tá bom?"

Comi o prato brasileiro também em silêncio, sem sentir o sabor da alegria do qual eu lembrava. Voltamos para casa e assistimos à televisão no sofá enquanto, no Rio de Janeiro, cerca de trinta justiceiros encapuzados e armados, arrombavam portas, invadiam casas e executavam moradores da favela de Vigário Geral. O jornal de segunda-feira estampou: "Nova chacina deixa 21 mortos no Rio".

Enquanto minha mãe mais uma vez recitava a cotação do dólar, eu olhava para a manchete, me lembrando do entrevero com o Jair e o Cabo Bruno. Não haviam se passado dois anos, mas parecia outra vida. Virei meu cotovelo relembrando as marcas deixadas pelo Cobra. Vivendo em um país de tantas feridas abertas, as minhas, ao menos, pareciam ter cicatrizado.

Regressos

O Brasil inteiro sentia a ameaça de reviver o trauma de 1950, quando sediamos a Copa e fomos eliminados pelo mesmo Uruguai na final. Meu pai tinha apenas seis anos quando o Maracanaço aconteceu, mas ele nunca esqueceu: "É filho, a gente não pode dar outro vexame na nossa casa!" "Ah, pai, eu tô com fé no Raí e Romário." Respondi em referência aos craques brasileiros, o último chamado às pressas depois que a nação inteira, inclusive o presidente Itamar Franco, pressionou o técnico Carlos Alberto Parreira para convocar o jogador.

Falamos mais um pouco sobre as chances da Seleção, o São Paulo, a temporada perdida de Fórmula 1 e expectativas para a NBA, ainda por começar. Depois de almoçarmos a última versão do *strogonoff* que ele alegou ter aprimorado, os assuntos haviam se esgotado e lavávamos a louça juntos.

"E a Dona Helena, tem falado com ela?" Seu Carlos caçou alguma conversa. "Tenho..." "Ela tá bem? Viu que os judeus e palestinos assinaram um acordo de paz?" Ele continuou. "É, eu vi no jornal." "Bom, vamos ver se esse povo para de brigar. Eu não entendo o primitivismo daquela região!" Com medo de que Seu Carlos se alongasse muito nas duvidosas teses dele sobre a evolução dos povos, foi minha vez de buscar alguma outra prosa.

Resolvi sondá-lo em busca de pistas sobre o que poderia estar passando entre minha mãe e meu padrasto: "Pai, o que aconteceu entre o Hu e os filhos dele?" Ele me olhou, surpreso. "Por quê? Ele tá tendo dor de cabeça com isso de novo?" Não, respondi, ele prosseguiu: "Eu não sei direito o que aconteceu. Você deve ter percebido, o chinês é muito reservado. Só sei que um dia ele voltou pra casa e encontrou um bilhete dizendo que a mulher tinha se mudado com os filhos para o Nordeste. Depois disso, ele ficou recluso. Tentei ligar várias vezes e ninguém atendia. Fiquei preocupado, gostava, quer dizer, gosto bastante dele, mas o chinês não queria ver ninguém. Depois, nos afastamos."

Em casa, o clima entre os namorados continuava tenso e minha mãe vivia a reclamar. "Hu, por que você não colocou aquela camisa que eu te dei?" "Se você continuar comendo desse jeito, nunca vai perder o peso que quer perder." "Não adianta arrumarmos seu apartamento se duas semanas depois ele tá de volta do mesmo jeito." E logo as insatisfações começaram a vazar para o que fazíamos juntos: "Num sei o que vocês tanto veem nessas músicas." *Música não se vê, mãe, se ouve...* Respondi, em silêncio.

Depois veio a implicância com o médico a que ele me levou: "Chega de coisa alternativa que esse menino até na macumba se benzia. Eu quero médico daqueles de branco que dão comprimido pra tomar." E, finalmente, ela impediu que eu ganhasse um computador novinho. Hu até tentou explicar os benefícios do Macintosh que ele comprara para minha mãe: "O Macintosh é melhor que o PC, tanto pra música, quanto pra educação. Eles saem de fábrica com placa de som. Esse aqui veio com conexão direta pra videocassete e a tela tem imagens bem mais definidas. Vocês podiam ter um, vai ajudar o Afonso Carlos na escola." "Eu prefiro o velho papel e caneta. Além do que, esse menino não tira a cara da televisão e do *video game*, agora vai querer também ficar com a cara grudada no computador! Você também, hein, Hu, não podia inventar outra moda, não?"

Por isso e muito mais eu estava apreensivo naquele 19 de setembro. Às 16 horas, eu voltaria para casa e assistiria, ao lado deles, ao Brasil disputando contra o Uruguai uma vaga na Copa. Eu sabia que eles não eram a companhia ideal para o momento, mas diante da possibilidade de não nos classificarmos pela primeira vez na história, eu precisava da liberdade de fazer todas as minhas mandingas para ajudar a Seleção.

Hoje eu quebro a maldição do Pancinha! Pensei, resoluto, assim que entrei no meu quarto. Vesti a camisa azul e branco (evitando, assim, qualquer indumentária que contivesse verde), meu Daruma estava descansado (fazia dias que eu não o deixava ver esportes para que recuperasse suas energias), os outros quatro amuletos estavam a postos; sabendo que minha mãe não cooperaria, revi as instruções com meu padrasto. Ainda assim, ela interveio: "Você já tem trezentos amuletos espalhados, não dá pra eu convidar as pessoas e você proibir elas de cruzar os braços ou gritar gol." "O Hu não é convidado, mãe." "É, sim, a casa é minha." Houve silêncio.

"Mãe, se o Brasil perder, eu só vou ver outra Copa quando tiver dezoito anos!" Por mais alguns longos e silenciosos segundos trocamos olhares de pelo amor de Deus me entende. "Tá bom, Afonso Carlos, a gente não cruza os braços, mas ficar sem gritar ninguém aguenta!"

Achei o compromisso razoável. Ledo engano. Os dois times começaram se respeitando, mas logo o Brasil se soltou. Romário arrancou da esquerda para o meio, tabelou com Raí, que devolveu na entrada da área. O baixinho deu um toquinho encobrindo o goleiro... "Gol!" Minha mãe gritou. A bola bateu no travessão. Imediatamente ela olhou para mim, e eu para baixo.

Em outra jogada, Raí tocou para Jorginho, que cruzou para a área. Romário relou na bola que ficou em um bate-rebate na área. Minha mãe não aguentava: "Gol, aí, gol, meu Deus, não!" Fechei os olhos... "Tiiira o time do Uruguai!" ouvi a voz do Galvão Bueno, narrador esportivo da TV Globo.

"O lançamento agora é pro Romário... Grrrande lançamento do Dunga, quem disse que ele não sabia lançar? Vai, Romário, entorta esse. Faz a finta Romário, Kanapkis, insiste Romário, ainda ele, grande lance, bateu..." "Goool!!!" Minha mãe gritou de novo. "...na rrrede pelo lado de fora!"

O primeiro tempo estava chegando ao fim. "Mãe, posso ir ver o resto do jogo na casa do Jônatas? Ali dá muita sorte..." A tensão na cara de Hu era condizente com a pergunta. "Tsc, eu não acredito que você acha mesmo que o Brasil não fez gol por minha causa, Afonso Carlos!" Ela esperou eu dizer algo, eu não disse nada.

"Era o que faltava mesmo, além de ser responsável por todas infelicidades da sua vida, agora sua mãe também é culpada pelas desgraças que acontecem com o país inteiro! Que cruz eu tenho que carregar, que cruz! E tudo porque eu comemorei o gol antes da hora... Quer saber, Afonso Carlos?" Ela cruzou os braços bem cruzados e continuou: "Gol, gol, gol, gol e gol! Essa é minha casa e eu falo gol quantas vezes eu quiser. Nem assistir jogo do Brasil em paz mais eu posso! Vai embora logo, some daqui, vai, some!"

A um preço justo, consegui o que queria. Peguei os amuletos, as chaves, a carteira e saí em direção ao apartamento do Jônatas. Cheguei lá esbaforido e dei de cara com ele e o Franco bebendo cerveja. "Aê, chegou nosso talismã! Vai, Brasil" Gritou meu amigo. Franco me serviu água. Posicionei o Daruma no lugar e nos sentamos os três nas cadeiras de plástico em frente à televisão, a tempo de ver o goleiro uruguaio defendendo outro chute de Romário.

Naquela tarde, no entanto, nosso destino não era o quase. Aos 26 minutos da segunda etapa, Jorginho lançou na direita para o Bebeto, Romário e Raí entraram na área. "Caprichou Bebeto, olha a chance, olha o gol, olha o gol! Olha o gol! Olha o gol! Goooollll!!! É... É... É do Brasil! Rrromário, Rrromário número onze!" Nós três saltamos do sofá e nos abraçamos pulando e gritando. Prestes a nos separar, Franco deu um beijaço na boca de Jônatas.

Caralho, vocês são gays mesmo, são gays! Caralho, caralho, caralho! Minha mente gritava silenciosamente enquanto meus olhos buscavam maneiras de voltar a prestar atenção no jogo. Doze minutos depois, Romário carimbou o passaporte do Brasil para a Copa dos Estados Unidos com um golaço. Eu mal consegui celebrar. Assim que a partida acabou, fiz o caminho de volta para casa, tentando organizar os pensamentos. Sem conseguir, resolvi ligar para Pangoré do orelhão (não queria que minha mãe ouvisse a conversa).

"Eu juro pra você, juro! Cê acha que eu queria ter visto aquilo?" "Calma, Fofura, calma!" Ele dizia do outro lado. "Que a gente vai fazer?" Perguntei, e um silêncio seguiu. "Olha, seguinte, você ainda tem o RG falso que eu fiz, né?" "Sim, sim, por quê?" "A galera tá combinando de sair pra comemorar a vitória. Vem com a gente, fica com alguma mina, tira um pouco dessa *nhaca*, depois a gente pensa no que fazer." "Não sei, Pango, amanhã tem aula, e minha mãe já ficou brava de eu ir lá." "Sobe na sua casa, pede desculpas, faz o que você precisa fazer que eu falo com minha mãe. Ela liga pra sua mãe e combina." "Tá..." "Fechado." "Ô, Pangoré, não fala nada desse lance com mais ninguém." "Sussa, Fofura, xá comigo."

Fiz o que havia sido combinado. Logo o telefone tocou. Conversa vai e vem, mais algumas ligações, desculpas adicionais, um resto de sermão e promessas que daquela vez eu compreendia tudo e ia melhorar. "Tá bom, pode ir, mas olha lá, muito juízo e ai de você se não acordar na hora amanhã!" "Tá... Obrigado, mãe."

Quando entrei no carro, todos gritaram meu apelido em festa, mas eu conhecia aquele olhar de preocupação. *Pangoré maldito, falei pra* não contar... Pensei. Dentro da danceteria, chamei ele de canto: "Você contou?" "Eu tinha que contar, mas fica sussa, ninguém vai sair espalhando. Agora chega. Vamos achar uma mina pra você, olha lá! Às cinco horas tem uma te olhando."

Pangoré me virou tentando direcionar minha paquera.

Eu só pensava: *O que eu vim fazer aqui!?* Eu ia naqueles lugares por causa dos meus amigos, mas nunca me sentia confortável neles. Era gente demais, eu não sabia dançar e só queria ficar mesmo com Yuki. Pangoré continuava gesticulando, e meus ouvidos não desligavam da música ensurdecedora.

> *Please take it all in, nothing to lose, everything to win*
> *Let it control you, hold you, mold you back to order*
> *New touch, it taste, it free your soul and let it face you*
> *Got to be what you wanna, if the groove don't get you, the rifle's gonna*
> *I'm serious as cancer when I say rhythm is a dancer*

"Viu, Fofura, viu? Cê tá me ouvindo!?" Ele gritou. "Deixa pra lá, Pango." "Pera, ela tava pagando muito pau pra você... Ali, aquela de cabelo preto, olhou de novo!" Ele me girou de vez. *Belinha!?!* Meu estômago contraiu inteiro.

Olhei para Pangoré sem conseguir disfarçar a cara de assustado, mas ele não deu bola. "Viu? Meio patricinha, mas gatinha, né?" Ele perguntou com um baita sorriso. Tentei controlar a situação: "Meu, esquece, ela namora um *playboy* da minha sala." "Melhor ainda!" Ele respondeu com um sorriso enorme, eu virei as costas, ele me puxou de imediato, olhou fundo nos olhos e, com o mesmo tom que Iara usava quando nossos tempos começavam a cair em uma série, disse: "O negócio é o seguinte: a gente veio aqui pra você se divertir, ficar com uma mina, e não continuar todo bolado. Então, se a mina do *playboy* tá te dando mole, não tem Cristo na Terra que vai fazer eu te deixar em paz enquanto você não for lá furar os olhos dele! Pelo amor de Deus, duas bichas na equipe não dá pra gente ter!"

Pangoré veio se aproximando comigo para apoio moral. Ele caminhava dançando, enquanto eu tentava mexer o corpo apenas o suficiente para não ser notado. Belinha percebeu nossa movimentação e corou. Ao redor dela, umas meninas da idade do Pangoré riam, cochichavam e a cutucavam.

Vendo que precisaria tomar a frente, meu amigo iniciou a conversa: "Oi, nosso companheiro Fofura aqui disse pra não enchermos vocês, mas a gente ficou curioso pra conhecer as colegas de escola dele. Meu nome é Davi, mas esses diabo só me chamam de Pangoré." Ele estendeu a mão, a menina que parecia mais velha a apertou, e os dois deram um beijo no rosto. "Oi, meu nome é Julie. Essa aqui é a minha irmã Fê, nossa vizinha Carla e nossa prima, Bela." À medida que ela nos apresentava, íamos trocando mais apertos de mãos e beijos. "Nós estamos visitando a cidade, viemos de Campinas, voltamos hoje mesmo, só a Bela estuda com seu amigo." Ela informou, sorrindo.

Pangoré agiu rápido: "Por que as visitantes não vêm conhecer nossos outros amigos comigo e deixamos os dois aqui falando um pouco de escola, então?" Elas se entreolharam tentando decifrar cada uma o que a outra queria. "Tudo bem a gente ir, Bela?" A mais velha perguntou. Para minha surpresa, Belinha acenou com a cabeça.

Enquanto eles saíam, propus para Belinha: "Quer sair daqui?" "Vamos." Ela respondeu. Tomei coragem e segurei na mão dela e a trouxe para fora daquele bolo de gente. Quando estávamos mais ou menos a sós, sem saber o que falar, a puxei para junto de mim e a beijei. Ela me beijou de volta.

Senti meu corpo formigando inteiro, imediatamente lembrei do quanto sonhei com aquele momento em outras épocas. Tais imagens foram logo invadidas pela cena de Franco beijando Jônatas e o rosto de Yuki. Eu tentava exorcizar tudo aquilo beijando-a com ainda mais intensidade.

Ela me afastou com um sorriso tímido. "Calma, deixa eu respirar." "Tá." Eu disse envergonhado e perguntei. "Tudo bem a gente ficar?" Ela acenou com a cabeça sorrindo. "E o Fernando?" Ela ergueu as sobrancelhas e disse: "Foda-se ele, todo mundo sabe que ele me chifra direto, parece até meu pai..." Ela respondeu, logo ficando corada, talvez lembrando de nossa antiga cumplicidade. "Esse perfume é ainda aquele que te dei?" Ela mudou de assunto puxando meu corpo para junto dela. "Ele mesmo." Confirmei acanhado. "Tá mais gostoso agora."

Perto da hora de irmos, meus amigos reapareceram com as primas campineiras. "Estávamos procurando os pombinhos. Hora de ir, Fofura." Pangoré se despediu dando um beijo na boca da mais velha, os outros fizeram o mesmo, e eu segui o padrão vendo Belinha corar um pouco. Antes de sair, ouvi ela chamando: "Afonso..."

Virei e a vi com cara de súplica. "Eu sei..." Disse sorrindo. "...ninguém na escola vai saber." Virei as costas e fui abraçado pelos companheiros de equipe como se tivesse conquistado uma medalha. A promessa que fiz, mantive. Nem para Mustafá ou Alcides abri o bico. Meus amigos da natação não foram tão discretos. As histórias de todos os beijos daquele dia se espalharam como fogo em palheiro no clube.

O escarcéu foi tanto que acabou em uma reunião de pais preocupados, Iara e Jônatas a portas fechadas no final da semana. Nela, questionaram até o estilo de vida da nossa técnica, que nunca tinha se casado e vivia sozinha há anos. Ficou decidido que mais nenhum membro da equipe menor de idade poderia ir ao apartamento de Jônatas. Foi também proposto que o salva-vidas supervisionasse a hora do banho depois do treino, mas, frente a isso, Jônatas optou por se limpar na casa dele.

Minha mãe não havia ido, mas apoiava a decisão. "Sempre achei muito estranho! Que interesse um rapaz moço daquele pode ver em uma amizade com um menino de treze anos?" Eu queria responder, mas só consegui não chorar. Meu coração procurava o que sentir enquanto meu estômago retorcia. Odiava ser o pivô daquilo. Apesar do apoio de alguns membros da equipe e de muitos pais, eu não conseguia olhar na cara do Jônatas, e ele na minha. Iara também parecia desapontada.

Por fim, seja pela história do primeiro beijo ou do segundo, Yuki também passou a me tratar com uma distância que nunca tivemos. "Eu sonhei tanto tempo com o beijo na Belinha. Acreditava que seria o começo do nosso grande amor... Acabou sendo o fim entre eu e Yuki, acho que a primeira menina que gostou de mim de verdade. Esse inverno tá frio demais." Escrevi no caderno.

* * *

Tive um pesadelo com um cipó que se rastejava como uma serpente nojenta e acordei berrando. Hu estava em casa, ele e minha mãe não haviam ido dormir ainda. Ela não perguntou o que estava acontecendo, apenas me trouxe um copo com água. Pedi para levantar e ficar com eles. Os dois se entreolharam, Hu fez um sinal que não consegui decifrar, ela respirou fundo e disse: "Levanta, filho, é bom mesmo, precisamos conversar."

Obedeci ainda entorpecido pelo sonho, mas curioso e preocupado pelo semblante momentoso de ambos. "Que que eu fiz?" Perguntei ao sair da cama, eles sorriram sem jeito. "Nada, precisamos conversar, só isso." Fomos até a sala, nos sentamos, e Hu iniciou: "Afonso Carlos, você lembra dos meus filhos, não?" Acenei com a cabeça.

"Como você deve saber, eu não convivo com eles desde que tinham a sua idade. Não por opção minha..." Ele olhou para o alto. "Enfim, depois de eu muito insistir por alguns anos, eles querem se reconectar comigo, e eu desejo estar mais próximo deles também, afinal muito tempo foi perdido." Por um segundo, o mundo se desorganizou, e eu não soube dizer se já havia acordado.

"Filho... Filho!" "Eu! Hein? Que foi, mãe?" "Você tá prestando atenção, isso é muito importante." "Tá... Quer dizer, tô." Hu voltou a falar. "Enfim, são meus filhos, minha família, assim como vocês se tornaram minha família aqui. Eu ficar indo e voltando vai ser difícil, pois é nos finais de semana que posso estar com eles também." "Resumindo, filho..." Minha mãe interferiu. "...o Hu vai mudar pra João Pessoa e quer que mudemos com ele." Não deixei que ela terminasse: "Vamos, então, mãe, pelo amor de Deus, vamos! Vamos sair daqui, pelo amor de Deus, vamos sair de São Paulo, vamos começar tudo de novo, uma casa nova, uma escola nova, calor, praia, Sol, um trabalho novo... Ou melhor, você finalmente se aposenta! Tava tudo indo tão bem, mãe, por favor... Pelo amor de Deus!"

Idos Ídolos

Voltei a acordar no meio da noite por causa de pesadelos que continuavam a me atormentar. Acordava me sentindo sujo e com medo do futuro. Só conseguia me acalmar repetindo as palavras da Vó Preta como um mantra: "Você é melhor que isso, entendeu?"

Ainda assim, depois de tanto esforço aprendendo a navegar minha vida, sentia que havia destruído o mastro do navio e estava à deriva, tentando apenas ler as estrelas para entender aonde o mar estava me levando. Tudo permanecia em silêncio. Yuki continuava sem falar comigo e, nos treinos, a maioria chegava quieto e saía calado. Apenas Pangoré se empenhava em continuar contando piadas que recebiam apenas meios sorrisos. Iara pedia que focássemos no relógio. Ouvíamos rumores de que ela e Jônatas estavam planejando deixar o clube. Minha mãe não pronunciava uma palavra sobre o que pensava a respeito de mudarmos para João Pessoa.

Eu continuava procurando peças para montar o quebra-cabeças da minha mãe. Lia o jornal com ela, a observava e fuçava o apartamento constantemente em busca de notícias, passagens ou algum documento que desse pistas sobre nosso futuro.

Os sinais pareciam desfavoráveis. Cada vez mais aflita, ela continuava andando para lá e para cá, acendendo tantos cigarros quanto em épocas piores. A recitação diária sobre o dólar fazia ainda menos sentido. A inflação aumentara ainda mais e estava em 35% ao mês. O mundo, como Dona Helena bravejava, estava "um confusão das infernos!" Os Estados Unidos em guerra na África, o exército russo invadindo o parlamento, a China testando armas nucleares e a sonhada paz entre Israel e Palestina novamente em colapso.

Até o esporte vivia dias de turbilhão. Raí, depois de defender os tricolores de Ribeirão Preto e da capital, havia se mudado para Paris. Michael Jordan, o maior jogador de basquete de todos os tempos, reuniu a imprensa mundial para anunciar que estava se aposentando no auge da carreira. Na semana seguinte, ficamos sabendo que Ayrton Senna, frustrado com a atuação daquele ano, deixaria a equipe com quem conquistou o tricampeonato e correria pela Williams na temporada de 1994.

Em meio a todo esse pandemônio, ao menos uma notícia era reconfortante. Os tantos remédios que minha mãe tomava não se encontravam mais em nenhum lugar de minhas buscas. *Ao menos, a doença deve ter melhorado.* Eu ignorantemente concluí.

* * *

Em meio ao caos, São Paulo entrou em polvorosa por dois eventos distantes de minhas consternações: os *shows* do Michael Jackson e da Madonna que aconteceriam em outubro e novembro. A chegada do *King of Pop* no Aeroporto de Cumbica se deu às três da tarde de uma terça-feira, dia 13 de outubro. Ele desceu as escadas do avião, acenou para a multidão aglomerada no alambrado cercando a pista de pouso e entrou em um furgão. Depois, acompanhado por onze batedores, três viaturas da polícia militar e pelo helicóptero de reportagem da Globo, se dirigiu para o hotel.

Os portões do Morumbi só abriram às quatro horas da tarde de sexta-feira, mas quando a busa passou lá na quinta-feira de manhã, já vimos uma fila se formando em frente ao

Estádio. "Vai perder seu lugar, hein, Pança!" Tentamos ainda provocá-lo. Ele nem ligou, fazia dias que se gabava pelo pai ter conseguido ingressos antecipados. Ainda assim, como Cirilo e tantos outros alunos, no dia seguinte ele nem foi à escola para se preparar.

Em meio a explosões e gritos de delírio, ele e mais de cinquenta mil pessoas viram Michael Jackson cantar seu repertório de clássicas e dançar cada passo que crescemos assistindo. Enquanto o maior artista da música *pop* da época tomava a cidade, escondido em um de seus cantos, o maior violeiro de todos os tempos falecia.

Não lembro de nenhum canal de televisão noticiando a morte do Tião Carreiro, nem de ver qualquer notícia sobre isso nos jornais do final de semana. Até hoje não sei quem contou para minha mãe. Voltei do treino de sábado direto para casa, como havia se tornado costume, e encontrei Hu com cara de sem saber o que fazer na sala.

"Oi, Hu!" Cumprimentei-o. "Você viu minha mãe?" Ele arregalou os olhos e ajeitou os óculos, como se procurando palavras: "Ela está no banheiro." "Tá." Respondi e fui entrando. Hu pediu que eu aguardasse. Quis saber o que estava acontecendo, ele disse achar que ela estava chorando. Ouvimos o chuveiro ligar. "Chorando?" Quis confirmar, visto que ela nunca fizera questão de esconder o pranto. Hu balançou a cabeça afirmativamente.

Coloquei minha chave em cima da mesa de centro e me sentei na poltrona em frente a ele. *O que deu na minha mãe pra chorar escondido?* "O Tião Carreiro morreu." Hu respondeu, adivinhando meus pensamentos. Olhei-o ainda sem compreender. Ele prosseguiu: "Alguém ligou pra sua mãe e disse que o Tião Carreiro tinha falecido. Parece que ele e seu tio se conheciam. O olho dela avermelhou e, desde então, ela não saiu do banheiro. Ela conhecia ele também?" Balancei a cabeça, confuso, Hu coçou a dele. "Ela era fã dele?"

Recordei o trecho de uma música que, quando eu era bem pequeno, minha mãe cantava todo dia para me acordar

É de madrugada é de madrugada que o galo canta
É de manhã cedo é de manhã cedo que se levanta

Quando eu cheguei em São Paulo
Dava pena, dava dó
Minha mala era um saco
O cadeado era um nó
Tem muita gente com inveja
Porque viu que eu subi
Eu nasci pra trabalhar
Vagabundo pra dormir

 Lembrava também de Boi Soberano e Chora Viola, mas esquecera de outras, assim como da última vez que minha mãe ouviu alguma moda caipira. "Não sei." Respondi. "Acho que não." Ficamos em silêncio até ela sair de cara lavada e maquiada. "Estou pronta, pra onde vamos hoje?" Perguntou, sorridente. "O Hu disse que o Tião Carreiro morreu, mãe." Comentei para evidente desespero dele. Não era minha intenção soprar as cinzas de uma fogueira que estava a se apagar, eu só queria dizer que também estava triste. Ainda que poucas, as memórias embaladas por aquela voz grossa e dedilhado rápido eram das minhas mais felizes.
 "Quem?" Ela perguntou. "O Tião Carreiro, mãe." Ela franziu a testa. "É verdade, conhecido do Tio Camilo. Fazer o quê? E então, onde vamos comer?" "Você não tá triste?" Insisti, do meu jeito de não largar as perguntas. "Eu, triste? Por que deveria ficar?" Ela disse ainda de pé e impaciente. "Eu tô triste, gostava das músicas dele." Respondi. "Tsc, pode continuar gostando, ué! Tem um monte de fita de música caipira guardada em algum lugar, você só não ouve porque não quer." Baixei a cabeça.

Ela estalou a língua outra vez, fez que ia para a cozinha, deu meia-volta, não foi, balançou a cabeça e pronunciou: "Não te entendo, Afonso Carlos. Sua mãe morou a infância inteira dela no interior. Aquilo não era férias pra mim, era minha família, amigos... Era tudo que eu vivia de segunda a segunda e todo mundo que eu conhecia sonhava em vir pra São Paulo. Você nasceu aqui, cresceu aqui, sua família mora aqui e vive sonhnado em ir embora!"

Nem tão surpreso, respondi: "Eu só falei que gosto de moda caipira, mãe, não pode?" Ela pegou a bolsa, fez que procurou algo e a devolveu no lugar. "Poder pode. Eu só não entendo. Não pode gostar de música da sua cidade?" Fiquei contrariado: "A minha cidade tá quase inteira no *show* do Michael Jackson, que veio de bem mais longe que o Tião Carreiro!" Como de costume, ela pareceu nem ouvir: "Sua mãe lutou tanto pra vir pra São Paulo justamente para te dar uma vida melhor e você nem é grato, tsc, não dá pra entender."

Hu voltou a se sentar no sofá. "Eu não disse que não sou grato, mãe, só falei que gosto das músicas!" "E de calor." Ela complementou, fazendo alusão a quanto eu andava reclamando do clima. Continuei: "É. Gosto do calor de Ribeirão Preto, de pisar a terra vermelha e de cheirar o mato verde. Gostava da antiga carroça do vô, da polenta da vó, de pegar manga verde no pé, de encher meu pé de bicho e ouvir moda caipira. Se não era pra eu gostar, por que você me mostrou tudo isso?"

Ela olhou a cara de desalento do namorado, fez que ia pegar a bolsa de novo, mas desistiu. "Não é isso, Afonso Carlos. Às vezes é difícil conversar com você. Tá vendo? O que eu tô dizendo é que você só gosta dessas coisas porque não são sua vida. Ser caipira é bonito daqui, quero ver viver como eu vivi." Pela última vez ela desistiu de agarrar a bolsa. Em vez disso, e como Hu parecia estar prevendo, resolveu nos comunicar sua decisão a respeito da mudança: "Tsc, quando você for grande, você vá pra onde quiser... Eu não saio de São Paulo! Lutei tanto pra chegar aqui, não vou dar passo pra trás, nem por você, nem por ninguém!" Virou as costas e se trancou no quarto.

Em silêncio, Hu apenas ergueu as sobrancelhas, colocou a mão no meu ombro e saiu. Resolvi interfonar para o 119 para saber se Kanji queria fazer algo. Tio Mílton atendeu, me convidou para almoçar lá, mas eu ainda não sabia onde enfiar a cara quando via Yuki. Desci sozinho com a bola de basquete, depois chegaram Kanji e Jaques. Acabamos não jogando. Jaques, que também havia ido ao *show* do astro norte-americano no dia anterior, nos contou empolgadíssimo cada detalhe do evento.

* * *

Michael deixou o país poucos dias depois. Saiu do hotel em meio aos fãs que gritavam o seu nome e foi recebido no aeroporto por outra multidão que desejava se despedir do ídolo. O cantor saiu do furgão escoltado por um guarda-costas segurando uma sombrinha da Pepsi, subiu as escadas do avião, virou-se cobrindo o rosto, acenou e partiu, nos deixando à mercê da inescapável responsabilidade de continuar nossas vidas.

E elas prosseguiram em meio aquele frio que teimava em permanecer em São Paulo. Ainda agasalhado, de braços cruzados e ombros encolhidos, Cirilo parecia estranhamente afetado pelo clima vagamente subtropical da capital paulista. "Ô, Cirilo, você morou lá onde cai neve e tá reclamando daqui!" O primo do Mustafá comentou. "Não sei, *man,* tá estranho, tem alguma coisa no ar que não tá de lei." "Que coisa no ar? Vira homem aí e bora jogar basquete." Ele tentou incentivá-lo atirando-lhe a bola. "Vou passar essa de novo, na boa..." Respondeu Cirilo. "Afonso, você vem com a gente?" Perguntaram. "Vão indo lá que eu já vou." Respondi, tentando ganhar tempo para conversar com o amigo que parecia sentir o mesmo que eu.

"Fala aí, Cirilo, o que tá pegando?" Perguntei quando ficamos a sós. "Sei lá, outubro foi um mês estranho, começou com a aposentadoria do Jordan e acabou com o River Phoenix morrendo de overdose." "Quem?" Perguntei, sem saber. "O Chris Chambers do *Conta Comigo*, sabe aquele filme dos moleques buscando o corpo atropelado pelo trem?" "Sei, sim! Eu vi esse filme com minha equipe de natação! Ele fez *Indiana Jones* também!" Respondi, animado demais para o contexto. "Esse mesmo..." Cirilo confirmou cabisbaixo, "Agora não vai fazer mais nada. Sei lá, a vida é estranha. Como é que tudo pode acabar assim?"

Lembrei de quanto as mortes do menino no estádio, do goleiro do São Paulo, da atriz da Globo, de Tio Camilo e de Vô Fonso também haviam mexido comigo. Recordei deles na espaçonave na virada do ano e como eu fizera perguntas parecidas. Ainda que meus sonhos não fossem mais sobre pessoas mortas, eu parecia ter ainda menos respostas sobre o fim da vida.

Olhei para meu amigo de cabeça baixa e decidi que não era hora de falar da minha confusão. *Que bem vai fazer a gente ficar aqui triste pelo que não consegue explicar?* Eu me perguntei e resolvi dizer: "Não sei, Cirilo, mas pelo menos ele fez alguma coisa boa... E o Jordan também, senão a gente nem estaria triste aqui pensando neles. ". Ele acenou a cabeça. "Bora lá!" Continuei. "Vamos jogar basquete que ficar aqui não vai resolver seja lá o que for." E, copiando o gesto do Jônatas no meu primeiro dia de treino, estendi a mão na direção do Cirilo. Como eu, ele também hesitou, mas acabou agarrando-a, se pôs de pé, sacudiu as migalhas de pão da calça e fomos para a quadra disputar um 21.

Homens e seus pecados

Era domingo de manhã, dia 7 de novembro, estávamos apenas eu e minha mãe na sala de casa. Eu tentava pressioná-la a encerrar a ligação ao telefone para poder assistir ao GP de Adelaide. Apesar de Senna ter perdido o campeonato, tinha ganhado a última corrida, feito a pole no sábado, e não estávamos em tempos para desmerecer uma vitória do tricampeão.

A conversa, porém, parecia longe do fim. "Eu tô falando pra você, Paraíba é terra de ninguém. Imagina se pode o governador do estado dando tiro no ex-governador!" A pessoa do outro lado comentou algo. "Em um restaurante, na frente de todo mundo! Nem na minha cidadezinha isso acontecia!" Ela esbravejou e depois ficou em silêncio, eu tentando ouvir quem falava com ela. "Que poeta, Bárbara. Esse é o problema desse país, todo mundo quer escrever poesia, mas ninguém quer trabalhar! Ele é outro coronel nordestino, isso, sim! Mas eu já falei, não dou passo pra trás nem amarrada!" *Tia Bárbara, tá explicada a empolgação, isso ainda vai longe.* Respirei fundo.

"Não, não é bem assim, mas depois a gente fala melhor, o Afonso Carlos tá aqui do lado importunando por causa da televisão." Fiz um gesto de volante com as mãos. Minha mãe acenou a cabeça consentindo que eu ligasse o aparelho. "Ele quer ver a corrida aqui, homem é tudo igual... Baixa, Afonso Carlos, baixa essa tevê!" Obedeci e passei a acompanhar as imagens, Senna em primeiro, Prost em segundo.

"Eu sei, Bárbara, eu sei..." "É, mm-hmm, com certeza, já passamos por tanta coisa juntas!" "Nossa amizade tá acima disso tudo!" Ela falou com um sorriso no rosto, tentando não deixar a voz trêmula. Ambas se atualizaram de pequenas mudanças na vida, minha tia reclamou sobre viver com a mãe, minha mãe relacionou a personalidade da ex-sogra à do ex--marido, mudaram de assunto, comentaram o livro da Danuza Leão, enfim, ficaram mais umas trinta voltas ao telefone.

Acabada a ligação, ela virou para mim e disse: "Sua madrinha nos convidou pra São Sebastião no final do ano." Eu fiz uma careta: "Ué, mas ela não ia alugar a casa da praia pra temporada?" "Tsc, eu sei o que você tá pensando e pode parar!" Ela comandou, logo emendando: "Você tá sendo muito injusto com sua tia, ela sempre foi muito carinhosa com nós dois! Além do que, você gostando dela ou não, eu tenho direito a alguma felicidade nessa vida. Portanto, pode desfazer essa cara feia e ir pra praia agradecido no final do ano! Tsc, reclamando porque vai pra praia, ai se eu fizesse isso quando era criança!" Ela esbravejou, dando as costas.

Senna acabou vencendo a última corrida pela McLaren e fez a volta da vitória agradecendo à equipe e aos mecânicos. Não dava para culpá-lo pela mudança. A Williams havia acabado o campeonato de construtores com o dobro de pontos, quase todos conquistados pelo brasileiro. Ayrton precisava de um carro melhor. Agora ele tinha tudo para "dar sequência em sua carreira e não só conquistar mais títulos mundiais, como bater todo o recorde absoluto de vitórias", como afirmou Galvão Bueno.

Ainda assim, o aceno para sua ex-equipe não foi o maior gesto de Ayrton naquele final de corrida. Para a surpresa de todos, antes de subir ao pódio, Senna estendeu a mão a Prost, e eles se cumprimentaram depois de anos sem se falar. O ato foi comemorado por Galvão: "Olha, eu tava esperando esse cumprimento partindo do Ayrton há muito tempo!" Para selar de vez o fim do conflito, depois que o hino nacional brasileiro foi tocado, Senna puxou o antigo rival para o lugar mais alto do pódio e ambos se abraçaram. *Se isso pode acontecer entre um brasileiro e um francês, por que não no clube?* Cogitei esperançoso, mas, como é frequente, os calmos espíritos de domingo não sobreviveriam à segunda-feira.

"Foda-se ele, Fofura, foda-se!" Disse Pangoré no vestiário. "Se ele quer ir pra outra equipe, vá com Deus. Ele é gayzola, beleza, ninguém tá discriminando ele aqui. Cada um faz o que quiser com o toba. Ele tá chateado só porque ninguém quer mais ir no apê dele agora que a gente sabe que é antro dessas viadagens. Eu não gosto dessas coisas, caralho! Posso não gostar? Deixa quieto, viu, tomar no cu todo mundo!" E arremessou o frasco de xampu, que explodiu contra a parede. Ninguém mais tocou no assunto.

Eu sabia que a situação estava ainda mais complicada. Kanji me falara que Iara estava perdendo alunos na academia. Alguns pais ficaram desconfortáveis com Jônatas dando aulas para seus filhos. "Ele precisa tocar tanto assim nos meninos?" Era o que ousaram perguntar. Lembrei, envergonhado, que havia conjecturado a mesma idiotice na frente da Yuki. Nada poderia ser mais infundado, o Jônatas vivia rodeado da molecada e sempre tratou todos como irmãos. "Deixavam eu ficar sozinho com aqueles padres do colégio em quem eu confiava muito menos!" Um dia, resmunguei. Ao mesmo tempo, eu sabia que se suspeita similar pairasse sobre algum professor da escola, este seria sumariamente sacrificado para salvar a "boa imagem do nosso colégio". Ainda que soubessem da falsa acusação, os padres estrangeiros lavariam as mãos feito Pôncio Pilatos quando a multidão clamou pela crucificação do Messias.

Iara, porém, sendo quem era, não abriu espaço para questionarem mais nada sobre o professor dela. Defendeu Jônatas com unhas e dentes e, aproveitando a confusão armada, fez questão de esclarecer para todas as famílias que ela era indígena e não descendente de japoneses. Depois disso, algumas matrículas não foram renovadas. "Muitas?" Perguntei. "Acho que não... Mas é o Brasil, né?" E, por experiência familiar, eu sabia o que aquilo significava: para um negócio pequeno tentando sobreviver aqui, qualquer coisa que falta faz muita falta.

* * *

Naquele último mês letivo, a disputa que estava nos entretendo era o campeonato interno de futebol. Nas semanas finais havia um quadrangular com a participação da seleção das Turmas A, B, C e D. Via de regra, os jogadores eram do colegial, mas todas as séries se juntavam na arquibancada para torcer pela sua letra. A nossa má *performance* em anos anteriores fez com que o torneio passasse despercebido pelas séries C, mas em 1993 éramos os favoritos para levar o caneco de plástico dourado em cima dos nossos rivais: as séries A.

A origem da disputa entre A e C nunca ficou clara. Desde que entrávamos na escola éramos informados de tal rivalidade e a aceitávamos como inevitável. Talvez viesse do fato de que o quadrangular era sempre o mesmo, ano após ano. Primeira rodada: A × B e C × D; segunda rodada: A × D e B × C; terceira rodada: A × C e B × D. Assim, o último jogo do torneio era fatalmente com eles. Como ambos havíamos goleado nossos oponentes nas duas primeiras partidas daquele ano, seria de fato a final do campeonato.

Como Pancinha e Mustafá eram da 6ª A e 7ª A, na busa, as provocações começaram semanas antes. Porém, a troca de farpas entre mim, Cirilo e eles não serviu nem de presságio para o quanto as tensões viriam a crescer nos dias seguintes.

Tudo começou quando, em um recreio, os *boys* valentões da 7ª A colocaram cola em alguns encostos de carteiras da 6ª C. Antes que qualquer outra turma pudesse pensar em uma retribuição, outros *playboys* da nossa sala se aliviaram em um potinho e, munidos de uma seringa de farmácia, borrifaram a própria urina no que pensavam ser armários da 8ª A, mas depois descobriram que, na verdade, pertenciam a meninas do 1º A.

Como a informação inicial dava conta de que tal feito fora perpetrado por alguns meninos do 1º C, alunos do 2º A sequestraram a mochila deles, levaram-nas para o banheiro e defecaram dentro delas. A sexta-feira terminou com um aluno da 8ª A, que depois veio a ser conhecido como Mix Vigozo, comendo um iogurte batizado com a ejaculação de dois alunos do 1º C e com rumores de que Fernando havia começado a confusão toda.

Em nome de algum bom senso que restasse, houve um cessar-fogo na segunda-feira e na terça-feira da semana seguinte. Porém, chegada a quarta-feira do jogo, a escola estava em brasa. Na hora do almoço, moleque de turma alguma foi para o refeitório. Estávamos todos abarrotados nas arquibancadas para a disputa inicial envolvendo gritos e rimas: "Ei, ô, série A, eu vim aqui pra te carcááá!" "Ei, ô série C, eu vim aqui pra te fodêêê!"

A disputa no campo de futebol não durou cinco minutos. Logo nos primeiros lances, nosso lateral direito tentou dar um drible da vaca no lateral esquerdo deles, mas adiantou demais a bola, que ia saindo de campo quando o volante na cobertura, irmão mais velho do vulgo Mix Vigozo, deu um carrinho que fez o driblador levantar um metro do chão e cair na pista de atletismo. Antes que o professor conseguisse levar o apito à boca, já havia alunos invadindo o campo.

Por instinto, cada um correu para um lado. Em poucos segundos, estávamos em uma cena de batalha como a do Último dos Moicanos. Rapidamente os bedéis viram que não conseguiriam conter aquilo e foram procurar ajuda. Ficamos lá trocando socos e pontapés sob os olhares confusos das pessoas que viviam do lado de fora da grade.

Dentro dela, eu também observava perplexo aquela cena dantesca enquanto uma música da moda tocava em minha cabeça: *And I say, hey-ey-ey, Hey-ey-ey, I said: Hey, what's going on?* De repente, vindo de não sei onde, um punho atingiu meu nariz em cheio. A dor aguda fez eu abaixar e levar as mãos ao rosto. Primeiro senti o sangue quente correndo por elas e logo depois os chutes vindos de vários lugares enquanto eu estava no chão. Foram pouquíssimos segundos e logo uma mão agarrou a minha. "Bora, levanta, levanta..." Comandou Cirilo.

"Simbora daqui, a escola surtou." Ele disse. Saímos correndo entre focos de pancadaria que começavam e outros que se extinguiam. De relance, vi alguém deitado em um canto, com o braço esquerdo cobrindo rosto e com a mão direita agarrada nos testículos de um menino que berrava de dor. Os amigos deste, uns cinco *boys* valentões da 7ª A, chutavam o caído sem parar. Reconhecendo o caído, parei e exclamei: "É o Fernando!" "Vamo, senão a gente é o próximo!" Outro puxão de Cirilo e fomos embora.

Dias depois, lembrei que o levante no Carandiru também havia começado em uma disputa no futebol. *As consequências, porém, não poderiam ter sido mais diferentes...* Ponderei. Pelo bem e pelo mal, nossa escola não tinha a fama entre as melhores escolas de São Paulo à toa: eram mestres em cuidar da própria imagem e manter tais eventos em segredo. Para isso, sabiam que não deveriam fazer nada de muito concreto a respeito do tumulto.

A capacidade em manter tal segredo se alicerçava na mensagem que ouvíamos desde pequenos: "Olha lá que eu vou contar pros seus pais!" Portanto, crescíamos convenientemente morrendo de medo que eles soubessem do que acontecia na escola. Às vésperas de dezembro, com férias e presentes de Natal em jogo, nós mesmos nos juntamos para garantir que, se alguém abrisse o bico para os pais, apanharia mais ainda. Afinal, mesmo aqueles que chegaram em casa mais contundidos poderiam inventar uma história qualquer que acabasse com: "Mas não foi nada, mãe. Coisa de moleque."

Sendo a origem de tal dinâmica, a escola conhecia bem o papel que deveria desempenhar para administrar tais situações. O diretor passou em sala por sala com o mesmo discurso. Reforçou o quão indignado estava em saber do que acontecera, o quão inaceitável era nosso comportamento e, por fim, proferiu o blefe vazio que selava nosso acordo tácito: "A sorte de vocês é que estávamos tão preocupados em controlar a situação que não conseguimos pegar o nome de ninguém para contatarmos os pais. Mas se qualquer menino dessa escola se envolver em algo assim novamente, todos vocês vão ser expulsos!" "Filho da puta, com tanto medo quanto a gente e fazendo pose de maioral, como se a gente tivesse que agradecer por ele não falar nada!" Cirilo sussurrou atrás de mim.

Bastaria um aluno destemido para desmascarar aquele teatro todo. Eu não cumpriria tal papel. Os *playboys* que começaram tinham seus papais falsos moralistas e influentes para defendê-los. Eu não. Era capaz de no final sobrar para mim! Para evitar dizer que havia apanhado na escola, nem tive coragem de aparecer com o nariz inchado no treino. Naquele dia, voltei direto para casa e, assim que abri a porta do elevador, dei de cara com a Yuki. Ela imediatamente notou as manchas avermelhadas na minha camiseta branca. Arregalou os olhos, depois os fechou, saiu do elevador enquanto eu ainda segurava a porta, parou e, ainda de costas, quebrou o longo silêncio entre nós: "Puta merda, Fofura!"

Ela respirou fundo, se virou e perguntou o que tinha acontecido. Soltei a porta do elevador e contei a história. Houve silêncio. Quis saber por que ela também não havia ido treinar, ela respondeu que não era da minha conta. "O que cê vai falar pra sua mãe?" Ela perguntou. "Não sei... Ainda não apanhei esse ano, mas ela anda meio pilhada, é capaz de explodir só de ver o uniforme da escola sujo desse jeito." Respondi. Ela respirou fundo: "Chama o elevador de novo, Fofura, eu vou lá te ajudar."

Subimos primeiro para o 119, ela pegou uma camiseta do Kanji para que Mari não visse a minha daquele jeito quando eu entrasse em casa. Descemos para meu apartamento e usamos todos os produtos de limpeza que Yuki conhecia: vinagre, água oxigenada e até Coca-Cola, e ainda assim não conseguimos nos livrar do sangue seco. Decidimos jogá-la fora e torcer para minha mãe não dar por falta. Se desse, eu poderia dizer que rasgou. Nós nos sentamos no sofá para tomar o resto da Coca-Cola, eu segurando um saco de gelo contra o nariz.

"Desculpa..." Falei, e Yuki me olhou aguardando mais palavras: "Eu sei que caguei ficando com a menina lá naquele dia." "Fofura," Ela passou as mãos no rosto e olhou para cima. "cê acha que eu fiquei brava porque você ficou com outra menina? Como você é idiota!" Fiquei confuso, ela continuou: "É claro que feliz eu não fiquei, mas a gente nunca foi namorado, e eu não sou dona da sua vida, você faz o que quiser, não foi isso." Deixei o gelo de lado. "Foi o lance do Jônatas, então?" "Olha, Fofura, foi e não foi, foi muita coisa. Se você não sabe, eu que não vou te explicar. Pra falar a verdade, só de você não saber já me dá raiva." "Desculpa..." Disse timidamente. Yuki se levantou.

"Eu acho que fiquei brava comigo também." Ela pensou alto. "Com você?" "É... porque eu achei que você era diferente." Aquilo me doeu infinitamente mais que o soco no nariz. Quis protestar contra seja lá o que ela quis dizer, mas me segurei. "Diferente como?" Perguntei. "Diferente dos outros meninos... Mas não tem jeito. Vocês são tudo igual." Dessa vez, ela leu a expressão de sofrimento no meu rosto. "E não vem com essa cara... A gente só tá falando porque você brigou no futebol e chegou em casa com a camisa toda ensanguentada. Quer mais igual que isso!?"

* * *

Meu nariz continuou doendo por mais duas semanas, porém ninguém mais o notou. Minha mãe chegava em casa, jantava e ficava ao telefone com Tia Bárbara. No treino, cada um parecia continuar absorto em seus próprios pensamentos. Foi apenas porque ouviu de Yuki que Kanji veio pedir que eu recontasse a história da briga na escola.

Estávamos jogando gol a gol com Jaques e eles até pararam a bola para ouvir. Motivado pelo interesse deles, me esforcei em contar cada detalhe do ocorrido, omitindo apenas a maior parte do pós-evento com Yuki. Ao final do relato, Kanji colocou a mão no meu ombro, se levantou, pegou a bola de futebol e deu um arremesso no velho aro de basquete, torto de tantas enterradas.

"Jaques, conta pro Fofura a história lá da sua sinagoga, é quase igual a essa. Eu vou subir e tomar uma água enquanto isso." E saiu. "Que história?" Perguntei a meu vizinho. "É meio parecida até..." Jaques disse hesitante. "Desembucha."

"Bom, tem lá nosso campeonato intersinagogas parecido com o interturmas da sua escola, mas são mais times, bem mais gente e é futsal." "Tô ligado, tinham te convidado pra jogar, não é?" "Sim, então... É assim, existem várias sinagogas em São Paulo. Umas são mais liberais, outras mais ortodoxas." "Como é isso?" Jaques continuou: "Bom, a minha é liberal. A gente segue mais a essência do judaísmo e menos as tradições, sabe?" Fiz que sim com a cabeça porque queria continuar ouvindo sobre o torneio. "Enfim, tem um monte de rivalidade e disputa entre nós e eles." "Sei..." "E na época que a gente não tava se falando por causa da boneca, minha sinagoga enfrentou a sinagoga mais ortodoxa de São Paulo na final do campeonato."

"Caralho! E aí?" "E aí que tava tenso igual, eles não queriam deixar a gente ser campeão nem a pau. Montaram um time animal, apareceram uns caras de não sei onde. Dizem que pagaram." "E aí!?" Ele ergueu as sobrancelhas e olhou para o lado, como para ver o passado. "Então, cara, não foi também." "Como assim, não foi?" "O jogo parou no meio e também não teve campeão." Ele disse em tom de lamento. "Sério!?" Minha curiosidade só aumentava. "Bom, a gente é uma sinagoga muito liberal..." "Eu sei, Jaques, eu sei. O que aconteceu?" Ele balançou a cabeça sorrindo como que lembrando de alguma arte e voltou a ficar sério.

"Foi meio imbecil. Eu tava pilhado, tinha jogado mó bem o campeonato e queria muito ganhar. As arquibancada tudo abarrotada, eu vi o lado deles tudo de *peiot*, vi os jogadores e fiquei na neura, tá ligado? Não era justo trazer aqueles caras de não sei onde." "E aí, conta, conta..."

"O jogo começou catimbado pra caramba. Eu já tinha escapado uma vez em direção ao gol e fizeram uma puta falta desleal, só porque eu sou moleque, tá ligado? O juiz nem amarelo deu. Aí já começou a merda. Teve uns caras da minha sinagoga que quiseram invadir a quadra, e eu num ódio só." "Tá..."

"Deu uns três ou quatro minutos, lance quase idêntico, mas dessa vez não perdoei. Um dos gols mais bonitos que fiz na vida! Um toquinho só de cobertura, era só comemorar, mas aí, sei lá de onde, veio a ideia que fodeu tudo." "Qual!?"

Jaques sorriu de novo antes de voltar a ficar sério: "Eu fui até a torcida adversária, a dos superortodoxos, sabe?" "Sei, sei..." "Caí de joelhos na frente deles e fiz o sinal da cruz!" "Não!" Falei cobrindo a boca tentando segurar a risada. "Cê não fez isso, Jaques!" "Cara, como eu ia inventar?" Caí na gargalhada e perguntei, ainda rindo: "E aí, o que deu depois?" "Porra, depois não teve quem segurasse... Foi um monte de gente correndo, uma porradaria só."

"Você não tá falando sério! Ha, ha, ha!" Jaques sorria, envergonhado: "É, cara..." Eu ri tanto que até passei do limite: "Para, meu, já deu!" Ele censurou. Tentei me conter. "Foi mal, foi mal. É que você é muito louco." "Eu sei..." Ele olhou para baixo. "Você ficou mal depois?" Quis mostrar empatia. "Ah, fiquei, cara. Minha mãe e minha tia mó chateadas, o campeonato nem acabou, todo mundo se bateu por minha causa... É minha religião, né?"

Pensei nas quantas vezes eu, querendo levar menos a sério essas disputas sagradas, disse que minha religião era o futebol. Olhando para trás, no entanto, fosse no estádio, na escola de ricos, na penitenciária ou na sinagoga, até minha escolha aparentemente descompromissada se revelara também cenário de violência injustificável. "Lembrei daquela música do R.E.M..." Eu disse. "Que música?" "A famosa... *What's me in the corner, what's me in the* lá, lá, *losing my religion,* tá ligado?" "Claro, que que tem?" Fiquei sem saber o que responder e só olhei para baixo. Julgando que Jaques ainda esperava que eu dissesse algo, falei: "A Yuki falou que a gente é tudo igual, talvez ela tenha razão."

Ficamos mais um tempo quietos. Dessa vez, Jaques quebrou o silêncio. "Cê tá ligado que o Kanji tá ligado nesse seu rolo com a irmã dele?" Olhei para ele espantado, querendo me certificar de que havia entendido corretamente. Ele prosseguiu: "Teve um dia que eu e ele vimos ceis dois juntos." Meu olhos arregalaram ainda mais ainda. "Mas o Kanji ficou de boa. Zoei ele pra caralho e ainda assim ele ficou de boa."

"Ele falou alguma coisa?" Quis saber. Jaques sorriu. "Nada, cê sabe do jeito que ele é. Disse que, de todos os caras que ele conhece, se a irmã dele tinha que namorar alguém, ele ficava feliz que fosse você." Senti alegria em saber da fé do meu amigo e tristeza por não tê-la correspondido. A voz de Vó Preta veio mais uma vez à memória: "Você é melhor que isso, entendeu?" Respirei fundo. *Um dia espero que sim, Vó, um dia ainda espero que sim.*

Cenas familiares

"*Feliz Ano Velho*, de Marcelo Rubens Paiva, esse é o último livro que recomendarei para vocês. Leiam nas férias se quiserem, obviamente não vale nota porque, iiinfelizmente, não serei professor da minha turma favorita na 8ª série!" Gérson disse com uma piscadela. À boca pequena, ficamos sabendo que ele não daria mais aula nenhuma ali. Diziam que ele e outros professores haviam pedido as contas para iniciarem uma escola cooperativa.

Alguns alunos começaram a bater com os pés no chão: "Gérson, Gérson, Gérson!" Belinha trouxe um bolo que a mãe encomendou em uma doceria chique, Ester e outras meninas fizeram brigadeiros, beijinhos e bichos de pé. Os meninos levaram refrigerante e fizemos a festa de despedida na sala.

Só Fernando estava meio de canto e nem bolo quis comer. Desde que apanhou feio na briga do campeonato, ele ficava quase o dia inteiro daquele jeito. Até Cirilo, que nunca teve pena de *playboy*, tentou animá-lo sem muito sucesso: "Deixa ele, *boy* também precisa aprender a perder." Falou o primo do Mustafá. Eu, apesar de festivo por fora, também tinha mudado por dentro. A briga fez com que eu não tivesse mais medo de seja lá o que mais acontecesse naquela escola, mas também não queria continuar vivendo aquela insanidade todos os dias. O adeus do Pissor Gérson trouxe o sentimento de que eu também precisava achar alguma saída.

Não era só a escola que estava vivendo clima de despedida. No clube, mudanças no final do ano eram quase certas.

Iara tinha a academia dela, sempre nos disse que dava treinos no clube por paixão e, desde a reunião dos pais sobre Jônatas, era notável que ela perdera o brilho nos olhos pelo clube. Ainda assim, ela se certificou em apoiar cada um de nós nas competições de verão.

O Troféu Maria Lenk foi no Pinheiros. A maioria dos atletas do clube foi ver as estrelas da natação disputarem o campeonato brasileiro adulto. Representando nossa equipe, apenas Jônatas. Ele apareceu lá com o Franco, nos cumprimentou sem jeito e ficou isolado na arquibancada até a hora de competir. Quando subiu na baliza, mal se ouviram os gritos envergonhados de apoio que alguns de nós ainda deram. Foi a pior competição que eu o vi nadar.

Jônatas bateu a mão na borda sabendo que nem perto do pódio havia ficado. Conferiu o tempo com o juiz de baliza, pegou o agasalho, deixou a piscina cabisbaixo, caminhou até Iara, a encarou e desabou a chorar nos ombros dela. Ela o abraçou calmamente, depois enxugou-lhe as lágrimas e disse algo enquanto ele balançava a cabeça. Jônatas respirou fundo, esboçou um sorriso, deu um beijo no rosto dela e foi para o vestiário.

Iara voltou a olhar para a água, serena, vendo atletas de outros clubes nadarem. Vira e mexe um ex-atleta passava por ela, lhe dava um abraço, a cumprimentava com carinho. Lembrei de quando era pequeno e a vi na academia, ainda morrendo de medo de água e emburrado porque tinha que fazer aquilo. Depois, no meu primeiro dia de treino, nas competições, vi-a cuidar de cada atleta... *Eu quero ser alguém como a Iara, como o Gérson.* E foi assim que tive certeza de que eu não conseguiria mais aturar aquela escola só para ter colegas influentes, disputar lugar em um vestibular prestigiado e ter um salário de poucos. Lembrei-me do sonho em Foz do Iguaçu em que eu nadava para chegar à árvore que minha mãe desejava e me dei conta do esforço que eu ainda fazia tentando não abandonar por completo quem ela sonhava que eu fosse. Eu desejava descobrir quem eu era de verdade, quem eu poderia ser, ao mesmo tempo, não conseguia me desvencilhar da vontade de me tornar alguém importante para minha mãe, do anseio de sentir que eu importava para ela.

* * *

O Tricolor estava prestes a ser bicampeão mundial no Japão. Tia Bárbara viu na disputa um pretexto perfeito para nos juntar na casa dela. "Em memória do Vô Fonso", ela apelou, e assim conseguiu reunir todo o resto da velha família dos almoços de domingo na madrugada de sábado.

Vó Altina, entretanto, não estava reconhecendo tradição alguma ali. Reclamou da "gentaiada tarde da noite na casa dos outros", da casa que estava imunda, da comida entregue pelo restaurante, dos fogos de artifício, do papagaio que "ria feito besta" e acabou nem esperando a partida começar. "Fiquei cinquenta anos acordada vendo o Afonso sofrer com esse São Paulo, agora que ele morreu, eu mereço ir dormir!" Saiu para o quarto e ficou assistindo a um filme em preto e branco na Rede Manchete.

De resto, as dinâmicas foram as mesmas de antes, minha mãe bajulando Tia Bárbara, minha tia pedindo ao marido que falasse menos palavrão, Tio André desprezando as ideias do meu pai, e Seu Carlos tentando fazer os sobrinhos rirem enquanto eu, Dezito, Rute e Lili comentávamos o que esperávamos do jogo.

A partida não deixou nada a desejar. Em uma das disputas mais emocionantes da história tricolor, vencemos por 3 a 2 com um gol chorado de Müller a menos de cinco minutos do final. A alegria foi uma só, até Vó Altina saiu do quarto e esboçou um sorriso enquanto nos servia um doce que ela havia feito.

Naquele clima de festa, surgiram planos para a véspera de Natal. Quem sabe não poderíamos passar todos juntos?

"Vamos fazer o amigo secreto, ainda dá tempo!" Pronunciou Tia Bárbara. "Eu não sei se vou conseguir voltar de Ribeirão." Tio André avisou, tomando um olhar fulminante. Puxei minha mãe de canto e perguntei baixinho: "Nós não tínhamos combinado de passar o Natal com o Hu antes de ele viajar?"

Ela apertou os lábios e respirou fundo pelo nariz. "Filho, eu e o Hu terminamos. Sei que você gosta dele, mas cada um tem sua vida. Ele quer ficar perto dos filhos... Não fazia mais sentido ficarmos juntos."

* * *

Eu constantemente relia o que escrevi no último dia que vi Hu, cerca de uma semana antes de o Tricolor ganhar o bi. Ele havia insistido em abrir uma conta para mim no Banco Bamerindus: "Assim posso continuar enviando sua mesada." "Tá." "Ah, e leva seu caderno, vai ser bom você anotar e guardar algumas coisas." Ele concluiu, eu obedeci.

Enquanto esperávamos o gerente naquele ambiente solene, achei apropriado mencionar a economia do país: "Hu, e esse plano FHC, o que você acha dele?" "Bom, o estado brasileiro está muito endividado, você sabe?" Eu não sabia. "Devemos quase 150 bilhões de dólares e, a cada ano, essa dívida cresce mais 20 bilhões porque o governo gasta mais do que arrecada. Por isso que a inflação não para. A gente fica imprimindo dinheiro para tentar pagar a dívida, mas quanto mais dinheiro a gente imprime, menos valor ele tem, faz sentido?" Fiz que sim.

"Então, a gente tem que parar de imprimir dinheiro para reduzir a inflação. Pra isso, precisamos aumentar a arrecadação e diminuir os gastos." "E daí o cruzeiro real vai parar de desvalorizar?" Ele ficou feliz com minha pergunta. "Sim, essa é a ideia. E junto com isso o governo vai lançar uma outra unidade monetária, a Unidade Real de Valor, que vai funcionar junto com o dólar americano e, quando começarmos a nos referenciar mais por ela, aí vamos trocar de moeda novamente, mas dessa vez por uma que possa ser estável." Eu não havia entendido muito, mas, para garantir, tinha anotado tudo. Finalmente o gerente nos chamou, abrimos a conta, eu saí com mais anotações e documentos, ele me deixou em casa e nos despedimos com um simples tchau.

Porém, eu queria poder dizer adeus de verdade. Nunca havia ido ao apartamento de Hu porque minha mãe não queria que eu "achasse normal viver naquela desordem". Mas eu sabia onde era e nem precisava tomar ônibus. Foi apenas necessário dar uma desculpa qualquer para minha mãe e sair.

Cheguei no prédio e pedi ao porteiro que interfonasse. "Hu, um chinês, o senhor não conhece, não? Não sei o número do apartamento dele." O porteiro interfonou, falou com alguém e perguntou: "Você vai deixar alguma coisa?" "Não, vim falar com ele." Mais um tempinho, outra pergunta: "Qual o seu nome?" "Afonso." Respondi. Outros segundos e finalmente: "Seu Hu pediu pra você subir já, já, só aguarda um momentinho."

Quando abri o elevador no andar certo, Hu estava na porta do próprio apartamento com a cara abatida e mais sério do que jamais o vira. "Sua mãe sabe que você tá aqui?" Ele perguntou antes de me cumprimentar. "Sabe, sim." Menti. "Tá bom, deixa o sapato aqui do lado e entra."

Obedeci e, a duras penas, tive que dar razão à minha mãe, era o lugar mais bagunçado que eu já vira: roupas espalhadas, caixas fechadas e abertas, discos, livros, guardanapos e copos usados para todo lado. Eu tinha tantas perguntas, mas não encontrava palavras para nenhuma. "Você sente saudades da Paraíba?" Tentei. Ele mudou a expressão e, olhando para mim com ternura, disse que não se importava em conversar, mas teria que continuar arrumando as malas. Tateando ainda qualquer assunto, tentei outra questão: "E da China, você tem saudades, Hu?"

Ele sorriu timidamente: "Eu era muito pequeno quando vim pra cá..." E subiu em uma cadeira para tentar pegar algo em cima do armário, desceu com outra caixa e não falou mais nada. Frente a um longo silêncio, continuou: "Eu lembro de algumas partes da minha infância e sinto saudades, sim." "Do quê?" Emendei. "Coisas de criança. Lembro de me sentar na escada da porta de casa e, enquanto sentia o cheiro da minha mãe preparando comida, esperar meu pai voltar do trabalho." "Você se sente mais brasileiro ou chinês?"

Ele deu uma risada gostosa, finalmente relaxando. Colocou a mão na cintura e disse: "Engraçado você perguntar isso, apesar de ser um brasileiro diferente, me sinto tão brasileiro quanto chinês." Eu não sabia aonde queria chegar, só não queria que a conversa acabasse. "E qual a maior diferença entre os brasileiros e os chineses?" Ele se sentou em uma cadeira de escritório. "Puxa, Afonso Carlos, é difícil de falar. O Brasil tem cento e cinquenta milhões de indivíduos, a China tem mais de um bilhão, cada um com sua região, classe social e cultura. Nem eu e meus irmãos, que fomos criados juntos, somos iguais." "Então é tudo diferente?" Provoquei, e ele riu novamente.

"Há diferenças. Muitas. De língua, culinária, religião, mas não acho que é isso que você quer saber, certo?" Acenei afirmativamente. "Deixe-me pensar um pouco... Bom, sinto que uma diferença entre como cresci e você cresceu foi meu pai me falando constantemente sobre nossa descendência de grandes civilizações. Ele enchia a boca para contar dos nossos ancestrais, história milenar, impérios gigantescos, revoluções científicas, contribuições filosóficas. Mas, como brasileiro, nunca tive esse referencial. Em princípio atribuía isso à minha família não ser daqui e comecei a buscar essa referência em livros. Encontrei pilares gregos, jardins mesopotâmicos, pagodes asiáticos, pirâmides egípcias, maias ou astecas mas muito pouco da grande civilização que fomos ou devíamos ser. Então, comecei a questionar se ser brasileiro não era justamente viver essa constante busca por raízes escondidas."

Minha cara deveria revelar o quão pouco eu estava entendendo da conversa. Ao mesmo tempo, preferia quando adultos me contavam pensamentos compridos que eu não compreendia direito do que quando reduziam minhas dúvidas a alguma resposta curta e óbvia que eu já deveria saber. Uma das melhores virtudes de Hu era não se incomodar com minhas caretas inadvertidas.

Ele fechou os olhos e passou a mão pela barba rala. "Olha, na minha infância eu gostava muito de ver passarinhos. Em João Pessoa, eu e meu pai éramos fascinados pelo joão-de-barro. É um pássaro que não existe onde nasci. Eu vivia procurando casinhas de joão-de-barro até um dia ouvir que havia um ninho muito mais difícil de ser achado, o do beija-flor. Além de ser o menor ninho que tem, o beija-flor usa galhos, folhas, teia de aranha e qualquer coisa que esteja ao redor para camuflá-lo."

"Lembro de procurar exaustivamente um ninho de beija-flor sem nunca o encontrar. Qual ninho foi mais importante pra mim, os tantos de joão-de-barro que me alegraram ou o do beija-flor que nunca encontrei? Qual ninho era o mais belo? Nunca soube... Sei que alguns pássaros constroem uma casa da própria terra em que nasceram, outros fazem a casa daquilo que encontram à sua volta.

"Cresci ouvindo meu pai louvando nossos mais de cinco mil anos de história e sou grato por isso. Mas também sou brasileiro, minha família chegou aqui há menos de cinquenta anos e não conheço nada de tudo que acontecia nessa terra quinhentos anos atrás, mas sou grato pelo privilégio de ter ouvido Mercedes Sosa cantando em espanhol, ter visto o Círio de Nazaré em Belém e provado queijo com goiabada."

Lágrimas começaram a escorrer pelo meu rosto. "Ei, ei, que foi?" Hu perguntou. "Eu não quero que você vá embora." Ele permaneceu sentado em silêncio enquanto eu enxugava o rosto na gola da camisa (não éramos de nos abraçar). "Eu tenho que ir..." Ele disse. "Eu sei... Não tô bravo, só tô triste." Respondi.

"Você tem paciência pra mais uma história? É uma que meu pai contava." Acenei com a cabeça, ele tomou um fôlego e prosseguiu: "Havia um certo andarilho que, passando por um cemitério, viu uma pobre mulher chorando agarrada à uma antiga camisa. Ele se aproximou para ver se a senhora estava bem e perguntou se ela precisava de alguma coisa. A mulher disse que chorava a morte do filho.

"Cheio de pena, mas sem saber como ajudá-la, o andarilho lhe deus os pêsames e continuou seu caminho. Caminhando concluiu que aquela mulher lhe era superior. Ele muitas noites passava chorando sozinho dentro de uma caverna sem saber direito a razão daquelas lágrimas ou o que lhe faltava para se sentir completo. Já aquela senhora sabia exatamente o motivo de sua tristeza e o que estava lhe faltando. Então, meu pai dizia: 'Feliz é a pessoa que sabe o que perdeu e por que chora!'"

Eu não tinha o que falar. *Quando as pessoas iam parar de sair da minha vida daquele jeito?* Perguntava-me em silêncio. Sentia ciúmes e culpa por querer que Hu ficasse conosco em vez de perto dos filhos e não entendia por que minha mãe não optara por ficar com ele. Por alguns segundos, Hu também pareceu se perder em seus pensamentos, mas logo voltou a si: "Ah, olha isso aqui!" Ele apontou para um minisystem XP-30 novinho da Pioneer que custava mais de 200 mil cruzeiros reais. Olhei confuso, ele explicou: "Ia te dar um igual de Natal, mas leva esse aqui!" Fui ver o aparelho, estava com o novo álbum do Nirvana no toca-CD. "Você comprou o *In Utero*?" Perguntei rindo. "É, ia te dar também, mas pode levar junto." "Não, Hu, fica. Você me mostrou tanta música, essa é a que eu mostrei pra você."

Saí carregando as sacolas pesadas e apertei o botão do elevador. Da porta, Hu exclamou: "Ah, eu também descobri o que Nirvana significa... Lembra que você me perguntou um dia?" Acenei com a cabeça logo antes do elevador chegar. "Vem do sânscrito, era a palavra que eles usavam para descrever quando uma chama se apaga." "Tchau, Hu."

1994

Tééééé!

Meu pai passou o Natal com a Silmara, que não estava se sentindo bem. Tio André veio para a ceia na casa da esposa, mas voltou para Ribeirão Preto no dia seguinte. Dias depois, Dezito viajou com os amigos da "San Fran" para "Floripa", e, depois, como combinado, eu, Lili, minha mãe e Tia Bárbara fomos para São Sebastião, enquanto Rute ficou com Vó Altina em São Paulo estudando para a segunda fase da Fuvest.

Tomado pelo título, levei *Feliz Ano Velho* para a praia decidido a terminar de lê-lo antes do Réveillon. Eu conhecia o autor por causa do Fanzine, o programa de entrevistas que ele apresentava na Cultura. Gérson também nos contou que, quando ele tinha mais ou menos nossa idade, viu o pai ser arrancado de casa pelos militares para nunca mais o encontrarem.

O livro começa perto do Natal de 1979, anos depois do pai de Marcelo ter desaparecido, quando o protagonista festejava com os amigos à beira de um lago na Rodovia dos Bandeirantes. Bêbado, ele anuncia que vai buscar um tesouro escondido no fundo do lago. O autor pula de cabeça, fratura a quinta vértebra cervical e imediatamente perde os movimentos abaixo do pescoço.

Coincidentemente, na manhã do dia 31 de dezembro, Lili me convidou para irmos pular da pedra que ficava do lado esquerdo da praia de Barequeçaba. Não querendo parecer medroso, aceitei, mesmo com o livro ecoando na minha mente.

Chegando ao local, vi a enorme parede de pedra com vários andares de onde se saltava para o mar. A maioria pulava dos mais baixos e todos paravam para ver quando alguém se arriscava dos mais altos. Lili entrou na fila do 3º andar e pulou sem hesitação.

Enquanto isso, eu só conseguia pensar em um trecho do *Feliz Ano Velho*: "E aí, Gregor, vou descobrir o tesouro que você escondeu aqui embaixo, seu milionário disfarçado. Pulei com a pose do Tio Patinhas, bati com a cabeça no chão e foi aí que eu ouvi a melodia: BIIIIIIN..."

"Vai, Afonso, larga de ser cagão, viemos até aqui pra você não pular?" Lili falou, mas o Marcelo Rubens Paiva continuava na minha cabeça: "Que bosta, que bosta, que bosta! Eu quero me sentar, me sentar. Quero ir para um banheiro, me sentar na privada, peidar, roer a unha, bater uma punheta..."

É o tipo de cagada que eu canso de fazer. Ponderei, reconsiderando o braço quebrado no basquete, o cotovelo rasgado pelo Cobra, o chá de fita e a bomba. Imaginei que talvez fosse questão de tempo para eu ter destino parecido. *Porém, esse ano pelo menos essas merdas eu não fiz! E nem apanhei! Não vou arriscar meu recorde nem fodendo!*

"Lili, esquece, eu não vou pular e pronto!" Informei. Ela riu, me chamou de arregão, pediu um cigarro para um menino, terminou de fumá-lo e disse para irmos embora. Quando chegamos no guarda-sol, encontramos nossas mães voltando de uma caminhada. As duas pareciam felizes.

Voltamos para casa, comemos algumas frutas e depois saímos para esperar o ano-novo e ver os fogos de artifício (mas não fomos à praia porque Tia Bárbara não gostava de ver "aquela gente toda bebendo e fazendo macumba"). Quando o relógio virou a meia noite, celebramos juntos. Recordei as conquistas e derrotas do ano anterior e, internamente, no não acontecido que até hoje permanece como memória mais forte de 1993: *Um ano inteiro sem uma surra! Será que minha mãe também percebeu?* Considerei falar com ela, mas desisti com medo de estragar o momento.

* * *

"Lisandra, acorda agora!" Ouvi a voz estridente de Tia Bárbara chamando a filha pelo nome e logo arrancando os lençóis da cama de Lili. "Você acha que eu sou boba, acha que não sei o que é isso, não?" "Eu não acredito, mãe! Você xeretou minhas coisas de novo!?" "Você não vai mudar de assunto!" Respondeu minha tia, empunhando um frasco de acetona.

"Em primeiro lugar, mocinha, ninguém foi 'xeretar' suas coisas." Tia Bárbara prosseguiu, em tom sarcástico. "Sua Tia Maria viu que você tinha um frasco de acetona e foi pegar emprestado para remover o esmalte quando notou um cheiro estranho. A gente não nasceu ontem, Lisandra, isso aqui é lança-perfume! Então, nem tente me enrolar, eu quero saber direitinho onde você conseguiu isso!"

Tia Bárbara dava broncas como meu pai. Podia até dar as palmadas que eram, até então, obrigação de quem educava. Porém, como nunca tomaram uma "bela surra" de Vó Altina e Vô Fonso, também não aprenderam como surrar os próprios filhos. Desta forma, por mais que ela estivesse muito brava, eu ainda não estava com medo. Mas, não sei por que razão, me lembrei de quando todos apanharam na fazenda porque eu não me denunciei, há dois anos e meio, e de Lili me chamando de covarde no dia anterior. Ainda sonado e sem antecipar as ramificações daquela decisão, julguei ser a hora oportuna de me redimir: "Fui eu que peguei o frasco." Titubeei. As três me olharam, confusas. "Afooonso Carlos, não se mete que vai sobrar pra você." Ouvindo o velho tom na voz da minha mãe, imediatamente percebi o erro de cálculo em que eu incorrera, mas era tarde para voltar atrás: "É verdade, mãe... Não posso deixar a Lili tomar bronca por minha causa." Olhei para Tia Bárbara, ela parecia confusa. Minha mãe se colocou entre nós dois: "Olha lá, menino, fala a verdade senão você vai apanhar à toa!"

"É verdade, mãe. Quando a Lili tava no mar, depois de pular da pedra, eu vi uns meninos cheirando isso e perguntei o que era. Eles me deram o frasco com esse restinho e falaram que, se eu quisesse, podia pegar mais depois. Daí, como eu não sabia o que fazer, eu aceitei e escondi dentro do meu *short*."

"Quem são esses meninos, meu Deus?" Tia Bárbara indagou. "Não sei, eu tava com medo, nem olhei direito." "E como isso foi parar nas coisas da sua prima?" "Como tava num frasco de acetona, resolvi esconder com os esmaltes dela pra poder pensar no que eu ia fazer." "Como assim pensar no que fazer? Por que você não jogou logo no lixo!?" Demorei mais do que deveria para inventar algo: "Porque fiquei com medo de vocês acharem." Foi o que saiu. "No lixo da praia, enquanto vocês voltavam da pedra." Minha mãe era boa nesses interrogatórios. "Eu tava com medo, mãe, não ia jogar um negócio que não sei o que é no lixo no meio da praia... Vai que algum polícia vê, sei lá." "Então por que aceitou, seu estrupício!?"

Dessa vez, eu hesitei mais de um segundo. Plaft! Veio um tapa na cara. "Fala a verdade pra sua mãe, isso não é brincadeira!" "Eu tô falando a verdade, mãe, que merda! Eu fiquei com medo de falar não pros caras..." "Merda, é sua mãe não conseguir ter..." Plaft! "des..." Plaft! "...canso porque você não con..." Plaft! "se..." Plaft! " "...gue ficar um ano sem fazer cagada! Agora até com droga eu tenho que me preocupar!" Tia Bárbara cobriu os olhos tentando esconder as lágrimas. "A nossa conversa ainda não acabou!" Ela murmurou para Lili. "Tá vendo o que você causa, menino!" Minha mãe declarou e foi para a cozinha.

Não fora a bela surra de outros tempos com que eu me acostumara, mas suficiente para indicar que a torneira fora reaberta. Àquela altura, eu sabia: porteira onde passou boi, eventualmente passaria também boiada. Ficamos o resto do dia de castigo na casa, com nossas mães voltando de tempos em tempos para garantir que cumpríamos a punição.

Sem mais o que fazer, colocava a conversa em dia com Lili. No ano anterior, mal havíamos nos falado. Contei mais sobre Hu, minhas conquistas esportivas, Jônatas e a briga generalizada da escola no final do ano, Yuki e Belinha. Ela ouviu.

Fez questão de dizer que eu não precisava ter assumido a culpa pelo lança e não quis revelar onde o tinha conseguido de verdade. Contou que teve um ano chato, que o colegial era um inferno, e que tudo que os professores falavam era do vestibular. Que meus tios diziam que ela deveria escolher a profissão que a fizesse feliz, mas torciam o nariz para tudo que ela gostava.

"Você tinha razão, Afonso, nossa família é podre mesmo." Ela comentou enquanto esperávamos o Miojo ficar pronto. Olhei-a curioso. "Meu pai ainda trabalha na FEBEM." Ela informou. "Ué, mas ele não tá trabalhando no consultório novo em Ribeirão?" Perguntei. "É, trabalha lá, no hospital e na FEBEM."

"FEBEM é tipo prisão pra criança, né?" Eu quis saber. "Minha mãe fala que é uma fundação, mas é... É tipo prisão mesmo. Enfim, o importante é que tem um monte de criança pobre lá que precisa de cuidado médico, e antes eu achava legal ele trabalhar lá. Achava que era voluntário até, sabe? Mas fui entendendo que ele recebe salário do governo pra estar ali." "E...?" "E aí que ele mal aparece. Nem era pra ele ter tudo isso de emprego. Deve ter criança lá doente esperando tratamento enquanto ele tá atendendo rico no consultório de Ribeirão. É com esse dinheiro que a gente tá aqui de férias, é assim que eu, meus irmãos e minha mãe temos as coisas que temos, sabe? E ninguém fala nada porque é cômodo. Eu tento trazer o assunto, eles desconversam, dizem que eu não entendo como o mundo funciona e devia dar graças a Deus de ter o que muita gente não tem."

Enquanto eu matutava, ela desligou o fogo e serviu os pratos. "Por isso você também não quer ser médica?" "Não é nem isso... Não quero encheção de saco de quem não tem moral pra falar, tipo agora com o frasco de lança. Hipocrisia, saca, Afonso?" Lili começou a chorar e enxugar o rosto no pano de prato. Eu, que não era de abraçar muito ninguém da minha família, julguei que aquele era um dos raros momentos em que deveria fazê-lo.

Naquela noite, deixei a insônia me tomar até ter certeza de que as três dormiam profundamente. Levantei da cama em silêncio e a arrumei de forma que não ficasse tão evidente que estava vazia. Tirei o pijama, coloquei a sunga de natação, passei repelente e saí. A cada passo à frente, eu tentava afastar as considerações sobre o que aconteceria se alguém acordasse e focava no outro medo que eu estava prestes a enfrentar.

Sempre fui péssimo em lembrar caminhos e naquele breu de lua nova, não sabia o caminho até o paredão que Lili havia me levado. Mais rápido do que eu pudesse compreender, algo me guiou e cheguei ao alto da encosta ouvindo o mar se chocar contra as rochas abaixo. Olhei para elas sem conseguir distinguir onde as pedras terminavam e a água começava. "BIIIIIIN!" O som do livro ressoou em meus ouvidos, fechei os olhos lembrando do momento em que eu estava em cima da baliza, ouvindo a equipe inteira torcendo por mim. É só nervosismo... *Você treinou pra isso, não vai arregar agora*. Tentei me tranquilizar. Às suas marcas! Respirei fundo. *Tééééé!* Saltei.

No ar, o tempo parou, e as palavras do meu primo vieram à cabeça: "Se Deus decidir que você deve viver, você vive." Experimentei o infinito e logo fui engolido pelo oceano. Emergi extasiado e tomei um gole de ar. Uma onda me empurrou e nadei para longe da rebentação. Dei umas 200 braçadas soltas, levantei a cabeça e fiquei no meio daquela escuridão indistinguível. Ao longe, algumas luzes acesas tão esparsas e distantes quanto as poucas estrelas visíveis no céu. Localizei o Cruzeiro do Sul e deixei meu corpo boiar de barriga para cima, usando a única constelação que eu conhecia para saber em que direção as águas estavam me levando.

Depois de algum tempo, entrei em uma espécie de transe onírico entre o sono e a vigília. Dentro da estrela que menos brilhava, fechei os olhos e me vi passando por muros, prédios e muitos espinhos. Caminhei por lindas plantações de café, milho e cana, escalei árvores com as mais suculentas frutas. Continuei andando por outros mundos, alguns cheios de telas, computadores e robôs, outros de apenas sons, músicas e palavras.

Um barulho de buzina marítima distante fez com que eu voltasse a sentir o mar em contato com minha pele. Senti saudades de Vó Preta e Sílvia, logo lembrando que Iara estava para nos deixar. Recordei de Rute e Lili, Dona Helena e Mari me fazendo companhia em dias solitários e dos meus romances passageiros com Belinha e Yuki. Finalmente lembrei de minha mãe, e a buzina soou de novo, me despertando de vez. Abri os olhos e, olhando para as estrelas, vi o semblante de Maria, mãe de Jesus.

Virei para o lado e vi ao longe alguns petroleiros no canal para o porto de São Sebastião, eu praticamente não havia saído de onde estava, ainda que nitidamente algo grande se movera dentro de mim. Decidi voltar para casa. Se ninguém tivesse descoberto minha ausência ainda, eu queria poder evitar outra cena. Virei as costas para o cintilar das estrelas e nadei de volta em direção às luzes das casas que conseguia ver à frente.

Quando cheguei, estava ainda bastante escuro. Entrei em silêncio, abri a porta do quarto e dei de cara com Lili sentada na cama, com os olhos arregalados. Apertei meus lábios e voltei as palmas da minha mão para ela como se me rendesse. Ela balançou a cabeça. Enrolei uma toalha na cintura, tirei a sunga, coloquei a bermuda do pijama e pendurei novamente a toalha.

Fui subir a escada do beliche, ela agarrou meu punho fazendo com que eu a abraçasse na cama. Nós nos deitamos de conchinha, eu logo senti um formigar entre as pernas e fiquei com vergonha ao pensar que Lili poderia estar sentindo minha ereção entre suas nádegas. Ela não pareceu ligar, ficamos quietos ali, parados e, pela primeira vez, me dei conta de que minha mãe e Tia Bárbara pudessem estar dormindo juntinhas do mesmo jeito no quarto ao lado.

Saídas

Era meados de janeiro e havíamos voltado da praia. Faltavam duas semanas para acabarem minhas férias da escola, e minha mãe já voltara a trabalhar. Os jornais estampavam manchetes do novo plano econômico, da condenação de PC Farias e de acordos entre o PMDB e o PT para interromperem investigações de corrupção ligadas a ambos os partidos.

Minha mãe estava desanimada, entrava em casa tarde e só abria a boca para reclamar de algo. Nem com Tia Bárbara estava falando ao telefone. Como previsto, eu já tinha apanhado uma segunda vez no ano. Jaques estava empolgado com o Hollywood Rock, e Kanji, Yuki e eu estávamos exaustos por causa do reinício dos treinos. No primeiro dia de volta ao clube, Iara apareceu apenas para se despedir e apresentar o novo técnico, Cauê. Ela e Jônatas estavam formando uma equipe para representar a academia da Iara, e passariam a nadar no Centro Olímpico de Treinamento e Pesquisa. Yuki perguntou se poderia treinar lá, e, como Iara disse que sim, ela decidiu ir logo. Kanji comentou, e me convidei para ir junto.

Assim, na tarde do dia seguinte, meus vizinhos e eu fomos ao Centro Olímpico. Chegando, éramos só nós e alguns poucos outros nadadores naquela piscina olímpica gigante. Jônatas não estava. Eu, ainda exausto do treino da manhã, fiquei conversando com nossa ex-técnica.

"E aí, Fofura, gostou do Cauê?" "Sim, Iara, parece ser gente boa." Sorri. "É, sim, vocês vão gostar bastante dele."

Houve silêncio, ela gritou para Kanji terminar direito a primeira braçada, saindo da parede. "E o Jônatas?" Quis saber. "Que tem ele?" Ela falou. "Ele tá bem?" "Tá bem, e você, Fofura?" "Bem..." Ela andou de um lado a outro da piscina.

Quando voltou, ela perguntou: "Você ainda tá bolado com o lance dele, né?" "Ah, é foda entender, Iara." "O que é foda entender? A gente ter saído da equipe, ou ele namorar um cara?" "Sei lá... Um pouco das duas coisas." Fizemos silêncio. "Você sempre soube que ele era *gay*?" Perguntei. Ela balançou a cabeça, olhando para baixo. "Fofura, eu não vou responder isso." "Tá, desculpa..." "Não é questão de desculpa, é algo pra conversar não comigo, mas com o amigo de vocês." "A gente já... Iara, se ele é nosso amigo, por que nunca contou? Caralho, todo mundo queria ser como ele!" "Fofura, você mesmo respondeu sua pergunta." Ela disse, girando o cronômetro no dedo e indo de novo para a beira da piscina.

Dessa vez, fui atrás. "Eu gosto dele, Iara... Ele foi quem mais me apoiou sempre." "Viver dentro da sua cabeça é sorte sua, Fofura. O resto de nós convive com aquilo que você decide mostrar." Yuri e Kanji tinham terminado a série e perguntaram o que deveriam fazer em seguida. Ela os instruiu e voltou para perto de mim. "Você acha que eles vão começar a treinar aqui também?" Perguntei. "Outra pergunta que você pode fazer direto pras pessoas." Iara disse, virando os olhos. Fiquei envergonhado, mas prossegui, como de costume. "E se eles vierem, tudo bem?" "A gente tá montando uma equipe nova, eles são atletas excelentes, por que não estaria?" "Você acha que eu devo começar a treinar aqui também?" Ela tomou dois segundos: "Terceira pergunta que não sou eu que tenho que responder."

Como não entendi, ela continuou. "Sabe, Fofura, é muito bom nadar no vácuo dos outros às vezes, principalmente quando a gente tá começando, mas cada um tem que aprender a nadar a própria prova, entende? A vida não é uma caça ao tesouro com respostas prontas que algum pirata escondeu e você só tem que achar. A gente precisa criar as nossas respostas e eu não vou fazer isso por você. As portas aqui tão abertas e o Cauê também é um cara excepcional. Se vira!"

Yuki nem foi ao clube no dia seguinte. Kanji disse que ela havia decidido treinar com Iara porque ela precisava de mais apoio nesse recomeço. "E você, o que vai fazer?" "Não sei, acho que vou ficar com minha irmã também." "E o Pangoré, o Boi, a Juma, o Sassá e o resto da equipe?" Perguntei. "Acho que vão continuar, não sei, por quê?" "Sei lá, só pensando... Vamos deixar eles?" Kanji colocou a mão no meu ombro, de um jeito ou de outro, eu teria que me afastar de mais alguém. A questão era de quem.

Nos dias seguintes, fiquei pensando em que decisão tomar. Além de tudo, o treino no Centro Olímpico começava mais cedo. Mesmo se voltasse com Mustafá de carro todos os dias, eu ainda chegaria um pouco atrasado todos os dias. Como estava sem muito o que fazer além de pensar no assunto, resolvi visitá-lo e perguntar se havia alguma possibilidade de aquilo acontecer.

Eu nunca havia entrado na casa do Mustafá, mas como a busa passava lá depois de me pegar, eu sabia exatamente onde era. Passei na padaria, comprei um sonho e fui andando. Chegando, vi em frente ao portão um Ford Landau vinho lindo. Quis olhar dentro, mas o senhor que estava ao lado do carro tinha cara de poucos amigos.

Dirigi-me à campainha e, antes que pudesse tocá-la, o velho berrou com um forte sotaque: "Ei, menino, que quer aí?" Desprevenido e um pouco acanhado, respondi: "Eu vim falar com o Mustafá..." "Mustafá!? Aqui não tem Mustafá!" Ele respondeu, incomodado e se aproximando. Sem ler bem a situação, insisti: "Eu sou amigo do Mustafá, ele estuda comigo." "Menino, se você não sair do porta da meu casa agora, eu chamo polícia!" Gritou com o rosto quase da cor do automóvel.

"Que foi Seu Rubem, tá tudo bem?" O Alcides apareceu correndo carregando uma latinha de cera e umas estopas.

Quando me viu, estranhou: "Fala, Afonso, o que tá fazendo aqui?" "Você conhece essa menino!?" O velho perguntou. "Ele é colega do Rubinho, tá tudo bem?" *Rubinho? Quem diabo é Rubinho?* Pensei, ainda sem ideia da confusão que fizera. "O Rubens saiu com pai dele. Não tem nenhum Mustafá aqui! Vamos, Alcides." O homem pegou os materiais de polimento da mão do motorista e se dirigiu ao carro. Alcides me olhou contrariado e disse baixinho: "Vai lá, eu falo que você passou aqui."

Mustafá me ligou um dia depois, e explicou meu erro: "É que meu avô é armênio..." "Ele não é turco?" "Então, Afonso, é complicado. Ele nasceu na Turquia, mas saiu de lá pequeno, fugindo dos turcos. Ele tinha só seis anos e ficou vários dias fugindo a pé com meus bisavós, com fome, medo de morrer. Por isso ele pirou quando ouviu você falar de Mustafá na casa dele..." "Mustafá é nome de turco?" "É, muito..." "E seu nome é Rubens, né?" "Pior que é o nome do meu avô também..." "Meu, por que você nunca falou antes? Eu nunca achei que Mustafá era apelido!" "Ah, Afonso, você sabe como é, ninguém ia entender, o Brasil é tão cheio de merda, ninguém quer ouvir o que aconteceu com minha família do outro lado do mundo. Mas fica na boa, a gente só se conhece por apelido mesmo." "Foi mal de novo... Rubens? Rubinho? Agora nem sei mais do que te chamar." "Pode chamar do que você quiser, fica tranquilo. O que você queria falar comigo?" Eu não tive coragem de dizer. "Nada, só queria te visitar." "Beleza, deixa meu vô acalmar que um dia você vem aqui sussa." "Beleza, bom resto de férias aí!"

* * *

As aulas recomeçaram no dia primeiro de fevereiro. Sentei-me ao lado de Mustafá na busa. Assistíamos Pancinha e Cirilo começarem o ano discutindo. Mesmo tendo empatado com o Bragantino, o palmeirense não parava de se gabar do título do ano passado. "Vamo ganhar tudo em 94!" "Vocês, não, a Parmalat!" Cirilo respondeu e o bate-boca continuaria como de costume, não fosse Cirilo ter resolvido que daria um basta no falatório de Pancinha naquele ano. Para tanto, usou um golpe que até então havíamos evitado: "Cala a boca, que todo mundo aqui sabe que você não tem pinto!" Disse, em referência à lenda de que nosso colega era eunuco.

Eu e Mustafá arregalamos os olhos, o palmeirense ficou vermelho de raiva. "Não tenho, é!? Pega aqui então pra você sentir." Ele respondeu com a voz trêmula. Cirilo agarrou as calças do adversário e emendou: "Caralho, gordo, você não tem pinto mesmo... Eu sempre achei que era brincadeira, desculpa aí ter te zoado." "Claro que eu tenho, para, seu filho da puta!" Ele berrou, prestes a chorar. "Claro, claro, você tem..." Cirilo disse em tom irônico. Nessa hora, Pancinha fez o impensável, abaixou a calça e provou para a busa inteira que não era eunuco.

Houve uma gritaria só. O motorista teve que parar o ônibus e mandar cada um se sentar em um canto. Colocou o palmeirense sentado na frente, ao lado dele. Dava para ver o desespero de Pancinha, devia estar antecipando que aquela seria a grande fofoca da 8ª série no primeiro dia de aula. Mal sabíamos que o assunto sobre o qual nós e o resto inteiro da escola falaria fora decidido alguns dias antes.

Assim que cheguei à sala, notei a tensão no ar. Todos estavam cabisbaixos, reunidos em volta de Belinha. Só se ouvia a voz trêmula dela: "É isso gente, não sei de mais nada." A roda se desfez. Sem ainda ler o tom, cheguei ao lado dela e arregalei os olhos. Ela olhou para os lados como para checar quem mais estava ouvindo: "Oi, Afonso, você ouviu?" Fiz que não. "Vou te contar..." Ela disse, quase chorando. "Mas não sai da nossa sala, tá?" "Tá." "O Fernando foi provar que era homem o suficiente pra brincar de roleta russa de verdade. E ele..." Ela embargou a voz. "Ele deu um tiro na própria boca."

Meu cérebro não registrou nada que fizesse sentido.

Olhando fixamente para os olhos dela, só consegui pronunciar: "Quê!?" Ela olhou para baixo: "Eu sei... Mas é verdade." "Ele se matou!?" Tentei confirmar o que entendia. Belinha levantou a cabeça novamente: "Não, ele não morreu, graças a Deus!" "Como assim?" "A bala saiu pelo pescoço. Se ele aponta o cano para cima, tinha pegado o cérebro." Belinha ilustrava o que dizia apontando o dedo indicador contra o próprio rosto, recriando o desconforto de uma imagem da qual ela parecia ao mesmo tempo querer se livrar e compartilhar comigo.

"Então ele tá bem?" Prossegui, ainda confuso com a cena que se montava aos poucos. "Não. Ele deu um tiro na boca, né?" Ela disse frustrada e continuou: "Na hora que a bala saiu fez muito estrago." "Quanto?" "Não dá pra saber ainda, talvez ele não volte a andar direito, ou falar..." Nós dois nos encaramos com aquele antigo olhar de cumplicidade que um dia tivemos.

A professora chegou fazendo cada um ir para seu respectivo lugar. A expressão dela revelava ter consciência do assunto em que pensávamos, mas julgou ser melhor falar sobre outro tópico naquele momento. Enquanto ela discorria sobre monocotiledôneas e dicotiledôneas, todos pareciam se perder em quietos debates internos.

Lembrei do que minha mãe repetia depois do suicídio de Tio Camilo: "Se matar é covardia, coragem é enfrentar a vida." Porém, eu ainda podia sentir vividamente o tanto de medo que enfrentei quando o Dezito colocou o revólver em meu peito ou antes de pular daquela pedra... Nem imaginava o que precisaria para dar um tiro na própria boca. E ainda que, aos meus quatorze anos, eu já tivesse uma infinidade de exemplos da nossa macheza covarde, sabia que daquela vez não era falta de coragem, mas desespero.

Mas por que Fernando estaria desesperado a ponto de desistir de disputar a vida? Logo ele que tinha tudo para vencer: era desejado pelas meninas, popular entre meninos, rico e importante em qualquer lugar. *Até o nome ele tem de quem pode ser o que quiser, ministro, presidente, poeta, sei lá...* Eu mesmo havia sentido um misto de culpa e revanche ao beijar a namorada dele ou deixá-lo apanhando feito Judas naquele dia. Eu poderia apostar que metade da galera que pagava pau pro Fernando estaria nas rodas de fofoca do "eu sempre soube" que certamente se formariam na hora do almoço. Um trecho de outra música do Gabriel, o Pensador veio à cabeça:

> E os meus falsos amigos que vão lá me carregar
> São os mesmos que depois só vão me sacanear
> Mas na cabeça da galera também não tem nada
> Somos um bando de merdas dentro da mesma privada

Certamente, para muitos, a bala na boca de nosso colega *playboy* era considerada como descarga providencial, o universo tentando se livrar de mais um bosta. No ano passado e dentro do metafórico vaso sanitário que habitávamos, *playboys, patys*, pobres ou normais, havíamos cantado "Retrato de um Playboy" e "Lôraburra" uns para os outros. Era uma forma de realçarmos as diferenças que existiam entre nós para afirmar: "Eu não sou tão cocô quanto aqueles lá."

Porém, ao imaginar Fernando em seu momento de desespero questionando o valor daquela vida, as distinções que havia entre nós pareceram momentaneamente se diluir. Depois da destruição causada por uma explosão daquelas, ainda que eu visse merda para todo lado, não dava mais para continuar nos enxergando assim.

Bom, ao menos Deus quis que ele vivesse... A lógica que Dezito me esinara veio à tona, daquela vez me fazendo notar quão esdrúxulas eram certas maneiras que aferíamos quanto valor Deus atribuía a nossas vidas. Uma tristeza me tomou. *Merda de escola... Se nem Fernando, que tem tudo que somos ensinados a buscar, sente que a vida dele importa, por que a gente aprende a se matar atrás dessas coisas?*

Nenhuma resposta me veio à mente e, ao mesmo tempo, senti que Iara estava certa: não fazia mais sentido esperar saídas do alto, nem de nenhum lugar. Certamente as possibilidades de Fernando eram diferentes das minhas, mas alguma escolha eu tinha e não podia mais ficar esperando que viver fosse uma decisão que Deus ou qualquer outro tomasse por mim.

* * *

Poucos dias depois, a luz do Sol gradualmente atravessou os buraquinhos da janela e iluminou a parede do quarto no dia em que completei catorze anos. Eu estava acordado lembrando dos meus sonhos esquisitos, de Vó Preta, Hu, Iara, Jônatas, Pancinha e Fernando. Contemplei-o preso àquela cama de hospital e resolvi me levantar.

Caminhei em direção ao banheiro e ouvi Mari abrindo a porta de casa. Com o canto dos olhos, vi minha mãe aparecer no corredor e se esforçar para dizer: "Parabéns, filho." "Obrigado, mãe." Ficamos ali até Mari interromper aquela paralisia: "Oi, Afonso Carlos, parabéns, hein, hómi!" Sorri, ela deixou a sacola em cima da mesa e veio me dar um abraço.

"Bom, só tô confirmando que não vai ter festa mesmo. Não vou fazer surpresa, nem o bolo do Alaska que você gosta, nem nada." Minha mãe disse do outro lado da porta do banheiro enquanto eu urinava. "Eu sei, mãe." "Nem presente você vai querer?" Passei uma água no rosto, respirei fundo, destranquei a porta e olhei para ela. "Tem um sim, mãe. Eu quero mudar pra escola do Kanji. Eu fiquei três anos na que você escolheu, mas deu. Não gosto de lá, não quero as coisas que as pessoas de lá querem. Eu finalmente sei o que quero. Quero ir nadar com a Iara, aprender a dar treino com ela, ser um técnico de natação também quando crescer."

Minha mãe ficou parada debaixo do batente enquanto eu notava diversos músculos do rosto dela se contraírem. Pensei que ia tomar um tapa ali mesmo. Finalmente ela fechou os olhos, deu as costas e saiu andando: "Tsc, vou te fazer o favor de fingir que nem ouvi a besteira que acabei de escutar porque é seu aniversário." "É sério, mãe." Ainda consegui sussurrar, mas ela ignorou: "Se apronta logo, senão você vai perder o ônibus!"

Convém tratar dos negócios de meu pai?

Entrei na busa me perguntando se a pequena Maia lembraria do meu aniversário por mais um ano, mas não a vi. Na volta, falaram que Pancinha ter abaixado as calças foi a gota d'água para que a família dela e de outras crianças requisitassem que elas fossem transportadas em outro veículo que não o nosso. Ao saber disso, ficamos todos cabisbaixos e em silêncio até chegar ao clube. Sabíamos ser todos culpados por aquilo, mas Cirilo estava inconsolável: "Sei lá, *man*, a gente precisa dar um jeito de parar de imitar cagada de *playboy*. A gente tem que dar um jeito de se unir ao invés de ficar trombando um contra o outro, dar um jeito de ser diferente." Foi o que ele conseguiu comentar com o Pancinha. Imediatamente lembrei da fala de Yuki sobre sermos iguais, do Jônatas e do que ele se dispôs a enfrentar por ter a coragem de ser diferente de todos nós. Com uma angústia enorme no peito, reconheci que ansiava ainda mais pela força do amigo que afastamos.

Depois do treino, assoprei velinhas e comi um bolo de brigadeiro que Yuki fez e levou ao clube para cantarem parabéns. Foi uma mistura de aniversário para mim e festa de despedida para Yuki, Kanji e outros atletas que estavam indo treinar com Iara.

Em casa, pela primeira vez, minha mãe cumpriu com a palavra de não fazer comida alguma, nem convidar alguém, ou comprar qualquer presente para meu aniversário. Apenas recebi uma ligação do meu pai e depois da Tia Bárbara. Ela perguntava mais sobre minha mãe do que sobre mim. Farto daquilo, finalmente gritei: "Mãe, Tia Bárbara quer falar com você!" A estratégia deu certo. Seja lá que desconforto havia ficado entre as duas depois das férias, elas passaram horas se falando e resolveram passar o Carnaval juntas.

As duas viajaram sozinhas para o Rio de Janeiro e foram assistir ao desfile das escolas de samba na Sapucaí. Eu fui passar o feriado com o meu pai. No sábado de manhã, Silmara estava com cara de ainda menos amigos que o de costume. Tinha montes de trabalhos para corrigir e sentiu nojo de tudo que comemos no café. Tentando deixá-la em paz, meu pai sugeriu relembrarmos velhos tempos indo até o autorama do Parque Ibirapuera.

Vendo a disputa dos minicarros, lembramos de quando vimos Ayrton Senna vencendo ao vivo. Uma eternidade parecia ter se passado desde então. Perguntei se ele achava que o Senna seria campeão novamente. "Vai sim, filho! Olha, o primeiro campeão que vi foi o Émerson Fittipaldi. Quando ele parou de correr, achei que nunca ia surgir outro bicampeão. Aí veio o Nelson Piquet, que conseguiu o tricampeonato. Então, achei que Piquet seria sempre o maior de todos os tempos. Daí veio o Senna, e você estava certo, ele com certeza vai ser tetra. As coisas vão sempre evoluindo. O Brasil ainda vai ter muitos campeões de Fórmula 1! Olha o Barrichello surgindo, é capaz de ele conseguir ser penta!"

Saímos de lá, passamos por um boteco que estava servindo feijoada, e propus de almoçarmos ali. Seu Carlos argumentou que não tinha dinheiro, eu tirei o cartão Bamerindus Jovem da minha carteira de velcro e, orgulhoso, ofereci de pagar. Ele aceitou.

Um garçom de fisionomia quase idêntica à de Nelson Mandela veio tirar nosso pedido. Depois que ele saiu, comentamos a semelhança. "Lembra quando a gente foi assistir ele falar?" Meu pai perguntou. "Claro, pai. Eu li no jornal que ele pode virar presidente, né?" Meu pai acenou com a cabeça e houve silêncio.

Resolvi mencionar a pessoa em que provavelmente ambos estávamos pensando: "E a Vó Preta, hein, pai?" Seu Carlos engoliu em seco e disse: "Que tem ela?" "A gente nunca mais vai voltar lá?" "Você não sabe pegar ônibus? É só pegar um e ir. Ela vai gostar..." Ele mencionou, tentando fazer pouco caso. "E essa feijoada que não chega, hein! Tô morrendo de fome, e você?"

Seu Carlos se levantou, foi até o sósia do líder sul-africano, conversou um pouco com ele, apontaram para mim, e os dois voltaram carregando as cumbucas de barro cheias de arroz, farofa, couve e feijão com porco borbulhando. "Vai, vamos comer antes que esfrie." Meu pai ordenou, eu obedeci. "Tá gostoso?" Ele perguntou. De boca cheia, acenei com a cabeça. Ele prosseguiu: "Bom, filho, tem outro assunto que preciso falar com você." "Tá." "Você sabe que eu e a Silmara estamos juntos há um tempo..." Continuei acenando com a cabeça, tentando prever aonde ele queria chegar. "Ela gosta muito de você, cê sabe disso, né?" *Mal sinal*. Pensei. "Bom, nós dois decidimos te dar um presente que você pediu há muito tempo, mas que nunca consegui te dar." Ele abriu um sorriso enorme, como querendo que eu adivinhasse.

Ganhei algum tempo enchendo a boca de comida e olhando para o prato. Mantendo o mesmo tom, Seu Carlos insistiu: "Então, o que acha que é?" "Sei lá, bicicleta?" Pronunciei entre bocados. "Bicicleta!?" Ele repetiu, murcho. "É, pai, eu vivia pedindo uma bicicleta de Natal e nunca ganhei." Ele batucou o garfo na beira do prato: "Mas você ainda quer uma bicicleta?" "Claro que sim, pai!" Ele respirou fundo e fez cara de sério: "Bom, você vai ter dinheiro pra comprar ela, mas essa é a segunda parte. Adivinha o primeiro presente." "Não sei, pai..." Ele sorriu de novo: "Um irmãozinho!" Fiquei em choque. "Ou irmãzinha, a gente ainda não sabe!"

Engoli o que estava mastigando, tentando esconder o que sentia, cobri os olhos com a mão direita e expeli minha frustração pela boca: "Como cê vai sustentar essa criança se nem minha pensão você tá conseguindo pagar!?" A questão não causou desconforto algum, pelo contrário, foi a aguardada deixa no que parecia ser um *script* de infomercial.

Satisfeito, Seu Carlos colocou o prato de lado, cruzou o braço esquerdo sobre a mesa e pegou um palito de dente com a mão direita. Baixando a voz, começou a venda: "O papai tá com uma ideia de negócio infalível!" "Eu não quero ouvir." Ele tirou o palito da boca e franziu a testa. "Pai, eu não quero te desrespeitar, mas é muito pra minha cabeça de uma vez só. Eu vou ter um irmão. Chega. Tá bom por hoje." Ele fez bico e girou os olhos pensando o que fazer: "Tá bom, mas depois você me ouve." "Um dia, quem sabe." "Tá, mas não pode demorar muito."

Eu também afastei o prato. "Pai... Eu acho que não vou querer saber." "Mas você tem que saber!" "Por quê!? São teus negócios, não meus." "Como assim meus negócios? A gente é família, tudo que é meu é seu." Senti a tensão no meu rosto: "Ah, agora a gente é família? Tá bom, Seu Carlos... E tudo que é seu não é meu, não!" Ele se irritou. "Ah, mas tudo que eu construir você vai herdar um dia, assim como você herdou do seu tio..." E ele falou o valor certinho da minha parte na herança do Tio Camilo. Nos olhamos surpresos. *Como ele sabe isso? Minha mãe nunca falaria pra ele... Tia Bárbara fofoqueira, filha da puta!*

Seu Carlos continuou: "Filho, com essa inflação de mais de 40% ao mês, não tem poupança que aguente, se você não investir, vai perder tudo. E você também tá recebendo mesada do Hu! Tudo junto é uma boa grana, não é? É que nem o pai sempre falou, tem que fazer o dinheiro trabalhar por você."

Coloquei os cotovelos sobre a mesa e cobri o rosto com as duas mãos tentando pensar. "O que foi, filho?" "Pai," Disse ainda sem conseguir olhar para ele, "que você não pague pensão, vá lá. Que você decida ter outro filho, problema seu e da Silmara, mas você não vai tocar em um centavo meu." "Filho, escuta..." Ele disse mais bravo. "Não, Seu Carlos, você escuta. Você se fodeu, aceita de uma vez. Um monte de gente vive se fodendo. Olha pro lado, tem gente que nem teve a chance de se foder. Aceita, pelo amor de Deus! Para de ouvir essas previsões que você vai vencer, ficar rico, às vezes não dá, pra maioria das pessoas nunca dá e não deu pra você também. Chega! Chega desses planos mirabolantes, você vai ter um filho, abre o jornal e vai procurar emprego que nem todo mundo!"

Ele cruzou os braços e espremeu os olhos com raiva: "Você acha que fico em casa fazendo o quê? Acha que não tô procurando? Eu tenho cinquenta anos, não é fácil!" "Não, não é... Não é fácil pra ninguém. Ter filho agora não ajuda também." "Isso é assunto meu e da Silmara." Ele respondeu com voz grave. "Exato, é assunto seu e da sua nova família."

Ele se levantou. Eu fiz o mesmo: "O quê? Vai dar de me bater na frente dos outros que nem minha mãe!?" Ele botou a mão na cabeça completamente calva. "Filho, não é isso, senta, vamos conversar direito." "Não... Não, pai. Eu vou embora. Eu não quero mais conversar com você." "Aonde você vai?" "Só me deixa, por favor, me deixa." Ele ergueu as mãos na altura dos ombros, eu paguei a conta no balcão e saí.

* * *

Passei o resto do feriado entre meu apartamento e o da frente. Jaques e a mãe haviam viajado para o litoral, mas Dona Helena disse não ter mais idade para "Carnaval no praia" e ficou. Fazíamos companhia um ao outro frente à televisão, trocando canais entre notícias sobre o massacre de muçulmanos na Iugoslávia e eventos esportivos das Olimpíadas de Inverno na Noruega.

Quando retornamos às aulas, o ciclo de notícias da escola também fora levado pelos assuntos dos jornais e revistas.

Poucos ainda perguntavam do Fernando. O tema quente na volta do feriado era Lilian Ramos, a mulher que havia sido fotografada sem calcinha ao lado do Presidente Itamar. Por tal razão, julgou-se necessário que cada cidadão do país, sem discriminação de idade, gênero ou credo, tivesse acesso a uma imagem dos pelos pubianos da moça. Ajudando a mídia brasileira na divulgação de tal imagem de interesse nacional, alguns alunos solícitos até colaram páginas das revistas no lado interno das cabines do banheiro masculino.

Passadas algumas semanas, as páginas desapareceram e não ouvimos mais falar de Lilian também (se bem que provavelmente ela nunca tenha esquecido a história). Seguiram o assunto da implementação da URV, Fernando Henrique se lançando como candidato à presidência, o retorno de Lula com a Caravana da Cidadania e, finalmente, todos ecoaram a nova manchete veiculada por *Folha* e *Estado*, Globo e SBT, *Veja* e *Istoé*: o casal de nipo-brasileiros pedófilos que mantinha uma escola infantil. Houve protestos e até jogaram um coquetel molotov dentro da Escola Base, na Aclimação.

"Não dá pra confiar no imprensa daqui. Tem gente incompetente e corrupta em toda lugar dessa país!" Dona Helena resmungava enquanto acompanhava o noticiário internacional. Em março, ela estava particularmente preocupada com o processo de paz em Israel. No final de fevereiro, um médico americano entrou em uma mesquita no sul da região e fuzilou dezenas de fiéis palestinos. Foi na mesma época em que *A Lista de Schindler* entrou em cartaz nos cinemas.

Jaques, a mãe e Dona Helena combinaram de irem assistir ao filme junto com Tio Mílton, Kanji e Yuki no primeiro sábado de março que não tivéssemos competição. Eles me convidaram, mas declinei, pois tinha outros planos.

Como tantas vezes fiz em anos passados, no final daquela tarde de sábado parti rumo à casa de Vó Preta. Eu não lembrava direito onde ela ficava, mas avaliei que saberia descer em um ponto de ônibus perto o suficiente para começar a perguntar. Outra vez, calculei mal. Foram horas procurando a rua tão familiar na minha infância. Quando finalmente encontrei a casa, uma outra família morava lá. Nem eles, nem os vizinhos sabiam para onde Vó Preta havia se mudado ou tinham um telefone para me dar.

Voltei para meu bairro tarde e derrotado. Minha mãe estava uma pilha de nervos. *Deus, me ajuda a me livrar dela rápido, tudo que menos preciso é lidar com essa montanha-russa emocional agora.* Orei em silêncio. "Onde você tava que ninguém sabe!? O que aconteceu pra chegar essa hora em casa?" "Nada, mãe." "Como assim, nada!? Você sai daqui sem deixar notícia de onde foi, são quase dez da noite, você não tá de volta, eu ligo pro seu pai, pros seus vizinho e ninguém sabe onde você tá... Afonso Carlos, Afonso Carlos!!!" Eu não queria soprar ainda mais a brasa daquele drama contando a verdade, mas não vi alternativa melhor: "Eu fui visitar a Vó Preta." Ela pareceu precisar reorganizar os pensamentos.

"Ah, é? Como ela tá?" Disse, com um fundo de ironia. "Eu não falei com ela, mãe... Ela não mora mais na mesma casa." Respondi cabisbaixo, o que fez ela replicar em um tom mais empático. "Bom, Afonso Carlos, acho que você precisa saber de uma coisa. Eu nunca contei porque você não tinha idade, mas você conhece bem seu pai..." "Do que você tá falando?" Ela começou a abrir armários e mexer *tupperwares*: "Essa foi outra que rodou pro seu pai tentar realizar o sonho dele. Ainda bem que nunca comprometi meus bens com isso. Sei lá como ele convenceu a mãe de santo a ser fiadora no aluguel do escritório dele. Enfim, não duvido que a coitada tenha perdido a casa por causa das dívidas do seu pai." Ela terminou com a naturalidade de quem relatava o óbvio.

Ainda assim fiquei aturdido: "O pai deve dinheiro pra Vó Preta!?" "Ah, meu filho, não sei por que o choque, pra quem seu pai não deve dinheiro? Mas não muda de assunto, não. Como você não avisa aonde vai, com quem tá, quando volta..." Ela continuou o sermão, me deixou de castigo, mas, talvez por pena, não apanhei.

Na cama, mil questões me mantiveram acordado: *Será que foi por isso e não por causa da mordida do Cobra que paramos de ir lá? Era sobre isso que os dois ficavam conversando sério depois dos meus banhos? O que mais eu não sei sobre minha história?* Virei para o outro lado e não havia mais luzes da rua refletidas na parede do quarto, nem qualquer barulho lá fora.

Levantei-me naquele silêncio escuro para pegar um copo d'água. Embaixo do dicionário da sala, vi a velha lista telefônica. A última vez que eu a havia folheado foi para passar algum trote. Feliz, levei-a para o banheiro, tranquei a porta, acendi a luz e sentei na tampa do vaso com o livro no colo e o seguinte pensamento: *Ligo pra Vó Preta amanhã, vou tirar isso a limpo!* Assim que abri o índice, caí em mim: eu não sabia o nome dela.

"A gente só se conhece por apelido mesmo..." Imediatamente ouvi as palavras de Mustafá ecoando e uma lista de vizinhos, colegas, professores e amigos que conviviam comigo me vieram à mente. Eu realmente conhecia poucos nomes e a história de quase ninguém.

Eventualmente Seu Carlos contou que o nome dela era Brasil, mas "não recordava o sobrenome". Pensei em pedir a ele que visse em algum contrato que ela tinha entrado com ele, mas sabia que ele negaria tal história de pés juntos.

Fui encontrar Vó Preta apenas em 2009. No Brasil de então, as notícias haviam mudado bastante, ainda que alguns nomes permanecessem: Lula era presidente, e a inflação não chegava a meio por cento ao mês, Lindbergh Farias deixara a UNE para ser o prefeito com mais denúncias de corrupção da história de Nova Iguaçu, Fernando Collor voltara para Brasília como senador, e o ex-jogador Romário se candidatava a deputado federal.

Porém, havia também novidades: telefones celulares, internet e o Orkut, rede social pela qual Biriba, sobrinho de Vó Preta e dono do Cobra, me encontrou. Foi por ele que enfim me reconectei com minha avó.

Quando a vi, não me reconheceu. "Dona Brasil tem memória que é de lua." Alguém cochichou em meu ouvido. Eu disse quem era, ela ficou brava, não entendi direito se ela lembrava de mim, ou achava que estava vendo meu pai, mas acabei saindo de lá desconcertado, não querendo causar mais desgosto. O filho dela se compadeceu: "Volta outro dia, hoje ela tava impaciente mesmo."

Inseguro, eu demorei, mas retornei. De fato, no segundo dia que a vi, ela estava diferente. Dessa vez, se alegrou emocionada ao ouvir quem eu era e se levantou toda desengonçada para vir me abraçar. Em resposta, depois de quinze anos sem derramar uma lágrima, desabei a chorar.

Ao sair, ofereci ao filho mais velho auxiliar com o custo de remédios ou médicos que ela precisasse. "Não precisa não. Ela fez tanto por tanta gente, não tá faltando quem faça questão de ajudar!" Cheio de vergonha, comentei sobre Vó Preta ter sido fiadora do meu pai. Ele arregalou os olhos, prendeu a respiração e colocou as duas mãos na cabeça. Disse que a mãe nunca havia contado o motivo de terem perdido a casa e me perguntou se eu sabia de quanto era a dívida, eu disse que não. Ele respirou fundo e me contou que se lembrava do meu pai ter lhe comprado um terno e sapatos para a primeira entrevista de emprego que ele fez. Pensou um pouco e disse que a ninguém faltava nada importante ali. Que ela ficaria feliz se eu encontrasse alguém para receber o dinheiro que precisasse mais do que eles.

Depois, voltei lá algumas vezes. Sempre hesitava em fazê-lo, pois não queria tomar o tempo dos que eram dela, seja lá quanto mais tempo lhes restavam juntos. E ao mesmo tempo que não me sentia adequado ali, assim como a mulher cananeia dos evangelhos, também não podia desperdiçar quaisquer últimas migalhas que transbordassem da generosa mesa de minha avó.

Às vezes tais migalhas vinham na forma de palavras sábias, olhares e crenças. Outras, conselhos financeiros (nomes e histórias das famílias que precisavam mais do que a dela). Por fim, ainda teve mais algumas broncas e ralhos que ouvi e nem sempre compreendi de imediato.

    A última vez que a vi foi em um dia de preto velho em que decidi levar meu filho pequeno para conhecê-la. Tivemos que nos despedir cedo porque a fumaça do incensário começou a atacar as alergias do menino. Dei-lhe um abraço apertado e ela pediu que eu trouxesse o garoto outro dia para que ela lhe preparasse um banho. Emocionado, acariciei-lhe os cabelos brancos e fechei os olhos com força desejando poder voltar no tempo e mudar tudo. Abri-os novamente e encarei o olhar sóbrio de minha avó comunicando a realidade com a qual precisava me conformar. Enquanto o corpo as aguentasse, nos cabia continuar em frente com as memórias que tínhamos. Algumas semanas depois, Biriba me enviou mensagem dizendo que ela havia falecido.

I'm a loser baby, so why don't you kill me?

No começo de abril, Kurt Cobain, vocalista do Nirvana, se matou, fazendo o suicídio voltar à pauta nas rodas de conversas da escola. "Um tiro na cabeça também." "Mas com quase o dobro da idade do Fernando." "É... e, sorte ou azar, o Cobain não errou a mira." Ouvi no refeitório, e uma discussão cheia de perguntas e especulações que não mais me interessavam seguiu.

Nas mesas de adultos, enquanto alguns ainda remoíam os absurdos acontecidos na Escola Base, aos poucos a disputa presidencial que aconteceria em outubro tomava as discussões. "Tudo vai depender do sucesso da transição da URV para o real." "O FHC nunca foi bom de urna." "O principal é ele garantir a reforma constitucional!" Em casa, minha mãe se preocupava apenas com este último ponto, já que estava a caminho do grande sonho dela: se aposentar. "Trabalho desde os dezesseis e não sei quanto tempo vou viver!" E mesmo tendo tempo de serviço suficiente, fazia questão de frisar o porquê esperava: "Se não fosse sua bolsa na escola estar ligada ao meu emprego, eu me aposentava hoje mesmo!"

Se aposenta logo então! Eu quero mesmo sair da escola! Eram as palavras que ficavam presas em minha garganta. Porém, como um pescador aprende a ler as marés, eu conhecia os movimentos das emoções dela... E aquele não era o momento apropriado para desafios. Seja lá o que estivesse acontecendo entre minha mãe e Tia Bárbara, era um tal de umas semanas grudadas e outras sem se falar que não estava ajudando em situação alguma.

Além disso, se eu sabia ler os sentimentos de minha mãe, ela conseguia adivinhar os meus pensamentos: "Eu não sei como você não valoriza sua escola! É uma das mais caras de São Paulo, tá todo mundo errado e só você que não? Se não valesse a pena, eu ia continuar trabalhando feito uma condenada pra manter você nela?!" O meu pedido para sair de lá estava ecoando tanto na mente dela quanto na minha. "E com essa conversa toda de reforma da Constituição, mudança da previdência, nesse país, sabe lá se não vão tentar tirar meus direitos adquiridos... Eu tô arriscando muuuito pelo seeeu futuro! Você também trate de levar ele a sério!"

A preocupação devia ser tanta que até Dezito foi mobilizado para ajudar. Entre as idas e vindas da minha mãe e a ex-cunhada, fomos almoçar na Tia Bárbara no segundo domingo de abril. Tirando a ausência de meu pai, Tio André e Vô Fonso, foi quase como nos velhos tempos, com Vó Altina comandando a cozinha e dando ordens para Tia Bárbara, minha mãe, Rute e Lili. Convenientemente seguindo a tradição que nos fora passada, eu e meu primo folheávamos o caderno de esportes na sala.

Depois que falamos sobre o perigo do Palmeiras na Libertadores, Dezito empostou a voz: "E aí, rapaz? Ouvi dizer que cê tá pensando em sair da escola, fazer Educação Física, viver na praia, é isso mesmo?" Olhei-o sem paciência. *Não trocamo ideia há anos e você quer pagar de irmão mais velho agora?* "Mais ou menos..." Respondi. "Bom, não vou mentir, sua mãe pediu pra eu falar com você." Acenei com a cabeça. Ele deu sequência: "Eu também sei que a gente perdeu o contato, mas somos família e quero te dizer que pode contar comigo." "Tá." "Eu tô preocupado mesmo com você." Olhei para a pequena foto de Vô Fonso debaixo do abajur e me dei conta de que ninguém viria me socorrer.

"Preocupado com o quê?" Respondi rispidamente. "Seu futuro, cara!" Devo ter feito alguma careta, ele elaborou: "Olha, Afonso Carlos, todo mundo tem um *hobby*. O meu por exemplo é tocar guitarra. Natação é legal, eu adoro e pode ser seu *hobby*, saca? Mas você não é o Gustavo Borges." Continuei a encará-lo em silêncio. "E tudo bem, nem por isso vai deixar de querer as coisas boas da vida: viajar, um carro da hora, uma casa grande, uma mulher bonita... Dinheiro é combustível pra escolhas, saca?" O refrão da música do Beck tocou em minha cabeça: *"Soy un perdedor – I'm a loser baby, so why don't you kill me?"* "Combustível pras suas escolhas." Consegui dizer antes de Rute nos chamar para a mesa. Dezito virou os olhos: "Bom, se você pensar no que eu tô te falando, você vai ver que eu tô certo."

***

Por mais difícil que fosse admitir, as palavras do meu primo me incomodaram e eu não conseguia dormir, remoendo a conversa. "Dezito maldito!" Resmunguei uma noite. Depois de algumas madrugadas sem conseguir pegar no sono, passei a escrever frases soltas no caderno: "Quero uma escolha que não precise de dinheiro como combustível." "Eles podem tirar tudo de mim, mas não podem me obrigar a nada." "Eu me recuso a dançar conforme a música!" Foi entre tais pensamentos que veio a semente do plano: tirar zero em todas as provas até me mudarem de escola.

Era uma ideia inconcebível. *Minha mãe claramente não tá bem, é capaz de eu morrer de tanto apanhar antes de conseguir o que quero.* Ponderava. E, talvez, eu nunca daria início a tal projeto absurdo não fosse, no dia 18 de abril, outra vida ter chegado a um trágico fim. Assim como o goleiro Alexandre em 1992, Dener, driblador dos mais brilhantes e visto por muitos como sucessor de Romário na Seleção, também faleceu em um acidente de carro.

A morte havia se revelado de tantas maneiras diferentes naqueles últimos anos que era difícil tentar entender o que ela queria de nós. Porém, a frequência com que ela ressurgia tornava impossível ignorá-la. Afinal, até para semideuses, a vida se desdobrava sempre recortada pelos seus fins. Sabendo disso, pareceu urgente não desistir de construir os meus. *Será que vou mesmo em frente?* "Tem coragem pequena criatura! Desbrava dentro em ti um outro céu." A voz de Vô Fonso me encorajou a seguir como planejado.

* * *

Fiz todas as avaliações da semana de provas de acordo com o que havia imaginado. Escrevi meu nome e o mesmo começo de redação abaixo de cada cabeçalho:

Querido professor,
Não é nada pessoal, só que não faz mais sentido pra mim ficar nessa escola. Portanto, ao invés de responder às perguntas dessa prova, acho mais importante, finalmente, fazer minha confissão direito (pra mim, é mais fácil por aqui do que falar com um padre no confessionário). Então, aqui escrevo como eu contribui para essa merda toda...

Escrevi sobre a porradaria no futebol, nossas brigas, xingamentos constantes e várias outras disputas. Outro dia falei sobre minha busca em ser bom em algo, sobre a natação, sobre ter revelado o segredo do Jônatas e sobre a saída de Iara. Depois falei sobre minhas muitas religiões e a dificuldade em escutar Deus e ser alguém melhor. Finalmente, tomei coragem para falar sobre tentar ser ouvido, sobre ter atropelado os bedéis para fugir da escola e explodido o banheiro em 1992.
A expressão dos professores ao receberem tais páginas revelavam o tamanho daquela bizarrice. Alguns vieram conversar comigo solidários, outros balançaram a cabeça incon-

formados com tamanha petulância. Apesar de eventuais enganos nas primeiras impressões, a convivência deixava evidente quem se importava conosco e aqueles que estavam agradecendo a Deus que eu iria embora.

* * *

Eu sabia que a entrega do boletim repleto de zeros seria seguida de uma explosão inevitável. Ainda assim, bolei um artifício para tentar diminuir os estragos. Junto às notas, entregaria à minha mãe uma carta expressando quanto eu era grato pelo sacrifício dela, mas, ao mesmo tempo, contando, em detalhes, por que eu não aguentava mais a escola. Então, pediria desculpas e explicaria por que ela não precisava ficar tão brava: eu ainda poderia passar de ano indo para a escola em que Kanji e Yuki estudaram (que era trimestral, boa e barata), me formar, tentar fazer ETEC, e ela, finalmente, poderia se aposentar.

Porém, ainda que tivesse acumulado alguma experiência em detonações, novamente falhei ao estimar a força e o momento do estrondo. Diante do meu comportamento inusitado, o diretor se antecipou, ligou para minha mãe e leu uma seleção convenientemente editada "das mensagens que eu andava enviando aos professores da escola."

A explosão aconteceu na última quarta-feira de abril, dia da estreia do Tricolor na Libertadores contra o Palmeiras. O choque de gigantes, como estava sendo chamado, estava programado para às 21 h 45. Quando cheguei em casa do treino perto das 20 h, minha mãe estava à espreita na poltrona da sala. Assim que entrei, ouvi a voz firme que conhecia tão bem: "Deixa as mochilas aí no chão, vem sentar e se prepara para uma conversa muuuito mais do que séria!" Obedeci enquanto ela acompanhou meus movimentos, feito um caçador que espreita sua presa. Eu conhecia aquela estética, não havia dúvidas de que era parte do preâmbulo da belíssima surra que eu sabia que ia tomar.

Mal ouvi o sermão começar e iniciei uma conversa interna me preparando para o que estava por vir. A falta de atenção foi notada. "Responde, Afonso Carlos!" "Sim, mãe..." "Sim, mãe, o quê? Não tá me ouvindo, não!?" "Tô, mãe." "Então responde, diabo!" "Não sei... O que você quer saber?" Veio o primeiro tapa na cara. Senti o formigar de lágrimas, mas consegui segurar. Ela continuou. "O que eeeu quero saber!? Você é quem tem que dar explicações! Tá querendo me matar, é isso!? Como assim tirar zero em todas as provas de propósito? Que tipo de vagabundo saiu de mim... Ou pior, tá louco e precisa ser internado!" Fiquei em silêncio.

"Responde!!!" "Não tem o que falar, mãe." "Como assim!? Até isso vou ter que te ensinar agora?" "Não, mãe." "Então, desembucha!" Outro silêncio, dessa vez quebrado pelo estalar do segundo tapa. "Fala, moleque!" "Não sei..." "Não sabe o quê!? Da onde veio essa ideia? Cê tá usando droga? Alguém falou pra você fazer isso?" "Veio da conversa com o Dezito..." Ela ficou vermelha, agarrou meu cabelo e sacudiu minha cabeça: "Você tá achando que eu tô de brincadeira, moleque mimado, lazarento, maldito!" Plaft, plaft. Mais dois tapas, o último pegou em cheio na orelha. Minha bochecha estava quente, e eu ouvia um tinir no ouvido, mas os olhos continuavam secos.

Ela respirou fundo, prendeu novamente os cabelos e se sentou. "Bom, se você não vai falar, eu vou dizer o que vai acontecer. A escola te deu uma chance de refazer as provas..." Senti cada músculo tenso, era chegado o momento de que eu não podia voltar atrás. Fechei os olhos: "Eu não vou refazer as provas. Eu não quero ser o Dezito, mãe! Não quero ser rico, nem chique, nem importante, quero só crescer e ser pra alguém o que a Iara é pros atletas dela." Uma eternidade se passou dentro do escuro das minhas pálpebras.

"Eu ouvi direito!? Eu ouvi direito o que você falou!?!" Não respondi, abri os olhos, ela se levantou e agarrou a gola da minha camiseta. "Eu não tô de brincadeira, menino!" "Nem eu, mãe, eu não vou refazer as provas." Plaft. "Repete..." "Eu não vou refa..." Plaft. "Repete mais uma vez, moleque ingrato." Olhei para ela, olhos ainda enxutos: "Eu não vou refazer as provas." Ela fechou a mão e começou a me socar. Ainda que eu houvesse me preparado para aquilo, algo com que não contava havia mudado.

"Chega!" Gritei depois de quatro ou cinco socos, agarrando-lhe o braço. Ela arregalou os olhos. "Tá louco!?" "Chegaaa!" Berrei com força, levantando da cadeira, apertando o pulso dela entre meus dedos. Ela foi para trás assustada. "Eu não sou mais criança e não vou mais apanhar quieto! Se você me der mais um soco na cara, a gente vai rolar no chão até chamarem a polícia pra separar!"

Ela ficou paralisada. Larguei o pulso e ofereci a outra face. "Vai, bate... Você não sabe o quanto eu quero poder descontar cada soco seu que eu já tomei." Ela me olhou de cima a baixo e disse em tom de desprezo: "Eu nunca fui mulher de me arrepender, mas tenho sim um arrependimento nessa vida..." Ainda sem lágrimas, meus olhos não saíam dos dela: "...eu devia é ter cravado aquela faca no seu peito."

O contragolpe funcionara, imediatamente senti o mundo se derretendo à minha volta. Até então, nunca soubera se minha mãe lembrava do que fazia quando se alterava. Preferia acreditar que ela ficava tão tomada pela raiva que nem conseguia recordar dos acontecimentos. Esperava que fosse também por isso que ela nunca pedisse desculpas. Também cogitei que, por tanto repetir as mentiras que contava, ela acabava se convencendo das próprias versões mais amenas dos fatos. Mas se ela tinha memória da faca, podia lembrar de todo o resto! E, em vez de desculpas por ter me batido tanto, ela só conseguiu dizer que se arrependia de não ter me ferido fatalmente.

Senti um vazio sem fundo. As lágrimas que eu fazia força para represar foram sugadas pelo meu ventre e ali desapareceram. Só voltei a chorar quinze anos depois. Olhei para o rosto dela e, cheio de repulsa, contemplei a infinidade de monstros que se revolviam em sua face. "Bom, você perdeu sua chance... Eu vou viver." Disse calmamente, fui para o quarto e tranquei a porta. Por via das dúvidas, usei o estrado da cama e a cadeira da escrivaninha para fazer uma barricada e dormi no chão segurando uma tesoura.

Tomai todos e bebei o cálice do meu sangue

Levantei-me na manhã seguinte, troquei de roupa, coloquei o colchão e estrado de volta na cama, abri a porta e fui para a escola. Na busa, Pancinha não acreditou que eu não havia assistido ao jogo. Disse que o São Paulo havia apanhado feio no meio, sido atacado o tempo inteiro e não criou nada. Porém, agarrando tudo, Zetti garantiu que a disputa contra o Palmeiras terminasse apenas com os zeros iniciais no placar. O segundo embate que definiria o confronto pela Libertadores aconteceria só após a final da Copa do Mundo.

    Tentei me concentrar no assunto do jogo e depois em Português, Geografia e Matemática. Porém, só conseguia pensar nas palavras da minha mãe. Depois do treino, não quis voltar para casa e fui direto tocar a campainha do Tio Mílton. Quando ainda voltava do clube com Kanji e Yuki tais pernoites aconteciam naturalmente. Bastava, depois de chegarmos ao prédio juntos, despretensiosamente continuar acompanhando-os, como se eu não lembrasse onde morava. Daquela vez, tive que bater na porta e pedir. Não menti. "Tô com saudades daqui." Sem requisitarem mais explicação, eles me receberam como sempre.

    No sábado, voltei para o 49 após ler um bilhete que minha mãe enviou pela Mari. "Você não precisa mais ficar aí." Escreveu, comunicando também que passaria o final de semana fora, que havia comida suficiente na geladeira, que iria ao culto com Tia Bárbara e que eu também "deveria botar a mão na consciência e procurar alguma religião de verdade."

Com Senna correndo de manhã, e o São Paulo enfrentando novamente o Palmeiras pelo estadual à tarde, eu já tinha definido por quais rituais dominicais tentaria exorcizar meus pensamentos. Além disso, Seu Carlos havia me ligado pela primeira vez desde que eu decidira extinguir nossa sociedade antes de ela existir. Queria almoçar comigo. Ele havia começado a trabalhar como corretor de imóveis. Tinha até um número de *pager* próprio, mas estava usando o Creci de um conhecido e não ganhava salário, só comissão. "Também, com essa inflação de mais de 40% ao mês, do que vale salário? Tem casa aí valendo mais de 60 mil URVs, basta o pai vender uma dessas, e as coisas vão começar a mudar!"

O domingo caiu no Dia do Trabalho. Acordei e fiz um pão na chapa enquanto ouvia uma fita. Depois da tentativa de suicídio do Fernando, tinha parado de ouvir *rap*. Mas Cirilo insistia em falar do tal de Racionais, que eram mil vezes melhor que Gabriel, o Pensador, e tudo mais. Pedi que ele gravasse um cassete e, desde o momento que precisei criar coragem para zerar as provas, o som deles tocou direto no minisystem. As primeiras rimas que decorei foram de *Fim de Semana no Parque*:

> Mãe angustiada, filho problemático
> Famílias destruídas, fins de semana trágicos
> O sistema quer isso, a molecada tem que aprender
> Fim de semana no Parque Ipê

Deu tempo de ouvir o álbum inteiro antes da transmissão do GP de Ímola começar. Era o terceiro da temporada. O resultado dos anteriores fora o mesmo: vitórias de Schumacher, com Senna abandonando depois de largar em primeiro. Novamente o brasileiro tinha assegurado a *pole position*, mas o final de semana de treinos foi sombrio. Rubinho Barrichello se acidentou feio na sexta, e o austríaco Ratzemberger morreu em uma colisão no sábado.

O clima era tenso e, logo no início da corrida, outro acidente feio. A Lotus de Pedro Lamy entrou na traseira da Benetton de J. J. Lehto, fazendo com que os pneus se soltassem e partes da carroceria voassem por cima da cerca de segurança. O *safety car* entrou na pista, olhei para o Daruma incrédulo e arregalei os olhos.

Depois de quatro voltas em baixa velocidade, a corrida foi reiniciada com Ayrton Senna liderando. O brasileiro contornou o circuito duas vezes na frente até que, na entrada da curva Tamburello, a Williams seguiu em linha reta e se chocou contra o muro desprotegido a 211 quilômetros por hora.

De início, foi só a frustração com o terceiro abandono. Mas o tempo passou e Senna continuou desacordado dentro do carro. Alguns paramédicos chegaram, depois mais tantos. O corpo imóvel do piloto foi retirado da fuselagem, colocado em uma maca e movido para um helicóptero, a que assistimos decolar. O Brasil começou a torcer como nunca pelo maior ídolo esportivo de nossa geração. Liguei para meu pai. "Oi, pai..." "Oi, filhão, tudo bem?" "Tudo bem!? Cê tá vendo a corrida?" "Tô, mas não tô prestando atenção..." "Pai! Liga a televisão! Eu tô indo pra aí." Nem peguei ônibus, fui correndo, ouvindo o rádio pelo fone de ouvido.

Cheguei empapado de suor. Triste, meu pai abriu a porta. Até Silmara parecia preocupada. Nós nos sentamos no sofá quietos, depois almoçamos com a televisão ligada. Nem sei o que comemos, só lembro daquela espera por notícias me devorando enquanto Seu Carlos tentava me preparar para o pior. Eu queria implorar para ele ser mais otimista.

Às 13 h 40, ouvimos novamente a vinheta do plantão da Globo. "E atenção, atenção, o repórter Roberto Cabrini fala neste momento via telefone diretamente do hospital..." A tela cortou para uma imagem estática do mapa da Itália ao lado da foto do jornalista de quem ouvíamos a voz: "Neste momento, a médica Maria Teresa Fiandri comunica a todos os jornalistas aqui do hospital Maggiore de Bolonha que Ayrton Senna da Silva está morto."

Seu Carlos me olhou com os lábios apertados e colocou a mão ao meu redor. "Vou correr de volta pra casa." Anunciei. "Tudo bem, filho. Toma cuidado e liga quando chegar." Ele pediu. Dessa vez fui sem os fones, apenas sentindo meus pés martelando o chão.

Abri a porta de serviço e fui surpreendido pela minha mãe na cozinha. *Por que será que ela voltou mais cedo?* Questionei-me, mas só falei: "Oi." "Oi." Ela respondeu.

Depois de uma longa pausa, eu disse: "Você viu que o Senna morreu?" Ela acenou com a cabeça. Depois olhou para um lado, para o outro e pegou o maço de cigarros. Acendeu um, foi para a janela da área de serviço e se debruçou sobre a janela. Deu um trago, soprou a fumaça. "O Professor Paulo disse que vai chamar você amanhã. Você vai pra aula?" Ela nunca havia me perguntado se eu iria à escola. Nem sabia que ela consideraria a opção contrária. Cogitei dizer que não – ainda mais se tivesse que conversar com o Paulo – mas, diante das circunstâncias, falei apenas: "Claro."

Ela continuou fumando em silêncio. Tomei um banho gelado e me tranquei no quarto. Sentei-me, abri o caderno e o encarei à procura do que escrever. Depois de um tempão, fechei o caderno e o trouxe para cama. Ali ficamos deitados e, sem que nada me passasse pela cabeça, dormi abraçado a meus recortes colados, antigas palavras e páginas em branco.

* * *

Depois das formalidades iniciais e algum comentário sobre a tragédia de domingo, Paulo engatou a conversa sobre as repercussões das minhas confissões e dos muitos zeros, que ainda se multiplicavam. "Fiquei sabendo que você quer mudar de escola." "É..." Ele continuou me olhando. "Eu treino natação, sabe? Minha técnica mudou de equipe e agora o horário dos treinos não casa com o da escola." "Pelo que você andou escrevendo, parece que não é só isso..." Ele afirmou ao colocar em cima da mesa um calhamaço composto por provas agora infames cheias de anotações em caneta vermelha.

Paulo respirou fundo e ajeitou os óculos redondos: "Não acha que poderia ter feito isso de outra maneira?" "Não sei, Paulo. Se eu conseguisse fazer de outra maneira, não tinha feito dessa... Enfim, você quer que eu refaça tudo, né?" Ele se inclinou para trás e batucou a caneta em cima das folhas: "Essa é a parte difícil..." Proferiu. "Com tudo que você escreveu aqui, nós repensamos e achamos que faz mais sentido mesmo você ir para outra escola." "Tá..." Disse, engolindo em seco.

"Sabe, a gente não é essa escola que você escreveu aqui." Ele tateou, se inclinando novamente para frente. "O que importa como eu vejo a escola agora?" "Bom, Afonso, você quer ir pra outra escola, tem que se formar e ninguém vai querer receber um aluno que explode banheiro pra ser ouvido..." "Isso foi uma vez, há dois anos!" "Enfim, você não pode levar por aí uma visão tão negativa de nós." "Fica tranquilo, Paulo. Eu só queria que vocês soubessem, não vou levar nada por aí." Respondi, contrariado. Ele também se incomodou: "Não é isso, não é só isso... O mundo não funciona do jeito que você quer." "Ele funciona de que jeito, então?" "Você já entende bem o jeito que o mundo funciona, só não quer aceitar." Silêncio.

"Eu acho que cê tá certo, Paulo... E não sei mesmo se quero aceitar." Ele ergueu as sobrancelhas. "Mas você quer passar numa faculdade um dia, não quer? Ter uma profissão..." "...Ser alguém na vida?" Completei a frase. "É, por que não?" Olhei para o crucifixo de onde a imagem de Cristo nos observava. "Paulo, você não vai lembrar, mas faz uns dois anos, antes da bomba, você mesmo falou que Jesus encontrou o significado da própria história ao se tornar um ninguém."

Ele se perturbou e lançou: "A cruz que Cristo carregou só ele mesmo pode carregar." "Nem eu quero isso!" Emendei, e ele fez uma careta ainda maior. Prossegui: "Eu gosto de Jesus, quem sou eu pra não gostar? Mas tem um Cristo em cada canto dessa escola vendo tudo que tá acontecendo aqui e ele também não faz nada." "Olha aí seu derrotismo de novo."

"Derrota, vitória, o que importa? Mas em cada canto dessa escola também tem ao menos uma pessoa sofrendo, sim! Isso porque os cristos pregados nas paredes daqui dentro nem conseguem ver as pessoas da favela ali do lado. E vocês continuam pregando esse Jesus..." Apontei para o crucifixo. "...e defendendo o sofrimento dele como se o de mais ninguém importasse."

Paulo olhou fundo em meus olhos: "Como seu professor de catequese, peço desculpas por não ter conseguido transmitir bem isso pra você. Lá no alto do monte visto pelo resto da história..." Foi a vez de ele apontar para a cruz. "A morte de Cristo se conecta com cada vida, o sofrimento dele representa as dores de cada um de nós, cravados naquele madeiro."

"É uma teoria que funciona na catequese, Paulo, na prática é só mais uma desculpa pra vocês não ouvirem outras histórias... Porque não cabem aqui, porque são otimistas demais ou de menos pro jeito que o mundo funciona. E por isso vocês ficam repetindo o mesmo nome sem aprender o de mais ninguém. Sabe lá quantas pessoas morreram ou foram mortas tentando fazer o que acreditavam. Por que elas não merecem algum lugar na parede também!?"

Ele deu um sorriso irônico. "Você queria igrejas com imagens do Senna?" Fiquei enraivecido com a provocação: "Tá vendo, nem isso vocês respeitam. E eu não tava falando só do Senna. Até porque, às vezes, morrer uma morte trágica nem é o pior. Vocês, por exemplo, acham que morrer numa cruz é o pior sofrimento que alguém pode passar..." "E o que você conhece de pior?" Ele continuou com o tom sarcástico.

"Eu? Talvez nada, afinal, a gente é um bando de filhinho de papai que não faz ideia do que seja a vida, não é? Mas me esquece, pergunta pra qualquer criança que foi criada tomando soco na cara no Parque Ipê se ela não trocaria um dia de sofrimento que fosse pra crescer tendo Maria como mãe! Quem não ia preferir ter as feridas cuidadas ao invés de... Além do mais, Paulo, por que essa pergunta? É pra isso que essas cruzes tão em todo lugar? É pra gente ficar admirando o campeão do sofrimento e ficar disputando o segundo lugar?"

Ficamos quietos novamente. "Você já leu e ouviu minha confissão inteira, Paulo. Diz qual é minha penitência e me deixa ir." Pedi, e ele enrugou a face. "Você sabe que não sou sacerdote, você sabe que isso não é uma confissão e que você é livre para ir quando quiser, inclusive pra escola que quiser." Levantei e me aproximei da mesa, estendi as palmas das mãos na direção dele e pedi: "Então, só me abençoa." Ele ergueu as sobrancelhas novamente, também se colocou de pé, pôs a mão em minha cabeça, fechou os olhos e proferiu:

> Que as estradas se abram à tua frente,
> Que o vento sopre gentilmente em tuas costas,
> Que o Sol brilhe cálido em tua face,
> Que a chuva caia serena em teus campos.
> E até que nos encontremos novamente,
> Que Deus te guarde na palma de Sua mão.

Abri os olhos, ele tinha um sorriso constrito no rosto. "A gente se vê, Paulo." "Amém." Ele respondeu.

* * *

No dia seguinte, testei a proposição de minha mãe: "Não vou pra escola amanhã." Comuniquei. "Tem uns amigos que vão treinar cedo e depois ver o caixão do Senna chegando na Assembleia, eu queria ir também." "Tsc..." Ela virou os olhos e inspirou longamente: "O que eu posso falar a essa altura? Faz o que você quiser da sua vida." Resmungou, dando as costas.

Obedeci. Pangoré, eu e os outros saímos do treino sem nem tomar banho e corremos para a Avenida 23 de Maio. Ele ia na frente: "Vem, Fofura, corre, caralho!" "Você não nadou os dez de quatrocentos que eu nadei!" "Para de choramingar e corre, bora!" Antes de chegarmos perto da avenida, já deparamos com um número incontável de pessoas. Era gente de todo jeito e de todo canto da cidade. Fomos passando entre elas até a beira da pista. Uma senhora estava com um radinho tocando *Canção da América*, do Milton Nascimento. Minha mente voltou ao cortejo do Tancredo, que assisti de mãos dadas com minha mãe do mesmo lugar. Alguém gritou: "Ali, ali, é o tricampeão!" Avistei o carro de bombeiros no horizonte e uma multidão de bicicletas, bandeiras do Brasil e bonés do Banco Nacional correndo junto do caminhão.

"Se prepara, Fofura!" À medida que o cortejo se aproximava, o coro intensificava: "E dá-lhe, Senna, e dá-lhe, Senna, olé, olé, olá!" Começamos a cantar também, quando os primeiros passaram por nós, corremos juntos. Secos, meus olhos notavam lágrimas rolando em cada rosto que viam.

Jônatas! Vi o nosso antigo líder de equipe chorando e correndo do outro lado do carro de bombeiros. Fui transportado para a sala do apartamento dele, onde assistimos a tantas corridas do Senna juntos. Senti vontade de ir em sua direção, mas hesitei. Então olhei novamente para o esquife em cima do veículo, lembrei da minha mãe no lado oposto de outro caixão e da vontade nunca satisfeita de ir lá abraçá-la. "Jônatas!" Gritei e saí correndo.

Sem entender, Pangoré veio atrás com os outros. Em poucos segundos dei a volta no caminhão, localizei meu antigo amigo e pulei nas costas dele. Jônatas quase caiu para frente, virou e me olhou assustado. "Desculpa..." Eu disse. Ele continuou me encarando, confuso. "Desculpa, Jônatas, me desculpa, por favor! Eu sei que pisei na bola feio, mas você significa muito pra mim... Me perdoa, por favor." Eu queria chorar, mas não conseguia. Pangoré, que continuava a derramar lágrimas, colocou a mão no meu ombro: "Não foi só você Fofura, todo mundo cagou. Foi mal, Jônatas." Ele deu um sorriso contido e todos nos abraçamos.

Depois fomos um pouco para longe da multidão. Jônatas perguntou: "A Yuki contou que você tocou o puteiro na sua escola só pra vir treinar com a gente. É verdade isso?" Olhei para ele envergonhado. "É, mas sei lá se vai dar certo, vamos ver..." "Cê é doente!" Ele afirmou, passando a mão no meu cabelo. "Mas vem sim, a equipe nova tá da hora. A Iara tá fazendo uns contatos com umas faculdades, vai rolar bolsa e tudo. Vem você também, Pangoré!" Pangoré deu de ombros acanhado: "Isso de faculdade é com você e o Fofura, meu pai precisa de mim na padaria." Então ele olhou para nossos outros amigos. "Além do que, se vocês vão embora, alguém tem que ficar com esses débil mental no clube. Foi lá que aprendi a nadar, onde sempre treinei, é o meu lugar." Abraçamo-nos novamente e eu novamente senti minha alma sendo lavada dos meus pecados.

Frentes frias

Mesmo resoluto em mudar, no começo de junho, eu ainda estava frequentando a escola e federado pelo clube. Jônatas me falou que estava se dedicando apenas a provas de águas abertas. Pedi a Cauê que me deixasse fazer o mesmo, ainda que, sem Iara, Jônatas e a maioria dos outros fundistas, o clube havia deixado de alugar ônibus e reservar hotel para as competições de mar.

Fui para a última travessia do semestre de carona com Iara, Jônatas e mais dois atletas dela que decidiram não descansar para os estaduais e nacionais em piscina. Entramos naquela gélida água beirando o inverno e começamos a nadar no vácuo de Jônatas, que logo abriu, mas mantive um ritmo forte.

De resto, eu estava tão focado que mal lembro da prova. Sabia que nadava bem, mas jamais esperaria chegar na frente em minha categoria. Foi a primeira vez que subi no lugar mais alto do pódio. É oficial, acho que finalmente sou bom nisso aqui. Disse a mim mesmo com certa ironia, olhando para o troféu que deveria provar tal afirmação sem fração da satisfação que esperava daquele aguardado momento. É engraçado como o valor de algumas coisas mudam. Refleti, logo antes de sentir Iara e Jônatas pulando em cima de mim, assim que desci do pódio.

Nos anos seguintes, vim a ganhar muitas outras disputas, algumas mais satisfatórias, outras menos. Porém, ao contrário do que inconscientemente esperava, ainda que vencer nunca tenha deixado de ser bom, também não encerrou qualquer inquietação. De fato, nenhuma vitória que tive se igualou àquele sétimo lugar no Paulista de Inverno de 1993, sob a torcida de meus pais e amigos.

Voltei para casa com o troféu escondido na mochila para evitar perguntas. Não que o risco de grandes interações com minha mãe fosse grande. O Dia das Mães havia passado quase despercebido em maio. Depois, eu e ela ficamos entre breves diálogos, troca de bilhetes e mensagens pela Mari, o que havia sido comum em outros outonos.

O excesso de precaução foi desnecessário, não havia ninguém no apartamento. Jamais, porém, antecipei o que encontraria no meu quarto naquele final de domingo. Em cima da escrivaninha, uma longa carta escrita à mão, uma série de instruções datilografadas, um caderno de telefones, um envelope e documentos de transferência escolar.

A carta narrava a infância de minha mãe, a chegada dela a São Bernardo, a luta desde muito cedo e concluía: "Eu não aguento mais essa vida." Ela finalmente havia decidido se aposentar. Mais, estava viajando para Dallas com a ex-cunhada. Elas iam ficar em uma universidade onde Tia Bárbara faria um curso bíblico e minha mãe aprimoraria o inglês. "Vou ficar dois meses fora, pensar um pouco em mim antes de decidir o que faço daqui pra frente." As informações de contato detalhadas estavam nos outros papéis.

Atendendo meu pedido, ela havia preparado a papelada para eu terminar o ginásio na mesma escola que Kanji e Yuki estudavam. Ela e Seu Carlos haviam assinado todos os documentos necessários. Eu teria que fazer aulas de reforço nas últimas semanas de julho para me preparar para as provas do segundo trimestre e reparar os zeros que ficaram do segundo bimestre da escola antiga. Tio Mílton também estava ciente e ia me ajudar com o processo.

As páginas finais traziam alguns aforismos, lições de vida, admoestações que eu ouvira repetidas vezes. Lembro bem dos três últimos parágrafos. Ela falava da dificuldade que tinha com a religião, "as pessoas ficam querendo ir para o céu e esquecem que precisam viver aqui". Mas dizia estar aprendendo a ser diferente com a melhor amiga. Pedia, assim, que eu reconsiderasse meus sentimentos por Tia Bárbara. Argumentava que era minha a "dificuldade com todas as pessoas". Que eu desdenhava da minha tia por ser "chique" e da minha mãe por ser "xucra" e que, "nunca, nada estava bom" pra mim, "nem as pessoas, nem a escola, nem nada".

Você sempre gostou de coisas religiosas e nunca se apegou a nenhuma. Mas qual é a essência das religiões? É se aceitar e aceitar o outro. Eu sempre tentei aceitar você e suas estranhezas, o que nunca foi fácil. Agora, chegou o momento de eu me aceitar, e você precisa aceitar sua tia e me aceitar também.

Sobre essa última parte, ela me lembrava que também tinha apanhado a infância inteira, "muito mais que você", e, ainda assim, nunca tivera coragem de abrir a boca para responder à minha avó, "quanto mais falar as barbaridades" que eu havia dito a ela.

Enfim, não consigo ser essa mãe que você quer, que fala com calma e sei lá mais o que você sonha nessa sua cabeça. Mas fui eu que trabalhei feito uma camela para te dar tudo que não tive, isso também tem que valer de algo, não?

Ela encerrava dizendo que precisava pensar e esperar que eu usasse aquele tempo para também "botar a mão na consciência", "Deus nos ajude!" e assinava. Dobrei o papel duas vezes e joguei na gaveta. Ainda incrédulo, revi as páginas datilografadas. *Ela não inventaria algo assim só para me sensibilizar, inventaria?* Ponderei. Revi o telefone de onde elas ficariam em Dallas e instruções de como fazer uma ligação DDI. Testei o número, alguém atendeu falando inglês do outro lado. Desliguei de imediato. Sentei e remexi os documentos mais uma vez, tentando absorver a nova realidade. Senti um alívio doído. Deixei os papéis espalhados, revirei os armários e averiguei que ela tinha mesmo levado roupas e malas. Fui até o depósito, as fitas cassete antigas haviam ficado em casa. Peguei uma, coloquei para tocar e dormi.

Acordei antes do Sol sair na segunda-feira. Ouvi a chave entrando pela fechadura da porta de casa, Mari havia chegado. Fui até a cozinha: "Bom dia, hómi!" Ela entrou. "Bom dia, Mari." Respondi. "Que bom que tá de pé. Sua mãe deixou só nós dois nessa casa e não vou deixar você molenga, não, vá se trocar!"

Obedeci sem pensar muito, mas os dias seguintes na escola foram difíceis. Eu mudaria de escola como queria, mas sentia raiva de ter sido expulso e culpado por estar abandonando meus colegas sozinhos naquela escola caótica. Assim, não confirmava, nem desmentia os boatos de que eu sairia no meio do ano.

A angústia era tanta que pedi à Mari que afrouxasse um pouco seu propósito inicial e deixasse que meu último dia na escola fosse 20 de junho, estreia do Brasil na Copa. Ela não fez cara de muito contente, mas, faltando apenas dez dias de aulas e sabendo que eu teria que fazer aulas em julho, consentiu.

Coincidentemente, calhou que, acompanhado da namorada, Fernando reapareceu em nossa sala naquele dia. Fizemos um grande círculo em volta do nosso colega. Belinha apontou para mim: "Olha o Afonso, lembra dele?" Encarei os olhos esverdeados de Fernando no alto daquele corpo trágico, ele respondeu com um sorriso trêmulo, que necessitou da contração de cada músculo do rosto. Nunca imaginei que veria Fernando tão frágil e, ao mesmo tempo, nunca esperei que ele me parecesse tão verdadeiro.

"Olha, hoje é meu último dia aqui na escola." Confirmei os rumores pela primeira vez, e minha voz falhou por um segundo. Limpei a garganta e continuei: "Eu queria ter uma lembrança sua." Virei para Belinha: "Ele consegue assinar minha camiseta?" Ela olhou para a mãe de Fernando que estava na porta da sala, a senhora consentiu com um olhar emocionado. Arrumamos uma cadeira para ele se sentar, ajoelhei de costas para os dois. Perguntei se alguém tinha uma canetinha. Belinha tirou uma roxa de seu estojo. Nós nos encaramos e sorrimos com cumplicidade pela última vez. Ela a colocou dentro da mão direita de Fernando e pôs a própria em volta. Os dois desenharam o apelido que ele conseguia, um "FÊ" trêmulo no meu ombro.

Na hora do almoço, pedi aos outros que também assinassem a camiseta. "Só não usa o verde, por favor!" Ninguém sacaneou. "Foi muito legal estudar com você." "Você é legal." "Boa sorte." Nada pessoal ou particularmente criativo, mas coletei todos os nomes e apelidos que eu conhecia e, naquele momento, isso me bastava.

Meu pai combinou que me pegaria para vermos o jogo na casa dele. Um pouco antes do horário normal de saída (havíamos sido liberados antes para todos poderem chegar em casa a tempo para o jogo), Seu Carlos chegou todo garboso no Vectra de Tia Bárbara. Estava até usando uns óculos escuros que arranjou sei lá onde. Entrei no carro quase rindo: "E aí, pai? A Tia deixou você pegar o carro dela assim de boa?" Meu pai franziu a testa, fez que ia falar algo, mas parou antes de começar.

Ficamos em silêncio o caminho todo. Depois que estacionamos, ele tirou a chave do contato e falou: "Olha, filho, a Silmara não tá bem. A placenta descolou, ela não tá podendo ficar muitas horas do dia em pé, então ela fica deitada lá no cantinho dela. E com isso tudo, tá trocando a noite pelo dia, enfim, não tá com muito bom humor. Mas tá tudo bem, vai dar tudo certo, se Deus quiser! Só não força a barra, combinado?" Eu fiz que sim, e saímos.

Silmara saiu do quarto um pouco antes de a partida começar. "Posso te dar um abraço?" Perguntei, ela consentiu com meio sorriso. "Obrigado por carregar minha irmãzinha." Ela completou o sorriso cansada e me cumprimentou: "Tá tudo bem com você, Afonso Carlos?" Fiz que sim. "Deita aqui no sofá, eu, meu pai e o Daruma vemos o jogo do chão." Ela o fez.

O Brasil teve uma estreia fácil, Romário abriu o placar, e Raí selou o marcador. Dois a zero. Ofereci ficar com eles por uns dias: "Eu ajudo vocês, lavo a louça, limpo a casa e sei cozinhar também." Eles hesitaram um pouco: "E onde você vai dormir?" "Tem o sofá aqui, e à tarde eu pego o ônibus para o clube." Meu pai acabou concordando, agradecido.

Naquela noite, adormeci contemplando o cenário de integrar aquela nova família que se formava, mas os quatro dias frios que se seguiram dispersaram tal possibilidade. Apenas eu e ele nos falávamos. Silmara fazia força para agradecer pelo auxílio, mas não conseguia esconder a inconveniência que era eu estar ali. "A Si gosta muito de você, só está cansada." Seu Carlos explicava, mas, mesmo sempre tendo dificuldades de ler tais situações, conseguia compreender estar sendo mais estorvo que ajuda. Assistimos juntos outra vitória tranquila do Brasil contra Camarões. Romário abriu o placar outra vez, depois Márcio Santos marcou de cabeça e Bebeto em um rebote. Três a zero. Ao final da disputa, decidi voltar para o 49 com a Mari. Os dois pareceram aliviados.

Cheguei em casa e me surpreendi com um recado deixado na secretária eletrônica. "Oi, Afonso, é a Ester. Consegui seu telefone com sua prima. Como você tá? A gente nem se falou direito no seu último dia, liga pra mim quando der." Ela queria saber mais sobre minha saída.

"É lógico que eu entendo tudo isso, Afonso. Só a escola mesmo não entende, mas a gente precisa mudar isso, sabe? Eu e o Cirilo tamo falando com um pessoal de outras turmas, a gente vai começar um grêmio estudantil e precisamos de gente. Fica... Se todo mundo que quer mudança sair, nunca nada vai mudar!" "Eu sei Ester, e talvez eu até conseguisse treinar em outro horário com minha antiga técnica, mas, pra falar a verdade, a escolha nem foi mais minha. Se eu não saísse de boa, iam me expulsar de qualquer jeito."

Contei um pouco do que escrevi nas provas e da conversa com o Paulo depois que o Senna morreu. Ela ficou em silêncio. "Mas eu entendo o Paulo, sabe, Ester? Você viu que aquele lance da Escola Base era só fofoca pra vender jornal? E destruíram o prédio inteiro, a vida dos donos e professores só por causa de uma mentira que inventaram. Imagina quanto medo o pessoal da nossa escola não tem das verdades que eles escondem?!" "Então como a gente vai mudar qualquer coisa, Afonso?" "Não sei..." Pensei. "Mas acho que se todo mundo ficar, nunca vão precisar mudar nada." Outra vez ela ficou em silêncio. Prossegui: "Talvez cada um tenha uma missão diferente, mas eu também sei a gente precisa arrumar um jeito de se unir pra conseguir mudar as coisas de verdade."

* * *

Eu estava feliz em poder dar à Copa do Mundo toda atenção que ela merecia. Além do *Estadão*, que ainda recebia em casa, comprava a *Folha* para ler todos os artigos de esportes e ter mais opções de fotos para colar no meu caderno.

A última partida da fase classificatória valia pouco, pois estávamos classificados. Vi o jogo contra a Suécia acompanhado do Daruma apenas. A disputa começou com chances para os dois lados, mas foram eles que abriram o placar com um golaço de Kennet Anderson. No começo da segunda etapa, Romário apareceu novamente para salvar o Brasil. Um a um, e foi só. Com o primeiro lugar garantido, o Brasil se empolgava com a competição. No prédio, Kanji, Yuki, Jaques e eu combinamos de assistir à disputa das oitavas juntos.

As noites geladas continuavam: cinco graus na madrugada paulistana. Dormindo sozinho naquele apartamento enorme, desencavei todos os cobertores e mantas da casa e os coloquei em cima de mim. Em meio àquela frigidez, eu dormi suando como se estivesse com febre.

"Téééééé!" Acordei na manhã de sábado com o interfone tocando. "Tava dormindo até agora, Fofura!?" Yuki perguntou. "Eu fiz macarronada, Dona Helena trouxe sobremesa... Meu pai tá trabalhando, mas o resto tá todo aqui. Até o Jônatas e o Franco vieram, chega logo pra gente comer!"

Subi ao 119, comemos e vimos juntos os dois primeiros jogos das eliminatórias. No domingo, repetimos a mesma rotina. Na primeira partida, a Suécia enfrentaria a Arábia Saudita. Dona Helena aproveitou para comentar a situação no Oriente Médio e sobre Yasser Arafat visitando a faixa de Gaza depois de 27 anos banido. "E ela disse que as palestinos vão marchar pra Jerusalém!" Dona Helena encerrou o relato.

"Você tem certeza que quer ir pra lá?" Yuki provocou Jaques. "Absoluta!" Ele respondeu, batendo o cabo da faca na mesa. Fiquei sabendo que meu vizinho planejava se mudar para Israel depois de se formar. O irmão do pai dele morava lá. "Eu vou servir três anos de exército e depois vejo o que faço." "Não dá medo, não?" Kanji perguntou. "Medo, nada... Meu tio falou que é de boa. Além do que, vou ficar fazendo o que aqui? Cursinho?" Nenhum de nós achava boa ideia dar ao nosso amigo uma arma e pedir para ele patrulhar uma fronteira em disputa. Porém, estava acertado que ele e a mãe viajariam a Israel logo após a final da Copa para acertar tudo.

Nós nos sentamos no sofá e assistimos aos árabes serem eliminados. Na partida da tarde, Argentina e Romênia fizeram o melhor jogo da competição. Porém, sem Maradona, que havia sido pego no antidoping, os sul-americanos tampouco conseguiram vencer.

No dia seguinte, era a vez do Brasil. Os perna de pau dos americanos não deveriam representar ameaça, mas o jogo foi tenso. Começamos sem Raí, que não atuava bem, e Leonardo complicou ainda mais ao ser expulso. Ainda assim, a inteligência dos brasileiros permitiu que desenvolvêssemos nosso jogo mesmo em condições de inferioridade e que ganhássemos de um a zero. Todos celebramos e rimos da torcida americana com cara de bunda no 4 de julho.

Festa encerrada, voltei para casa e vi que havia uma mensagem na secretária eletrônica: "Oi, filhão, tudo bem? É o pai. Tá feliz aí com a classificação? Bom, é o seguinte, a Silmara não se sentiu muito bem, e viemos para o hospital. O médico decidiu antecipar o parto. Sua irmã vai nascer no dia 7 do 7, depois de 33 semanas de gestação! Só pode ser sinal de boa sorte!"

Cabô, cabou, acabou...

Para assistir à seleção disputando as quartas de finais, Tio Mílton, Kanji, Yuki, Jônatas, Franco, Dona Helena, Jaques, a mãe dele e eu nos reunimos no 119 em um sábado frio de São Paulo. O jogo contra a Holanda começou morno, mas esquentou no segundo tempo. Depois de um cruzamento, outra vez Romário abriu o placar. Todos celebramos! Dez minutos depois, foi a vez de Bebeto ampliar a vantagem. Na comemoração, o atacante fez o gesto de embalar um neném, me lembrando de minha irmãzinha de dois dias.

A alegria durou pouco. Enquanto Jaques ainda berrava na janela, Galvão Bueno jogou um balde de água fria na comemoração: "É gol... da Holanda." Minutos depois os adversários empataram a disputa. *Se a gente for pra prorrogação, eu vou assistir de casa.* Cogitei, sentindo falta de todos os amuletos. Não foi preciso. Faltando dez minutos para o final, Branco sofreu uma falta a dez metros da meia lua. O jogo parou, Raí entrou em campo no lugar de Mazinho. É agora! Apertei o Daruma entre as mãos. Branco mesmo tomou distância, correu e chutou um míssil que bateu no pé da trave esquerda e entrou. "Gol, gol, gol, goool!!!"

Aproveitei a manhã do domingo de férias para caminhar sem pressa pelas ruas em que cresci, desfrutando do calor e alegria que tomavam o bairro. Estávamos nas semifinais, bandeiras brasileiras se espalhavam pelas janelas, e até o frio começou a passar. O clima era tão bom que a remarcação frenética dos preços diminuía nos supermercados, aumentando a esperança no recém-chegado real.

Voltando ao apartamento, encontrei recados dos meus pais na secretária eletrônica. Minha mãe parecia bem. Ignorando a atmosfera em que deixou o país, contou toda feliz que ela e Tia Bárbara andaram até os arredores do estádio onde o Brasil jogou (pertinho do seminário em que Tia Bárbara foi estudar) e lá conheceram mais brasileiros. Assistiram à partida empolgadas: "Nossa, filho, foi uma festa como nunca vi... Lembrei bastante de você." Contou também que o grupo estava pensando em alugar uma van e ir até Los Angeles ver a semifinal e a final. "Eu e sua tia estamos pensando em ir... Acho que a gente tá precisando disso."

Na sequência veio a mensagem de Seu Carlos, outra vez agradecendo a Deus pelos médicos "que salvaram a vida da minha filha e sua irmã!", e desta vez dizendo que eu poderia ir visitá-los no hospital.

Fui ver minha irmãzinha na segunda-feira, dia 11 de julho. "Maia, né, pai? Sabia que conheci uma menina com esse nome?" "Claro, filho! Do seu ônibus, não é? O pai lembrou de você falando que queria uma irmãzinha que nem ela há uns anos atrás, e a Si gostou do nome." Eu não poderia estar mais surpreso de que ele havia guardado aquilo. Maia era minúscula e ainda precisaria ficar algum tempo sob cuidados intensos na incubadora. Em outro momento, teria ficado mais preocupado, mas também estava imerso no otimismo que parecia tomar todos.

Quando não via os jogos, me sentava à escrivaninha da sala com meu caderno, jornais, revistas, álbuns e figurinhas. Lia reportagens, recortava fotos, colava escalações no papel. "Vem comer, hómi de Deus!" Mari gritava. "E trate de pelo menos me ajudar a lavar a louça que eu não vou deixar um rapazão ficar mole desse jeito!" Eu obedecia, envergonhado.

A semifinal seria na noite de quarta-feira. Novamente enfrentaríamos a Suécia. Estávamos confiantes como nunca, entretanto, tendo empatado com eles na fase classificatória, nada era certo. No dia da disputa, Tio Mílton pediu *pizza* e refrigerantes para todos. Comemos ansiosos, ligamos a televisão e começamos outra vez perdendo muitas chances de gol. A primeira foi com Romário, em uma defesa fácil do goleiro. Depois foi a vez de Branco chutar no meio do gol. Logo o baixinho acendeu, recebeu na entrada na área, driblou um, dois, o goleiro, bateu... Umas cinco pessoas gritaram gol antes da hora, e o zagueiro tirou em cima da linha.

    No intervalo, outra vez considerei voltar para meu apartamento e pegar outros amuletos. *Não é possível que a Suécia vai eliminar a gente!* A partida continuou com a seleção dando chute após chute sem marcar. *Se for pra prorrogação, eu desço...* Planejava enquanto apertava o Daruma. Até que, outra vez faltando dez minutos, Jorginho cruzou no alto para Raí na área, a bola passou por cima do ribeirãopretano de 1,89 m e caiu na cabeça do carioca de 1,67 m, subindo entre dois zagueiros gigantes. Outro gol de Romário! Festa no 119 e pelo Brasil afora, depois de 24 anos de espera, estávamos na final outra vez.

    A disputa pelo título aconteceria no domingo, dali a quatro dias. Eu só pensava no Brasil contra a Itália. *Romário ou Roberto Baggio? Dunga ou Dino Baggio, quem era melhor? Raí começaria jogando? Cafu ia pra lateral esquerda?* Debruçado sobre a escrivaninha como um cientista à beira de uma descoberta revolucionária, revirava esquemas táticos, escalações e estatísticas.

    Até Mari, que fazia questão de repetir quanto achava aquilo um desperdício de tempo, pediu que eu compartilhasse minhas previsões, preocupada com o que aconteceria. "Mas, ganhando ou perdendo, eu vou é louvar a Deus! Vai até um missionário dos Atleta de Cristo domingo lá na minha igreja!" Anunciou.

    Meu pai veria a final do hospital, com Silmara. Minha mãe deixara outro recado gravado. Elas tinham chegado a Los

Angeles. Disse que a cidade era incrível e que encontrava um brasileiro em cada canto. Informou já estar compreendendo algumas palavras em inglês, que ela e Tia Bárbara estavam bem e haviam decidido ficar lá para a final.

Eu e o Daruma estávamos confirmados novamente para almoçar e ver a partida no 119 – em time que está ganhando não se mexe. A mãe do Jaques se encarregou da salada e petiscos, Tio Mílton fez costelão para uma multidão, Jônatas trouxe bebidas, e Dona Helena preparou torta de chocolate com biscoitos, rocambole e uns docinhos com geleia. Ficamos tão cheios que, se fosse possível, nem ligaríamos para a disputa que nos reuniu. Mas era Copa do Mundo, o Brasil na final e havia passado da hora de levantarmos aquela taça.

Com exceção de Dona Helena, cantamos o hino de pé, soamos as cornetas e nos sentamos. Outra vez a partida começou morna, com o primeiro tempo inteiro tendo Dunga, Mazinho e Mauro Silva duelando bravamente contra Dino Baggio, Albertini e Donadoni no meio do campo. "Foi assim em todos os jogos da eliminatória." Eu tentava tranquilizar a todos.

Porém, o segundo tempo veio, e nem Brasil, nem Itália criavam chances. Eu mudava o Daruma de lugar em vão e, sem vontade alguma de comer, enchia minha boca de amendoim. Vi Yuki e Tio Mílton se entreolhando e rindo. "Calma, Fofura!" Ela falou e se levantou para ir pegar mais amendoim na cozinha. Fui atrás.

"Olha, Yuki, eu vi todos os jogos da eliminatória aqui, você sabe... E sempre ganhamos. Mas se for pra prorrogação, vamos precisar de toda sorte do mundo, e aí acho que não vou aguentar. Vocês vão ficar chateados se eu for pra casa?" "Se o elevador quebrar de novo e você ficar lá preso, eu vou é rir muito!" Ela respondeu.

Assim que o juiz apitou o final do segundo tempo, me despedi e corri escada abaixo. Cheguei em casa esbaforido, logo peguei o pé de coelho, o patuá, o Smilinguido e a ampulheta. Peguei também um terço antigo e velhas camisas do São

Paulo, que joguei no sofá. Liguei a televisão e vi os jogadores posicionados para o início do tempo extra.

O Brasil foi dominando e Romário quase abriu o placar. "Vai, Brasil; Vai, Brasil!" Eu torcia com as mãos sobre a televisão. Mas, depois de várias oportunidades perdidas, o juiz apitou novamente e, pela primeira vez na história, o melhor do mundo seria conhecido em disputa de pênaltis.

"Quem sabe não é hora também de se exorcizar esse problema de pênalti." Falou Galvão Bueno. Respirei fundo, olhei para meus objetos de sorte espalhados no sofá e os guardei novamente. Fiquei apenas com o Daruma entre as mãos. Encarando-o, disse: "Eu sei que daqui a gente não vai conseguir decidir nada. Acho que sempre soube. Mas eu ainda preciso de alguém do meu lado torcendo pela gente."

Baresi foi o primeiro a bater. Ele tomou distância, correu para a marca de cal e, assim como meu boneco, fiquei apenas com um olho aberto. "Pra fora e muuuito!" Cornetas soaram em várias janelas. Foi a vez de Márcio Santos. Pagliuca defendeu. Silêncio. A Itália cobrou em seguida abrindo o placar. Romário empatou na sequência. Evani fez 2 a 1, e Branco deixou tudo igual novamente. Massaro era o quarto cobrador pela Itália, "ele e Taffarel. Partiu Massaro, de pé direito, bateu... Taffarel! Vai que é sua, Taffarel, vai que é sua, Taffarel, vai que é suuua, Taffarel!!!" Defesa incrível do goleiro brasileiro. Na sequência, Dunga marcou, 3 a 2 Brasil.

Roberto Baggio seria o último a cobrar pela Itália. "Todos no gol com Taffarel. Baggio e Taffarel. Vai partir, vai que é sua, Taffarel, partiu, bateu..." A bola voou muito acima do travessão superior. "Cabô, cabou, acabou..." Galvão Bueno berrou ao som do tema da vitória do Ayrton Senna, "é tetra, é tetra, é tetraaa! O Brasil é tetracampeão mundial de futebol!!!"

Fui até a janela e ouvi cornetas, gritos e todos os meus vizinhos comemorando. Lembrei de outros que deviam estar celebrando também: Hu, Fernando e Iara. Sílvia, Pangoré e Vó Preta. Meu pai e Silmara no hospital, minha mãe e Tia Bárbara nos Estados Unidos, e talvez até Tio Camilo e Vô Fonso onde estivessem. Por um breve momento, outras disputas foram deixadas de lado, e a alegria tomava todas as pessoas de quem eu já recebera algum gesto de carinho. *Minha religião finalmente deu certo, todo mundo alegre junto...* Concluí, sorrindo... *E tudo que foi preciso foi a falta de precisão de um italiano em uma disputa de chutar bola.*

"Tééééée!" O interfone tocou. Eram Jônatas, Kanji, Yuki e Jaques fazendo um auê enorme. "Vem aqui, Fofura, anda logo!" Eles também estavam felizes. Agarrei o Daruma, corri escada acima e abri a porta anunciando: "Chegou a hora!" Os olhares se voltaram para minha mão levantada.

"O Daruma!!!" Jônatas gritou "Foi esse seu desejo?" Acenei com a cabeça e houve mais uma rodada de cornetadas, pulos e gritos. Yuki trouxe a caneta preta e pintei o outro olho dele. "Agora vamos queimar!" Jaques disse animado. "Hoje, não, hoje deixa ele comemorar com a gente." Respondi.

Requentamos o almoço e jantamos juntos. Depois nos abraçamos, nos despedimos e voltei para meu apartamento escuro e silencioso em meio ao barulho de festa contínuo na rua. Vi a luz da secretária eletrônica piscando de novo.

"Não para mais em casa, não?" Era minha mãe. Falou que, mesmo longe, esperava que eu estivesse feliz. Contou que lá era só festa, que havia conhecido um monte de brasileiros nos últimos dias. Uma das amigas recém-feitas estava voltando ao Brasil e vendendo a loja de sapatos dela. "Tia Bárbara acha que pode ser Deus abrindo uma porta. Você sabe o jeito dela, né? Então, desistimos de voltar pra Dallas e resolvemos ir a São Francisco dar uma olhada na loja. É capaz de a gente ficar aqui mais um pouco, vamos ver." Ri por dentro, lembrando das tantas vezes que ouvi o discurso sobre manter os pés no chão, se aposentar e poder descansar.

Assim que acabei de ouvir o recado da minha mãe, olhei para a escrivaninha e vi tesoura, cola, recortes de jornal com fotos de Raí e Romário e o resto de figurinhas do último álbum que eu viria a colecionar. Peguei um lápis e comecei a escrever no caderno. As últimas anotações que fiz foram:

"Se o São Paulo passar pelo Palmeiras, eu vou ver a final no estádio de qualquer jeito! Não vou perder a gente ganhando o tri da Libertadores! Vai, Tricolor!
Acho até que o Hu estava certo, e esse Plano Real vai dar um jeito na inflação. Sinto que podemos até começar a fazer as mudanças que o país precisa. Podemos eleger alguém bom nessas eleições de agora, depois podia vir alguém melhor ainda, alguém jovem e honesto que pudesse mudar essa política. Tipo o Lindbergh Farias! (se até o Mandela foi eleito na África do Sul...)
De resto, acho que tudo vai ficar bem. A escola do Kanji parece totalmente diferente da minha antiga. Algo me diz que minha mãe vai ficar com a Tia Bárbara nos EUA. Eu ainda tenho muita raiva, mas no fundo quero que elas sejam felizes. Acho que meu pai está certo, no fim tudo dá certo. Talvez esse seja mesmo o fim da história."

Daquelas previsões, acabei acertando duas. Tia Bárbara, que também acabou se desquitando e retornando ao sobrenome de solteira, e minha mãe, que nunca se desvencilhou do Laranjeira, foram buscar o sonho comum de colocar o nome da família entre os importantes desse mundo. Abriram um negócio de vender sapatos importados no Brasil e acessórios brasileiros artesanais para norte-americanas a peso de ouro. Todo tipo de gente famosa e endinheirada passou a pisar no nosso sobrenome grafado na palmilha dos calçados que elas vendiam.
Do dinheiro, que nunca faltou, ela passou a enviar mais, mês após mês. Com ele eu pagava a escola, as contas e, de vez em quando, comprava um doce bem caro, que comia sozinho e lambuzado em culpa. Sem que minha mãe soubesse, aumentei o salário e diminuí as horas da Mari ano após ano.

Fui aprendendo e sentindo orgulho de fazer as tarefas domésticas, e Mari, mesmo irritantemente dando dízimo de tudo, acabou conseguindo comprar um brechó perto da casa dela. Fora isso, por quinze anos ignorei o saldo crescente na conta do banco com o sempre presente medo de que quanto mais movimentasse aquela grana, mais alto estaria apostando contra a felicidade.

Minha mãe foi a terceira e última pessoa que se foi, me deixando recursos financeiros. Eu até hoje não sei o que pessoas tão diferentes esperavam que o dinheiro fizesse no lugar delas. Ao contrário das outras duas, minha mãe ao menos tentou retornar várias vezes. No começo, ela voltava frequentemente ao Brasil para passarmos tempos juntos. Via de regra, tais temporadas acabavam em uma discussão. Então ela fazia as malas de novo. Ela nunca mais tentou me bater. Talvez para compensar tal fato, foi aprendendo a açoitar com palavras de forma cada vez mais cruel. Jamais conseguimos superar a maneira que ela formulou nosso dilema naquela carta: aceitá-la com todas as suas imperfeições era abrir mão de ser aceito em retorno.

Os anos que seguiram só fizeram nós dois revivermos dolorosamente tal impasse. Fomos nos vendo em períodos cada vez mais espaçados e curtos, até que ela se foi e não mais retornou. Continuamos nos falando a distância, para evitarmos a degradação e a culpa, sempre nos limitando a breves amenidades. Assim, nunca soube quando a doença da família passou a lhe afetar mais gravemente. Supunha que o acesso à mais alta tecnologia estava lhe possibilitando ao menos afastar esse mal. Outro engano. Há poucos meses, Tia Bárbara ligou informando que minha mãe havia morrido em seus braços.

Como se julga até que ponto outra pessoa consegue nos amar? Eu tive Vó Preta, Iara e tantos outros que me ensinaram a crer que sempre é possível ser melhor. Talvez sem ninguém que acreditasse nela, Maria, minha mãe, havia perdido tal fé. Ainda assim, nunca consegui me divorciar da tristeza pelo quão cedo ela desistiu de nós.

Fechei o caderno e apertei o *play* no *deck* A do minisystem. O solo do Mano Artur da Gaita invadiu o ar. Deitei-me na cama e o ouvi de olhos fechados. Depois que a fita do Racionais acabou, apertei o *play* do *deck* B, e uma guarânia antiga na voz das Irmãs Galvão começou a tocar...

> Aquela colcha de retalhos que tu fizeste
> Juntando pedaço em pedaço foi costurada
> Serviu para nosso abrigo em nossa pobreza
> Aquela colcha de retalhos está bem guardada

Entre o sono e a vigília, vi trechos de músicas inacabados, mais recortes de jornais, bilhetes trocados, narrações de gols, versos e versículos descontextualizados, nomes e apelidos de pessoas que passaram, formando peças de um curioso caleidoscópio que girava dentro de minhas pálpebras.

Sonhei o último sonho da adolescência de que me lembro. Vi uma menina chegando a um pomar pródigo, cheio de hortaliças, cipós, bichos e outras crianças. Entre as árvores, havia jabuticabeiras, mamoeiros, pitangueiras e uma que eu conhecia particularmente bem. Era Xururuca, o pé de laranja lima do livro que eu havia lido quando criança. Montado em seus galhos, Zezé brincava despreocupado de cavalinho. A menina se aproximou, e ele parou de cavalgar, ergueu a mão, arrancou três ou quatro folhas de um galho no alto, as amassou bem forte e ofereceu para ela. A garota recebeu o punhado entre as mãos e, levando o nariz bem pertinho delas, inspirou de olhos fechados o aroma cítrico que emanava delas.

Acordei na madrugada do dia 18 de julho de 1994 e voltei a pegar o caderno. Vi tudo quanto tinha feito nos últimos anos, o Sol nascendo e julguei que a vida não era tão má quanto podia parecer. *Ainda que ela nunca seja importante, vou continuar tentando cultivar minha planta e talvez mais alguém encontre sabor ou cura nas minhas folhas.* Pensei, satisfeito.

Mari chegou feliz não só pelo tetra, mas também orgulhosa pelos Atletas de Cristo, que jogaram no time campeão, ajoelharam em campo, rezaram e deram entrevistas. Enfim, ela tinha duas razões para comemorar. Conversamos, tomei leite, comi um pedaço de pão que ela trouxe da padaria e voltei para o quarto.

Assim que entrei, vi Daruma me encarando com dois olhos. Eu não podia prendê-lo mais tempo. *Trato é trato...* O monginho havia cumprido a parte dele, era justo eu cumprir a minha. Fui até a despensa pegar álcool e fósforo. "O que você vai fazer com isso, Afonso Carlos?" Sorri, me dando conta que Mari provavelmente gostaria de participar. "Vou queimar meu boneco da sorte, quer ajudar?" "Se-nhor Jesus!" Ela exclamou. "Me dá cinco minutos." Em menos que isso, ela levou umas roupas para dentro, voltou, escancarou a janela da lavanderia e colocou uma panela dentro de uma assadeira cheia de água em cima do balcão. "Vai, hómi de Deus, queima logo esse boneco." "Posso fazer uma oração?" Ela hesitou, mas permitiu: "Faz, uai!" Fechei os olhos com o Daruma entre as mãos.

Eu não sabia como começar, então optei por: "Querido, Daruma, que está na minha mão, obrigado por todos os momentos que a gente passou juntos. Talvez antes de me encontrar, você tivesse sonhos de ir parar na mão de alguém com desejos mais importantes... Mesmo assim, você atendeu o que eu fiz. E também esteve do meu lado quando baixei o tempo várias vezes na piscina, quando o São Paulo ganhou dois mundiais, quando o Senna ganhou dois mundiais..." Fiz uma pausa. "...E mesmo que todos os dias de disputa não tenham sido alegres, o importante é que enfrentamos tudo isso juntos. Mas agora eu sei que é hora de você ir... Então, tchau."

"Queima, em nome de Jesus!" Mari adicionou. "Queima, em nome de Jesus." Repeti, joguei o fósforo acesso na panela e a chama azul se levantou. Quando a labareda ficou bem amarela, tirei do bolso a carta que minha mãe havia deixado e também a atirei no fogo. Mari ergueu uma sobrancelha, me olhou com o canto do olho, colocou o braço ao meu redor e assistimos aos vestígios de duas árvores levantarem voo e se espalharem pelo ar.

Quando só cinzas sobraram, as jogamos pela janela. "Bora, Afonso Carlos, eu tenho muito o que fazer." "Eu não tenho nada..." Pensei alto. "Então aproveita e inventa algo de bom, mas anda logo senão o dia vai embora."

Tentei obedecer e, de fato, o dia passou mais rápido do que eu imaginava. O Sol estava se pondo, e Mari estava pronta para ir embora. Fui dar tchau na porta, e demos de cara com Tio Mílton e Jônatas.

Não sabíamos, mas, naquela manhã, uma bomba havia sido detonada na sede da Associação Mutual Israelita-Argentina no bairro judaico de Buenos Aires. A explosão foi ouvida em um raio de quilômetros e derrubou o prédio de sete andares. Os mortos, muitos dos quais possivelmente Dona Helena conhecia da época em que morou lá, se contavam às dezenas.

Jônatas ouviu a notícia, ligou para Tio Mílton e, como Dona Helena estava sozinha, os dois resolveram passar lá para convidá-la para jantar com eles. Ela atendeu a porta com os olhos cheio de lágrimas. Diante da nossa inação, Mari lhe deu um abraço. Tio Mílton nos convidou para irmos comer com eles também. Mari hesitou, ele disse que a levaria em casa de carro depois, ela acabou aceitando. Entrei no elevador primeiro e, pelo espelho, notei o curioso grupo de pessoas que formávamos. *Não dá pra prever quem vai acabar do nosso lado...* Refleti, feliz, e, fitando a imagem triste do rosto de Dona Helena, desejei que me vissem ao lado deles também.

"Para de se olhá e bora se mexer, hómi! Mari exclamou, e me dei conta de que estava em frente aos botões do painel. Sorri encabulado e apertei o nosso. A porta do elevador se fechou e juntos subimos.

Exemplares impressos em OFFSET sobre papel Cartão LD 250g/m2 e pólen Soft LD 80g/m2 da Suzano Papel e Celulose para a Editora Rua do Sabão.